ANTONIA FEHRENBACH

Winnetod

SPURLOS VERSCHWUNDEN In der Karl-May-Stadt Bad Segeberg ist der Teufel los. Nele Peters ist nach einer Party am Kalkberg nicht nach Hause zurückgekehrt. Kriminalkommissar Steffen Hinrichs hat einen Verdacht: Sie nennen ihn Walker. Alles, was sie von ihm haben, ist sein genetischer Fingerabdruck. Vier junge Frauen aus dem Umfeld deutscher Karl-May-Spielorte gehen auf sein Konto, auch Vanessa Keyser aus Bad Segeberg, die vor drei Jahren spurlos verschwand. Hinrichs entschließt sich, das Kieler LKA in den Fall einzubeziehen, wo sein Ex-Kollege und Freund Maic Lutter die Abteilung der Operativen Fallanalyse leitet. Unterstützung erhält das Duo von der temperamentvollen Annika Liebsch, ehemals Streetworkerin, jetzt Polizistin bei der Kripo. Das Team steht unter Druck, denn die Chancen, Nele bei den hochsommerlichen Temperaturen lebend zu finden, schwinden mit jedem Tag. Die Ermittlungen sind zäh, die Nerven liegen blank, doch dann überschlagen sich die Ereignisse …

Antonia Fehrenbach wurde in Westfalen geboren. Sie ist promovierte Diplom-Biologin und arbeitete viele Jahre in der biomedizinischen Forschung. Ihr Berufsweg führte von Freiburg über Cambridge nach Göttingen und Marburg, wo sie im Jahr 2008 ihren ersten Roman veröffentlichte. Schon während des Studiums schrieb sie für verschiedene Tageszeitungen und Magazine. Inzwischen lebt sie mit ihrer Familie bei Bad Segeberg in Schleswig-Holstein. Sie schreibt Kriminalromane mit regionalem Bezug, begleitet als Ghostwriter autobiografische Vorhaben und übernimmt Auftragsarbeiten. Mit »Winnetod« begibt sie sich hinter die berühmten Kulissen des sagenumwobenen Kalkbergs in der hochsommerlichen Karl-May-Stadt Bad Segeberg.

ANTONIA FEHRENBACH

Winnetod

KRIMINALROMAN

GMEINER

Der Titel »Winnetod« wurde genehmigt
durch den Karl-May-Verlag, Bamberg

MIX
Papier aus verantwortungsvollen Quellen
FSC® C083411
www.fsc.org

Besuchen Sie uns im Internet:
www.gmeiner-verlag.de

Im Ehnried 5, 88605 Meßkirch
Telefon 07575/2095-0
info@gmeiner-verlag.de

1. Auflage 2022

Lektorat: Claudia Senghaas, Kirchardt
Herstellung: Mirjam Hecht
Umschlaggestaltung: U.O.R.G. Lutz Eberle, Stuttgart
unter Verwendung eines Fotos von: © Torsten Schwartz / stock.adobe.com
Druck: CPI books GmbH, Leck
Printed in Germany
ISBN 978-3-8392-0212-8

Personen und Handlung sind frei erfunden.
Ähnlichkeiten mit lebenden oder toten Personen
sind rein zufällig und nicht beabsichtigt.

PROLOG

Boddah, hatte der Typ gesagt. Da war bei ihr der Groschen gefallen. Nele duckte sich tiefer hinter das Mäuerchen. Sie kniete am Boden, drückte den Rücken durch, presste Brust und Stirn so fest auf die Oberschenkel, dass es wehtat. Rotz und Speichel tropften ihr aus dem Gesicht. Sie rang nach Luft, kämpfte gegen den Hustenreiz. Sie war sich nicht sicher, ob nicht ihr Haar, eine Schulter, die Wölbung des Rückens über die niedrige Einfassung aus Stein, von der sie sich Schutz erhoffte, hinausragte. Jenseits verlief der schmale, unbeleuchtete Pfad. Sie war blindlings in ihn hineingestürmt. Sie hatte keine Ahnung, wohin er führte. Jetzt bloß nicht durchdrehen!, ermahnte sie sich. Und auf keinen Fall durfte sie den Kopf anheben. Irgendwo dort draußen im Dunkeln suchte er sie.

Das Kitzeln im Hals ließ allmählich nach. Hatte die Polizistin ihren Notruf überhaupt verstanden? Nele hatte kein klares Wort hervorbringen können, geschweige denn einen verständlichen Satz. Ihre Kehle brannte. Ihre Schläfen pochten. Der Typ hatte sie gepackt, ihr die Luft abgedrückt. Noch immer spürte sie den Druck seiner Hände am Hals. Der Schreck hatte sie für einen Moment gelähmt, und dann hatte sie plötzlich rotgesehen. Sie war nur noch unbändige Wut gewesen. Wie sie es geschafft hatte, sich zu befreien, war ihr ein Rätsel. Da war ein Filmriss in ihrem Kopf. Sie erinnerte sich nur daran, dass sie losgerannt war.

Nele horchte in die Nacht hinein. Das Martinshorn war inzwischen verstummt. Einen Moment lang hatte sie an Rettung geglaubt. Aber das Heulen der Sirene hatte sich schnell entfernt. Am liebsten wäre sie aufgesprungen und hinterhergestürmt. Aber sie hatte sich nicht getraut, hatte nicht gewusst, wohin sie laufen sollte. Die Wege am Kalkberg waren ihr fremd. Es war lange her, dass sie mit den Eltern und Jens die Aufführungen im Stadion besucht hatte. Winnetou, Old Shatterhand … Am besten hatten ihr die Pferde gefallen. Jetzt, nach Mitternacht, war dort niemand mehr.

Wie konnte sie nur so blöd sein, mit ihm zu reden? Boddah! Wenn sie daran dachte, spürte sie wieder den eiskalten Schauer im Rücken. Sogar eine Zigarette hatte sie sich von ihm aufschwatzen lassen. Kaum zu glauben! Kurz zuvor war sie durch die laue Sommernacht getänzelt, betäubt vom Dröhnen der Partymusik. Das alles kam ihr unwirklich vor.

Das Klacken der Haustür, als sie hinter ihr zugefallen war, das gedämpfte Wummern der Bässe draußen auf der Straße. Wegen der Nachbarn mussten Fenster und Türen geschlossen bleiben. Die stickige Luft, die angetrunkenen Typen, das alles hatte ihr keinen Spaß mehr gemacht. Total bekifft hatte Ina ihr zum Abschied einen Kuss auf den Mund gedrückt und war auf die Tanzfläche gehopst. Sie hatte nicht mitkommen wollen. Die Fahrräder waren Nele erst eingefallen, da war die Haustür bereits hinter ihr zugefallen. Sie hatten sie unten in der Stadt am Café *Coma* zurückgelassen. Sie waren zu faul gewesen, sie die Straße am Kalkberg hochzuschieben. Ina war mit ihrem neuen Rennrad gekommen und hatte darauf bestanden, die Räder zusammenzuschließen. Nele hatte die spiralig gewundenen Kabel der beiden Schlösser vor Augen. Sie schlangen sich um die Felgen ihrer Räder, ihres um Inas und Inas um ihres, verknoteten ihre beiden Schicksale miteinander wie ein ewiges Versprechen. Schöne Freundin!, dachte Nele halb wütend, halb enttäuscht. Sie unterdrückte ein Schluchzen. Es war nicht fair von Ina, sich so gehen zu lassen, nicht, wenn sie gemeinsam loszogen.

Behutsam drehte sie das Gesicht zur Seite, um besser atmen zu können. Ihr Blick fiel auf ein zerknülltes Papiertaschentuch dicht neben ihrem Knie. Etwas Dunkles klebte daran. Sie musste sich zwingen, nicht aufzuspringen. Angewidert schloss sie die Augen, kämpfte gegen das Würgen im Hals. Sie schwitzte. Ihre Klamotten klebten ihr wie Zellophan an der Haut. Lederimitat. War teuer genug gewesen. Auf das Crop Top war sie besonders stolz. Vor zwei Jahren hatte sie es gegen den Willen der Mutter vom Konfirmationsgeld erstanden. Ein Crop Top mit abgrundtiefem Dekolleté. Zum ersten Mal fühlte sie sich nackt darin. Verletzlich. Und nun kniete sie im Dreck und saute sich ihr kostbarstes Outfit ein. Wenn sie nur wüsste, ob er noch da war, nach ihr suchte.

Sie hätte vorhin ein Taxi rufen sollen. Unschlüssig darüber, wie sie ohne Fahrrad nach Hause kommen sollte, hatte sie vor dem *Mora Mora* gestanden und dem Stimmengemurmel gelauscht, das aus dem Restaurant gedrungen war. Samstags war das Lokal am Kalkberg bis um 1 Uhr geöffnet. Sie hatte kurz daran gedacht, zu Hause anzurufen. Da war ihr der Streit mit der Mutter wieder eingefallen, und auf einmal hatte Nele keine Lust mehr verspürt, mit ihr zu sprechen, geschweige denn, sie um etwas zu bitten. Sie hätte das Taxi nicht bezahlen können. Einen Augenblick lang hatte Nele darüber nachgedacht, zu Fuß zu gehen. Bis zum Ihlsee schaffte sie es in einer knappen Stunde. Sie trug bequeme Laufschuhe. Auch das Wetter bot keinen Grund für eine Ausrede. Kurz nach Mitternacht war die Luft noch angenehm warm. Ein Jahrhundertsommer!, wie viele behaupteten. Sie fühlte sich zu jung, um das zu beurteilen. Schließlich entschied sie sich gegen einen Fußmarsch und beschloss, zur Party zurückzukehren, um Ina dort loszueisen. Sie wandte sich um und prallte gegen einen Mann. Wie ein Pfahl stand er plötzlich vor ihr, stierte auf sie herab, versperrte ihr den Weg. Keinen Millimeter wich er zurück, murmelte nur eine schlappe Entschuldigung, wenig überzeugend. Nele trat einen Schritt zurück. Er war mindestens zehn Jahre älter als sie, trug ein weißes Kurzarmhemd mit Kragen und eine helle Leinenhose. Geschniegelt bieder und nicht billig. Den Eltern würde er gefallen.

Plötzlich, als hätte sich ein Schalter umgelegt, wechselte seine starre Grimasse in ein strahlendes Lächeln. »Was muss ich tun, damit du mir nicht mehr böse bist?«, fragte er und wies mit dem Kinn zum *Mora Mora* hinüber. »Darf ich dich zu einem Drink einladen?«

Da hatte sie geglaubt, ihn schon einmal gesehen zu haben.

Nele kauerte hinter dem Mäuerchen und versuchte, die bedrohlichen Bilder der jüngsten Ereignisse zu verscheuchen. Wäre es klüger gewesen, ihn nicht abzuweisen, seine Einladung anzunehmen? Sie sollte nicht weiter darüber grübeln, sollte nach vorne schauen. Trotz der Wärme zitterte sie. Blöde Kuh!, schimpfte sie sich im Stillen. Weshalb musste sie auch die Zigarette mit ihm rauchen?

»Warte!«, hatte er nicht lockergelassen, die Zigarettenschachtel aus der Brusttasche seines Hemdes gezogen und aufgeklappt. »Nimm! Wenigstens eine. Tu mir den Gefallen!« Sein Ton war sanft und doch bestimmend gewesen.

Spätestens da hätte sie sich umdrehen und gehen sollen. Aber sie hatte nicht unhöflich sein wollen. Hätte sie denn das, was dann geschah, überhaupt verhindern können? Sie erinnerte sich an diese ungewöhnlich intensiven Augen, zwei Laserstrahler, die unerbittlich in sie eindrangen, als wollte er ihre geheimsten Gedanken erkunden. Allein die Vorstellung von seinen Augen irritierte sie. Dazu die Stimme und dieses geheimnisvolle Schnarren darin, das ihren Unmut über Ina und den Schreck des Zusammenstoßes besänftigte. Wie waren sie nur auf Punkmusik gekommen? Er hatte sie nach ihren Lieblingsbands gefragt. Das hätte sie stutzig machen sollen. Aber da war sie ihm längst auf den Leim gegangen. Sie nannte ihm ein paar Namen: *Ana drinks dogpiss*, *Schleim* und schon immer ihr absoluter Favorit, *Baby Ari and The Slits*. Er kannte sich gut aus. Und diese Augen, so fesselnd, als wollten sie sie verschlingen. Nicht wie die dümmlich verliebte Anmache der Jungen aus ihrer Klasse. Seine Aufmerksamkeit schmeichelte ihr. Er sah sie an, als wüsste er alles über sie. Unter ihrer Haut begann es zu prickeln. Und dann sagte er Boddah. Ein eisiger Schauer kroch ihr über den Rücken, und eine Stimme zischelte in ihrem Kopf: Hau ab!

Auf dem Pfad neben dem Mäuerchen näherten sich Schritte. Schwere Schritte. Auf ihrer Höhe hielten sie an. Nele presste die Lippen zusammen. Sie vernahm das Rascheln von Kleidung, dann wieder Schritte, leiser werdend, sich entfernend.

›Boddah!‹ Bestimmt hatte er ihr den Schreck darüber angesehen. Sie hatte den Zigarettenstummel auf den Asphalt geworfen und hastig die Glut ausgetreten. »Ich muss jetzt los«, hatte sie gesagt. »Danke für die Zigarette.«

Von ihm keine Geste, kein Wort. Sie drehte sich um und schlug den Weg in Richtung Party ein. Schau nach vorn!, ermahnte sie sich, als würde der Blick über die Schulter das Unheil herausfordern. Dann Schritte von hinten. Schwere Schritte. Sie rannte los, aber es kam ihr so vor, als kröche sie in Zeitlupe die Straße entlang. Der Augenblick blähte sich auf, eine Zeitblase, in die alles, was folgte, hineinstürzte und sich unheilvoll miteinander verband. Das Knallen ihrer Sohlen auf dem Asphalt. Das Wummern der Bässe. Die Party. Und wenn sie ihr Läuten nicht hörten? Sie sah sich schon mit den Fäusten gegen die Haustür trommeln – da packte er ihren Arm. Sein harter Griff, ihr wildes Gezerre und im Licht der Laterne das metallische Aufblitzen des Messers. Die Bilder brannten sich unauslöschlich in ihr Gedächtnis.

Auf dem Pfad neben dem Mäuerchen war es still geworden. Nele lauschte angestrengt in die Dunkelheit. Da waren nur die Geräusche der Stadt. Ferne Stimmen und das gedämpfte Rauschen von Automotoren. Sie verspürte ein Kribbeln in den Beinen. Lange könnte sie nicht mehr den Igel machen. Sie musste sich bewegen. Außerdem hatte sie nicht vor, in diesem Dreckloch die Nacht zu verbringen. Sie nahm all ihren Mut zusammen. Zögerlich, ganz langsam hob sie den Kopf.

SONNTAG

STEFFEN

Früh um 7 Uhr verließ Steffen Hinrichs das Haus. Zur Polizeiwache waren es nur 15 Minuten Fußmarsch. Die Riihimäkistraße, in der er wohnte, endete in einem Wendehammer. Dort betrat er den schmalen Durchgang und gelangte über einen Nebenweg auf die Fahrstraße. Schräg gegenüber zweigte ein steil nach unten führender Fußweg ab. Er schlängelte sich durch eine überschaubare Grünanlage. Steffen überquerte die Straße und stieg den Pfad zum Park hinunter.

Ein Ziehen im Unterleib zwang ihn, seinen Schritt zu verlangsamen. Er griff in die Hosentasche, zog ein handtuchgroßes, blütenweißes Herrentaschentuch hervor und drückte es sich auf die schweißnasse Stirn. Er schwitzte wie ein Pferd. Dabei hatte er nur eine kurze Strecke zu Fuß zurückgelegt, und der Tag hatte gerade erst angefangen. Der Wetterbericht kündigte für diesen Sonntag Rekordtemperaturen von über 34 Grad Celsius an. Nicht einmal die Nächte brachten Abkühlung. Und das in Schleswig-Holstein! Das grenzte an Ausnahmezustand.

Der Anruf von Rotfuchs hatte ihn vorhin kalt erwischt. Er und Linh hatten beim Frühstück auf der Terrasse gesessen, als sein Diensthandy klingelte. Während er gerade dabei war, sich eine Scheibe Katenschinken in den Mund zu schieben, starrte er auf das summende Telefon, auf dessen Display der Name des Kriminalinspektors leuchtete. Nicht der unvollendete Kauvorgang hinderte ihn daran, den Anruf seines Chefs sofort entgegenzunehmen.

Vielmehr fühlte er sich ertappt, denn er und Linh hatten wieder über das schwierige Thema gesprochen. Er war in seinem 61. Lebensjahr. In diesem Alter stimmten sich einige seiner Kollegen auf den vorzeitigen Ruhestand ein. Mit Linh könnte er sich das vorstellen. Sie würden Reisen unternehmen und Linhs Heimat Vietnam besuchen. Sie hatten sich ein Jahr nach Sabines Tod kennengelernt. Damals war er davon überzeugt gewesen, sich nie wieder zu verlieben. Schließlich hatte er es sich doch erlaubt, ins volle Leben zurückzukehren. Und nun beschlich ihn jedes Mal ein schlechtes Gewissen, wenn er darüber nachdachte, seinen guten Posten bei der Kripo vorzeitig aufzukündigen. Als hätte er seine abtrünnigen Gedanken erraten, rief just in dem Moment sein Vorgesetzter Walter Rotfuchs an, um ihn in die Pflicht zu nehmen. Das ärgerte ihn. Am meisten ärgerte sich Steffen darüber, dass er sich durch solch zufällig zusammenfallende Ereignisse beeindrucken ließ. Er hatte an diesem Wochenende Bereitschaftsdienst. Laut Rotfuchs wurde eine Sechzehnjährige vermisst. Die Eltern zählten zum Freundeskreis seines Chefs, der sich nun vertrauensvoll an ihn wandte. Die Eltern hatten sich bei ihm über Benno Merder beschwert. Der Kollege hatte ihnen die Nachricht wohl etwas zu forsch überbracht. Rotfuchs hatte ihn angewiesen, die Angelegenheit schnellstmöglich zu bereinigen.

Nachdenklich betrachtete Steffen das Taschentuch in seiner Hand. Linh hatte ihn mit diesem überdimensionierten Rotzlappen ausgestattet. Sie war der Ansicht, dass zu einem EKHK, wie die Kollegen seinen Dienstgrad liebevoll abkürzten, einem Ersten Kriminalhauptkommissar, ein besonders großes Taschentuch gehörte. Schließlich sei er Chef. Ja und nein, hatte Steffen entgegnet. Zwar leitete er bei der Segeberger Kripo das Sachgebiet 1, das die Tötungsdelikte bearbeitete, aber in der Diensthierarchie des Hauses standen noch ein paar gewichtige Leute über ihm. Auf seine Frage, ob ein solches Statussymbol in ihrer vietnamesischen Heimat üblich wäre, hatte er nie eine Antwort erhalten.

An einem Abzweig blieb er stehen, drückte den üppigen Stoff zu einem dicken Knäuel zusammen und stopfte ihn in die Tasche seiner Hose zurück. Er hielt die Nase in die milde Morgenluft, die an einem Sonntagmorgen um 7 Uhr noch nicht nach Abgasen stank. Er atmete tief in den Bauch gegen das beklemmende Gefühl in der Leistengegend. Er glaubte, Blumen zu riechen, und er genoss die Stille. Während der Woche beschallte die Bundesstraße diese Seite der Stadt. Am Wochenende war es für gewöhnlich ruhiger. Vom Spektakel am Kalkberg blieben die Bewohner dieses Stadtteils zum Glück verschont. Dennoch vermissten sie über die Sommermonate während der Spielzeit schmerzlich die wohltuenden sonntäglichen Verkehrsflauten, wenn mittags die zahlreichen Besucher der Karl-May-Spiele in die kleine Kurstadt drängten. Sabine und er hatten diesen Umstand erst nach dem Einzug in das gemütliche Häuschen aus rotem Backstein in der Straße mit dem finnischen Namen realisiert, der Steffen an seinen Lieblingsregisseur erinnerte. Der Gedanke an Aki Kaurismäki hatte ihn schließlich bewogen, sich mit der Situation abzufinden und anstatt sich zu ärgern, jedes Jahr, wie es sich für einen echten Westmann gehörte, die Vorstellungen in der Kalkbergarena anzusehen. Das versöhnte ihn mit seinem Schicksal. Nach Sabines Tod hatte er wegen Katrin das Haus behalten. Nachdem seine Tochter ausgezogen war, war Linh bei ihm eingezogen, und es hatte keinen Anlass mehr gegeben, über einen Verkauf nachzudenken. In welchem Jahr das jeweils geschehen war, hatte Steffen sich nicht gemerkt. Jahreszahlen bedeuteten ihm nichts. Auch verwechselte er das Todesjahr seiner Frau mit dem des Retrievers, was Katrin stets mit einer säuerlichen Miene bedachte. Sein Zeitgefühl orientierte sich eben an der logischen Abfolge der Ereignisse, und zwischen Sabines Tod und dem des Retrievers ließ sich partout keine Logik feststellen.

Steffen tat ein paar Schritte und nahm erleichtert wahr, dass das Ziehen im Bauch langsam nachließ. Auch das stand demnächst an. Der Hausarzt hatte ihn ermahnt, den Leistenbruch nicht auf die leichte Schulter zu nehmen, und ihm zu einer Operation geraten. Aber solange es auszuhalten war, sah Steffen keinen Anlass, sich unters Messer zu legen. Zügig setzte er seinen Weg fort. Nach wenigen Minuten hatte er das Ende des Parks erreicht. Für das letzte Stück bis zur Polizeiwache ließ er sich Zeit. Er fühlte sich in der Zwickmühle. Er hatte Benno Merder nicht sofort angerufen, so wie Rotfuchs ihm aufgetragen hatte. Schließlich bemühte sich Steffen, nach allen Seiten loyal zu sein. Es behagte ihm nicht, wenn sein Chef ihn zum Handlanger in einer Angelegenheit von persönlichem Interesse machte. Vermutlich wurde die Sache viel zu hoch gekocht. Ein wenig nüchterne Distanz konnte da nicht schaden. Er würde Benno vom Büro aus anrufen. Es hieß, dass er und seine Teamkollegin noch bei den Eltern seien. Außerdem wollte er sich etwas Vorsprung geben, um auf normale Betriebstemperatur abzukühlen, bevor er die Kollegen von ihrem Einsatz zurückpfiff.

ETWA EINE STUNDE ZUVOR ...

ASTRID

Astrid Peters schlug die Augen auf. Ein hellgrauer Morgen schimmerte durch den Spalt zwischen den beiden blickdichten Vorhangschals und warf einen Lichtstreifen auf das Parkett des Schlafzimmers. Hatte es geläutet? Oder hatte sie geträumt? Astrid lag auf dem Rücken, allein in ihrem großen weißen Bett und rührte sich nicht. So schlief sie ein. So wachte sie auf. Sie liebte diesen Augenblick des Aufwachens. Es war wie ein Auftauchen aus einem tiefen See, wie die Rückkehr von einer Reise in ein fernes Land. Die kleinste Regung würde die Bilder auflösen, ihr die Eindrücke nehmen. Noch waberten sie dicht unter ihrer Haut. Was hatte sie geträumt? Hatte sie überhaupt geträumt? Jeden Morgen dieselbe Frage, und nie fand sie eine Antwort darauf. Sie erinnerte sich nicht, seit wann das so war. Bestimmt hatte sie geträumt. Sie konnte es fühlen, aber es gab keine Bilder, keine Erinnerungen, die sie in ihr Bewusstsein holen, von allen Seiten betrachten, ablegen und wieder hervorholen konnte. Sie hatte die Verbindung zu ihren Träumen verloren. Vielleicht verbargen sie sich auch nur vor ihr. In der Stille des frühen Morgens hoffte sie, wieder Zugang zu ihnen zu finden. Wenn sie sich nicht bewegte und geduldig wartete, würden sie zu ihr zurückkehren. Irgendwann. Bestimmt.

Aus diesem Grund zog sie es vor, allein zu schlafen. Aber sie behielt diese Gedanken für sich, wie sie inzwischen fast alles, was ihr wichtig war, mit niemandem teilte. Sie erinnerte sich nicht, wann das angefangen hatte. Vor zwei Jahren hatte sie Wolfgang gebeten, aus dem gemeinsamen Schlafzimmer im Erdgeschoss auszuziehen. Nach 27 Ehejahren erschien ihr ein solches Verlangen durchaus angemessen. Wolfgang zog in den ersten Stock in das Schlafzimmer ihres Sohnes. Jens war gerade zum Studieren nach Hamburg gezogen. Bald würde auch Nele ausziehen. Dann wären Wolfgang und sie allein so wie früher. Alle gingen, nur sie hatte den Absprung verpasst.

Das Kreischen eines Vogels im Garten holte sie in den Moment zurück. Im Haus war es still. Sonntagsstimmung. Bestimmt war schon 6 Uhr durch. Sie würde aufstehen und ins Bad gehen müssen, um sich zu vergewissern, denn sie hatte alle elektrischen Geräte, auch den Wecker, nach Wolfgangs Auszug aus dem Zimmer verbannt.

Jens' Zimmer lag neben Wolfgangs Büro, wo er oft bis spät in die Nacht hinein über seinen Bauplänen hing. Astrid hatte ihren Wunsch, allein zu schlafen, damit begründet, nicht zur Ruhe zu kommen, weil sie auf ihn wartete. Sie gab zu, dass es dumm und zwanghaft sei, dass sie es jedoch nicht abstellen könne. Sie erklärte Wolfgang, dass sie das Problem nicht habe, wenn er auf seinen seltenen Dienstreisen außer Haus übernachtete und sie sich dessen gewiss sei, dass er nicht heimkommen würde. Sie war nicht ehrlich gewesen. Sie hatte ihn nicht verletzen wollen. Widerstandslos war er umgezogen, so wie er all ihre Bitten ohne Murren und Bedauern hinnahm. Wolfgang hatte für alles Verständnis. Der leiseste Hauch von ihr, und er flatterte ihr aus dem Weg wie ein Laken im Wind. Manchmal wünschte sie sich, dass er ihr ein wenig mehr entgegensetzte, eine kleine, nicht unüberwindbare Hürde, die sie nehmen müsste, um sich am Ende doch durchzusetzen. Bestimmt war es ihm nicht egal. Sie gingen eben rücksichtsvoll miteinander um. Früher war es wegen der Kinder gewesen. Inzwischen hatten sie sich darin eingerichtet.

Aus dem Flur ertönte der Gong. Sie hatte also nicht geträumt. Sie lauschte. Im Haus rührte sich immer noch nichts. Astrid rollte sich auf die Seite und schwang die Beine über die Bettkante. Sie richtete sich auf, wartete, bis der leichte Schwindel nachließ, und glitt auf die Füße. Am Fußende des Bettes lag der seidene Morgenmantel. Sie schlüpfte hinein, trat ans Fenster und zog den Vorhang weiter auf. Es war heller, als sie erwartet hatte. Sie spähte in den Garten hinaus, als wollte sie prüfen, wer sich da ankündigte. Ein sinnloser Reflex, denn hier auf der Ostseite war es unmöglich, die nach Norden ausgerichtete Haustür und das Einfahrtstor einzusehen. Vor dem hohen Spiegel am Schrank hielt sie inne, schlang die beiden losen Enden des Gürtels umeinander, zog sie fest, schlang noch einmal und setzte einen glatten Knoten darauf. Mit den Fingern strich sie sich flüchtig durch das kurz geschnittene, pechschwarze Haar. Sie gefiel sich im Dämmerlicht, das ihre schlanke Silhouette und die Konturen ihres Gesichts umspielte und das zunehmend Schildkrötenhafte an ihrer Erscheinung verleugnete. Der Chirurg in der Schönheitsklinik hatte ihr Mut gemacht, aber noch schob sie die Operation vor sich her. Sie hatte Angst, im wahrsten Sinne des Wortes, das Gesicht zu verlieren. Sie war sich der Maskerade durchaus bewusst, der Verfremdung und der Verleugnung eines unerbittlichen Verfalls. Bei anderen Frauen sah sie die Trauer hinter dem gelifteten Lächeln, die müden Augen über herausfordernden

Lippen. Sie wollte auf gar keinen Fall einen Zombie aus sich machen lassen. Manchmal, wenn sie ihre Tochter ansah, erkannte sie sich selbst als junge Frau in ihr wieder. Sollte ihr das nicht genügen? Aber diese Piercings und dieses verfilzte Haar … Wenn Nele sich nur nicht so verschandeln würde! In letzter Zeit wich sie Astrid oft aus. Dann fühlte sie sich von ihrer Tochter abgelehnt. Solche Momente taten weh. Astrid seufzte leise. Die Pubertät war eine echte Herausforderung für die Liebe. Unter Neles stiller Verweigerung, etwas von ihrer Jugend mit ihrer Mutter zu teilen, kam sich Astrid wie eine Diebin vor.

Wieder läutete es an der Haustür. Astrid suchte ihre Pantoletten, fand sie jedoch nicht. Unter ihren nackten Füßen schmatzte leise das Nussbaumparkett, während sie durch die Diele zur Sprechanlage tappte.

MERDER

Zum dritten Mal drückte Benno Merder die Klingel. PETERS, stand in Großbuchstaben darüber. Die teure Gegensprechanlage passte zum Rest des Anwesens, sofern es von außen überhaupt einzusehen war. Am Ufer des

Ihlsees wohnten die besseren Leute der Stadt. Breitbeinig positionierte sich Merder vor das Auge der Videokamera. In seiner schwarzen Polizeiuniform fühlte er sich einer Begegnung der anderen Art durchaus gewachsen. Er wandte sich an die Kollegin, die hinter ihm stand. »Da macht keiner auf«, brummte er. »Ans Telefon sind sie auch nicht gegangen.«

»Ist ja noch früh«, erwiderte Dortje Feindlich gelassen. »Sonntags um 6 Uhr spring ich auch nicht gleich beim ersten Klingeln aus dem Bett, wenn ich frei habe.«

»Gut zu wissen«, grunzte Merder. Sie arbeiteten erst seit Kurzem im Team. Er war sauer, aber nicht auf Dortje. Die Kollegen der Nachtschicht hatten ihnen diesen Hausbesuch aufs Auge gedrückt. Kurz nach Mitternacht wurde ihnen aus der Zentrale in Elmshorn ein Notruf gemeldet. Es brauchte eine Weile, bis sie über die Handynummer die Adresse der Anruferin ermittelt hatten. Mit dem Hausbesuch hatten die Kollegen der Wache allerdings bis zum Schichtwechsel am Morgen gewartet. Merder starrte in die Videokamera. Dies hier war eben nicht von höchster Dringlichkeit. Er wusste selbst, dass Jugendliche ihre nächtlichen Scherzanrufe bei der Polizei schon mal als einen Notruf ausgaben. Viel dringlicher war den Kollegen wohl gewesen, rechtzeitig zum Sonntagsfrühstück zu Hause zu sein. Merder seufzte. Jetzt zu Hause beim Frühstück sitzen oder besser noch: zu Anke ins Bett kriechen. Missmutig wandte er sich an Dortje. »Wetten, dass die Göre im Bett liegt und ihren Rausch ausschläft?«

»Schon möglich«, erwiderte Dortje gelassen. »Überprüfen müssen wir es trotzdem.«

Die Kollegin hatte ihn angetrieben, die Sache hinter sich zu bringen. Sie hatte ihm auf der Wache nicht einmal Zeit für seinen ersten Becher Kaffee gelassen.

»Dieses Mal schreibst *du* den Bericht«, raunzte er sie an. Er trat ein paar Schritte zurück. Sein Blick glitt die Flucht der Grundstücksgrenze entlang. Wie Fort Knox dachte er. Ein etwa zwei Meter hohes, blickdichtes Schiebetor versperrte die Zufahrt. Rechts und links von dieser dunkelgrauen Wand erstreckte sich ein schmiedeeisernes Gitter. Die gut zweieinhalb Meter hohen Metallstäbe waren in ein kniehohes Mauerwerk eingelassen. Merder ging ein paar Schritte nach rechts. Aber das dichte Gehölz hinter der Umzäunung verwehrte jegliche Sicht auf das Wohnhaus. Selbst das Gitter verschwand stellenweise im wuchernden, bis auf den Boden reichenden Blättergewirr. Trotz des trockenen Sommers stand hier alles saftig im Laub. Knapp zehn Meter vom Eingang entfernt war das Blätterwerk niedergedrückt. Benno Merder schob die gebrochenen Zweige beiseite. »Bingo!«, rief er und winkte seiner Kollegin. »Schau dir das an!«

Dortje Feindlich warf einen Blick unter das Gebüsch. »Nee, is nich wahr?«

»Das Gitter endet hier«, stellte Merder fest. »Und der Rest ist Maschendraht.«

Verständnislos schüttelte Dortje den Kopf. »Das nenne ich sparen am falschen Ende. Hält vielleicht die Karnickel ab.«

»Nicht einmal die«, murmelte Merder. »Siehst du den Spalt dort in der Mitte des Zauns?« Er drückte die Zweige beiseite und wies auf eine Stelle, wo der Draht leicht klaffte. Das Loch war groß genug, um einen Mann bequem hindurchzulassen. Dahinter, auf der Innenseite, war das Gebüsch plattgetreten. »Ich tippe auf Ausreißerin«, triumphierte Merder. »Und das hier ist ihr Schlupfloch. Was wetten wir?«

Aus der Sprechanlage drangen ein Schnarren und dann eine Stimme: »Wer da?«

Dortje war als Erste am Tor. »Polizeimeisterin Feindlich. Polizei Segeberg. Spreche ich mit Frau Peters?«

»Ja. Was wollen Sie?«

»Können wir kurz reinkommen? Mein Kollege und ich haben eine Frage an Sie.«

»In welcher Angelegenheit?« Die Frau klang geschäftsmäßig kühl.

Dortje sah Merder an, aber der schüttelte den Kopf. »Das würden wir gerne mit Ihnen drinnen besprechen«, erwiderte sie.

Es folgte eine kurze Pause.

»Haben Sie Ausweise?«, fragte die Frau.

»Sicher«, erwiderte Dortje.

»Halten Sie sie vor die Videokamera!«

Die Kollegin gehorchte.

»Und der andere?«, schepperte es aus dem Lautsprecher.

Merder verdrehte die Augen. Er hatte sich hinter Dortje postiert.

»Ich kann Sie sehen«, tönte die Stimme der Hausherrin.

»Polizei*haupt*meister Merder«, sagte er, wobei er die kleine Silbe in der Mitte betonte. Ihm fehlte nur noch die Amtszulage, dann hätte er den Gipfel seiner Karriere erreicht. Mehr wollte er nicht. Man musste nichts übertreiben. Er drückte seinen Polizeiausweis vor die Linse der Kamera.

Kurz darauf ertönte ein Summen, und das wuchtige Tor rollte einen Spalt breit zur Seite. Hinter ihnen glitt es sogleich wieder zu.

Benno Merder gab Dortje ein Zeichen, das Reden zu übernehmen, und ließ sie vorausgehen. Das hier war nicht seine Welt, und er wusste, dass seine miese Laune nicht gerade ein Türöffner war. Er verlegte sich aufs Beobachten. Starr wie eine Statue stand die Frau in der Haustür. Ihr Anblick bestätigte ihm seinen Verdacht. Hier wäre auch er abgehauen. Sie war genau der Typ weiblicher Snob, den er nicht ausstehen konnte. Diese wohlhabenden Damen verschanzten ihr tödlich langweiliges, depressives Dasein hinter einer Maskerade aus teuren Klamotten, geliftteter Sonnenbräune und Hochmut. Bei Ermittlungen verplemperte man nur seine wertvolle Zeit mit ihnen. Es kam einfach nichts Verwertbares dabei heraus. Für Merder waren sie ermittlungstechnisch schlichtweg unbrauchbar. Dennoch blieb er offen für unverhoffte Details. Wenn es darum ging, seinen Ruf als brillanten Ermittler zu retten, gelang ihm sogar die akrobatische Nummer, sich selbst in den Hintern zu treten und seine Vorurteile für einen Moment zu vergessen. Und so musste er sich im Näherkommen eingestehen, dass es an ihr eine andere Seite gab. Der leuchtend weiße Morgenmantel über den nackten Füßen standen im Kontrast zur stolzen Erscheinung dieser Frau, untergruben diesen ersten Eindruck von Überheblichkeit und ließen sie verletzlich erscheinen. Merder schnüffelte misstrauisch. Er roch Parfüm, aber keinen Alkohol.

Dortje lächelte freundlich. »Dürfen wir kurz reinkommen?«

»Würden Sie bitte Ihre Stiefel ausziehen?«, forderte die Hausherrin sie auf.

»Das ist gegen die Vorschrift«, erwiderte Merder und schob seine Kollegin über die Schwelle der Haustür. Sie fanden sich in einer lichtdurchfluteten Diele wieder. Sie mündete in einem weitläufigen Wohnbereich mit riesiger Fensterfront, durch die es sich bequem in den Garten hinausschauen ließ. Links von ihnen führte eine Treppe ins Obergeschoss, aus dem nun Schritte zu hören waren. Auf den offenen Stufen erschienen ein Paar karierter Hausschuhe, dann eine abgewetzte Jogginghose. Der Hausherr war wohl gerade dem Bett entsprungen. Das graue Haar war zerzaust. Mit einem Zipfel seines schlabberigen T-Shirts wienerte er die Gläser einer Brille.

»Wolfgang Peters«, sagte er und begrüßte die Polizisten mit Handschlag. Verschlafen blinzelte er durch verschmierte Gläser. »Was wünschen Sie?«

»Wir würden gerne Ihre Tochter Nele sprechen«, sagte Dortje.

»Sie schläft«, erwiderte die Frau.

»Könnten Sie einmal nachsehen?«, bat Feindlich.

Ohne nach einer Erklärung zu fragen, lief Wolfgang Peters zur Treppe und verschwand ins Untergeschoss.

»Nette Sicherheitsanlage«, bemerkte Merder. »War bestimmt teuer.« Der kritische Seitenblick der Kollegin entging ihm nicht.

Die Frau straffte den Rücken. »Worauf wollen Sie hinaus?«

»Wir müssen Sie darauf aufmerksam machen, dass in den Maschendraht rechts vom Tor ein Loch geschnitten wurde«, übernahm Dortje. »Es ist so groß, dass ein Mensch bequem hindurchkriechen kann.«

»Und deswegen holen Sie uns sonntags in der Früh aus dem Bett? Meinen Sie nicht …«

In dem Moment stürmte Wolfgang Peters die Treppe herauf. »Astrid«, rief er atemlos. »Nele ist nicht da! Ihr Bett ist unberührt!« Er stolperte über seine Pantoffeln, fing sich wieder. Unmittelbar vor Merder blieb er stehen. »Was ist mit meiner Tochter?«

»Heute Nacht gegen 0.30 Uhr ging ein Anruf von Neles Handy bei der Polizei ein«, erklärte Merder. Er sagte »Anruf« und nicht »Notruf«, denn im Grunde hielt er die ganze Sache für einen schlechten Scherz. »Wir müssen das überprüfen«, fuhr er fort. »Sind Sie sicher, dass Ihre Tochter nicht irgendwo in diesem großen Haus ist?« Er hob das Kinn in Richtung Fensterfront. »Vielleicht schläft sie im Gartenhäuschen.«

»Quatsch!«, fuhr Astrid Peters ihn an. »Im Pavillon gibt es kein Sofa.«

»Vielleicht ist sie im Schwimmbad?« Wolfgang Peters sah seine Frau hoffnungsvoll an. »Ich schau schnell nach«, rief er und war schon auf der Treppe nach unten.

»Sie sagten, der Anruf kam um 0.30 Uhr?«, wandte sich die Frau nun an Merder. »Und da kommen Sie erst jetzt!«

»Wir haben versucht, Sie zu erreichen«, erwiderte Merder. »Bei Ihnen ging niemand ans Telefon. Anrufbeantworter gab's auch nicht. Außerdem machen Jugendliche schon mal einen Scherz mit der Polizei.«

»Der Kollege auf der Wache versuchte sofort, Kontakt mit der Handynummer herzustellen«, schaltete

Dortje sich ein. »Da er niemanden erreichte, wurde über die Nummer der Name des Handyhalters ermittelt. Das braucht etwas Zeit. Inzwischen wissen wir, dass der Anruf vom Handy Ihrer Tochter kam.«

»Gab es zwischen Ihnen und Ihrer Tochter einen Streit?«, fragte Merder, den das Loch im Zaun noch immer beschäftigte.

»Nein«, gab Astrid Peters energisch zurück. Ihre Finger nestelten unruhig an der Schlaufe des Morgenmantels. »Außerdem kann Nele kommen und gehen, wann sie will. Gestern Abend war sie auf einer Party bei Freunden in der Altstadt.«

»Könnte sie bei einer Freundin oder einem Freund übernachten?«, fragte Dortje. Sie zückte Stift und Notizblock. Astrid Peters schüttelte ungläubig den Kopf, nannte ihr dennoch ein paar Namen und Adressen.

In dem Moment stürmte Wolfgang Peters die Treppe hinauf. Er nahm zwei Stufen auf einmal. »Im Schwimmbad ist sie nicht«, rief er.

»Worauf warten Sie noch?«, erzürnte sich seine Frau. »Leiten Sie die Fahndung ein!«

»Könnte Nele bei Freunden schlafen?«, wandte sich Dortje nun an den Vater.

»Das glaube ich nicht«, warf Astrid Peters ein. Hilflos sah sie ihren Ehemann an. »Um 8 Uhr geht sie sonntags doch immer zum Reiten.«

Merder räusperte sich. »Wir sind hier, um abzuklären, ob Nele vielleicht durch das Loch …«

»Meine Tochter ist keine Ausreißerin!«, fuhr Astrid Peters ihn an. Ihre Stimme bebte. »Außerdem macht Nele keine Scherze mit der Polizei. Das ist nicht ihr Stil.«

Wolfgang Peters runzelte die Stirn. »Was für ein Loch?«, fragte er.

»Rechts von Ihrem Tor ist der Zaun …«, weiter kam Merder nicht.

Astrid Peters baute sich vor ihm auf. »Was verschwenden Sie hier Ihre Zeit mit sinnlosen Formalitäten?« Sie stemmte die Hände in die Hüften. »Machen Sie endlich Ihren Job! Finden Sie unser Kind!«

»Wie bitte?« Wolfgang Peters drehte den Kopf, als hörte er schlecht. »Sie nehmen Neles Anruf nicht ernst?« Für einen Augenblick schien er fassungslos. Dann, als würde er die Situation erst richtig begreifen, wandte er sich an seine Frau: »Ich rufe Walter an«, erklärte er entschlossen, eilte zur Treppe und verschwand im Obergeschoss.

Dortje wandte sich an die Mutter. »Wir bräuchten ein aktuelles Foto von Nele.«

Merder war froh, dass die Kollegin Ruhe bewahrte. Für die *Good Girl-Bad Guy*-Inszenierung waren sie genau das richtige Team. »Was meinst du?«, fragte er. Astrid Peters hatte den Flur verlassen, und sie waren für einen Augenblick allein.

Dortje hob unschlüssig die Schultern. Ihr Blick ging in Richtung Wohnzimmer, aus dem die Hausherrin sogleich mit einem Bilderrahmen in der Hand zurückkehrte.

Dortje betrachtete das Foto. »Wie alt ist Ihre Tochter?«

»Sie ist 16.«

»Darauf ist sie kaum älter als zwölf«, bemerkte Merder.

»Es wurde bei ihrer Konfirmation aufgenommen. Sie war damals 14.«

Missbilligend schüttelte Merder den Kopf. »Ein aktuelleres Bild haben Sie nicht?«

»Was wollen Sie?« Die Frau war kurz davor, die Fassung zu verlieren. »Wenn Sie nicht sofort die Fahndung einleiten, dann ...«

»Das Foto Ihrer Tochter sollte nicht älter als ein halbes Jahr sein«, entgegnete Merder streng. Allmählich reichte es ihm. Über ihnen auf der Treppe vernahm er die Stimme des Hausherrn.

»Danke, Walter, so machen wir es!« Wolfgang Peters sprang die Stufen hinunter. In einer Hand hielt er das Telefon, in der anderen ein Blatt Papier. Er nickte seiner Frau kurz zu. Dann wandte er sich an die Polizisten. »Hier haben Sie ein aktuelles Bild von Nele. Ich habe es soeben aus dem Internet ausgedruckt.«

Merder hielt das Konfirmationsbild neben den Ausdruck. »Nur zwei Jahre älter und kaum wiederzuerkennen«, staunte er. Das damals glatte dunkelblonde Haar fiel jetzt in Dreadlocks bis fast auf die Schultern. Im rechten Nasenflügel steckte ein winziger Ring. Tiefschwarzer Kajal verlieh der Augenpartie etwas Katzenhaftes. Der Blick war magnetisch. Aber nicht allein die Schminke konnte der Grund dafür sein. Die Augen auf dem Ausdruck waren größer und runder als auf dem Bild älteren Datums. Merder verglich die Lippen auf beiden Porträts miteinander. Es waren zwei verschiedene Münder. »Hat Nele eine Schwester?«, fragte er und kräuselte die Lippen. »Vielleicht eine mit Schmollmund?«

»Sie glauben gar nicht, wie rasant sich die Kinder in dem Alter verändern«, erwiderte der Vater. »Außerdem werden sie eitel.«

Unsicher sah er seine Frau an. Als sie nichts sagte, fuhr er fort: »Nele hat das Foto selbst bearbeitet und auf ihrer

Facebookseite gepostet. Bestimmt wollen Sie wissen, wie sie angezogen ist«, redete er hastig weiter. »Sie trägt eine schwarze Hose mit Top aus Lederimitat. Auf der linken Schulter hat sie ein Flügel-Tattoo.« Er dachte kurz nach. »Ach ja, und in ihrer Zunge steckt ein Piercing aus Titan.«

Das Zucken, das über das Gesicht der Mutter lief, entging Merder nicht. »Wir brauchen das Originalbild dazu«, sagte er. Sein Handy schnarrte. »Einen Augenblick bitte«, rief Merder und trat hinaus vor die Tür.

»Ihr macht Schluss und kommt sofort zu mir!« Steffen Hinrichs schien nicht gerade in Sonntagslaune.

»Wieso zu dir?«, wunderte sich Merder. »Seit wann kümmert sich die Kripo um Ausreißer?«

»Merder, du fragst zu viel«, schnaubte Hinrichs.

»Hier gibt es noch Klärungsbedarf.« Benno Merder hatte auch seinen Stolz.

»Jo, da hast du wohl recht«, höhnte Hinrichs. »Der Vater der Vermissten hat einen guten Draht nach oben. Ich hatte vorhin Walter Rotfuchs in der Leitung. Also, ich sehe euch in einer Viertelstunde in meinem Büro.«

ETWA ZUR SELBEN ZEIT …

ANDRESEN

Hauke Andresen stellte den Motor ab. Er stieg von seinem roten Bagger herunter. »Mensch, Sören! Endlich!«, rief er in Richtung Schutthaufen, den er vorhin hinter der Tribüne am Kalkberg abgeladen hatte. Obendrauf stand sein teuer bezahlter Hilfsarbeiter und lächelte breit, als gäbe es nichts zu tun. Andresen nahm den Schutzhelm vom Kopf und strich sich die vom Schweiß verklebte Tolle aus dem Gesicht. Sein Hemd war klatschnass. Und das schon so früh am Morgen, dachte er verdrießlich.

»Moin, Hauke«, rief Sören und lachte ihm aufmunternd zu. In einer Hand hielt er den Helm und mit der anderen schwenkte er eine Papiertüte.

Andresen seufzte. Noch diese letzte Fuhre, dachte er. Das Zeug musste schleunigst in der Gesteinswand verschwinden. Spätestens bis Mittag sollte der alte Stollen vermauert und die Baustelle geräumt sein. Er hatte noch nie so knapp kalkuliert.

»Ich hab' frische Rundstücke mitgebracht«, tönte Sören von seinem Hügel herunter.

Andresen verdrehte die Augen. Typisch Sören! Nicht die Spur von einem schlechten Gewissen. Dem Kerl war es nicht einmal der Mühe wert, so zu tun, als täte es ihm leid. Andresen wischte sich mit dem Handrücken den Schweiß von der Stirn. »Pass nur auf, dass ich nicht gleich ein Rundstück aus dir mache«, brummte er.

»Was ist denn los?«

»Heute fällt Frühstück aus«, erwiderte Andresen barsch. War Sören denn so schwer von Begriff? »Wir müssen hier fertig werden. Wenn du mich gestern Morgen nicht draufgesetzt hättest, könnte jeder von uns gemütlich zu Hause Sonntag machen.«

Andresen ärgerte sich, dass er auf Leute wie Sören angewiesen war. Aber als ein Ein-Mann-Unternehmen blieb ihm nichts anderes übrig. Besonders bei Aufträgen, die unter Zeitdruck erledigt werden mussten, nahm er sich gerne einen Hilfsarbeiter dazu. Die Festspielgesellschaft war ein wichtiger Kunde. Sie bestellte ihn ein, wenn Arbeiten im Stadion und hinter den Kulissen anstanden. Er genoss das Vertrauen der Geschäftsleitung und bekam bei jedem neuen Auftrag einen Schlüssel zum Haupttor, um jederzeit Zugang zur Baustelle zu haben. Nur deshalb war es ihm möglich, an einem Sonntagmorgen eine Sonderschicht einzulegen. Zum Glück hatte er sich kein größeres Räumfahrzeug mieten müssen. Für solche Aufträge auf engstem Raum hatte er sich einen wendigen Kleinbagger angeschafft. Die Arbeiten benötigten nur etwas mehr Zeit. Und die fehlte ihm jetzt. Ab Montag stand schon die nächste Baustelle an. Andresen hatte sie bereits um eine Woche verschoben. Mehr ging beim besten Willen nicht. Bis Mittag musste aufgeräumt sein. Da führte kein Weg dran vorbei. Kopfschüttelnd blickte er zu dem Kollegen hinüber, der seine Pferdezähne genüsslich in einem Brötchen vergrub. »Willst du dort oben anwachsen?«, brüllte Andresen.

Sören zuckte mit den Achseln und rutschte die kleine Halde herunter. Dabei stolperte er über die groben

Gesteinsbrocken, dass Andresen es mit der Angst bekam. »Oh, Mann!«, schimpfte er. »Wenn du dir was brichst, lass ich dich verrecken. Das kannst du mir glauben. Meinetwegen sollen sich heute Nachmittag die Indianer um dich kümmern.« Er setzte den Helm wieder auf und stieg auf sein Räumfahrzeug. Er lehnte sich aus der offenen Kabine. »Und pack' dir was auf den Kopf!«, rief er und fragte sich, ob sich das bei Sören noch lohnte. Bei so viel Unverstand würden sogar die Rothäute seinen Skalp verschmähen.

Hauke Andresen startete den Motor und machte sich an die Arbeit. Ein lila schimmernder Gegenstand am Eingang des Stollens weckte seine Aufmerksamkeit. Er hielt an und stieg vom Bagger herunter. Es war die Abdeckung von einem Handygehäuse. Er drehte das Teil aus dünnem Plastik zwischen den Fingern, während seine Augen den Boden absuchten. Sonst fand er nichts. Was die Leute so liegen lassen, dachte er verwundert, steckte es in die Brusttasche seines Hemdes und kehrte zu seinem Fahrzeug zurück. Jedes Mal, wenn die Schaufel scharf über den Boden schabte und die Gesteinsmassen in den Stollen hineinpolterten, zog er den Kopf in den Nacken. Er selbst trug Ohrschoner, aber er dachte an die Anwohner des Stadions. Ihre Grundstücke begannen gleich oberhalb der Felskante des ehemaligen Steinbruchs. Bestimmt wunderten sie sich über den Lärm am heiligen Sonntag. Ganz zu schweigen von den Erschütterungen, die dem einen oder anderen das Ausschlafen vergällten. Hoffentlich zeigte niemand ihn an. Nur noch diese letzte Fuhre, dann konnten sie den Schacht ein für alle Mal dichtmachen, und dann war hier Schicht und auch für ihn endlich Sonntag.

STEFFEN

Sein Körper lechzte nach einer Zigarette. Aber Steffen riss sich am Riemen. Der Arzt hatte ihn vor die Wahl gestellt: entweder essen oder rauchen. Steffen hatte sich fürs Essen entschieden mit schwerwiegenden Folgen für seinen ohnehin allzu üppigen Leibesumfang. Er schwitzte immer noch, aber er weigerte sich, den Ventilator schon so früh am Morgen einzuschalten. Anne, die gute Seele der Abteilung, hatte ihm das Gerät vor ein paar Tagen auf die Fensterbank gestellt. Es sei der zweitgrößte Ventilator im Hause, hatte sie ihm mit bedeutungsvoller Miene offenbart. Dreimal durfte er raten, für wen der größte bestimmt war. Der Polizeidirektor war es jedenfalls nicht. Aus dem Büro des obersten Häuptlings drang seit ein paar Tagen das monotone Brummen eines mobilen Kühlaggregats.

Die Armbanduhr, die Steffen gut sichtbar vor sich auf den Schreibtisch gelegt hatte, zeigte 8.30 Uhr. Eine volle Stunde hatten Benno Merder und Dortje Feindlich bei ihm im Büro gesessen. War das zu lange gewesen? Angeblich neigte er dazu, den Leuten zu viel Zeit zum Reden zu lassen. Bei einer internen Fortbildung hatte ihm dies der von seinem Dienstherrn verordnete Coach als Schwäche attestiert. Gleichzeitig sollte er den Mitarbeitern gegenüber zugewandt und empathisch sein, offen für ihre Probleme und Sorgen, auch den privaten. Aber hopp, hopp! Seit über 40 Jahren war er bei der Polizei. Er war Erster Kriminalhauptkommissar, leitete ein Sachgebiet und musste sich von so einem Schnösel, der über ein Vierteljahrhundert jünger war als er, erklären lassen, wie er sein Personal zu führen hatte. Das war absurd! Es bedurfte eben eines gewissen Fingerspitzengefühls, zwei so unterschiedliche Teamkollegen wie Benno und Dortje auf eine gemeinsame Linie zu bringen. Die junge Schutzpolizistin war hochmotiviert, teamfähig und, was für Steffen das Wichtigste war, sie mochte Benno Merder. Während der Unterhaltung mit Dortje hatte er an seine Tochter denken müssen. Dortjes Gesicht war für ihn wie ein offenes Buch. Die schnellen Wechsel ihrer Gemütsregungen zeichneten sich unverfälscht ab. Noch, dachte Steffen ein wenig wehmütig. Bestimmt war er selbst in jungen Jahren nicht anders gewesen. Aber die Bilder seiner Anfänge waren ihm mit den vielen Dienstjahren abhandengekommen. Umso mehr empfand er sich in der Pflicht, dafür zu sorgen, dass Dortje sich diese Natürlichkeit so lange wie möglich bewahrte. Außerdem gefielen ihm vollmundige Frauen, und die Frische der Neuzugänge belebte die Stimmung im Team. Dortje war genau die richtige Teampartnerin für Benno Merder, der aus seiner Einstellung zur neuen Kollegin eher ein Geheimnis machte. Steffen wertete das als ein gutes Zeichen. Augenscheinlich befand sich Benno wieder einmal in einer Krise. Vielleicht war Krise auch übertrieben. Benno neigte zu Selbstmitleid. Seinen Frust würzte er mit wenig unterhaltsamem Zynismus und nervigen Klagen. Dieser Zustand hatte sich verschlimmert, nachdem Bennos bester Freund als Ermittler bei der Soko »Rocker« verheizt worden war. Überhaupt hatte die »Rocker«-Affäre Benno schwer mitgenommen. Mit Ungerechtigkeit, dem täglichen Brot eines Polizisten, konnte er schlecht umgehen. Das war seine Schwäche. Er war eben ein durch und durch loyaler Kerl. Darin war Benno sich treu geblieben. Genau deshalb schätzte Steffen ihn sehr, auch wenn der Kollege sein hitziges Temperament nicht immer im Griff hatte. Außerdem war er ein brillanter Ermittler und genau auf Steffens Linie. Denn Merder war unangepasst, ein Querdenker, der sich durch Vorgaben nicht beeindrucken ließ und jedes Detail kritisch unter die Lupe nahm. Steffen fragte sich, weshalb Merder niemals in den gehobenen Polizeivollzugsdienst aufgestiegen war. Vermutlich war es dieses ruppige Naturell, mit dem er sich selbst den Weg nach oben verbaute. Für Steffen war das kein Hindernis, ihn für besondere Einsätze bei der Schupo anzufordern. Er war auf Leute wie ihn angewiesen. Er selbst empfand sich seit einiger Zeit oft als nicht ganz bei der Sache. Die zunehmende Müdigkeit – in letzter Zeit ertappte er sich zuweilen bei einem Nickerchen am Schreibtisch – und dieses schwierige Thema, das seit ein paar Wochen zwischen ihm und Linh im Raum stand, mochten schuld daran sein. Neuerdings dachte er wieder ans Reisen, denn im Grunde seines Herzens war er ein Streuner.

Nachdenklich betrachtete Steffen die schwungvoll nach innen gerundete vordere Tischkante des Schreibtischs, seine Deutsche Bucht, wie er sie liebevoll nannte. Sie war dem nicht unbedeutenden Umfang seines Leibes geschuldet. Er hatte sich diese Annehmlichkeit vor zehn Jahren nach seiner Beförderung zum Leiter der Abteilung für Tötungsdelikte bei der Wahl seiner Büroausstattung selbst genehmigt. Zum Schreibtischtäter verdammt, empfand er diesen bescheidenen Luxus als gerechten Ausgleich für den Verzicht auf den »Ritt auf dem Wal«, als den er früher den Außendienst bezeichnet hatte. Eine überdimensionierte Schreibunterlage mit einer Karte der Nordsee zierte seit ein paar Wochen den Tisch. In dieser Installation verbarg sich die Schnittstelle zwischen seinem Sinn für pragmatische Lösungen und seiner nostalgischen Seele. Wenn er so über seinen Ranzen hinweg die Karte betrachtete, wähnte er sich auf dem Rücken des Wals, mit dem er vom Wasser aus aufs Festland blickte. Die Deutsche Bucht war über die vielen Jahre, die er als Sonderermittler im Drogenschmuggel tätig gewesen war, sein Einsatzgebiet gewesen, und die Überwachung der Kokainroute über Schleswig-Holstein nach Skandinavien seine professionelle Bestimmung. Ihm und seinem Ex-Kollegen Maic Lutter war damals ein echter Coup gelungen, der ihre Karrieren schließlich weg von der Straße ins Office gelenkt hatte. Eigentlich war Steffen dieser Beförderungspraxis gegenüber eher skeptisch eingestellt. Bei Maic war das anders. Als Leiter der Abteilung für Operative Fallanalyse war er ein Glücksgriff für das Landeskriminalamt in Kiel.

Steffen strich über die Tischkante nach rechts und berührte auf der Karte die Perlenkette der Ostfriesischen und Westfriesischen Inseln. Gleichzeitig schob er den linken Zeigefinger gen Norden durch den Nationalpark Schleswig-Holsteinisches Wattenmeer zu den Nordfriesischen Inseln. Auf der Höhe von Sylt stieß er gegen die Akte Keyser. Steffen hatte sie nach dem zweiten, deutlich ungeduldigeren Anruf von Walter Rotfuchs, dem Mann mit dem größten Ventilator, hervorgeholt und vor sich auf den Schreibtisch gepackt. Er war einem Bauchgefühl gefolgt, eben dieses freilich etwas zu fülligen Unterleibes, und hatte die Akte über den ungelösten Fall aus dem Jahr 2015 aus der Schublade gezogen. Damals war eine junge Frau von einer Party am Kalkberg spurlos verschwunden. Die 18-jährige Vanessa Keyser war Komparsin bei den Karl-May-Spielen gewesen. Sie galt immer noch als vermisst. Indizien jüngeren Datums brachten den Fall bald in Verbindung mit einer noch ungeklärten Mordserie. Nachdenklich betrachtete Steffen die Akte. Etwas an dem neuen Fall hatte ihn dazu bewogen, diesen Cold Case aufzuwärmen. Der Mord an einer Fünfzehnjährigen aus dem rheinland-pfälzischen Mörschied im vergangenen Jahr hatte den Schlüssel zu einer Mordserie geliefert, zu der allem Anschein nach auch der Fall Vanessa Keyser gehörte. Maic hatte durchblicken lassen, dass sich das LKA wieder mit dem Fall befasste. Steffen nahm sein Mobiltelefon zur Hand und suchte in der Adressenliste nach Maic Lutter. Er hatte alle seine Nummern, auch die privaten. Er legte das Telefon zurück auf den Tisch. Er würde ihn später anrufen. Zunächst wollte er sich schlaumachen. Mit der Anweisung von Polizeiinspektor Rotfuchs, er solle den nächtlichen Handy-Notruf in die Hand nehmen, war die derzeit verschwundene Nele Peters in null Komma nichts zu einem Vermisstenfall geworden. Es herrschte Gefahr im Verzug. Die Aufgaben waren verteilt. Benno Merder und Dortje Feindlich bestellten gerade die Suchtrupps ein und organisierten die Fahndung. Dieser Part war in zuverlässigen Händen, was ihm erlaubte, seine Spürnase zwischen die Papierstapel zu schieben und zu stöbern.

Steffen Hinrichs beugte sich vor. Er zog die Akte Keyser in Richtung Elbmündung und klappte den Deckel auf.

MAIC

Maic Lutter schaute auf seine Armbanduhr. So ein Mist!, dachte er. Seine Finger trommelten gegen das Lenkrad. Auf der Bundesstraße durch Bad Segeberg ging nichts mehr. Seit zehn Minuten standen sie im Stau. Ungeduldig nestelte er an der Klimaanlage herum. Der Lärm des Gebläses machte ihn nervös. Aber bei dieser Hitze war Abstellen auch keine Option. Zum Glück war er rechtzeitig vom Landeskriminalamt aus losgefahren. Auf der Strecke zwischen Kiel und Bad Segeberg hatte er mit Behinderungen gerechnet, aber doch nicht hier, mitten in der Stadt. Sie waren beinahe am Ziel, und nun verplemperten sie auf den letzten Metern ihre wertvolle Zeit. Maic hörte, wie seine Beifahrerin den Sicherheitsgurt löste. Dann beugte sie sich vor, und ihr Kopf verschwand im Fußraum des Wagens.

»Annika, was machst du da?«, fragte er und ließ die Hände vom Lenkrad in den Schoss fallen. Auf der Gegenspur tat sich etwas. Maic las die Nummernschilder der entgegenkommenden Fahrzeuge. Pinneberg, Hamburg, Schleswig, Rendsburg, Hannover, Oldenburg … Was wollten die alle hier? In dem Moment tauchte Annikas Kopf aus dem Fußraum auf. Sie drückte sich nach hinten in den Sitz, dessen Rückenlehne nun aus Maics Sichtfeld verschwand. Stattdessen schoben sich zehn rot lackierte Zehennägel auf die Armatur der Konsole. Der Sicherheitsgurt klackte.

Annika stöhnte. »Das kann dauern!« Sie hob den Hintern leicht an und wühlte in ihrer Hosentasche. Ein platt gedrücktes Päckchen kam zum Vorschein. Sie zog einen Streifen heraus. »Kaugummi?«, fragte sie.

Maic schüttelte den Kopf und warf einen verstohlenen Blick auf die nackten Füße seiner Beifahrerin. Bei ihren Streetworker-Manieren verschlug es ihm jedes Mal die Sprache. Würde sie in sein Team gehören … Aber sie gehörte nicht in sein Team. Er hatte sich Annika Liebsch nur ausgeliehen.

Annika schob sich einen Kaugummistreifen in den Mund. Das Papier schnippte sie in den Fußraum des Wagens. Pfefferminzgeruch erfüllte die Luft. Maic hasste Pfefferminze. Aber er verkniff sich eine Bemerkung. Auf der Gegenspur stockte erneut der Verkehr. »Da, schau her!«, rief er. »Ein Münchner! Was will ein Bayer ausgerechnet in Bad Segeberg?«

Annikas Antwort ging im Schmatzen unter.

»Wie?«, fragte Maic und wartete geduldig, bis sie den Asphaltkleber in einen sicheren Winkel ihrer Mundhöhle bugsiert hatte.

»Powwow«, wiederholte sie laut und deutlich.

Er verstand immer noch nicht.

»So eine Art Party mit Indianern.« Die Schmatzlaute verrieten Maic, dass sie wieder kaute. »Was weiß ich!«, grunzte sie. »Jedenfalls ein großer Karneval. Das Stadion in Bad Segeberg ist ihre heilige Stätte. Allerdings weniger spirituell als kommerziell. Heute ist Sonntag, mein Lieber … Hauptkommissar«, schob sie schnell hinterher. »Da geht man in die Kalkbergarena und huldigt dem großen Winnetou.«

»Manitou«, entgegnete Maic verärgert. »Man huldigt Manitou und sonst niemandem!« Er mochte es nicht, wenn sie »mein Lieber« zu ihm sagte. Dieses Mal hatte sie gerade noch die Kurve gekriegt, und er beließ es bei einem strengen Seitenblick.

»Oh, du kennst dich aus«, rief Annika. Es klang ein wenig gemein.

Klar wusste er, was ein Powwow war. Schließlich wollte sein Vater einen Indianer aus ihm machen. Howgh war das erste Wort gewesen, das ihm über die Lippen gekommen war, noch bevor er »Mama« sagen konnte. Wenn er einen Hund erblickte, hatte er »Kojote« geschrien, und Powwow zu sagen, hatte einfach Spaß gemacht. Inzwischen wusste er nicht mehr, was davon eigenen Erinnerungen oder den Erzählungen seiner Eltern entsprang. Maic schielte zu seiner Beifahrerin hinüber. Sie grinste tatsächlich. Rotzgöre!, dachte er. Wollte ihn wohl auf den Arm nehmen. Nicht einmal sein pubertierendes Töchterlein wagte es, sich derart lustig über ihn zu machen. Diese Frau war respektlos und … – es fiel ihm nicht sogleich ein. Er sah die Strähne, die ihr aus der hastig zusammengesteckten schwarzbraunen Mähne gerutscht war. Er hatte sie an ihrem freien Wochenende von zu Hause abgeholt. Etwas an Annika verstörte ihn. Er wollte gar nicht wissen, was es war. Sein Vater hatte ihn immer vor solchen Squaws gewarnt. Sie seien schlimmer als ein Marterpfahl, hatte er behauptet. Zum Glück hatte er Maike gefunden oder besser sie ihn. Es ging ihnen gut miteinander. Auch finanziell hatte sich die Lage entspannt, seit Maike in den Schuldienst zurückgekehrt war. Zwar waren ihre Kinder, Lili und Lennart, gerade in einem Alter, in dem die Eltern schwierig wurden, aber der Kahn, auf dem sie zu viert durchs Leben stocherten, glitt in ruhigem Fahrwasser. Die Familie gab seinem Dasein einen Sinn, der ihm im aufreibenden Berufsalltag eines Kriminalbeamten zuweilen abhandenkam. Unruhe hatte er genug im Leben, auch wenn er sich eingestehen musste, dass Annikas Nähe ihn auf eine Weise beunruhigte, die ihm nicht unangenehm war. Aber das war nicht der Grund, weshalb er bei ihr angefragt hatte.

»Fassen wir die Fakten zusammen!« Er wies mit einem Kopfnicken zur Mappe, die verschlossen im Schoß seiner Beifahrerin ruhte, seitdem sie die Landeshauptstadt verlassen hatten. Die Wochenenddienste waren oft schlimmer als die an den Werktagen, und er hatte noch keine Gelegenheit gehabt, sich mit dem Fall genauer zu befassen, für den Steffen ihn an diesem Sonntag um Beistand gebeten hatte.

Die Rückenlehne des Beifahrersitzes hob sich. Annika richtete sich auf. »Wer ist dieser Steffen Hinrichs, für den du am Sonntag nach Bad Segeberg fährst?«

Maic hob die Augenbrauen. Das war mal wieder eine typische Annika-Frage. »Was hat das mit dem Fall zu tun?«

»Ganz viel«, erwiderte sie. »Ich will wissen, für wen ich mein wohlverdientes freies Wochenende opfere.«

»Vielleicht opferst du es für eine junge Frau, die vermisst wird.«

»Komm schon, Maic! Ich hätte gern eine professionelle Auskunft.«

»Steffen war einmal mein Chef und Partner. Der beste, den ich jemals hatte. Jetzt ist er mein bester Freund. War das professionell genug?«

Annika nickte. »Ich verstehe. Wir tun das für Old Shatterhand.«

Maic verkniff sich ein Grinsen. In der Tat hatten Steffen und er sich zum Spaß Namen der Karl Mayschen Helden gegeben, wobei er sich mit Steffen eher in der Wildnis des Balkans als in der Steppe Nordamerikas gewähnt hatte.

»Oder ist er vielleicht Kara Ben Nemsi?«, hörte er zu seiner Verblüffung Annika fragen.

»Du scheinst dich wirklich auszukennen.«

»Du vergisst, dass meine Wurzeln in der heiligen Erde des Landes schlummern, in dessen Staub Pierre Brice einst seine kostbaren Füße setzte.« Sie spreizte die Zehen und tappte mit den Füßen auf der Konsole herum. »Lex Barker natürlich auch«, schob sie hinterher und lachte verhalten. »Das Land der verfehdeten Clans und der Blutrache, der Lügner, Gauner und Mörder. Gilt nicht *Der Schut* als das heimliche Geschichtsbuch deutscher Knaben? Jedenfalls hat dieser Groschenroman das Urteil vieler Männergenerationen über den Balkan geprägt, mein Lieber.«

Maic schwieg. Dass sie den *Schut* als Groschenroman bezeichnete, gefiel ihm noch weniger, als wenn sie »mein Lieber« zu ihm sagte. Diese Bemerkung sagte Maic alles über ihre Haltung gegenüber den Helden der Geschichten, die wohl für immer einen Platz in seinem Herzen behielten. Maic zählte Annika bereits zu der Generation, denen der berühmte Westmann und Alter Ego Karl Mays aus den blauen Augen des Waldorfschülers Wotan Wilke Möhring entgegenstrahlte. Diese zeitgenössischen Neuverfilmungen hatte er stets mit Befremden und nur seinem Sohn zuliebe verfolgt. Aber Maic sparte sich den Kommentar. Wie waren sie nur auf dieses Thema gekommen? »Steffen«, begann er zögerlich. Wie sollte er ihr das erklären? Annika gehörte nicht zum OFA-Team. Wie viel müsste sie wissen, um das zu tun, was er von ihr erwartete? »Er hat mich um Hilfe gebeten«, sagte er ausweichend.

Annika blickte geradeaus auf die Straße. »Okay«, sagte sie, und ohne die Mappe aufzuschlagen, fuhr sie fort. »Heute Morgen gegen 0.30 Uhr ging in der Notrufzentrale Elmshorn ein Notruf von einem Handy ein. Zwar brach er ab, bevor die Anruferin Namen und Standort durchgeben konnte. Die Funkzellenortung ergab jedoch, dass der Anruf über eine Funkzelle in der Altstadt nahe der Segeberger Kalkbergarena weitergeleitet wurde. Daraufhin wurde die Bad Segeberger Polizeiwache eingeschaltet. Die Besitzerin des Handys ließ sich über die Nummer bald ermitteln. Sie heißt Nele Peters, wohnhaft bei ihren Eltern in Bad Segeberg. Als sie heute Morgen nicht zu Hause war, wurde die Fahndung eingeleitet.«

»Woher …?«

»Ich bin Polizistin, mein …« Sie brach ab und tippte auf die Mappe. »Diese Story tickert seit ein paar Stunden durch unser Intranet. Ich informiere mich, bevor ich auf Reisen gehe.«

»Wie alt ist sie?«, fragte Maic.

»16.« Annika warf ihm einen prüfenden Seitenblick zu. »Ich weiß, was du denkst. Die meisten abgängigen Jugendlichen tauchen nach ein paar Tagen gesund und munter wieder auf.«

Maic nickte. Er überlegte, wie er ihr ihren Auftrag vermitteln sollte. Annikas Erfahrungen als ehemalige Streetworkerin waren im Kollegenkreis geschätzt. Sie war dafür bekannt, ein gutes Gespür für abgängige junge Mädchen zu haben.

»Was soll meine Rolle dabei sein?«, fragte sie.

Auch im Gedankenlesen war sie gut.

»Du sollst mit den Eltern reden, so viele Informationen über Nele herausbekommen wie möglich.«

»Haben die denn niemanden, der das übernehmen kann?«

»Steffen hielt es für besser, für diese Aufgabe jemanden von außen zu holen«, erwiderte er. Maic mochte nicht zugeben, dass er selbst vorgeschlagen hatte, Annika Liebsch miteinzubeziehen.

»Ein Psychogramm also«, stellte sie nüchtern fest. »Dafür müsste ich etwas mehr über die Beweggründe wissen.«

»Genau die sollst du herausfinden.«

»Ich meine nicht die Beweggründe der Vermissten, sondern die meiner Kollegen, den Fall zu durchleuchten. Wohin soll die Reise gehen?«

»Steffen will keinen Fehler machen. Es gibt in Bad Segeberg einen Vermisstenfall aus dem Jahr 2015. Uns liegen Hinweise für eine Verbindung dieses Falls mit den Morden an drei weiteren junge Frauen an anderen Orten vor. Steffen will abklären, ob wir im Fall Nele Peters in dieselbe Richtung ermitteln müssen. Die Eltern sollen noch nichts davon erfahren. Das würde sie zu sehr beunruhigen. Es ist nur eine Hypothese.«

»Du sprichst vom Festspielmörder?«

»Yep.«

Annika schwieg. Er wusste, sie war kein Typ der vorschnellen Reaktionen. Als Quereinsteigerin bei der Polizei war sie anders als die von der Pike auf geschulten Kolleginnen. Ihr fehlte deren respekteinflößendes Selbstbewusstsein, mit dem sie jeden auf Armeslänge von sich fernhielten. Annika hingegen holte sich Respekt über Nähe. In seiner von festen Abläufen, Uniformen und klaren Verhaltensregeln bestimmten Berufswelt kam sie Maic wie ein Paradiesvogel vor. Sie ließ ihn erahnen, dass es neben seiner und der Welt der Kriminellen noch etwas anderes gab. Zwar fiel in Annikas Abwesenheit unter den Kollegen schon einmal der eine oder andere anzügliche Spruch über sie, aber wenn ihr lautes Lachen über den Korridor hallte, öffneten sich die Türen der angrenzenden Dienstzimmer wie von selbst. Die Frauen in Maics Team ließen nichts auf sie kommen.

Die Fahrzeugkolonne vor ihnen rollte langsam an. Maic legte den Gang ein. »Nun, wie denkst du darüber?« Er wartete.

»Weiß nicht«, sagte sie zögerlich. »Ich kenne Nele noch nicht gut genug.« Sie nahm sich den Kaugummi aus dem Mund und drehte ihn zwischen den Fingern. Nachdenklich betrachtete sie die klebrige Kugel. »Was tut ein Indianer gegen Mundgeruch?«, fragte sie schließlich.

Maic stutzte. Erst jetzt bemerkte er, dass sein Mund trocken war wie ein Canyon im Hochsommer. Er hatte den ganzen Tag nur Kaffee getrunken und keinen Bissen zu sich genommen. »Schlimm?«, fragte er peinlich berührt.

Sie nickte verhalten.

»Du willst wissen, was ein Indianer tun würde?« Er zwinkerte ihr zu und setzte den Blinker in Richtung Innenstadt. »Er reitet zum nächsten Imbiss und schießt sich eine Currywurst.«

STEFFEN

Fluchtartig verließ Steffen Hinrichs sein Büro. Es war kurz nach 16 Uhr, und er war spät dran. Höchste Zeit, sich ein Bild von der Lage an den Einsatzorten zu machen. Die Telefonate mit Mathias Weidlich, dem Geschäftsführer der Festspielgesellschaft, hatten ihn aufgehalten. Letztendlich hatten sie nichts gebracht. Der Mann hatte sich schlichtweg geweigert, die Nachmittagsvorstellung abzusagen. Die Kalkbergarena sei rundherum durch hohe Zäune abgeriegelt, das mächtige Eingangstor nachts fest verschlossen und unüberwindbar. Niemand könne dort hinein. Er hielt es für Zeitverschwendung, die Ränge nach Spuren der Vermissten abzusuchen. Steffen hatte ihm unmissverständlich erklärt, dass eine solche Einschätzung in die Zuständigkeit der Polizei fiele, nachdem er sich eine Weile vergeblich bemüht hatte, Weidlich umzustimmen. Keine Chance. Er musste die richterliche Verfügung abwarten.

Als Steffen in einen der bereitstehenden Dienstwagen stieg, schlug ihm eine höllische Hitze entgegen. Er ließ die Fenster herunter und fuhr los. Mehr noch als über die Sturheit des Geschäftsführers ärgerte er sich über Walter Rotfuchs, der Steffen an allem die Schuld gab. Er allein hätte es zu verantworten, dass die richterliche Verfügung zur Absperrung der Kalkbergarena noch nicht vorläge. Dabei war der Antrag gleich am Vormittag rausgegangen. Was konnte er dafür, dass an diesem verflixten Sonntag kein zuständiger Richter aufzutreiben war? Rotfuchs hatte doch sonst überall seine Finger drin. Es war *sein* Job, das Unmögliche möglich zu machen. Dann die ständigen Anrufe von Benno Merder, der ihm in den Ohren lag, das Stadion am Kalkberg endlich durchsuchen zu dürfen. Das Aufgebot an Suchtrupps war enorm. Polizisten der Eutiner Hundertschaft durchkämmten die Bad Segeberger Altstadt, die Ufer der Seen und das Gelände um den Kalkberg herum. Helfer der Feuerwehr, des Roten Kreuzes und des Technischen Hilfswerks unterstützten die Suche nach der Vermissten. Auf allen lastete ein enormer Erfolgsdruck. Hinzu kam diese außergewöhnliche Hitze. Dieses Mal hatten die Taucher eindeutig den besseren Part. Für eine Absperrung der Kalkbergarena war es mittlerweile zu spät. Eine Räumung zwecklos. Vor gut einer Stunde hatte die Vorführung begonnen. Massen von Besuchern waren durch die Stadt und ins Stadion geströmt. Das Gelände war durch die Spuren der vielen Menschen kontaminiert, eine Suche mit Hunden kaum noch erfolgversprechend. Auswertung und Strategiebesprechung waren für den frühen Abend angesetzt. Sollte Nele Peters noch leben, müssten sie es bei diesen hochsommerlichen Temperaturen in den nächsten 60 Stunden finden. Danach käme jede Hilfe sehr wahrscheinlich zu spät.

Steffen bog auf die Bundesstraße ein und lenkte den Wagen in Richtung Stadtmitte. Der Schweiß lief ihm den Nacken hinunter, und der Fahrtwind brachte kaum Kühlung. Sein Hemd klebte ihm wie ein nasser Lappen am Rücken. Er schaltete die Klimaanlage ein und schloss die Fenster. Jedes Mal, wenn er an diese verfluchte Schlappe mit dem Richter dachte, verkrampften sich seine Kiefer. Es war sein Fehler gewesen. Er hätte sich nicht auf Rotfuchs verlassen dürfen, hätte die Sache mit der richterlichen Verfügung selbst in die Hand nehmen müssen. Nach den ergebnislosen Zeugenbefragungen am Vormittag hatte er sich die Akte Keyser erneut vorgenommen und sich darin festgelesen. Er hatte sich auf das Treffen mit Maic Lutter vorbereiten wollen. Das hätte warten können. Früher wäre ihm das nicht passiert. Die Umstände dieses ungelösten Falls waren ihm auf einmal wieder so gegenwärtig wie vor drei Jahren, und er fragte sich, ob er sich nicht einen Abstecher zum Kalkberg erlauben sollte, anstatt auf direktem Wege an den Großen Segeberger See zu fahren, wo Benno Merder ihn erwartete. Steffen brauchte nicht lange, sich diesen Umweg zu gestatten. Schließlich hatte er einen guten Grund, denn mit dieser miesen Laune konnte er unmöglich vor die abgekämpften Suchmannschaften treten. Ein paar Schritte an der Luft, um Dampf abzulassen, würden ihm guttun.

In der Altstadt war kein Parkplatz zu finden. Entlang der Straßenränder klebte ein Auto am anderen. Selbst Parkverbotszonen waren mit Pkws zugestellt. In der Lübecker Straße hatte ein Anwohner in seinen rechtmäßigen Stellplatz am Straßenrand vorsorglich eine Pylone platziert. Steffen hielt an, entfernte kurz entschlossen den Platzhalter und quetschte sein Fahrzeug in die gekaperte Parkbucht. Er legte seinen Polizeiausweis unter die Windschutzscheibe und eilte die Treppe zum Fledermauszentrum hinauf.

Die Bilder aus der Akte Keyser gingen ihm nicht aus dem Kopf, und er strebte am Noctalis vorbei zu der Stelle hinauf, an der ein Baggerführer vor drei Jahren auf eine für den Fall Keyser entscheidende Spur gestoßen war. Die

Hitze setzte Steffen mächtig zu, und er musste achtgeben, auf den unwegsamen Stufen nicht zu stolpern. Heftig schnaufend erreichte er das nahezu kreisrunde Plateau. Der Anblick verstörte ihn. Seit dem Abriss des Bergschlösschens war er nicht mehr hier gewesen. Grober Schotter bedeckte die Stelle, auf der die ehemalige Gaststätte einst gestanden hatte. Obwohl die Arbeiten längst abgeschlossen waren, wirkte der Platz unfertig, vermittelte den Eindruck einer Baustelle. Mit dem Bergschlösschen verband Steffen Erinnerungen an die schöne Zeit mit Sabine. Oft hatten sie im Schutz der nachträglich überbauten Veranda der alten Norwegerhütte bei einer Tasse Kaffee gesessen und den weiten Blick hinaus ins Umland genossen. Das Bergschlösschen hatte zum Lokalkolorit der Stadt gehört, ein *Segebergensium*, wie viele es nannten, und er war nicht allein mit seinen sentimentalen Erinnerungen. Viele Bürger hatten sich über den Abrissbeschluss der Stadtverordneten erzürnt, und Steffen hatte seine eigene Meinung dazu. Zwar war er ein Fan der Karl-May-Spiele und ließ keine Saison aus, ins Kalkbergstadion zu gehen, dennoch hielt er es für falsch, dass die Interessen dieses für die Kurstadt äußerst lukrativen Geschäftes über alles andere gestellt wurden. Das Bergschlösschen war bestimmten Leuten im Weg gewesen, denn es hatte zu nah am Festspielgelände gestanden. Alternative Fakten ließen sich bekanntlich leicht erfinden. Außerdem scheute die Stadt kostspielige Sanierungsarbeiten an der Zufahrt zur Gaststätte, denn der Kalkberg und seine Höhlen waren eben keine in Zement gegossenen Formationen, sondern noch immer geologischen Bewegungen unterworfen.

Die Stadt setzte auf das politische Kurzzeitgedächtnis der Bürger. Gut zwei Jahre verstrichen, bis nach dem ersten Beschluss der Abriss des Gebäudes angeordnet wurde. In der Zwischenzeit verfiel die Immobilie zusehends, wobei – so munkelten die Gegner der Plattmacher – nicht unerheblich nachgeholfen worden sei. Das trieb die Sanierungskosten in die Höhe und nährte die Argumente der Abrissbefürworter.

Steffen schaute nach rechts. Dort begannen die Stufen, die auf die Spitze des Kalkbergs hinaufführten, zumindest auf das, was von dem mittelalterlichen Alberg übrig war. Der Aufstieg war durch ein Flatterband abgesperrt. Davor standen zwei junge Leute in orangenen Westen, ein Mann und eine Frau, und unterhielten sich. Steffen erkannte in ihnen Ordnungshüter, die von der Festspielgesellschaft engagiert waren. Sie passten auf, dass niemand während der Aufführung den Kalkberg erklomm, um das Spektakel in der Arena wie Manitou von ganz oben für lau zu genießen. Steffen trat in die Mitte des kleinen Platzes. Etwa an der Stelle hatte der Baggerführer die Handtasche der seit drei Jahren vermissten Vanessa Keyser gefunden. In der Akte gab es ein Foto dazu. Es zeigte die nach dem Abriss der Wände entblößte Bodenplatte des Gebäudes. Im freigelegten Fundament klaffte ein säuberlich ausgefrästes, quadratisches Loch. Darunter hatte sich, verpackt in einer Plastiktüte, das verheißungsvolle Fundstück verborgen. Diese unverhoffte Entdeckung war aus Steffens Sicht das einzig Gute an der Abrissaktion. Es war die erste und einzige Spur im Fall Vanessa Keyser. Allerdings offenbarte sie ihnen bald eine grausame Gewissheit.

Sein Mobiltelefon summte und riss ihn aus seinen Gedanken.

»Dortje, was gibt's?« Er hatte den Namen der Kollegin auf dem Display gelesen.

»Ich habe gerade mit dem Richter gesprochen.«

»Wer ist es?«

»Harm Hollermann.«

»Kenne ich nicht.« Steffen schnaubte verhalten. »Und? Was sagt er?«

»Mathias Weidlich hatte bereits mit ihm gesprochen«, sagte Dortje. »Sein Unternehmen erklärt sich bereit, in der spielfreien Zeit von Montag bis Donnerstagmittag die Suchtrupps in die Arena zu lassen.«

Steffen stieß ein höhnisches Lachen aus. »Wie großzügig«, knurrte er. »Hat Hollermann sich wenigstens entschuldigt?«

»Ich fand ihn ziemlich arrogant«, erwiderte Dortje. »Da ist noch etwas«, fuhr sie eilig fort. »Unsere Pressestelle wünscht einen Pressetermin mit den Lokalzeitungen.«

»Dafür ist es zu früh«, wehrte Steffen ab.

»Es gibt ein Problem«, erwiderte Dortje. »Die Eltern von Nele haben sich an die Zeitungen gewendet und denen gesteckt, dass du das LKA eingeschaltet hast.«

»Ich habe niemanden eingeschaltet«, donnerte Steffen. Die Ordnungshüter hoben ihre Köpfe und blickten aufmerksam zu ihm herüber. Schnell drehte er ihnen den Rücken zu. Er trat an die Abbruchkante des abgeräumten Plateaus und kickte einen Stein darüber hinweg. Sein Blick fiel auf das Schild, das darauf hinwies, genau dies zu unterlassen.

»Klar«, sagte Dortje. »Ich zitiere nur. Jedenfalls fragen

nun ständig Journalisten bei uns an. Sie wollen wissen, welche Verbindung du zum Fall Vanessa Keyser ziehst.«

Steffen zog den Rotzlappen aus der Hosentasche und drückte das Knäuel gegen die schweißnasse Stirn. Eine undichte Stelle hatte ihm gerade noch gefehlt. Rotfuchs!, war sein erster Gedanke. Wer außer Walter Rotfuchs war mit den Eltern persönlich bekannt? Hatte sich der Polizeiinspektor verplappert? Zuzutrauen war es ihm. Musste sich wohl wichtigtun, ohne die Folgen zu bedenken. Steffen hatte ihn über das geplante Treffen mit Maic Lutter informiert in weiser Voraussicht, wie er glaubte, um sich einen weiteren Rüffel zu ersparen. Sollte sich seine Hypothese erhärten, wären die Weichen für die nächsten Schritte gestellt. Was Steffen am wenigsten brauchte, waren zeitraubende Diskussionen mit der Leitungsebene im eigenen Haus.

»Ich habe Walter Rotfuchs angerufen und ihn wegen der Presse um eine Entscheidung gebeten«, hörte er Dortje sagen.

»Das hast du gut gemacht.«

»Ja, aber es hat nichts genützt. Als Freund der Familie Peters erklärt er sich für befangen.«

»Wie edelmütig!«, grunzte Steffen.

»Du sollst ihn vertreten«, sagte Dortje.

»Pshaw«, stieß Steffen hervor. Das Einzige, was er von Walter Rotfuchs erwartete, war, dass er ihm den Rücken freihielt. Er hörte Telefone im Hintergrund klingeln. Sie hatten im Moment wirklich anderes zu tun.

Dortje stöhnte. »Hier geht noch immer die Post ab.«

Steffen trat von der Kante weg. »Strategiebesprechung ist um 19 Uhr«, erwiderte er knapp. »Gib das bitte an alle weiter! Um die Pressestelle kümmere ich mich später.« Er beendete das Gespräch und drehte sich um. Die jungen Leute unterhielten sich wieder. Sie nahmen keine Notiz mehr von ihm. Er überlegte, ob er den Bullen spielen und sich kurzerhand über die Absperrung hinwegsetzen sollte, um sich angesichts der Schlappen an diesem Tag wenigstens eine Grenzüberschreitung zu gestatten. Dann fiel ihm ein, dass er den Polizeiausweis im Auto zurückgelassen hatte. Ohne Ausweis könnte er die beiden nicht davon überzeugen, ihn über die Absperrung auf den Gipfel des Kalkbergs zu lassen. Großmütig erließ er sich diese absehbare Niederlage. Außerdem war es viel zu heiß für eine Kletterpartie. Der Coach hätte es »Selbsthygiene« genannt. Steffen schmunzelte. In dieser Hinsicht war dem dienstlich verordneten Coaching sogar etwas abzugewinnen. Unauffällig trat er den Rückzug zum Auto an.

Der Parkplatz Backofenwiese glich der Ausstellungsfläche eines Automobilhändlers für Sprinter, Gruppenkraftwagen und sonstige Kleintransporter sowie Einsatzfahrzeuge von Polizei und Hilfsmannschaften. Steffen fragte sich zum Einsatzwagen durch. Das Fahrzeug parkte weiter hinten auf der Promenade am Großen Segeberger See. Benno Merder stand neben dem Wagen und telefonierte. Er gab Steffen ein Zeichen, sich kurz zu gedulden, und wies auf einen Getränkewagen gleich nebenan. Steffen kippte das eiskalte Mineralwasser hinunter und beobachtete das Treiben um sich herum. Für die Verpflegung der Suchmannschaften war gut gesorgt. Hinter dem Getränkewagen hatte jemand seine fahrbare Imbissbude aufgestellt. Ein anderer bot Eiscreme an, und im Schatten eines

Gartenpavillons gab es belegte Brötchen. Einige Helfer hatten sich ihrer Schuhe und Strümpfe entledigt. Sie hockten auf der Seeseite der hölzernen Plattform und kühlten sich die Füße im See. Ein paar Kollegen stapften mit hochgezogenen Hosenbeinen im Gänsemarsch in einem Becken zum Wassertreten herum, das dort eingelassen war. Merder beendete das Telefonat und steuerte auf ihn zu. Der Kopf des Kollegen glühte.

»Du solltest dir ein Beispiel an den Einsatzleuten nehmen«, rief Steffen ihm zu und zeigte dabei auf die Helfer am Wasser. Er versuchte, Zeit zu schinden, um die schlechte Nachricht über den Vorschlag des Richters hinauszuzögern.

»Ich schicke sie zwischendurch ins Wasser«, erwiderte Merder. »Damit sie nicht aus den Latschen kippen.«

»Wie ich sehe, könnt ihr über mangelnde Versorgung nicht klagen«, bemerkte Steffen.

»Das ist wirklich klasse«, sagte Merder. »Wir werden richtig verwöhnt. Und alles zum Nulltarif. Sogar die Currywurst ist umsonst. Allerdings bräuchte ich Leute, um die verdammten Schnorrer abzuwimmeln. Wann können wir ins Stadion?«

Das war mal wieder typisch Merder. Er ließ sich nicht lange hinhalten. »Bald«, gab Steffen ausweichend zurück. »Sag mir, wie weit ihr inzwischen gekommen seid.«

Merder berichtete. Sie hatten zunächst das Gelände um den letzten Aufenthaltsort der Vermissten, wo die Party stattgefunden hatte, kreisförmig abgesucht. Sollte Nele auf der Flucht gewesen sein, mussten mehrere mögliche Fluchtwege in die unterschiedlichsten Richtungen in Erwägung gezogen werden. »Wir sind alle Wege abgelaufen, haben jede Kippe aufgelesen. Ein Hundeführer war im Reitstall, wo Nele am Morgen allerdings nicht gesehen wurde. Dort ist keine frische Spur von ihr. Ein weiterer Suchtrupp nahm sich Haus und Garten der Eltern vor. Auch die Gärten der Nachbarn wurden abgesucht. Fehlanzeige.«

Steffen staunte über das große Aufgebot an Einsatzkräften. Die Einsatzfahrzeuge der einzelnen Teamleitungen waren an unterschiedlichen Orten stationiert. Benno Merder führte die zentrale Koordinationsstelle. Bei ihm liefen alle Informationen zusammen, und es war offensichtlich, dass er dringend eine Pause brauchte. So wie es aussah, müssten sie die Nacht hindurch weitersuchen. »Wie ist dein Plan für die Nachalarmierung?«, fragte Steffen.

»Das Angebot an Unterstützung ist enorm«, sagte Benno. »Da gibt es ausreichend Reserven, um in Schichten zu arbeiten.«

Steffen kannte das Fieber, das jeden, der an einer solchen Suche beteiligt war, mehr oder weniger erwischte. Schließlich ging es um ein Menschenleben. Das ließ niemanden kalt, und es war nicht zu übersehen, dass Benno Merder brannte. »Und wer wird *dich* ablösen?«, fragte er.

»Schlauchboote für die Uferzonen haben wir genug«, fuhr Merder fort, ohne auf Steffens Frage einzugehen. »Was fehlt, sind Wärmebildkameras für die Nachtsuche. Die Akkus der Funkgeräte machen Probleme. Das Café hier am See hat uns seine Steckdosen zum Aufladen angeboten. Aber was hilft's, wenn die Akkus bei der Hitze den Geist aufgeben.«

»Also mehr Funkgeräte«, sagte Steffen. »Was noch?«

»Wir brauchen gutes Licht für die Nacht«, sagte Merder. »In der Kalkbergarena gibt es Flutlicht.« Er blickte Steffen erwartungsvoll an.

»Die Arena hat Zeit bis morgen früh«, entgegnete Steffen.

Benno Merder klappte der Unterkiefer herunter. »Das glaube ich nicht«, stieß er hervor.

»Die spielfreie Zeit von Montag bis Donnerstagmittag …« Weiter kam Steffen nicht.

»Die spielfreie Zeit beginnt heute nach der Vorstellung«, funkelte Merder ihn aus rot geäderten Augen an. Er stieß den Finger in Richtung Kalkberg. »Ich gehe da heute Abend rein! Und wenn ich das Tor aufbrechen muss.«

Steffen ermahnte sich, ruhig zu bleiben. Benno war ein Hitzkopf, aber insgeheim gab Steffen ihm recht. Er selbst hätte darauf kommen können. »Gut«, lenkte er ein. »Ich rufe Weidlich an.« Er betrachtete Merders vom Schweiß verklebtes Haar, den hochroten Kopf und fragte sich besorgt, wie lange der Kollege durchhalten würde. Er konnte auf Merder nicht verzichten. Als dieser den Mund öffnete, vermutlich um etwas zu entgegnen, fiel Steffen ihm ins Wort. »Um 19 Uhr sehe ich dich auf der Wache. Strategiebesprechung. Aber vorher fährst du nach Hause. Am besten sofort. Sonst geht ein anderer in die Arena.« Steffen wandte sich zum Gehen. Nach wenigen Schritten drehte er sich um. »Das ist eine Dienstanweisung«, schickte er hinterher. Dann zog er ab. Zwar blieb dem Kollegen bis zur Besprechung nur eine Stunde. Aber Steffen vertraute auf dessen robuste Natur, die mit einem Ladepotenzial jenseits der Lithium-Ära ausgestattet schien. Es hätte ihn nicht gewundert, wenn Merder seinen Akku bereits mit Spinnenblut auflud.

Steffen beschleunigte seinen Schritt. Um 18 Uhr hatte er sich mit Maic Lutter am Kalkberg verabredet. Beim Wagen angekommen, drückte er die Nummer von Mathias Weidlich. Der Anrufbeantworter des Geschäftsführers meldete sich. Steffen bat um Rückruf. Dann schickte er eine SMS an Maic: *Bin gleich da. Sharlih.*

ANNIKA

Maics Abstecher zur Imbissbude hatte sie mehr Zeit gekostet als der Stau auf der Bundesstraße. Annika hatte die Unterbrechung genutzt, um wieder in Socken und Schuhe zu schlüpfen. Als sie auf den Parkplatz vor der Freilichtbühne am Kalkberg einbogen, winkte ihnen ein großer, dicker Mann in Zivil.

»Das ist er«, sagte Maic und folgte den Handzeichen seines Ex-Kollegen in eine Parkbucht neben einem Streifenwagen.

Steffen Hinrichs strahlte übers ganze Gesicht. »Mensch, Maic, wächst du noch, oder schrumpfe ich schon?« Beherzt fasste er den Freund bei den Schultern. »Was lenkt deinen Fuß in diese gottverdammte Stadt?«

Annika verkniff sich ein Grinsen. An der Seite seines ehemaligen Vorgesetzten nahm sich Maic eher wie der kleine Hadschi Halef Omar aus, nur dass diese überschwängliche Begrüßung ihn offenbar nicht mit Stolz erfüllte. Ganz im Gegenteil. Dass ausgerechnet Annika Zeugin dieses intimen Schauspiels wurde, schien ihm nicht zu behagen. Peinlich berührt, schielte er zu ihr hinüber. Aber Annika dachte nicht daran, sich abzuwenden, um die beiden für einen Augenblick sich selbst zu überlassen. Wann hatte sie schon einmal Gelegenheit, zwei Blutsbrüder live zu erleben? Trotz des lockeren Empfangs wirkte Steffen Hinrichs angespannt. Er schwitzte stark. Mit seiner weißen Schirmmütze und der ausgebeulten rechten Hosentasche sah er wie ein Tennisspieler aus, der es nach einem erschöpfenden Match versäumt hatte, den Reserveball abzugeben.

Annika seufzte leise in sich hinein. Dies war nun ihr freies Wochenende, dessen Ausklang sie sich allerdings anders ausgemalt hatte. Eigentlich sollte sie jetzt mit Leonis bei einem Glas Wein sitzen, um sich seinen Bericht anzuhören. Seit gestern war er aus Pristina zurück und hatte angedeutet, dass es Neuigkeiten gab. Mochte er tatsächlich etwas herausgefunden haben? Nach so vielen Jahren? Sie konnte es kaum glauben. Bislang war er stets mit leeren Händen von seinen Erkundungsreisen zurückgekehrt. Sie hatte sich an sein hilfloses Schulterzucken gewöhnt, und nun löste die Vorstellung, dass er bei seinen Nachforschungen weitergekommen sein könnte, ein nervöses Unbehagen bei ihr aus. Nach so langer Zeit kamen ihr die mysteriösen Umstände ihrer gemeinsamen Suche unwirklich vor. Insgeheim fragte sie sich, ob sie es überhaupt noch wissen wollte.

»Und Sie sind …?«

Überrascht starrte Annika auf Hinrichs ausgestreckte Rechte. »Annika«, erwiderte sie. Sie überließ ihre Hand seiner gut gepolsterten Pranke. Hinrichs zog sich die Kappe vom Kopf. Unter dem hellblonden, lichten Haarflaum wölbte sich eine hohe Stirn über buschigen Augenbrauen. Eine dunstverhangene Ostsee schimmerte in seiner Iris, und seine außergewöhnliche Präsenz nahm sie sofort für ihn ein.

»Ich bin Steffen.« Freudig drückte er ihre Hand. Sein Händedruck war angenehm fest und trotz der Hitze gar nicht feucht.

»Uff!«, staunte Maic. »Dann wäre wohl alles geklärt. Wenn der Rest ebenso schnell über die Bühne geht, bin ich pünktlich zum Abendessen zu Hause.«

Steffen schaute auf die Uhr. »Du hast recht, mein Freund«, sagte er und setzte sich in Bewegung. »Punkt 19 Uhr muss ich wieder auf der Wache sein.« Er winkte ihnen, ihm zu folgen. Nach wenigen Minuten blieb er stehen und wies auf ein Wohnhaus. »Hier fand heute Nacht die Party statt, auf der auch Nele Peters war«, begann er atemlos. Er holte tief Luft, bevor er weiterredete. »Ein paar Zeugen gaben an, dass Nele sich gegen Mitternacht von ihnen verabschiedete. Für uns sieht es eher so aus, als hätten sich die jungen Leute abgesprochen.« Er zögerte kurz. »Dazu komme ich noch. Bleiben wir bei den Ereignissen der letzten Nacht. Der Notruf von Neles Handy ging um 0.23 Uhr in Elmshorn ein. Der Anruf brach bald ab. Die diensthabende Kollegin ließ sogleich eine Funkzellenortung durchführen, nachdem der Rückrufversuch fehlgeschlagen war. Gegen 1 Uhr wurde der Notruf an uns weitergeleitet. Ein Einsatzwagen der Segeberger Bereitschaft machte sich sofort auf den Weg zum Kalkberg und fuhr das Gelände ab, in dessen Bereich das Handysignal geortet worden war. Auch stiegen die Kollegen aus, um die Fußwege abzusuchen. Nach einer Stunde beendeten sie die Suche. Um 4.30 Uhr hatten wir Namen und Adresse der Handyhalterin. Gegen 6 Uhr fuhr eine Streife zu den Eltern und stellte fest, dass Nele nicht zu Hause war. Daraufhin wurde die Fahndung eingeleitet. Die Reinigungstruppe der Festspielgesellschaft hatte bereits mit Kehrmaschine und Besen den Vorplatz des Stadions gründlich gereinigt, als unsere Spurensicherung eintraf. Zum Glück war der eingesammelte Müll noch nicht in der großen Tonne gelandet. Die Säcke wurden sofort zur Analyse nach Kiel überstellt. Inzwischen sind alle Ecken und Winkel abgesucht.« Er schaute sich um. »So sauber war's hier lange nicht mehr.«

»Der Anruf kam von hier, aber die Anruferin war nicht mehr da.« Annika hatte laut nachgedacht und schob schnell hinterher: »Wurde das Gespräch aufgezeichnet?«

Steffen nickte. »Alle Notrufe werden aufgezeichnet. Den Mitschnitt erhielten wir heute Morgen zusammen mit dem Bericht aus Elmshorn. Man hört eine Flüsterstimme und ein Keuchen. Kaum zu verstehen. Die Kollegin, die den Anruf entgegennahm, hielt es jedoch für den Notruf einer weiblichen Person.«

»Wurde nach möglichen Fluchtwegen ermittelt?«

Steffen nickte. »Gleich am Morgen wurde ein Personenspürhund auf Neles Geruch angesetzt. Der Hund nahm eine Fährte auf, lief jedoch kreuz und quer durch das Netz an Wegen hier oben. Daraus ließ sich keine eindeutige Richtung ableiten.«

»Gibt es eine Notiz über die Laufstrecke?«, wollte Annika wissen. Maics plötzliche Unruhe lenkte sie kurz ab. Er hatte sich ein paar Schritte von ihnen entfernt und lief nervös hin und her. »Wo war ich gerade?«, fragte sie.

»Laufstrecke«, sagte Steffen.

»Genau! Vielleicht ließe sich daraus etwas ableiten«, sagte sie.

»Kein Problem«, sagte Steffen. »Ich hake nach.«

Maic war inzwischen stehen geblieben. Er hatte ihnen den Rücken zugewandt und wies auf das Haus, in dem die Feier stattgefunden hatte. »Steffen«, rief er und winkte ihn zu sich.

»Nur noch eine Frage, Maic«, rief Annika. »Dann bin ich fertig.« Sie wandte sich an Hinrichs. »Könnte ich selbst mit dem Hundeführer sprechen?«

»Sicher«, sagte Steffen.

»Könnte er bis dahin die Laufstrecken memorieren und aufzeichnen?«

Steffen nickte. »Ich werde das veranlassen.«

»Können wir hier fertig werden?«, drängte Maic aus seiner Abseitsstellung. »Steffen, du hattest vorhin die Zeugen auf der Party erwähnt.«

»Danke, hätte ich fast vergessen«, sagte Steffen und eilte an Maics Seite. »Nele war zusammen mit ihrer besten Freundin auf die Party gekommen«, fuhr er fort. »Ina Korthaus. Heute früh bei der Vernehmung war die junge Dame noch ganz schön benommen. Ihre Aussage deckt sich zwar mit denen der anderen Zeugen, aber kam mir wie auswendig gelernt vor. Ich glaube, sie hatte keinen blassen Schimmer, wie sie nach Hause gekommen war.«

Maic schnaubte verächtlich. »Also habt ihr weder Zeugen noch konkrete Anhaltspunkte. Du weißt selbst, dass das für eine OFA-Analyse nicht ausreicht.«

Steffen seufzte und schüttelte den Kopf. »Geh mal dort rein, dann weißt du Bescheid. Der Duft spricht Bände ebenso wie das Rot in den Augen des Mädels. Ich musste ihr anweisen, zur Vernehmung die Sonnenbrille abzusetzen. Ina Korthaus übergab mir ihren Fahrradschlüssel. Sie erklärte, es sei mit dem Rad von Nele zusammengeschlossen.«

»Folglich konnte Nele nicht wegfahren«, stellte Annika fest. Sie hatte sich zu den beiden Männern gesellt. »Das begrenzt den Radius, in dem wir suchen müssen.«

Steffen blickte besorgt. »Wenn sie nicht auf andere Weise von hier fortgekommen ist.«

Maic verzog das Gesicht. »Du bist noch immer der Meinung, dass sie verschleppt wurde?«

Steffen zögerte. »Na ja, wir dürfen das nicht ausschließen. Deshalb habe ich dich angerufen. Deine Einschätzung wäre mir wichtig.«

»Ich will ehrlich sein.« Maic rieb sich das Kinn. »Für eine Operative Fallanalyse fehlen die Fakten. Wie soll ich das begründen?«

Annika staunte. Ausgerechnet seinem besten Freund gegenüber spielte Maic sich als pingeliger OFA-Chef auf! Da fiel ihr ein, wie wenig einfühlsam sie Leonis am Nachmittag abgewimmelt hatte.

Steffen Hinrichs wiegte unsicher den Kopf. »Es ist nur …«, stammelte er. »Der Fall Keyser … Da gibt es Ähnlichkeiten.«

Weshalb fällt es ihm so schwer, seinen Verdacht zu vertreten?, fragte sich Annika. Lag es an Maics mieser Stimmung, weil er hier diesen kühlen Verhörton anschlug? Sie selbst brannte darauf zu erfahren, was Steffen vorzubringen hatte. Spuck's einfach aus!, hätte sie ihn gerne ermuntert, aber das noch ungewohnte Du wollte ihr nicht über die Lippen kommen.

Nachdenklich sah Steffen sie an. »Ich kann mich irren«, begann er zögerlich. »Ort, Zeitpunkt und Umstände bereiten mir jedoch Kopfzerbrechen. Auch Vanessa Keyser verschwand in einer Nacht von Samstag auf Sonntag von einer Party am Kalkberg.« Er ließ den Blick in die Ferne schweifen. »Am 5. September 2015 feierte die Schauspieltruppe das Ende der Spielzeit«, fuhr er fort. »Es war der Tag vor Vanessas 18. Geburtstag. Sie war Komparsin und wollte mit dem Ensemble hineinfeiern. Kurz vor Mitternacht erklärte sie einer Freundin, nur mal schnell hinaus an die frische Luft zu gehen. Seitdem ist Vanessa Keyser verschwunden. Gut sechs Wochen vergingen, ohne dass wir eine einzige Spur von ihr hatten. Am 21. Oktober entdeckte ein Baggerführer zufällig unter dem Sockel des Bergschlösschens am Kalkberg die Handtasche der Vermissten. Das Gebäude wurde damals abgerissen.« Während seiner Rede hatte Steffen nur Annika angesehen. Nun wandte er sich an Maic. »Die Handtasche ging zur Untersuchung ans LKA.«

»In der Handtasche von Vanessa Keyser fanden wir eine DNA-Spur, die sich mit einem Eintrag in unserer Genkartei deckt«, übernahm Maic im nüchternen Ton des sachlichen Berichterstatters. »Vanessa Keyser war mit großer Wahrscheinlichkeit demselben Mann begegnet wie Julia Hofmann aus Bischofswerda. Die

15-Jährige war Bereiterin und Tierpflegerin bei den sächsischen Karl-May-Spielen gewesen. Sie wurde am 13. Juli 2008 während der letzten Aufführung der Saison erdrosselt, verschleppt und zwei Tage später von einem Hundespaziergänger in einer Grube ganz in der Nähe des Festspielortes gefunden. Nach dem Fund von Vanessas Handtasche im Herbst 2015 führten wir zusammen mit dem LKA Sachsen eine Fallanalyse durch, auch, um ein klareres Bild vom Täter zu bekommen. Inzwischen haben wir den Eindruck, dass er sich sehr sicher fühlt, denn er benutzt keine Handschuhe, wenn er seine Opfer knebelt und erdrosselt. So durchsuchte er auch mit bloßen Händen die Handtasche von Vanessa Keyser, steckte sie in eine Plastiktüte und schob sie unter das Fundament des Gebäudes, anstatt sie zu vernichten. Wie ihm das gelang, ist uns noch immer ein Rätsel. Indem er die Tasche in Plastik verpackte, konservierte er seine Spuren. Rein theoretisch hätte er sogar wissen können, dass das Bergschlösschen zum Abriss stand. Die Art und Weise, wie er Spuren hinterlässt, erscheint mir gut kalkuliert. Aber niemand hat ihn gesehen. Nur seine Opfer könnten ihn identifizieren. Für sie kommt jedoch jede Rettung zu spät.«

»Opfer?«, wunderte sich Annika. »Wurde Vanessa Keyser denn gefunden?«

»Nein«, erwiderte Maic. »Sie nicht, aber im Sommer 2016 schlug er erneut zu. Am 16. Juli stieß ein Forstbeauftragter auf die Leiche von Lina Strake aus Elspe in Westfalen. Die 14-Jährige lag gefesselt und geknebelt in einer Winterstreukiste. Sie war darin erstickt. Ein Jahr später, im Juli 2017, wurde Angelina Kolling, 15 Jahre alt, aus dem pfälzischen Mörschied ermordet aufgefunden. Sie lag gefesselt und geknebelt in einer Futterkiste des zur Waldbühne gehörenden Reitstalls. Sie betreute dort die Pferde. Tathergang und der genetische Fingerabdruck weisen in allen genannten Fällen auf denselben Täter hin, einem dem Polizeiregister in seiner Identität noch unbekannten Mann, der sich offenbar bundesweit im Umfeld von Karl-May-Spielorten bewegt und dort die Nähe zu jungen Frauen sucht. Die uns vorliegenden Beweise belegen, dass er seit 2015 jedes Jahr an einem anderen Ort zuschlug.«

Wie viele noch?, fragte sich Annika. Sie hatte Maic mit halb geschlossenen Lidern zugehört und hielt den Blick gesenkt. Vor ihrem geistigen Auge tauchten Gräberfelder auf. Sie blinzelte die verstörenden Bilder beiseite und schaute auf. Auch die beiden Kollegen schienen in Gedanken versunken. Sie hatten ihre kurze Unaufmerksamkeit nicht bemerkt. »Zwischen 2008 und 2015 ist eine große zeitliche Lücke«, warf sie ein. »Könnte ihm ein Opfer entwischt sein?«

»Das haben wir uns auch gefragt«, erwiderte Maic. »Nach dem Fund der Handtasche leiteten wir im Oktober 2015 eine bundesweite Großfahndung ein. Sie lief über alle denkbaren Kanäle: Fernsehen, Radio und Presse wurden mobilisiert. Sofern die Familien zustimmten, wurden Plakate aufgehängt. Morde an jungen Frauen treffen den Nerv der Bevölkerung. Du glaubst nicht, wie viele Hinweise wir über die Jahre erhielten. Die Fülle eingegangener Informationen war kaum zu bewältigen. Jeder wollte den Festspielmörder gesehen haben. Aber es gibt keine verlässlichen Zeugenaussagen über Alter und Aussehen des Mannes. Er ist wie ein Phantom.«

Einen Augenblick lang standen sie schweigend voreinander. Annika erinnerte sich vage an diese Ereignisse. Damals hatte sie kurz vor dem Abschluss der Polizeiausbildung gestanden. Ihren Berufswechsel hatte sie keine Sekunde bereut, obwohl sie gerne Sozialarbeiterin gewesen war. Die Arbeit auf der Straße stellte in jeder Hinsicht eine besondere Herausforderung dar. Am Anfang war sie gut damit klargekommen. Aber dann hatte auch sie die Ernüchterung über eine Gesellschaft erfasst, die sich mit unterbezahlten Streetworkern ihr schlechtes Gewissen erleichterte. Die wachsende Bandenkriminalität unter Jugendlichen machte ihr zunehmend zu schaffen. Sie fühlte sich von den zuständigen Behörden allein gelassen und schaffte gerade noch den Absprung, bevor sie der Frust endgültig ausbrannte. Zur Polizei war sie aus einem persönlichen Grund gegangen. Allerdings hatte sich ihr ursprünglicher Plan in diesem Sommer endgültig zerschlagen.

»Ich werde das Gefühl nicht los, etwas Entscheidendes übersehen zu haben«, durchbrach Steffen Hinrichs das allgemeine Schweigen. Er griff sich in die rechte Hosentasche und zog ein nahezu handtuchgroßes weißes Taschentuch hervor.

Annika schmunzelte. Tennisball wäre auch zu sportlich gewesen!

»Im Fall Keyser begingen wir den Fehler, die Fahndung erst nach 24 Stunden einzuleiten«, fuhr er fort und tupfte sich mit dem Tuch den Schweiß aus dem Nacken. »Ohne einen Hinweis auf ein Verbrechen ist das bei vermissten Erwachsenen nicht ungewöhnlich. Mit gerade einmal 18 Lenzen war Vanessa Keyser eine junge Erwachsene. Hätten wir jedoch gleich gesucht, wären ihre Spuren noch frisch gewesen und ...« Er unterbrach sich kurz, während er den Lappen in der Hose verstaute. »Unsere Aufgabe ist doch in erster Line, das Opfer zu finden und bestenfalls sein Leben zu retten«, sagte er. »Lina Strake starb an ihren schweren Kopfverletzungen. Sie wäre womöglich am Leben, wenn die Polizei die Suche damals großräumiger gestaltet hätte.« Er schlug sich gegen die Stirn. »Bitte entschuldigt mich kurz. Mir ist gerade etwas eingefallen.« Er zog sein Mobiltelefon aus dem Holster und entfernte sich.

Maic hatte die Hände in den Hosentaschen vergraben. Er hielt den Blick starr auf das Wohnhaus gerichtet, als konzentrierte er sich auf einen Gedanken.

»Steffen hat recht«, sagte Annika. »Nele Peters könnte noch leben. Das oberste Ziel muss sein, sie zu finden.«

Maic verzog das Gesicht und stieß einen Laut aus, der weder Zustimmung noch Ablehnung erkennen ließ. »Den Weg hätten wir uns sparen können.« Er schaute auf seine Uhr. »Wir haben weder ein Opfer noch einen Täter. Ohne objektive Fakten macht eine operative Fallanalyse keinen Sinn. Alles, was hier an Probenmaterial anfällt, wird bei uns in Kiel untersucht und ausgewertet. Wir brauchen handfeste Hinweise.«

Annika sah ihn herausfordernd an. »Ich werde Steffen Hinrichs unterstützen. Noch heute Abend rufe ich meine Dienststellenleiterin an.«

»Wie du meinst«, brummte Maic. »Wenn sie dich dafür freistellt.«

»Sie wird mich freistellen, wenn du es befürwortest«, erwiderte sie.

Steffen wirkte entspannter, als er zurückkam. »So, das wäre erledigt«, sagte er. »Heute Nacht werden wir uns das

Stadion vornehmen.« Erwartungsvoll wandte er sich an die beiden Kollegen. »Und wie wollen wir verbleiben?«

»Wir sollten die ersten Laboranalysen abwarten«, sagte Maic.

»Wann liegen die vor?«, wollte Steffen wissen. Er schlug den Weg zurück zum Parkplatz ein.

»Bestenfalls morgen Abend«, erwiderte Maic. »Ich melde mich.« Er hob zum Abschied die Hand und ging zum Wagen hinüber.

Annika wartete. Steffen hatte sie mit keinem Wort auf die ihr zugedachte Aufgabe angesprochen. Hielt er sie nicht für ausreichend kompetent, den Job zu übernehmen? Sie selbst war davon überzeugt, dass sie genau die Richtige dafür war, und der Antrag auf Freistellung nach Bad Segeberg war nur eine Formsache, nachdem Maic sie für diesen Besuch bei ihrer Dienststelle angefordert hatte. Ihr Entschluss stand fest, und Maic würde sich ihr schon nicht in den Weg stellen. »Also, bis morgen früh um 8 Uhr«, sagte sie. »Als Erstes möchte ich mir die Aufzeichnung des Notrufs anhören.« Ihr Ton ließ keinen Zweifel zu.

»Da bin ich aber erleichtert.« Steffen drückte ihr freudig die Hand. »Ich hatte schon Sorge … Ach, was«, unterbrach er sich selbst. »Ich bestelle gleich noch den Hundeführer ein. Laufstrecke memorieren und aufzeichnen.« Er zwinkerte ihr zu. »Ich hab's mir gemerkt.«

Maic hatte derweil den Motor angelassen. Ungeduldig spielte er mit dem Gaspedal. »Das Abendessen wartet«, sagte Annika und grinste verschwörerisch.

Während sie zum Wagen eilte, hörte sie Steffen rufen: »Morgen früh um 10 Uhr ist Besprechung. Da wirst du das Team kennenlernen.«

MONTAG

STEFFEN

Die Sitzung war bereits im vollen Gange, als Annika und Steffen das große Besprechungszimmer betraten. Steffen wies auf die beiden freien Plätze am Fenster und ließ die Kollegin aus Kiel vorausgehen. Es roch nach frisch aufgebrühtem Kaffee. Anne hatte das Porzellan aufgefahren. Statt der sonst üblichen Pappbecher mit Automatenkaffee standen Tassen und Kannen auf dem Tisch. Die Sekretärin wusste stets, was zu tun war, um den Teamgeist hochzuhalten. Steffen warf ihr einen dankbaren Blick zu. Anne quittierte es mit einem lustigen Augenzwinkern. Es gab noch immer keine Spur von der Vermissten, und entsprechend niedergedrückt war die Stimmung im Raum, auch wenn alle wussten, dass es viel zu früh war, Bilanz zu ziehen.

Dortje Feindlich unterbrach ihren Bericht, aber Steffen gab ihr ein Zeichen fortzufahren, während er und Annika auf die letzten freien Stühle zusteuerten. Die Belegschaft hatte auch ohne ihn pünktlich angefangen. Steffen zählte 20 Leute. Darunter waren einige Gäste wie die Leiter der Hilfsmannschaften, Gesichter, die Steffen vom Vorabend kannte. Leider konnte er nicht alle im Raum sehen, denn die Tische standen in U-Form, was dem Umstand anzulasten war, dass das große Besprechungszimmer auch als Schulungsraum für die Polizeianwärter genutzt wurde. Er hätte gern die langweiligen Schultischreihen durch ein großes Tischoval ersetzen lassen. Aber er hatte sich gegenüber Rotfuchs nicht durchsetzen können. Denn anders als Steffen war dieser der Ansicht, dass eine Tischrunde, in der sich alle im Blick hatten, der Kommunikation nicht gerade förderlich wäre. Walter Rotfuchs war es eben wichtiger, dass die Leute *ihn* sahen. Steffen hingegen hasste es, allein vor einem Haufen von Leuten zu stehen, die sowieso alles besser wussten. Immerhin hatte man bei der Ausstattung des Glaskastens seinem Wunsch entsprochen und den lichtdurchfluteten Bereich im ersten Stock über dem Eingang, den sie für kleine Unterredungen und besondere Anlässe nutzten, mit einem ovalen Tisch ausgestattet.

Eine große Wachsamkeit erfüllte den Raum, in die Dortje ihren Bericht flötete. Die verstohlenen Blicke, die zu Annika Liebsch herüberwanderten, entgingen ihm nicht. Er hatte sie gleich zu Beginn der Sitzung vorstellen wollen. Aber damit hätte er womöglich Dortje aus dem Konzept gebracht. Die junge Kollegin wirkte angespannt. Sie sprach leise, und alle Anwesenden spitzten die Ohren, damit ihnen kein Detail ihrer Zusammenfassung entging. Steffen war nicht überrascht, dass auch nach der Sitzung am Abend die Telefone nicht stillgestanden hatten. Insgesamt seien über 350 Hinweise eingegangen. Ein Anrufer glaubte, Nele Sonntagfrüh um 4 Uhr als Tramperin bei Flensburg auf der A7 in Richtung Dänemark erkannt zu haben. »Die dänischen Kollegen sind informiert«, sagte Dortje. »Ina Korthaus, Neles beste Freundin, schickte uns das Original zu Neles manipuliertem Facebook-Porträt, sodass wir inzwischen ein brauchbares Foto für die bundesweite Fahndung haben.« Dortje überflog kurz ihre Liste. »Das hier könnte interessant sein«, sagte sie. »Eine Anruferin will kurz nach Mitternacht einen Schrei gehört haben. Als sie heute früh in der Zeitung gelesen habe, dass eine junge Frau vermisst wird, sei es ihr wieder eingefallen. Sie erwähnte noch, dass bald nach dem Schrei ein Martinshorn ertönte.«

An Steffens Seite schnellte eine Hand in die Höhe. Annika richtete sich kerzengerade auf. »Kurze Zwischenfrage«, rief sie in die Runde. »Wo befand sich die Anruferin, als sie den Schrei vernahm?«

»In ihrem Bett«, erwiderte Dortje. »Sie wohnt am Kalkberg, nicht weit von dem Haus, in dem die Party stattfand.«

Alle Blicke ruhten auf Annika, und Steffen wollte sich erheben, um die versäumte Vorstellung nachzuholen, da kam sie ihm zuvor. »Ich bin übrigens Annika Liebsch von der Kripo Kiel. Man hat mich freigestellt, die Ermittlungen im Fall Nele Peters zu unterstützen. Wir haben uns vorhin die Tonaufzeichnung des Notrufs noch einmal angehört«, fuhr sie sogleich fort. »Darauf ist ein Martinshorn zu hören. Inzwischen wissen wir, dass es ein Notarztwagen war, und wir haben die Adresse des Einsatzortes am Kalkberg. Folglich befand sich Nele zu dem Zeitpunkt ganz in der Nähe. Der Schrei, den die Frau hörte, könnte von ihr gekommen sein. Dieser Hinweis erscheint mir wichtig.«

»Ich kann die Zeugin fürs Protokoll einbestellen«, schlug Dortje vor. Sie sah zu Steffen hinüber, der zustimmend nickte. »Es gibt da noch etwas«, fuhr Dortje fort. »Uns liegt die Liste der Gäste vor, die in der Nacht von Samstag auf Sonntag das *Mora Mora* besuchten. Das ist das Restaurant am Kalkberg«, fügte sie erklärend hinzu. »Unter den Gästen war ein Mann namens Kos …«

Weiter kam sie nicht. Die Tür zum Sitzungszimmer schwang auf, und Walter Rotfuchs erschien auf der Schwelle. Der Polizeiinspektor verharrte im Türrahmen. Sein Blick wanderte suchend durch den Raum und blieb an Steffen hängen. Er hatte Rotfuchs explizit eingeladen, an der Besprechung teilzunehmen. Der zweite freie Stuhl, auf dem Annika nun saß, war für ihn bestimmt gewesen.

Günter Spinner sprang auf und bot dem Leiter der Kripo seinen Platz an. Ausgerechnet der Spinner von der Spusi, dachte Steffen. Hatte es wohl nötig, sich einzuschleimen. Aber dessen anbiedernde Geste kam Steffen gerade recht. Er beschloss, die Situation dieses Mal auszusitzen.

»Ich will nicht stören.« Hilfesuchend schaute Rotfuchs zu Steffen hinüber. Der Polizeioberrat trug Krawatte und seinen Ausgehzwirn. Aber Steffen dachte nicht daran, sich wie schon so oft zu ihm vor die Tür zu begeben, um sich zum Überbringer seiner fadenscheinigen Ausreden machen zu lassen. So unschlüssig, wie er im Türrahmen verharrte, schien er nicht darauf versessen, der Sitzung beizuwohnen. Seine Befangenheitserklärung im Fall Peters war jedenfalls lächerlich. In Wahrheit drückte er sich davor, einen Misserfolg mit zu verantworten. Steffen hatte sich schon viele Male vorgenommen, Rotfuchs zur Rede zu stellen. Aber der Mann war aalglatt. Er besaß ein gutes Gespür dafür, wenn das Maß voll war, und dann verschwand er, und wenn er wieder auftauchte, war bei Steffen der Zorn verpufft. Kneifen kann jeder, schnaubte Steffen still in sich hinein. In solchen Momenten bedauerte er, nicht in einem Roman von Karl May zu leben und den Schuft mit seinem Bärentöter in die Schranken zu weisen. Allein sich diese Szene auszumalen – Mann gegen Mann – und sich selbst dabei im Vorteil zu sehen, tat gut und dämpfte seinen Unmut.

Walter Rotfuchs räusperte sich. Demonstrativ schaute er auf seine Armbanduhr. Ein weiterer Blick zu Steffen hinüber musste ihn davon überzeugen, dass sein stilles Begehren nichts half. »Ich muss los«, erklärte er hastig. »Eine Sache noch.« Sein Gesicht nahm einen bedeutungsschweren Ausdruck an. »Die Eltern der Vermissten lassen in Kürze eine Belohnung von 10.000 Euro ausschreiben.«

Ein verstörtes Raunen ging durch den Raum.

»Ja, nicht wahr?«, fuhr Rotfuchs freudig fort, der offenbar gar nichts begriff. »Das wird die Fahndung voranbringen. Vermutlich kommt demnächst die Auslobung einer …«, er lächelte dünn. »Na ja, eines wohl bescheideneren Sümmchens durch die Staatsanwaltschaft. Vorerst hält sie sich zurück.« Dann hob er eilig die Hand. Die Tür fiel hinter ihm zu, und der Rotfuchs verließ seinen Bau.

Steffen schwieg. Er wollte nicht, dass die Kollegen spürten, wie wütend er war. Weshalb stimmte Walter sich nicht mit ihm ab? Für die Ankündigung einer Belohnung, und dann in dieser Höhe, war es zu früh. Das hätte Rotfuchs den Eltern klarmachen müssen. Die Hinweise aus der Bevölkerung wären schon jetzt kaum zu bewältigen. Diese Belohnung führte dazu, dass die Hinweisflut in null Komma nichts zu einem Tsunami anwachsen und die Ermittlungsarbeit völlig ausbremsen würde, war sich Steffen sicher. Er blickte in betroffene Gesichter. Im Raum war es still geworden, und Dortje Feindlich hatte es die Sprache verschlagen. Gut, dachte Steffen. So einfach würde er sich nicht geschlagen geben. Machen wir das Beste daraus! Er hatte genug gehört, um zu wissen, dass von nun an alle Fakten, die Rückschlüsse auf den Fall Keyser erlaubten, im engsten Ermittlerkreis bleiben mussten. Das galt für die Blutspur im Kalkbergstadion, die Merder am Abend zuvor entdeckt hatte, ebenso wie für den Namen Kostja Janković, der Dortje auf den Lippen lag, als der Chef hereinplatzte. Der Auftritt des Polizeiinspektors hatte dessen Preisgabe vereitelt. *Every cloud has a silver lining*, dachte Steffen. Die Einsicht hatte einen bitteren Beigeschmack, aber manchmal half es, sich die Umstände schönzureden. Hier jedenfalls war alles gesagt, und jeder wusste, was zu tun war. Die Einteilung der Leute war bereits früh am Morgen geschehen. Steffen erhob sich. »Ich fasse zusammen«, sagte er. »Die Suchmannschaften sind angewiesen, den Suchradius auszudehnen. Dortje Feindlich und Annika Liebsch fahren zu den Eltern der Vermissten. Günter Spinner wird sie begleiten. Wir brauchen Zugang zu Neles Computer und den Internetportalen, auf denen sie unterwegs war.« Er suchte Benno Merder unter den Anwesenden und entdeckte ihn zwischen den Leitern der Suchmannschaften. Merder sah abgekämpft aus. Bis spät in die Nacht hinein hatte er die Spurensuche im Stadion geleitet. »Benno, halte dich bitte bereit. Ich melde mich gleich bei dir«, sagte Steffen. Der Kollege hob den Kopf und nickte. Dann wandte sich Steffen an Dortje. »Und eh ich's vergesse: Die Presse übernehme ich.« Er klatschte in die Hände. »An die Arbeit, Leute! Besprechung beendet.«

Sein Büro war aufgeheizt wie ein Backofen, als Steffen und Annika zurückkehrten. Er hatte in der Eile am Vormittag vergessen, die Sonnenblende herunterzulassen. Er lief zum Fenster und betätigte die Kurbel.

Annika zog den Stuhl vor die Fensterbank, auf der der Ventilator seiner Jungfernfahrt harrte. »Ich darf doch?«, fragte sie. Ohne Steffens Antwort abzuwarten, ließ sie sich rittlings nieder und schaltete das Gebläse ein.

Nach der Sitzung hatte Steffen Annika in sein Büro gebeten. Für das, was er mit ihr zu besprechen hatte, brauchte er keine Zuhörer. Ihm war eine Idee gekommen, wie sich das Chaos, das dank Rotfuchs ihnen in Kürze ins Haus stand, abwenden ließe. Mit Annikas Hilfe wollte er Neles Eltern dazu bewegen, die Belohnung vorerst zurückzuhalten. Jetzt kamen ihm Zweifel, ob es richtig war, sie in diese Sache hineinzuziehen. Bestimmt würde es Ärger geben.

Steffen setzte sich an den Schreibtisch. Jedes Mal, wenn sich der Ventilator in seine Richtung drehte, strich ein warmer Landwind über die Deutsche Bucht hinweg und zupfte an den Papierstapeln, die wie behäbige Frachtschiffe vor der Küste auf Löschung warteten. Der angestaubte Dunst alter Akten stieg ihm in die Nase. Er unterdrückte ein Niesen. Annika hatte ihm den Rücken zugewandt. Sie gab sich ganz unbefangen. Steffen gefiel es, wie sie sich den Wind ins Gesicht pusten ließ, eine Rockerbraut, mit deren schwarzbrauner Mähne der Fahrtwind sein wildes Spiel trieb.

»Dieser Mann aus dem *Mora Mora*«, begann sie, ohne sich nach ihm umzuwenden. »Wie heißt er?«

»Sein Name ist Kostja Janković«, erwiderte Steffen.

»Was ist mit ihm?«, fragte sie.

»Im Fall Vanessa Keyser war er einer der Hauptverdächtigen«, sagte Steffen. »Der Fund ihrer Handtasche entlastete ihn, aber der Verdacht der Mittäterschaft blieb an ihm kleben.«

»Wie das?« Annika hatte sich zu ihm herumgedreht. Der Wind blies ihr in den Nacken, und ein wirres Geflecht aus losen Strähnen verhüllte ihr Gesicht. Nur ihre fein geschwungenen Lippen schauten hervor.

Steffen dachte kurz über ihre Frage nach. »Es gab Aussagen von Zeugen, die ihn belasteten«, sagte er schließlich. »Außerdem hatte er kein Alibi für den Zeitpunkt von Vanessas Verschwinden. Dennoch hatten wir gegen ihn nichts in der Hand. Wir mussten ihn laufen lassen.«

»Kostja Janković«, sagte sie nachdenklich und drehte ihr Gesicht in den Luftstrom. »Klingt östlich.«

»Richtig«, sagte Steffen. »Er wurde Anfang der 60er-Jahre als Hannes Kastenmacher an der Hohen Tatra in der heutigen Slowakei geboren. Seine Familie war unter den wenigen Deutschen, die nach dem Krieg in der Tschechoslowakei geduldet wurden. Anfang der 70er-Jahre spielte er in diversen DEFA-Indianerfilmproduktionen mit und wurde bald ein Kinderstar. Kostja Janković ist sein Künstlername.«

»Aha«, ließ Annika vernehmen. »Und wie kommt er nach Bad Segeberg?«

Steffen seufzte. Annikas Verhörstil behagte ihm nicht, aber die Hitze machte ihn träge und willenlos. »Später spielte Janković im Film *Der Scout* einen jungen Offizier neben Gojko Mitić«, redete er weiter. »Der berühmte Winnetou-Mime ist die Verbindung hierher. Mitić trat 15 Sommer lang am Kalkberg auf. Pierre Brice war übrigens nur viermal dabei. Janković nennt Mitić seinen Freund. Er ist sein Idol seit Kindertagen.«

Annika knipste den Ventilator aus. Die frische Nordseebrise riss jäh ab, und im Nu wurde es heiß und stickig im Raum. Steffen überlegte kurz, ob dies nun der Moment sei, zu seinem Anliegen zu kommen. Aber er überlegte zu lange.

»Und weiter?«, fragte sie. Im Glas des verblendeten Fensters schimmerte das verzerrte Spiegelbild ihres Gesichts.

»Im Jahr 2015 musste der Winnetou-Darsteller Jan Sosniok wegen einer Verletzung kurzfristig pausieren.« Steffen hielt inne. Diese Geschichte gehörte zu den dunklen Kapiteln seiner Laufbahn. Er zögerte kurz. »Man fragte Gojko Mitić, ob er einspränge, um die Rolle des Winnetou kurzfristig zu übernehmen, bis Sosniok wieder spielen könne«, fuhr er lustlos fort. »Mitić hatte sich jedoch anderweitig verpflichtet und schlug seinen ehemaligen Kollegen und alten Bekannten Kostja Janković vor.«

»Der trotz seines Alters genommen wurde, um den jungen Apachenhäuptling zu spielen?« Annika erhob sich. »Kaum zu glauben!« Verständnislos schüttelte sie den Kopf. »Er war damals bereits über 50.« Sie schob den Stuhl vor den Schreibtisch und schaute auf ihre Armbanduhr. »Wie lange braucht man von hier bis zum Ihlsee?«

Steffen verschlug es die Sprache. Er fühlte sich wie vor den Kopf gestoßen. Wie sie das sagte! 50! Als wäre das jenseits jedweder Möglichkeiten. »Was spielt das Alter für eine Rolle?«, platzte er heraus. »Winnetou war schon als 20-Jähriger mit so viel Weisheit gesegnet, wie sie nur wenige mit 50 jemals erlangen.«

Annika ließ sich auf den Stuhl zurückfallen. Sie kräuselte die Lippen, als müsste sie sich das Lachen verkneifen. »Stimmt«, erwiderte sie. »Der Apachenhäuptling ist ganz schön altklug.«

Steffen war kurz davor, sich ein zweites Mal Luft zu machen, da kam sie ihm zuvor. »Es tut mir leid«, sagte sie leise. »Ich bin manchmal ein wenig …«

»… vorlaut«, fiel er ihr ins Wort. Er holte das Chef-Taschentuch aus der Hose hervor und tupfte sich den Schweiß von der Stirn. »Der Janković ist ein armer Teufel«, sagte er. Sie hatte danach gefragt, dann sollte sie sich die ganze Geschichte anhören. »Weißt du, wie man ihn hier nannte?«

Unsicher hob sie die Schultern.

»Sein Spitzname war Häuptling Abgebrannt«, sagte Steffen. »Der Fall Keyser kam ihn teuer zu stehen. Private Insolvenz, Scheidung, Alkohol und was sonst noch so folgt. Wir hatten uns zu sehr auf ihn fixiert. Wir standen unter einem enormen Erfolgsdruck und hatten rein gar nichts vorzuweisen.« Steffen stöhnte gequält. »Ich gehe nicht gerne zu ihm, das kannst du mir glauben. Aber wenn *ich* es nicht tue, dann geht ein anderer. Ich will nicht, dass sich der Fehler von damals wiederholt.« Zum ersten Mal sprach er offen über diese Geschichte. Aber statt Erleichterung verspürte er nur bleierne Müdigkeit. Am liebsten hätte er sich eine kleine Auszeit auf dem Rücken des Wals gegönnt. »Ich halte Janković für einen riesengroßen Pechvogel«, sagte er. »Zu dumm, dass er ausgerechnet Samstagnacht im *Mora Mora* war. Aber wie heißt es so schön? ›Die Täuschung geht immer weiter als der Verdacht.‹ Wir müssen jedem Hinweis nachgehen.«

Annika nickte verhalten. »Du glaubst also nicht, dass er mit Neles Verschwinden etwas zu tun hat.« Sie sah ihn forschend an. »Willst du allein zu ihm gehen?«

»Ich nehme Merder mit«, erwiderte Steffen knapp. So einfach sollte sie ihm nicht davonkommen. Er ließ sich nicht gern die Zügel aus der Hand nehmen. Ein bisschen mehr Respekt gegenüber dem Alter wollte er ihr schon noch beibringen.

»Es tut mir leid, dass sich aus dem Protokoll des Hundeführers nicht mehr herausholen ließ«, sagte Annika, als forschte sie nach der Ursache seines Unmuts.

Steffen kämpfte gegen den Sog der Enttäuschung. Hatte sie überhaupt irgendetwas begriffen? »Den Versuch war es wert«, lenkte er trotz seines Unmuts ein. »Dafür hast du das Martinshorn auf der Aufzeichnung des Notrufs gehört. Ich verstehe nicht, weshalb das weder mir noch sonst jemandem aufgefallen ist.«

»Auch Nele muss das Martinshorn gehört haben«, warf Annika ein. »Dennoch schrie sie nicht um Hilfe. Sie keuchte mit tonloser Stimme, unverständlich, fast wie erstickt.«

»Sie rang nach Luft«, sagte Steffen. »Vielleicht konnte sie weder sprechen noch schreien, weil sie außer Atem war.«

»Oder sie war auf der Flucht vor jemandem und hatte Angst, entdeckt zu werden.«

»Beides schließt sich nicht aus«, erwiderte Steffen. Nachdenklich strich er die geschwungene Schreibtischkante entlang. Ihm fiel ein, dass er lange nicht mehr auf Föhr gewesen war. Sabine und er hatten sich einmal im Jahr eine Auszeit auf der Insel gegönnt.

»Ich hab' das vorhin wirklich nicht so gemeint.« Annikas Stimme holte ihn zurück. »Ich wollte dich nicht …«

»Schwamm drüber!« Steffen schaute auf die Uhr. »Was?«, rief er erstaunt. »Schon 11 Uhr durch!« Er wollte unbedingt noch seine Frage loswerden. »Könntest du Neles Eltern bitten, mit der Ausschreibung der Belohnung ein paar Tage zu warten?«, sagte er unvermittelt. Er sah, wie sie stutzte.

»Ich kann es versuchen«, erwiderte sie zögerlich. »Hat Walter Rotfuchs seine Meinung dazu geändert?«

Ihre Vorsicht behagte ihm nicht, und Steffen bedauerte schon, dass er gefragt hatte. »Eine Belohnung in dieser Höhe zum jetzigen Zeitpunkt wird die Ermittlungen eher behindern als beschleunigen«, sagte er ausweichend. »Wir haben nicht das Personal, ein Call Center einzurichten.« Womöglich war es eh zu spät und die Peters hatten die Presse über ihr Vorhaben bereits informiert.

Annika schwieg. Sie wirkte unentschlossen.

»Es steht dir natürlich frei, die Eltern darauf anzusprechen«, fügte er eilig hinzu. »Wir können ihnen nichts verbieten. Wir können ihnen nur davon abraten.«

ANNIKA

Annika hob die Nase und schnupperte. Ein süßlich schwerer Duft hing in der Luft. Das Anwesen von Astrid und Wolfgang Peters übertraf alles, was sie bisher gesehen hatte.

Mehr als mannshohe Büsche säumten ein fantastisches Gartenparadies. Ihr Blick glitt die hohen Hecken entlang, an denen sich Kletterpflanzen mit weißen, rosa und lila Blüten emporhangelten. Ihre Ranken wanden sich um alles, was Halt bot, und eroberten Säulen, Zäune und totes Gehölz. Davon stand jede Menge herum. Das Gelände war ein grünes Labyrinth, ein temperiertes Chaos, in dem jedes Wesen in einem wild und urwüchsig anmutenden Miteinander seinen Ausdruck fand.

Annika hielt sich für einen waschechten Townie. Sie liebte die Städte. Ihre Sinne erwachten, sobald sie Asphalt unter den Füßen spürte. Sie orientierte sich an der Beschaffenheit von Stein, Beton und Glas und an den für jede Gegend einer Stadt eigenen Gerüchen und Geräuschen. Die Wechsel des Lichts waren für sie wie die Zeiger einer Uhr, von denen sie die Tageszeiten ablas. Die zahlreichen Facetten der Off Road Kids waren ihr so vertraut, wie es für andere die verschiedenen Arten von Pflanzen und Tieren sein mochten. Gärten hingegen waren für sie eine Welt voller namenloser Geschöpfe. Dort existierten Bäume, Sträucher und Blumen, unter denen sie immerhin die Rosen erkannte. Ein entferntes, regelmäßig wiederkehrendes Zirpen oder Zischen untermalte die mittägliche Ruhe an diesem idyllischen Ort. Annika schlenderte weiter den gewundenen Pfad entlang. Sie hatte keine Ahnung, wohin er führte.

Das Gespräch mit Neles Eltern war nicht gut gelaufen. Überhaupt ging gerade alles schief. Am Abend zuvor hatte sie sich mit Leonis gezofft. Er war danach abgehauen, nicht ohne die Wohnungstür mit einem Knall hinter sich zuzuwerfen. Krach mit Leonis war für sie schwer zu ertragen. Sie brauchte ihn. Er war ihre Familie. Sie hatte sich immer einen Bruder gewünscht. Nun war er da, und sie jagte ihn fort. Sie hätte sich nicht auf sein Drängen einlassen sollen. Sie war müde gewesen, aber er hatte nicht lockergelassen, hatte sie unbedingt sprechen wollen. Dann am Vormittag diese seltsame Unterredung mit Steffen Hinrichs. So richtig verstanden hatte sie nicht, was die Missstimmung zwischen ihnen ausgelöst hatte. Vor wenigen Minuten hatte sie das Gespräch mit der Mutter der vermissten Nele Peters in den Sand gesetzt. Ihr Kopf stieß gegen den überhängenden Zweig einer Kletterrose, sodass ein sanfter Regen aus Blütenblättern auf sie herabrieselte. Die Verzweiflung ist ein machtvoller Zustand, dachte Annika. Im Extremfall verwandelte sie Menschen in Monster. Auf jeden Fall stellte sie das Beziehungsgeflecht zwischen den Betroffenen auf eine harte Probe. Annika hatte die gereizte Stimmung zwischen den Eheleuten Peters gespürt. Sie auszublenden, war dumm von ihr gewesen. Sie hatte sich auf Neles Bruder Jens konzentriert, der, trotz seiner Sorge um die kleine Schwester, am zugänglichsten von allen war. Und dann hatte Astrid Peters dieses getunte Porträt ihrer Tochter auf den Tisch gelegt. Nele sah darauf deutlich älter aus und war nicht wiederzuerkennen. Sie hatte ihr Gesicht mithilfe eines Beauty-Filters aufgehübscht – Kulleraugen, Schmollmund, orientalischer Teint – und das Bild auf Instagram und Facebook eingestellt, so wie es viele Jugendliche machten. Astrid Peters verlangte, dass das aktuelle Fahndungsfoto gegen dieses Selbstbildnis ihrer Tochter ausgetauscht werden sollte. Ihr unterschwellig aggressiver Tonfall war Zunder für Annikas angeschlagene

Nerven gewesen. Astrid Peters hatte ihr mitgeteilt, dass sie das Bild am Morgen mit dem Ausschreibungstext für die Belohnung von 10.000 Euro an die Presse weitergeleitet habe. Sie machte keinen Hehl daraus, dass sie die Polizei für unfähig hielt. Da war Annika der Kragen geplatzt.

Unter einem Rosenbogen blieb sie stehen. Ein süßlicher Duft hüllte sie ein. Manche Situationen waren einfach nicht auflösbar, ging es ihr durch den Kopf. Sie hätte schweigen sollen, so wie Vater und Sohn. Auf der Hinfahrt hatte Dortje ihr von ihrem ersten Hausbesuch bei den Peters erzählt. Der Tanz um das Foto ging also weiter, ein sinnloser Machtkampf mit der Polizei, in dem die Mutter ihre verzweifelte Ohnmacht zu überwinden versuchte. Dies war nicht ihr Tag. Ein wenig Beistand täte ihr jetzt gut. Leider war Dortje mit dem Techniker der Spurensicherung und Neles Notebook zurück zur Wache gefahren, nachdem sie es mit Jens' Hilfe geschafft hatten, das Passwort zu knacken. Astrid Peters hatte sich über die Beschlagnahme des Computers ihrer Tochter erzürnt. Die beiden Kollegen hatten jedoch in aller Ruhe weitergemacht und den Widerstand der Mutter ins Leere laufen lassen. Annika seufzte. Daran hätte sie sich ein Beispiel nehmen sollen. Stattdessen hatte sie sich provozieren lassen und den Zorn der Hausherrin auf sich gezogen. Annika hatte ihr vorgehalten, mit ihren verantwortungslosen Alleingängen die Ermittlungen zu behindern. Sie war laut geworden, aber Astrid Peters hatte ihr an Lautstärke nicht nachgestanden. Am Ende hatte sie ihr die Tür gewiesen. Da sie den Ausgang nicht genauer benannte, war Annika die nächstliegende Tür zur Terrasse hinaus in den Garten gegangen. Ihr war klar, dass es nichts Persönliches, dass sie nur der Prellbock war, dennoch machte ihr die Situation zu schaffen.

Der Pfad endete am Ufer des Sees. Dort stand ein Pavillon. Ein etwa zehn Meter langer Holzsteg führte aufs Wasser hinaus. Grün schimmernde Patina überzog die dunklen Planken. Annika setzte einen Fuß auf das Holz und wippte. Der Steg wirkte nicht gerade sicher. Dennoch siegte die Neugier, und sie wagte sich vor, tastete sich vorsichtig bis an sein Ende. Dort ging sie in die Hocke und schaute nach links. Aus dem Strandbad am abseitigen Ufer drang ein Gewirr aus Stimmen herüber. Kinder johlten und kreischten. Ein bunter Flickenteppich aus Badetüchern bedeckte die Liegewiese. Es war zu weit weg, um Details auszumachen, aber es war nicht zu übersehen, dass die Badeanstalt am Ihlsee Rekordzahlen schrieb. Dies war also Neles Zuhause, dachte Annika. Beneidenswert, möchte man meinen. Eigentlich kein Ort zum Weglaufen, eher zum Chillen mit Freunden und für Partys mit Badespaß am See. Vorausgesetzt, die Eltern erlaubten es. Annika ließ den Blick über das dunkle Wasser schweifen. Überall drängten Bäume bis an das Ufer heran. Nur beim Freibad und an der Seite, an der sie sich befand, gab es bebaute Grundstücke mit Zugang zum See. Das rhythmische Zischen, das sie vorhin im Hintergrund vernommen hatte, war hier lauter und zog ihre Aufmerksamkeit nach rechts. Die Uferlinie verlief dort in einem sanften Bogen. Vom Kopfende des Stegs aus hatte sie freie Sicht auf das Nachbargrundstück. Ein etwa fünf Meter breiter Streifen aus dornigem Gestrüpp grenzte unmittelbar an das Petersche Anwesen. Hinter diesem schier undurchdringlichen Dickicht stieg das Gelände leicht an. Annika blinzelte, um besser zu sehen. Auf dem höchsten Punkt stand ein Bungalow, dessen weiße Wände das gleißende Sonnenlicht zurückwarfen. Das Gebäude thronte über einer akkurat zurechtgetrimmten, hellgrünen Rasenfläche, auf der eine Sprinkleranlage surrte.

Die Sonne stach erbarmungslos vom Himmel. Annika verspürte Durst. Kurz entschlossen kniete sie sich auf die modrigen Planken. Sie tauchte eine Hand ins Wasser hinein und überließ sich für einen Augenblick der erfrischenden Kühle. Am Pavillon gab es ein schattiges Plätzchen. Sie sprang auf die Füße, aber ein Schwindelgefühl drückte sie hinunter in die Knie. Ein Rascheln hinter sich ließ sie aufhorchen. Annika hob den Kopf und schaute sich um. Ihr Blick streifte das Buschwerk zum Nachbargrundstück. Ein paar Zweige zitterten leicht. Wenn das ein Tier war, dann war es groß, dachte sie. Sie hatte gehört, dass Gärten nicht selten von Rehen und Wildschweinen aufgesucht wurden. Aber mitten am Tag?, wunderte sie sich. Sie kannte sich zu wenig aus in diesen Dingen. Oder hatte sich eine Windböe in den Büschen verfangen? Sie hatte keinen Luftzug verspürt. Schweißtropfen rannen die Innenseiten ihrer Arme hinab. Die Sonne stach ihr in den Nacken. Es war höchste Zeit, in den Schatten zu kommen. Langsam erhob sie sich. Unter ihren Füßen ächzten die Holzbohlen des Stegs. Am Ufer angelangt, suchte sie nicht den Schattenplatz auf, sondern trat hinter den Pavillon an die Stelle heran, an der sie die Bewegung gesehen hatte. Vorsichtig schob sie die langen bis auf den Boden herabhängenden Zweige des dichten Gehölzes beiseite. Dahinter lichtete sich das Zweigwerk zu einem nahezu kugeligen Hohlraum. Sie überlegte nicht lange und schlüpfte hinein. Es war eine kleine Höhle, ein Versteck, wie von Kindern erschaffen. Sie mündete in einem niedrigen Gang. Annika bückte sich und tat ein paar Schritte hinein. Bald fand sie sich in einem Tunnel wieder, der sich in sanften Windungen durch das Gebüsch zog. Der Weg wirkte wenig begangen, und das Gehölz gab sich alle Mühe, diesen Raum für sich zu erobern. Während sie sich langsam voranschob, streifte herabhängendes Astwerk ihr Gesicht. Schützend hob sie die Arme. Gleichzeitig musste sie auf ihre Füße achtgeben, denn unter den knorrigen Wurzelausläufern am Boden gab es wahre Fußangeln. Ein abgerissener Zweig weckte ihre Aufmerksamkeit. Die Wunde war frisch. Sie untersuchte den staubigen Grund, aber konnte kein Trittsiegel ausmachen, das auf ein Tier schließen ließ. Ein Zusammenstoß mit einer Wildsau war das Letzte, was ihr heute fehlte. Nach etwa 30 Metern endete der Gang vor einem Zaun aus Maschendraht. Ein Spalt klaffte darin. Das war also das Loch, von dem Dortje gesprochen hatte. Annika zwängte sich in den engen Schlitz hinein, passte auf, sich an den durchtrennten Maschen nicht zu verletzen. Sie kam leichter hindurch, als sie erwartet hatte. Sie schob ein paar überhängende Zweige beiseite und stand auf der Straße.

Annika klopfte sich den Staub aus den Klamotten. Sie schaute sich um. Nachdem sie sich vergewissert hatte, dass weder ein Mensch noch ein Tier in der Nähe waren, kehrte sie zum Zaun zurück. Das unscheinbare Fädchen, das ihr vorhin beim Hindurchschlüpfen aufgefallen war, hing noch dort. Es hatte sich an einer der Schnittstellen im Draht verfangen. Annika betrachtete die grünlich schimmernde Faser. Entweder die Kollegen von der

Spurensicherung hatten sie übersehen oder … Ein Motorengeräusch ließ sie aufhorchen. Eine Autotür klackte. Dann hörte sie Schritte, die sich näherten. Im Hintergrund tuckerte der Motor im Leerlauf. Annika lauschte angestrengt. Der dichte Vorhang aus Zweigen nahm ihr die Sicht. Sie zuckte zusammen, als plötzlich dicht neben ihr ein schriller Pfiff ertönte. Kurz darauf vernahm sie ein Schnaufen. Dann ein Hecheln. Es war auf einmal ganz nah. Eine schwarz glänzende Nase schob sich durch den Buschvorhang, gefolgt von dem zottigen Kopf eines Terriers. Das kleine Monster knurrte und entblößte eine Reihe spitzer Zähnchen, die bedrohlich in ihre Richtung schnappten. Dies war wirklich nicht ihr Glückstag! Mit einem Satz sprang sie aus dem Gebüsch hervor. Der Hund schreckte jaulend zurück, um sogleich hinter einem älteren Herrn in Deckung zu gehen. Der stieß einen kurzen Schrei aus und riss abwehrend die Arme hoch.

»Ich wollte Sie nicht erschrecken.« Annika wies auf das Gebüsch hinter sich. »Aber Ihr Hund hat mich bei der Arbeit gestört.«

»Was machen Sie hier?« Aufgeregt fuchtelte der Überraschte mit einer Roll-Leine vor ihrem Gesicht herum.

Annika zog den Kopf ein. »Sicherheitsscheck«, erwiderte sie. »Ich bin von der Polizei.«

»Das kann jeder behaupten«, empörte sich der Mann. Hinter ihm keifte der Terrier und fletschte die Zähne.

Annika zog ihre Dienstmarke hervor. Der Köter verfiel in ein ohrenbetäubendes Kläffen.

»Könnten Sie ihn bitte abstellen!«, bat sie höflich, aber bestimmt. »Jetzt ist Mittagsruhe.«

»Schnauze, Fred!«, sagte der Mann. Er beugte sich hinab

und hakte die Leine am Halsband ein. Fred verstummte und verlegte sich aufs Hecheln, während sein Herr Annikas Ausweis studierte. »Sie sind von der Kieler Kripo?« Unverhohlene Neugier flackerte in seinem Blick. »Das verschwundene Mädchen«, fuhr er mit unterdrückter Stimme fort. Wissbegierig blickte er zum Tor hinüber. »Wohnt sie hier?« Unverhohlene Neugier flackerte in seinem Blick. »Ich meine die Vermisste? Wissen Sie schon etwas?«

Annika schüttelte den Kopf. »Nein«, erwiderte sie. »Hier geht es um etwas anderes. Bitte haben Sie Verständnis dafür, dass ich Ihnen keine Auskunft erteilen werde.« Das war Stufe eins, die höfliche Fassung von Stufe zwei: Ich muss Sie anweisen, diesen Ort zu verlassen!. Im Grunde genommen hieß es nichts anderes als: Das geht dich nichts an! Mach dich vom Acker!. Zum Glück war dieser Herr von der verständigen Sorte, die keiner deutlicheren Anweisung bedurfte. Er wandte sich zum Gehen.

»Ich brauche Ihre Personalien«, rief Annika hinter ihm her. Ein wenig Einschüchterung konnte nicht schaden.

»Was?« Missmutig sah er sich um.

»Das ist doch Ihr Hund?«

»Ja, wieso?«

Annika blickte zum Auto hinüber. »Sie kommen mit dem Wagen, während Ihr Hund frei im Wald herumläuft? Wohnen Sie hier?«

»Nein«, gab er kleinlaut zurück. Widerwillig zog er eine Brieftasche aus dem Futteral seiner Weste und hielt ihr seinen Führerschein hin. »Reicht Ihnen das?«

Annika warf einen Blick darauf. »Da haben Sie noch einmal Glück gehabt, Herr Magnussen«, sagte sie und gab ihm den Ausweis zurück.

»Wie meinen Sie das?«

»Dass Sie mir und nicht einem der Jäger über den Weg gelaufen sind.«

Magnussens Mundwinkel zuckten. »Der Hund ist mir unten am Friedhof ausgebüxt«, sagte er kleinlaut. »Ich hab' ihn hier nur abgepasst.« Sein Gesicht verzog sich zu einem gequälten Grinsen. »Gegen ein heißes Hundemädchen kann ich nicht anstinken.« Hastig holte er die Roll-Leine ein und schleifte den unwilligen Fred in Richtung Auto.

Annika beließ es dabei. Sie wartete, bis der Wagen nicht mehr zu sehen war. Dann kroch sie zurück ins Gebüsch. Erleichtert stellte sie fest, dass die Faser noch am Zaun hing. Sie machte ein Foto mit dem Handy, zog die Einmalhandschuhe aus der Gesäßtasche und streifte sie über. Vorsichtig löste sie das Fundstück vom Draht, stülpte den rechten Handschuh wie eine Tüte darüber und setzte einen Knoten auf das offene Ende. Sie kehrte zur Straße zurück. Die Spusi würde die Stelle erneut absuchen müssen, und sie wollte keine Spuren vernichten. Das Tor zum Anwesen der Peters stand offen. Sie zögerte, fragte sich, ob sie hineingehen sollte. Da schwang die Haustür auf.

»Gott sei Dank, Sie sind noch da!« Wolfgang Peters musste sie abgepasst haben. »Bitte kommen Sie herein! Meine Frau möchte Ihnen etwas sagen.«

Astrid Peters saß auf dem Sofa. Ihr Blick war teilnahmslos, die Augen verquollen. Sie wirkte um Jahre gealtert. »Sie hatten vorhin nach Anrufen von Unbekannten gefragt«, begann sie leise und mit zitternder Stimme. »Gegen 9 Uhr gab es heute früh einen Anruf von der Polizei. Ich hielt es für nicht erwähnenswert. Ich hatte mich über seine blöde Frage geärgert.«

»Seine?«, hakte Annika nach. »Also war es ein Mann.«

Astrid Peters nickte.

»Normalerweise stellen sich die Kollegen am Telefon kurz vor. Nannte der Anrufer seinen Namen?«

Astrid Peters schüttelte den Kopf. »Nein. Er fragte sogleich nach Nele, ob sie inzwischen zu Hause sei.«

Annika stutzte. »Wann war das?«

Astrid Peters blickte hilflos.

»Um 8.45 Uhr«, schaltete sich Jens ein. »Ich weiß es so genau, weil ich an Neles Laptop saß und kurz auf die Uhr gesehen hatte.«

»Wie lange dauerte das Gespräch? Was haben Sie geantwortet?« In Annikas Kopf schrillten Alarmglocken.

»Es war nicht lange«, erwiderte Jens, der das Reden übernahm. »Meine Mutter beschimpfte ihn.« Dabei sah er Annika an, als wollte er sagen: Sie wissen, wovon ich rede.

»Wie lange?«, drängte Annika.

»Schwer zu sagen«, erwiderte Jens. »Eine Minute, vielleicht auch zwei. Als meine Mutter mit ihm fertig war, hatte der Anrufer aufgelegt.«

Annika hatte das Handy auf dem Tisch entdeckt. Sie öffnete den Anrufspeicher. »War es diese Nummer?«, fragte sie und hielt Astrid Peters das Telefon hin.

Die Hausherrin warf einen Blick auf das Display. »Ja, die war es. Ich erkannte sie sofort. Das ist doch die Nummer der Polizeidirektion?«

Annika trat hinaus in den Flur und drückte auf Rückruf. Die zentrale Dienststelle meldete sich. Sie ließ sich mit Dortje Feindlich verbinden. »Dortje, könntest du bitte überprüfen, ob heute früh um 8.45 Uhr aus der hiesigen Polizeizentrale bei der Familie Peters angerufen wurde?«

»Ist was passiert?«, fragte Dortje. »Du klingst so aufgeregt.«

»Wenn es keiner von uns war, dann haben wir ein Problem.«

»Was ist los?«

»Jemand benutzt die Rufnummer der Segeberger Polizei.«

»Du meinst, es gibt einen Spoofer?«

»Genau«, sagte Annika. »Habt ihr Erfahrung damit?«

Dortje gab einen Laut von sich, der Annika wenig Hoffnung machte.

»Der Anrufer wollte wissen, ob Nele wieder zu Hause ist«, erklärte Annika.

»Was für eine blöde Frage!«, empörte sich Dortje. »Und wenn der Anruf tatsächlich aus der Zentrale kam, dann hat *hier* jemand ein Problem.«

»Wenn sich aber so ein Spoofer die Nummer aus dem Netz gefischt hat, dann war es entweder ein Spinner, der die Eltern terrorisieren will, oder es ist eine wichtige Spur.«

»Puh«, machte Dortje. »Ich muss das mit Steffen besprechen.«

»Tu das!«, sagte Annika. Sie drückte das Gespräch weg und kehrte ins Wohnzimmer zurück.

»Bitte beauftragen Sie Ihren Telefonanbieter umgehend, eine MCID durchzuführen«, wandte sie sich an den Hausherrn. »Und geben Sie die Daten, die Sie von Ihrem Provider erhalten, direkt an mich durch.« Wolfgang Peters sah sie unschlüssig an.

»Ich weiß schon«, meldete sich Jens zu Wort. »MCID. Malicious Call Identification. Dienst zur Ermittlung des Anrufers. Ich kümmere mich darum.«

»Und wenn er noch einmal anruft?« Wolfgang Peters klang besorgt.

»Haben Sie weitere Telefonanschlüsse mit eigenen Rufnummern im Haus?«, wollte Annika wissen.

»Oben in meinem Büro.«

»Sollte er sich wieder melden, dann rufen Sie von einem dieser Anschlüsse sofort bei der Polizeidienststelle an, am besten, noch während Sie mit ihm sprechen. So können Sie prüfen, ob die Nummer des Anrufers besetzt ist. Das Gleiche machen Sie, wenn er eine andere Rufnummer benutzt. Legen Sie das zweite Handy gleich griffbereit neben das Telefon mit dem Hauptanschluss!« Annika reichte ihm ihre Karte. »Danach rufen Sie mich an. Und vergessen Sie nicht, ihn nach seinem Namen zu fragen.«

Annika verließ das Haus. Sie fühlte sich niedergeschlagen. Nicht die drückende Mittagshitze war daran schuld. Hinter allem, was sie den Eltern vorgeschlagen hatte, verbarg sich ihre eigene Hilflosigkeit. Einen Spoofer zu erwischen, war nahezu aussichtslos. Vorgetäuschte Rufnummern wurden in der Regel über das Ausland vermittelt und nicht über den Provider des Festnetzinhabers. In einem solchen Fall bliebe eine Anrufermittlung erfolglos. Aber sie müsste ohnehin eingeleitet werden. Reine Polizeiroutine. Sie hatte mit ihren Anweisungen den Eltern das Gefühl geben wollen, dass die Polizei sie nicht allein ließ. Außerdem bezweifelte sie, dass der Anrufer sich ein zweites Mal melden würde. Sie stieg in ihr Auto und dachte an Steffens Bitte, die Eltern von der Belohnung abzubringen. Sie müsste ihn schon wieder enttäuschen. Ihr kam die winzige Fussel in ihrer Westentasche in den Sinn, die einzige Ausbeute dieses missratenen Tages.

STEFFEN

Benno Merder setzte den Blinker nach links und zog den Wagen auf die Abbiegerspur. Just in dem Moment wechselte die Ampel auf Rot. Steffen hatte es sich auf dem Beifahrersitz bequem gemacht, soweit seine Körperfülle Komfort auf engem Raum überhaupt zuließ. Er schlug sich nicht ums Autofahren. Ganz im Gegenteil ließ er sich gerne kutschieren, besonders dann, wenn er mit Benno unterwegs war. Während sie auf die Freigabe zur Weiterfahrt warteten, schaute Steffen der Autokolonne hinterher, die über die Bundesstraße langsam geradeaus weiter gen Norden rollte. Um diese Jahreszeit mischten sich viele Urlauber mit ihren Wohnwagen oder in flotten Karossen unter den Berufsverkehr. Steffen zählte die Wohnmobile, die an ihnen vorbeizogen. Er wandte sich an seinen Fahrer. »In so einer Schaukelkiste würde ich Platzangst kriegen.«

»Du meinst Klaustrophobie«, sagte Benno Merder und lachte.

»Was?«

»So nennt man das heutzutage.« Merder grinste. »Beim Einsteigen müsstest du dich allerdings querstellen.« Er machte ein nachdenkliches Gesicht. »Und drinnen im Gang wohl auch. Die Duschkabine …« Entschieden schüttelte er den Kopf. »Du hast recht! Ist nix für dich«, beschloss er seinen wenig hilfreichen Gedankengang. Wenn Merder ins Lästern verfiel, konnte er sogar lächeln.

»Danke für die Blumen!«, knurrte Steffen. Am meisten ärgerte er sich über das »Heutzutage«, das Benno ihm so selbstgefällig unter die Nase gerieben hatte. Als wäre er von anno dunnemals. Immerhin beschwerte sich niemand mehr über den Zigarettengestank in seinem Büro. Stattdessen machten sich die Kollegen lustig über ihn. Ja, ja, wer den Schaden hat …, dachte Steffen und verschränkte die Arme vor der breiten Brust. »Viel lieber würde ich an die Ostsee fahren als in dieses Kaff.« Meistens war Merder schlecht gelaunt und Steffen derjenige, der für gute Stimmung sorgte. Ausgerechnet heute war es umgekehrt. Kostja Janković wohnte außerhalb der Stadt, und der bevorstehende Besuch bei ihm drückte Steffen mächtig aufs Gemüt.

»Plön ist doch auch nicht schlecht zum Ausspannen«, sagte Merder und zeigte auf das Verkehrsschild, das in die angesagte Richtung wies. »Holsteinische Schweiz und dann weiter in die Probstei. Da gibt's jede Menge Wasser und ganz viel Landschaft.«

»Wenn ich mal frei habe, dann buche ich dich als Reiseführer«, grunzte Steffen. Er schaute auf die Uhr. »Komm, mach' hinne! Um 14 Uhr sollten wir am Kalkbergstadion sein, damit uns der Weidlich nicht durch die Lappen geht. Der wird bestimmt nicht auf uns warten. Es war schwierig genug, dieses Treffen mit ihm zu bekommen.« Außerdem wollte Steffen den Besuch bei Janković so schnell wie möglich hinter sich bringen.

»Ich bin gespannt, wie der Herr Geschäftsführer die Baggerspuren im Stadion erklären will«, schnaubte Merder. »Der Mörtel im Mauerwerk an der Felswand hinter den Kulissen war gestern Abend noch feucht.«

»Da habe ich meine Zweifel«, erwiderte Steffen.

»Er war feucht. Das kannst du mir glauben«, beharrte Merder.

»Ich meine, ich bezweifle, dass Weidlich eine Erklärung dafür hat«, sagte Steffen. Über das Blut auf der Sitzbank in den oberen Rängen des Kalkbergstadions war Weidlich auch nicht im Bilde gewesen. Die Suchmannschaft hatte in der vergangenen Nacht die Blutspur entdeckt, nachdem sie nach langem Hin und Her endlich ins Stadion durften. Das Ergebnis der Analyse stand aus. Weidlich schien ehrlich überrascht, als Steffen ihn darauf ansprach. »Dem Chef erzählt man eben nicht alles«, sagte Steffen und freute sich über den gelungenen Konter, ein Seitenhieb auf Merder, der sich zuweilen gerne einen Alleingang erlaubte.

Der Kollege verzog keine Miene. »Wann bekommen wir das Ergebnis der Blutuntersuchung?«, fragte er. Manchmal beneidete Steffen ihn für die Dickfälligkeit, mit der er unangenehme Themen umschiffte. Darin war Merder eindeutig besser als er.

»Heute Abend, wenn's gut läuft«, erwiderte Steffen. Bei Gefahr im Verzug konnte das forensische Labor des LKA richtig fix sein. Er schaute aus dem Fenster. Während ihres Gesprächs hatte er nicht auf den Wechsel der Landschaft geachtet. Nur wenige Kilometer raus aus der Stadt, und schon war man in der Wildnis. Die schmale Fahrstraße schlängelte sich durch einen weitläufigen, recht urwüchsigen Waldbestand. Das dichte Blattwerk der Baumkronen schirmte die Sonnenstrahlen ab. Steffen schob sich die Sonnenbrille auf die Stirn und genoss das gedämpfte Licht. Merder drückte auf die Tube, und Steffen bedauerte schon, ihn zur Eile getrieben zu haben.

»Was ist?«, fragte Steffen. »Weshalb schaust du ständig in den Rückspiegel?«

»Ich mag's einfach nicht, wenn immer wieder dasselbe Fahrzeug hinter mir auftaucht.«

Steffen schaute sich um. Weiter hinten fuhr ein dunkelroter Kombi. Aber er war zu weit weg, um mehr zu erkennen. »Seit wann ist das so?«

»Er war schon auf der Bundesstraße hinter uns.«

Steffen bedachte seinen Fahrer mit einem höhnischen Grinsen. »Was ist schlimmer?«, fragte er. »Klaustrophobie oder Verfolgungswahn?«

Am Gut Pettluis drosselte der Kollege kurz das Tempo, was Steffen erlaubte, sich in der Gegend umzusehen, deren Geschichte heute noch spürbar war. Ganz in der Nähe verlief der Limes Saxoniae, der ehemalige Grenzstreifen zwischen Sachsen und Slawen. Das Dorf Pettluis hatte sich seine Grenzlage bis in die jüngste Zeit bewahrt. Als Gemeinde zählte es zum ehemaligen Sachsen. Die Telefonvorwahl hingegen war die eines ehemals slawischen Nachbardorfs. Steffen seufzte. Diese Spazierfahrt hätte er sich gerne geschenkt. Er hatte keine Idee, wie er das Gespräch mit Janković anfangen sollte. Vielleicht war der Mann ja gar nicht zu Hause. Sollte er sich das wirklich wünschen? Sie hatten sich angekündigt, und Janković war nicht der Typ, der vor der Polizei davonlief. Steffen hoffte nur, dass er nüchtern war. Unter anderen Umständen müssten sie ihn mit auf die Wache nehmen, was Steffen ganz und gar widerstrebte. Er wollte diese Angelegenheit zügig hinter sich bringen.

Hinter einer Kurve sahen sie das Häuschen. Es stand allein, umgeben von Bäumen und Buschwerk. Ein kleines Anwesen im Außenbereich, davon hatten Sabine und er immer geträumt. Keine Nachbarn, die genau dann Rasenmäher, Heckenschere oder einen dieser unsäglichen Laubbläser anwarfen, wenn er sich ein paar ruhige Minuten auf der Terrasse gönnte. Wenige Meter trennten das Haus von der Straße, gerade Platz genug, um einen Pkw abzustellen. Sie hielten bei der Mülltonne, die mit aufgeklapptem Deckel am Straßenrand stand. Der dunkelrote Passat Kombi fuhr zügig an ihnen vorbei. Das Nummernschild war verdreckt und unlesbar.

»Schade«, sagte Merder. »Den hätte ich mir gerne vorgeknöpft.«

Steffen beließ es dabei. Er wollte einen Moment sitzen bleiben, um sich auf das Gespräch mit Janković einzustimmen. Schmucklos und schmutzig bot dieser Ort einen trostlosen Anblick. Ein verrosteter Maschendraht umgab das überschaubare Grundstück. Die meisten Zaunpfosten hingen schief, einige waren umgefallen. Ein amerikanischer Briefkasten steckte auf einem der wenigen noch aufrechten Pfosten. Die wackelige Konstruktion würde den nächsten Sturm nicht überstehen. Zwischen den Steinplatten der Zuwegung schossen Gras und Löwenzahn mächtig ins Kraut. Staubig graue Patina überzog die einst weiß getünchte Fassade des Hauses, dessen Dachbegrünung die Natur übernommen hatte. Im Mauerwerk, unter einem Fenster des Obergeschosses, klemmte ein Mast mit einer nigelnagelneuen Deutschlandfahne, deren frische Farben im Sonnenlicht leuchteten. Eine lächerlich anmutende Takelage der Überheblichkeit und Verblendung gegenüber dem unaufhaltsamen Verfall drumherum. Die Fenster waren geschlossen und abgedunkelt. Ein Vorhang bewegte sich. Er wandte sich an Merder, der schweigend neben ihm saß und auf Anweisung wartete. »Überlass mir das Reden!«, sagte Steffen. »Du schaust dich um!« Als er auf den Klingelknopf drückte, fiel die Plastikverblendung ab. Er fing sie gerade noch auf. Steffen schlug mit der Faust gegen die hölzerne Haustür. »Herr Janković?«, rief er. Aus dem Innern des Hauses drang ein Schaben, dann polterte es.

»Ich hab's befürchtet«, knurrte Merder. »Der ist duhn. Wetten?«

»Herr Janković«, versuchte es Steffen noch einmal. »Ist alles in Ordnung?« Schweiß rann ihm den Nacken hinunter. Am liebsten hätte er sich ins kühle Auto gesetzt.

»Die Tür ist offen«, drang eine überraschend feste Stimme aus dem Innern des Hauses. »Kommen Se einfach rein!« Das klang nicht nach übermäßigem Alkoholkonsum, und Steffen tat es leid, dass er nicht mit Merder gewettet hatte.

Er ging voran. Der Gestank, der ihnen entgegenschlug, hätte einen Ochsen vertrieben. Eine ekelerregende Mischung aus Schweiß, Kloake und faulem Moschus hing in der Luft. Er legte die Plastikblende auf einer verstaubten Kommode ab. An der Wand darüber war ein Spiegel angebracht. Hinter Fingerabdrücken und Staubschlieren erkannte Steffen sein eigenes Gesicht. Das Dämmerlicht verschluckte alle Farben und hob die Kontraste hervor, die tiefen Furchen auf seiner Stirn, die schweren Wangen, den wulstigen Hals. Hinter ihm hielt sich Benno Merder die Nase zu. Die Tür am Kopfende des Flurs stand offen. Sie gingen darauf zu. Ein vertraut süßlicher Geruch mischte sich unter den abstoßenden Mief einer seit Wochen ungelüfteten Männerbude. Sie betraten einen Raum, der offensichtlich der Lagerung, Zubereitung und dem Verzehr von Lebensmitteln diente. Es wäre unter aller Würde gewesen, ihn als Küche oder Esszimmer zu bezeichnen. In einer Ecke stapelte sich ein Sammelsurium aus verdrecktem Geschirr, verbeulten Tetrapacks und Pizzakartons, unter dem sich eine Spüle erahnen ließ. Aber es war nur eine Vermutung, denn der Ablageplatz darunter war bis zur Unkenntlichkeit zugemüllt. An der Wand gegenüber brummte ein Kühlschrank. Daneben stand ein alter Herd, auf dem mit Essensresten verklebte Kochtöpfe, klaffende Konservendosen und aufgerissene Milchtüten vor sich hin gammelten. Ein schmieriges Muster aus braunen, gelben und grünlichen Flecken überzog den Fußboden, dessen Originalfarbe nicht mehr auszumachen war. Es sah aus, als wäre kurz zuvor ein Besen geschwungen worden, denn außer Resten von Krümeln lag nichts herum. In der Mitte zwischen all dem Unrat auf einem Haufen hastig zusammengeschobener Lumpen thronte Kostja Janković und rauchte. Er hatte die Beine untergeschlagen. In einer Hand hielt er eine Pfeife, die andere hatte er lässig auf dem Oberschenkel abgelegt. Eine um mindestens zwei Nummern zu große Fransenweste mit bunten Verzierungen hing ihm lose über der nackten Brust. Der Anblick war erschütternd. Der Mann war nur noch Haut und Knochen. Von dem einst sehnigen Hünen mit der schwarz glänzenden Mähne war nichts übrig geblieben.

Kostja Janković hob die Hand zum Gruß. »Guten Tag, Meschurs!«, sagte er und blickte majestätisch über sie hinweg.

Er hatte noch immer diese tragende Bühnenstimme. Auch an den spöttischen Zug in den Mundwinkeln erinnerte sich Steffen gut, und an das breite, mit Schmucksteinchen besetzte Stirnband. Eine grün schillernde, außergewöhnlich lange Feder steckte darin. Das inzwischen vollständig ergraute Haar fiel ihm in fettigen Strähnen über die Schultern und rahmte ein von tiefen Furchen gezeichnetes Gesicht. Es verriet keine Regung. Selbst die Augen blieben starr nach vorne gerichtet. Am Boden, unterhalb des Lumpenhügels, lag eine Axt. Der Schaft war mit einem bunt bemalten Lederstück umwickelt. Die schmale Klinge verjüngte sich in einem schwungvollen Bogen zum Schaft hin wie bei einem Tomahawk. Vermutlich war er Janković vorhin aus der Hand gefallen, war der Grund für das Poltern gewesen, das sie draußen vor der Tür gehört hatten. Unentschlossen sah Steffen zwischen Kopfschmuck und der Streitaxt hin und her. Er suchte nach einem Aufhänger für einen gefälligen Einstieg in das Gespräch. In dem Moment fiel die Haustür laut scheppernd ins Schloss.

»Se müssen den Keil drunnerschieben, wenn se offenbleiben soll.«

Er sagte Geil statt Keil, und Steffen erinnerte sich an die stark eingefärbte Sprechweise, die ihm bei Janković damals schon aufgefallen war. Wenn Steffen es nicht besser gewusst hätte, hätte er den Mann von der Hohen Tatra nach Thüringen oder Sachsen-Anhalt gesteckt. Auch auf der Bühne in der Rolle des Winnetou war Janković im Eifer des Gefechts zuweilen in seine sanfte Mundart gefallen. Das hatte stets zur allgemeinen Erheiterung beigetragen und seiner oft unbeholfenen Darbietung eine parodistische Note verliehen. Im Reiten hatte ihm allerdings keine Besetzung des Titelhelden, weder vor noch nach ihm, etwas vormachen können.

Nachdem Benno Merder dem Tipp mit dem Keil dankbar gefolgt war, kehrte er in die Küche zurück. Er hatte sich dabei wohl kurz umgesehen, denn er warf Steffen einen vielsagenden Blick zu.

»Später«, wehrte Steffen ab. Einem Impuls folgend, hob er die Axt vom Boden auf. Es war ihm, als verfolgte der Hausherr dabei jede seiner Bewegungen mit kritischer Wachsamkeit. Als Steffen die Waffe schließlich neben dem Sammelsurium bei der vermeintlichen Spüle abstellte, fielen Jankovićs Mundwinkel verächtlich nach unten. Und auf einmal wusste Steffen, was er zu tun hatte. Er baute sich vor Kostja Janković auf, dessen Augen unruhig hin und her zuckten. »Kommen Sie bitte mit vor die Tür«, forderte Steffen ihn auf. »Wir haben ein paar Fragen an Sie.«

Janković stutzte kurz. Dann erhob er sich langsam und glitt von seinem Hügel herunter. Zielstrebig steuerte er auf die Axt zu.

»Die bleibt hier«, sagte Steffen. »Gehen Sie bitte voraus!«

Janković taumelte leicht. Es war nicht zu übersehen, dass ihn die kurze Strecke bis vor das Haus ermüdete. Auf der Höhe des Briefkastens blieb er stehen. Sein Anblick war erschütternd. Ausgezehrt und verwahrlost sah er wie ein Schiffbrüchiger aus. Die Hosenbeine hingen in langen Fransen bis auf die bloßen Füße herab. Eine Schnur aus Paketband hielt den viel zu weiten Hosenbund auf den knochigen Hüften. Benno Merder war im Haus zurückgeblieben, und Steffen vermochte nicht einzuschätzen, ob Janković es bemerkt hatte oder ob es ihm egal war. Steffen stellte sich neben ihn und schaute wie dieser geradeaus zur gegenüberliegenden Straßenseite hinüber. Dichtes Brombeergestrüpp wucherte dort und erinnerte Steffen an seinen eigenen Garten, der seit Jahren sich selbst überlassen war. Hinter den Brombeeren streckte eine lange Reihe Fichten die gerupften Stämme in den Himmel. Sie kamen Steffen ebenso dürr und schmächtig vor wie die Gliedmaßen dieses bedauernswerten Menschen an seiner Seite.

»Wir ermitteln gerade in einem Vermisstenfall«, begann Steffen. »Haben Sie davon gehört?«

Kostja Janković zeigte keine Regung.

Steffen beschloss, gleich zur Sache zu kommen. »Samstagabend wurden Sie im *Mora Mora* gesehen. Was hatten Sie dort zu tun?«

Janković fasste sich an die Stirn. »Wussten Sie, dass Carl Zuckmayer seiner Tochter den Namen seines Lieblingshelden gab?« Er sagte Garl statt Carl. »Er nannte sie Maria Winnetou Zuckmayer.«

Steffen staunte. Was hatte Janković mit seinem Hang fürs Deutschnationale ausgerechnet an Zuckmayer gefunden? Kostja Janković war intelligent, auch wenn man es ihm nicht gerade ansah. Wollte er ihn ablenken oder war es ein Gesprächsangebot? Diese Zuckmayer-Anekdote war Steffen nicht neu. »Soviel ich weiß, soll es Zuckmayers Frau gewesen sein, die den Namen ausgewählt hat«, erwiderte er. »Sie soll sich einen Sohn gewünscht haben.«

In Jankovićs Augen blitzte ein Hauch von Hochachtung auf. Zumindest kam es Steffen so vor. Der schmale Mund verzog sich zu einem schiefen Lächeln, und dann war es auch schon vorbei. Der Blick wurde stumpf, die Mundwinkel stürzten ab. Schaudernd sah Steffen zu, wie der Mann vor seinen Augen verfiel. Kostja Janković war ein Fall für den Arzt, dachte er. Er konnte nichts für ihn tun, außer ihm weitere Unannehmlichkeiten durch die Polizei zu ersparen. Er war nicht der Mann, den sie suchten. Dieser Besuch war nur fürs Protokoll.

»Gehen Sie öfter ins *Mora Mora*?«, fragte Steffen.

»Ich bekam einen Anruf«, sagte Janković.

Endlich, dachte Steffen und bemerkte, dass er etwas zu eifrig nickte.

»Ein Jobangebot«, erklärte Janković. Er sagte Joob statt Job. Es klang ein wenig nach Designermode.

»Wissen Sie noch, wann der Anruf kam?«

Janković sah eine Weile stumm geradeaus. Unschlüssig hob er die Schultern. »Keine Ahnung«, sagte er. »Er sagte, komm Samstagabend ins *Mora*.«

»Kannten Sie den Anrufer?«

Janković hustete trocken. »Er nannte sich Justin.« Er dachte kurz nach. »Ich kenne keinen Justin.«

Die Hitze und das zähe Hin und Her der Unterhaltung setzten Steffen zu. Er war kurz davor, die Geduld zu verlieren. Sie standen in der prallen Sonne, und Steffen fragte sich, was schlimmer war, die Hitze oder der Gestank in Jankovićs Haus. »Sie trafen diesen Justin also am Samstagabend im *Mora Mora*«, drängte er.

»Nö«, erwiderte Janković. »Druffgesetzt hat er mich, diese Kanaille.«

»Sie sollen gegen Mitternacht das Restaurant verlassen haben«, warf Steffen ein. »Was haben Sie dann gemacht?«

»Da wissen Se mehr als ich, Herr Kommissar!« Das »s« glitschte ihm samtig wie rohes Hühnereiweiß durch das lückenhafte Gebiss.

Steffen reichte es. Der Mann war ein Wrack und konnte sich vermutlich an nichts mehr erinnern. Der Kellner hatte ausgesagt, dass Janković allein gewesen wäre, aber er hätte ihn nicht dauernd im Blick gehabt. Gegen 0.30 Uhr soll er schwankend das Lokal verlassen haben, obwohl er nicht viel getrunken hatte. »Kann ich Ihr Handy sehen?«, fragte Steffen.

Janković zuckte zusammen, und Steffen bedauerte seinen harschen Ton. Freundlicher fuhr er fort: »Wenn Sie nichts gelöscht haben, ist die Nummer des Anrufers dort gespeichert.«

»Is dot«, sagte Janković. »Ist mir vorhin runnergfallen.« Er kicherte. »Digidaler Geniggbruch.«

»Dann sollten wir es zum Leben erwecken«, sagte Steffen und hielt die Hand auf. »In unserem Labor geschehen Wunder.«

»Nein sagen nützt sowieso nix, hab' ich recht?«

Steffen nickte. »Ihnen muss ich nichts erklären. Sie kennen die Spielregeln.«

Kostja Janković griff in den Abgrund seiner Hosentasche. Umständlich fischte er darin herum. Dann zog er ein Mobiltelefon hervor. »Da, nehmen Se's!« Er hielt es Steffen hin. »Ich häng' nicht dran.«

»Passwort?«

Janković entblößte seine Zahnlücke. »Lassen Se sich überraschen!«

»Was für ein Saustall!« Merder schüttelte sich angewidert. Er streifte die Latexhandschuhe ab und ließ sie in den Fußraum des Wagens fallen. »Hast du die Batterie leerer Wodkaflaschen im Nebenzimmer gesehen?«, fragte er und startete den Motor.

Die Klimaanlage rauschte und blies Steffen warme Luft ins Gesicht. »Du hättest besser hinsehen sollen«, sagte Steffen. »Es war Sliwowitz.«

»Hochprozentiges eben!«, bemerkte Merder, wendete abrupt den Wagen und fuhr los.

»Sliwowitz!«, wiederholte Steffen. »Das sollte auch so in den Bericht. Ich brauche ihn noch heute. Besser, wir haken das Thema Janković so schnell und unspektakulär wie möglich ab.« Es gefiel ihm nicht, dass sie den Mann ohne Verbindung zur Außenwelt in der Pampa zurückgelassen hatten. Aber ein kaputtes Telefon hätte ihm auch nichts genutzt. Steffen beschloss, in Kürze noch einmal zusammen mit Annika hinzufahren. Vielleicht hatte sie eine Idee, wie sich Janković helfen ließe.

»Und was ist mit diesem Justin?«, fragte Merder.

»Erinnerst du dich an den Fall Julia Hofmann aus Bischofswerda?« Steffen schaute geradeaus auf die Straße. Er hatte das Fahndungsfoto aus der Akte deutlich vor Augen. Das Gesicht der 15-Jährigen war ihm sehr kindlich vorgekommen. Aber vielleicht war das Bild schon damals nicht mehr aktuell gewesen. Steffen seufzte. Überall dasselbe Problem. Weshalb sollte es den Kollegen in Sachsen besser gehen als ihnen im Norden? »Das Mädel hatte bei den Karl-May-Spielen hinter der Waldbühne die Pferde betreut«, fuhr er fort. »Das war im Jahr …« Er überlegte zu lange.

»Ja, klar erinnere ich mich«, sprang Benno Merder ihm bei. »Das war 2008. Der erste uns bekannte Mordfall mit der Handschrift von *Walker*.«

»Nenn' diesen Namen niemals vor der Presse!«, fuhr Steffen ihn an. Seitdem der Fall Vanessa Keyser mit den Serienmorden in Verbindung gebracht wurde, kursierte bei ihnen der Name *Walker*, sobald vom Festspielmörder die Rede war. Trotz seiner Ermahnungen war es der Belegschaft nicht abzugewöhnen, den unbekannten Täter nach diesem Karl Mayschen Bösewicht zu benennen. »Wer hat diesen Spitznamen überhaupt in die Welt gesetzt?«, fragte Steffen.

»Also, ich finde ihn genial«, erwiderte Benno Merder. »Hätte auch von mir sein können. Ist er aber nicht.«

Steffen wunderte sich nicht, dass ausgerechnet dieser Name so gut angenommen wurde, obwohl in den Geschichten des berühmten Autors genügend andere Schurken vorkamen, die als Namensgeber hätten herhalten können. *Walker* war kurz und griffig und passte zu dem unruhigen Muster, mit dem der Täter vorging, nämlich von einem Festspielort zum nächsten zu ziehen, um seine Opfer zu finden. »Ich muss mir den Bericht aus dem Jahr 2008 noch einmal vornehmen«, sagte Steffen. »Wenn ich mich nicht irre, war darin von einem Justin die Rede gewesen. Eine Zeugin hatte diesen Namen erwähnt. Später nannte er sich anders.« Steffen dachte kurz nach. »Wenn ich richtigliege, dann benutzt er wieder seinen alten Namen. Was immer das zu bedeuten hat.«

»Das klingt ja so, als wärst du inzwischen davon überzeugt, dass unser aktueller Vermisstenfall auf das Konto von *Walker* geht«, stellte Merder fest.

»Mir wäre es lieber, wenn es nicht so wäre, das kannst du mir glauben. Ich würde das gerne ausschließen.«

»Dann lass es uns einmal durchspielen!«, schlug Merder vor.

Steffen lauschte dem Klacken des Blinkers, während sie auf die Bundesstraße einbogen. »Angenommen, Justin lockte Janković ins *Mora Mora*, um den Verdacht auf ihn zu lenken«, begann er. »Dann ist unser Täter mit den lokalen Verhältnissen vertraut. Er weiß, dass Janković damals im Fall Keyser unter Hauptverdacht stand.«

»Und er wusste von der Party«, sagte Merder. »Er kannte sein Opfer. Er hatte alles geplant.«

»Dazu hatte er sich eine ganze Weile in Neles Umfeld aufgehalten«, spann Steffen den Gedanken weiter. »Was ist mit den Leuten im Reitstall, Nachbarn, Freunden?«

»An denen sind wir dran«, sagte Merder.

Steffen seufzte. »Der Mann ist kein Gespenst. Irgendjemand muss ihn gesehen haben.«

Mathias Weidlich erwartete sie bei der Kasse am Blockhaus. Der Geschäftsführer winkte einen der Arbeiter herbei und wies ihn an, das Tor rechts vom Gebäude aufzuschließen. Die inoffizielle Backstage-Führung würde also an der Dienstzufahrt beginnen. Steffen kannte nur die öffentlichen, für Gäste zugänglichen Wege und war gespannt auf den Blick hinter die Kulissen.

»Guten Morgen, Herr Kommissar!« Mathias Weidlich hatte die Sonnenbrille abgenommen und reichte Steffen die Hand. Er lächelte. Nach den unerfreulichen Telefonaten hatte Steffen mit allem gerechnet, jedoch nicht mit dieser weltmännischen Offenheit. Braun gebrannt und ganz in Weiß gekleidet, sah Weidlich nach Urlaub aus. Vielleicht kam er vom Golfplatz, war dies sein freier Tag, den er für die Polizei unterbrach. Steffen hatte keine Lust auf Zank. Es war viel zu warm, um sich weiter zu ärgern, und er beschloss, die Sache mit der richterlichen Verfügung auf sich beruhen zu lassen.

»Schlimme Sache«, sagte Weidlich. »Gehen wir rein!«

Mit weit ausholenden Schritten lief er voran. Er vergewisserte sich kurz, ob sie ihm folgten. Bald bog er nach rechts auf einen breiten Sandweg ein, der im Halbrund zwischen den unteren und oberen Rängen der Tribüne verlief. Hufspuren zeugten davon, dass hier geritten wurde. An einem der Abgänge hinunter zur Arena blieb Weidlich kurz stehen und wartete.

Steffen atmete schwer. Weidlichs rasantes Tempo setzte ihm zu. Offensichtlich hatte es der Geschäftsführer eilig. »Ich komme nach«, raunte Steffen Merder zu und bedeutete ihm vorauszugehen. »Und kein böses Wort!«

Die beiden Männer eilten die Stufen zwischen den Rängen hinunter. In der Arena wandten sie sich nach rechts. Steffen hatte derweil den Abgang erreicht. Seit ein paar Wochen gelang es ihm nicht mehr, die Zeichen seines Körpers zu übergehen. Wenn er nicht langsamer machte, würde das Ziehen in der Leistengegend schlimmer werden und ihn so sehr beschäftigen, dass er an nichts anderes denken konnte. Er schwenkte den Arm, bedeutete

Merder und Weidlich weiterzugehen. Sie unterquerten eine Brücke und verschwanden hinter den Kulissen. Steffen gönnte sich eine kurze Verschnaufpause. Er betrachtete das Bühnenbild. »Palacio municipal«, stand auf der unteren Fassade der Felsenburg. Er hatte in dieser Saison noch keine Gelegenheit gefunden, sich das Stück anzusehen. Schwer atmend stieg er die Stufen zur Arena hinab. Bald hörte er laute Stimmen. Merder hatte tatsächlich das Kunststück vollbracht, einen Streit vom Zaun zu brechen.

»Aber, aber Meschurs!«, rief Steffen schon von Weitem. »Herr Weidlich, danke, dass Sie sich Zeit für uns genommen haben. Wir werden sie nicht lange in Anspruch nehmen.« Steffen rang nach Luft. Rechterhand war die frisch vermauerte Felswand, der Grund ihres Besuchs. Der Boden war mit Sand aufgefüllt. Von den Baggerarbeiten war nichts mehr zu sehen. Sein Blick blieb an einem Unterstand mit Stellplätzen für Tiere hängen.

»Das ist für unsere Pferde«, erklärte Weidlich.

Steffen wies auf das Mauerwerk in der Felswand gegenüber. »Könnten Sie uns den Namen der Baufirma geben, die diese Arbeiten durchgeführt hat?«

»Selbstverständlich«, sagte Weidlich. »Hauke Andresen aus Wahlstedt. Die Firma arbeitet seit etlichen Jahren für uns.«

Steffen nickte. Er erinnerte sich gut an Andresen, den Baggerführer, der die Handtasche von Vanessa Keyser unterm Bergschlösschen entdeckt hatte. Der Mann war damals völlig aus dem Häuschen gewesen. Er hatte den Ausweis der Vermissten aus der Tasche gezogen und das Potenzial seines Fundes gleich richtig eingeschätzt. Der Umstand, dass seine Fingerabdrücke auf dem Ausweis klebten und er unter Verdacht geraten könne, hatte den Mann ziemlich durcheinandergebracht.

Steffen trat an die Felswand heran und strich über die Fugen. Merder hatte recht. An den breiteren Stellen waren sie noch feucht. »Herr Weidlich, bitte verstehen Sie, dass wir uns ein Bild von den jüngsten Ereignissen im Stadion machen müssen. Unsere Fragen sind keine Kritik, sondern dienen allein der Sorgfalt, mit der wir vorgehen müssen.« Er hielt seine mit bröseliger Mörtelmasse verklebten Finger hoch. »Wären Sie so freundlich, uns zu erläutern, weshalb hier kürzlich verfugt wurde?«

»Diese Mauer verschließt einen ehemaligen Stollen aus der Zeit, als hier ein Bergwerk betrieben wurde«, begann Weidlich. »Die eisernen Stützpfeiler im Innern entsprachen nicht mehr den Sicherheitsstandards. Sie mussten entfernt und durch Stahlträger ersetzt werden. Dazu wurde dieser Zugang geöffnet und nach Abschluss der Arbeiten verschlossen. Das alles geschah letzte Woche an den spielfreien Tagen.«

»Was befindet sich hinter der Mauer?«, fragte Steffen.

Weidlich zog die Augenbrauen hoch. »Na, ein Stollen«, erwiderte er belustigt.

»Und hinter dem Stollen?«, ließ Steffen nicht locker.

Weidlich ließ ein höhnisches Schnaufen vernehmen. »Wohin führt wohl ein Bergwerksstollen?«, fragte er. Da Steffen schwieg, setzte er genervt hinterher: »Er führt in den Berg. Mehr kann ich Ihnen nicht dazu sagen. Für die Kalkberghöhle ist das *Noctalis* zuständig.«

»Aha«, sagte Steffen. Er hatte kein Problem damit, für Weidlich den dummen Bullen zu spielen. »Sie sagten, dass die Arbeiten bis Mitte letzter Woche abgeschlossen wurden. Bei diesem Wetter müsste der Mörtel längst durchgetrocknet sein.« Er deutete auf seine verschmierten Finger. »Können Sie sich erklären, weshalb er feucht ist?«

Weidlich hob die Schultern. »Ich war letzte Woche geschäftlich unterwegs und erst Sonntagmittag zur Vorstellung zurück.«

Steffen sah sich nach dem Kollegen um. Merder stand in Hörweite hinter ihm. Seine Kiefermuskeln spannten sich unruhig.

»Hauke Andresen, Wahlstedt«, rief Steffen zu ihm hinüber. »Such mal die Adresse raus!« Dann wandte er sich an den Geschäftsführer. »Eine letzte Frage, Herr Weidlich. Dann sind wir auch schon weg. Wer vertritt Sie, wenn Sie unterwegs sind?«

»Es gibt keinen zweiten Geschäftsführer, wenn Sie das meinen«, erklärte Weidlich. »Ich bin für meine Leute immer erreichbar, auch wenn ich unterwegs bin.« Er machte eine ausholende Geste. »Die Leitung eines solchen Unternehmens ist mit einer überaus großen Verantwortung behaftet. Wir beschäftigen pro Saison rund 100 Mitarbeiter. Von der Maske bis zur Einsatzleitung muss jeder Handgriff sitzen. Die Pyrotechnik, die Stunts – so eine Inszenierung ist ein komplexes Regelwerk. Hier muss sich jeder auf jeden verlassen können. Unsere Kosten gehen in den Millionenbereich. Aber wir sind ein wirtschaftlich gesundes Unternehmen. Unser *Break-even Point …*«

»Ihr was?«, fiel ihm Steffen ins Wort.

»Gewinnschwelle«, erklärte Weidlich und räusperte sich. »Wir können sehr zufrieden sein. Von Jahr zu Jahr schreiben wir neue Besucherrekorde. In der letzten Saison waren es knapp 390.000. Eine Erfolgsgeschichte.«

Weidlich schien diese Rede schon mehrmals gehalten zu haben. Er ließ seine Worte einen Moment lang wirken, bevor er weitersprach. »Wir schaffen das nur, wenn wir all unsere Gäste, ob jung oder alt, begeistern. Winnetou ist der Publikumsmagnet. Die Menschen lieben ihn. Er ist ihr Held. Aber die Melodie des Märchens, das wir erzählen, entscheidet darüber, ob sie wiederkommen werden. Diese Mischung aus Romantik, Humor, Spannung und Action hat sich bewährt. Wir bedienen die ganze Palette.« Weidlich schmunzelte schelmisch. »Ein bisschen Karl May ist mit dabei.«

»In der Tat!«, sagte Steffen und grinste. »Zuweilen erkenne ich ihn.«

»Am Ende siegt immer das Gute über das Böse«, fügte Weidlich selbstgefällig hinzu.

Steffen nickte zustimmend. »Sehen Sie, Herr Weidlich, da haben wir etwas gemeinsam. Genau das ist auch unser Ziel!« Er wandte sich zum Gehen. Er hatte alles, was er brauchte. Mehr ließ sich im Augenblick nicht erreichen. »Eine Sache beschäftigt mich seit geraumer Zeit«, wandte er sich an den Geschäftsführer, während sie die Stufen zwischen den Rängen hinaufstiegen. Er blieb stehen und schaute nach unten in die Arena. »Hat Winnetou zwei Gewehre? Mir fiel auf, dass er es manchmal wechselt.«

Mathias Weidlich stutzte. »Sie sind ein scharfer Beobachter, Herr Kommissar!«

»Berufskrankheit«, erwiderte Steffen und grinste.

»Für den Sprung aufs Pferd ist die Silberbüchse zu schwer«, erklärte Weidlich. »Dafür hat Winnetou eine leichtere Attrappe, die er an verdeckter Stelle gegen die echte Waffe eintauscht.«

Steffen lachte. »An der verdeckten Stelle sollten Sie noch arbeiten.« Sein Mobiltelefon hupte. »Maic«, stand auf dem Display. »Einen Augenblick, bitte«, sagte Steffen. Er ließ die anderen vorausgehen und nahm das Gespräch an. Die Nachricht war kurz, aber klar. Auch wenn er es geahnt hatte und Maics Nachricht ihm seine schlimmsten Vermutungen bestätigte, empfand er keine Genugtuung.

MAIC

Maic Lutter stierte auf sein Diensttelefon. Steffens letzte Worte gingen ihm nicht aus dem Kopf. »Dieses Mal kriegen wir das Schwein!«, hatte sein alter Kumpel gekrächzt und das Gespräch beendet. Heiserkeit war bei Steffen das Zeichen für Alarmstufe rot. Maics Adrenalinpegel war in Bruchteilen von Sekunden nach oben geschnellt, so wie früher, wenn sie gemeinsam an einer heißen Sache dran gewesen waren. Sein erster Impuls war, in ein Auto zu springen und loszufahren. Der Gefühlsausbruch seines ehemaligen Chefs hatte in ihm den Jagdinstinkt des Ermittlers geweckt. Zwischen Steffen und ihm hatte sich eben nichts geändert, auch wenn sich ihre beruflichen

Wege schon vor geraumer Zeit getrennt hatten. Aber nicht die privaten. Meist war es Maic, der anrief und eine gemeinsame Unternehmung oder ein Treffen vorschlug. Mit Steffen konnte er über alles reden.

Die innere Unruhe ebbte allmählich ab. Zurück blieb eine bedrückte Stimmung. Seit dem letzten Treffen mit Steffen in Bad Segeberg machte er sich Sorgen. Steffen hatte sich verändert. Der alte Kämpfer war müde geworden. Zwar hatte der Instinkt des Freundes nicht an Schärfe eingebüßt – der Laborbefund bestätigte dies –, dennoch fürchtete Maic, dass dieser Fall eine Nummer zu groß für ihn war.

Maic rieb sich die Schläfen. Er musste Ruhe bewahren. Die Kollegen im forensischen Labor hatten sich selbst übertroffen und das Ergebnis der Blutanalyse aus dem Stadion schon am Nachmittag rüber gefaxt. Das Blut in der Kalkbergarena gehörte nicht der Vermissten, wie sie befürchtet hatten. Der vorläufige Befund aus der DNA-Analyse der Blutspur war nicht weniger besorgniserregend: Das Blut stammte mit großer Wahrscheinlichkeit von dem Mann, der mindestens drei Morde auf dem Gewissen hatte und den die Polizei seit zehn Jahren vergeblich suchte, ohne auch nur das Geringste über sein Aussehen zu wissen. Das Einzige, was sie wussten, war, dass er junge Frauen im Umfeld von Karl-May-Festspielen tötete.

Showbühnen, auf denen der Held seiner Kindertage zum Leben erweckt wurde, gab es etliche in Deutschland. Bisher hatte der Täter keine Präferenz erkennen lassen. Nun hatte sich dieser Mann mit großer Wahrscheinlichkeit vor wenigen Stunden im Kalkbergstadion aufgehalten. So nah waren sie ihm noch nie gewesen. Kein Wunder, dass alle nervös wurden. Noch während der Faxdrucker ratterte, hatte bei Maic das Telefon geklingelt, und Werner Simund, der sonst so nüchterne Leiter des Analyselabors, hatte um Fassung gerungen, als er Maic erklärte, dass er bereits eine zweite Analyse der Blutprobe eingeleitet habe, um das Ergebnis abzusichern.

Maics Blick fiel auf das Foto seiner Kinder, das vor ihm auf dem Schreibtisch stand. Lili mit Zahnlücke und Pferdeschwanz. Seine Tochter war mittlerweile 14, aber es war ihm nie in den Sinn gekommen, das Bild gegen ein aktuelles auszutauschen. Als Lili sich im Frühjahr für eine Statistenrolle bei den Segeberger Karl-May-Spielen beworben hatte, war Maic sogar ein wenig stolz gewesen. Seine Tochter schlug eben nach ihm. Jetzt machte er drei Kreuze, dass sie beim Casting durchgefallen war, und er fragte sich, ob Steffen die abgewiesenen Statisten auf dem Schirm hatte? Sie mussten alle Möglichkeiten in Erwägung ziehen. Fakt war, dass der Täter nach Bad Segeberg zurückgekehrt war. Trotz seiner offensichtlich angeschlagenen körperlichen Verfassung hatte Steffen wieder einmal den richtigen Riecher gehabt. Der Auftrag für eine operative Fallanalyse war zwar noch inoffiziell, aber die Faktenlage zwingend genug: Eine junge Frau verschwindet spurlos in der Karl-May-Stadt. Zur selben Zeit stößt die Polizei auf die Spur des seit Langem gesuchten Festspielmörders – und das nicht weit von der Stelle entfernt, an der die Vermisste zuletzt einen Notruf abgesetzt hatte.

Maics Puls hatte sich inzwischen beruhigt. Aus dem Fenster seines Büros sah er auf die Wand eines Nebengebäudes. Er ließ das beklemmende Gefühl nicht zu, das in ihm aufzusteigen drohte. Er war jetzt Fallanalytiker. Dennoch war es nicht leicht gewesen, diesen Berufsweg einzuschlagen. Er hatte sich aus freien Stücken für diesen Schritt entschieden. Am Anfang hatte er sich selbst immer wieder davon überzeugen müssen, am richtigen Platz zu sein. Sein Auftrag war, mit wissenschaftlicher Sorgfalt Fakten zusammenzutragen und gegeneinander abzuwägen, um am Ende zu einem objektiven Ergebnis zu kommen, das die Arbeit der Ermittler voranbrachte. Das ging nur über sachliche Distanz zu den brutalen Ereignissen, die er auszuloten hatte. Seine Arbeit spielte sich im Kopf ab. Sicher gehörten Erfahrung und ein gutes Gespür dazu, die richtigen Fragen zu stellen und die Informationen logisch miteinander zu verknüpfen. Aber zuweilen vermisste er die Leidenschaft, die ihm als Ermittler erlaubt hatte, für seinen Job zu brennen und zu zeigen, was er empfand, eben echt zu sein. So belastend der Job des Ermittlers auch sein mochte, beneidete er Steffen manchmal darum, diese starken Emotionen ausleben zu können. Auf Streife oder, wie Steffen sich gerne ausdrückte, auf dem Rücken des Wals war es nicht einfach, die Balance zu halten. Die Kollegen konnten ein Lied davon singen. Irgendwann erhielt jeder die Quittung für den Raubbau an sich selbst: Der eine bekam Schwielen auf der Seele, dem anderen bohrte es Löcher ins Herz, für Maic keine erstrebenswerten Alternativen. Auch wenn er zuweilen mit sich haderte, so sagte ihm sein Verstand, dass er den Absprung zur richtigen Zeit geschafft hatte. Auf belebende Momente der Freude oder gar Begeisterung musste er im neuen Job nicht verzichten, allerdings stellten sie sich oft erst am Ende ein, wenn sich zeigte, dass ihre Überlegungen die Ermittlungen weiterbrachten oder gar zur Aufklärung eines Verbrechens führten. Denn der nüchterne Verstand kannte keine Kicks, und die Früchte ihrer Arbeit reiften langsam, wenn überhaupt. Diese Umstände verlangten von allen Mitgliedern des OFA-Teams höchste Konzentration, Geduld und Ausdauer.

Der Fall Nele Peters war besonders delikat. Es gab weder ein Opfer noch einen Täter und somit auch keinen Tatort, nichts, das sich faktisch zusammenbringen ließ. Ihre Analyse würde sich nur auf Indizien und Mutmaßungen über mögliche Zusammenhänge stützen. Im Grunde genommen war die Sachlage vollkommen ungeeignet für eine OFA-Analyse.

Vor ihm auf dem Schreibtisch lag die Akte Vanessa Keyser, mit der sie sich seit Kurzem erneut befassten. Nach einigem Hin und Her hatte er sich schließlich dazu durchgerungen, das dreiköpfige OFA-Team durch zwei Personen zu erweitern. Eine mit den Mordfällen vertraute Kollegin der Operativen Fallanalyse des LKA Dresden war auf dem Weg nach Kiel. Außerdem hatte er sich für ein bürgerliches Mitglied entschieden. Durch ein langwieriges Bewerbungsverfahren im Vorfeld war die Wahl auf den Inhaber eines Reitstalls aus Neumünster gefallen. Drei der Morde hatten sich im Umfeld von Reitställen ereignet, und weder Maic noch eines seiner Team-Mitglieder kannten sich in diesem Milieu gut aus. Angesicht der dringlichen Lage hatte er die beiden Neuen für morgen zum ersten Mal zur Teamsitzung einbestellt. Sie würden die Cold Cases aus Bischofswerda, Elspe und Mörschied hinzuziehen müssen. Nach drei Tagen sollte ein Ergebnis vorliegen. Es galt abzuklären, ob zwischen den alten Fällen und den

Umständen, unter denen Nele Peters verschwand, eine logische Verbindung bestand. Maic rechnete mit leichten Verzögerungen, bis die neu zusammengewürfelte Gruppe arbeitsfähig war. Das knappe Zeitfenster mussten sie dennoch einhalten. Er erinnerte sich an Annikas Worte. Nele könnte noch leben, hatte sie gesagt. Maic hatte das nicht kommentiert. Das Opfer zu retten, solange sein Tod nicht erwiesen war, war das oberste Ziel des Ermittlers. Maic hatte kein Recht, dies in Frage zu stellen. Sollte das Mädel tatsächlich in die Hände dieses Monsters geraten sein, dann … Er verbot sich, den Gedanken weiterzuspinnen.

Maic nahm sein Mobiltelefon zur Hand. Auf der Agenda der ersten OFA-Sitzung stand »Opferanalyse«. Das Wort »Opfer« störte ihn. Im Fall Nele Peters galt es, die Persönlichkeit und die Lebensumstände der Vermissten mit denen der anderen drei Mordopfer abzugleichen, um eine mögliche Verbindung zum Täter zu finden. Könnte auch Nele sein Opfer geworden sein? Maic seufzte. Eigentlich viel zu viele Konjunktive. Im Adressbuch seines Telefons fand er die Kontaktdaten von Annika Liebsch. Sie müsste inzwischen mit Neles Eltern gesprochen haben. Gleich in der ersten Sitzung morgen früh sollte sie ihnen berichten.

NELE

Sie fror. Angestrengt stierte sie in die Dunkelheit. Da war nur tiefschwarze Nacht. »Wo bin ich?«, flüsterte Nele mit zittriger Stimme. Sie spürte harten Boden im Rücken. Eiseskälte kroch ihr in die Glieder. Steif und schwer verweigerten sie sich jeder Bewegung. Die Zunge klebte ihr wie eine fette Schnecke am Gaumen. Nele schluckte trocken. Sie fühlte sich wie eingefroren. Lebendig begraben. Panisch warf sie den Kopf herum. »Hilfe!« Die Dunkelheit begann sich zu drehen, und eine Woge von Übelkeit nahm ihr die Luft. Die Finsternis wirbelte um sie herum wie ein Strudel, und sie stürzte hinein. … In der Ferne ein Licht, schaukelt hin und her, kommt näher. Ein Pferd, ein Schimmel mit wehender Mähne, galoppiert direkt auf sie zu. Sie spannt die Muskeln an, lauert wie ein Raubtier, packt das fliegende Haar, krallt sich darin fest, springt. Es ist wie Fliegen. Vor ihnen ein schwarzer Vorhang, und das Pferd schießt darauf zu und hindurch, streift sie ab. Sie fällt …

»Haaalt!« Nele riss die Augen auf. Nur Dunkelheit. Ihr Herz pochte wild und ungestüm wie nach einem heftigen Spurt. Sie gab sich einen Ruck, wälzte sich herum auf den Bauch … und dann dreht es sich wieder. Bunte Pferdchen schaukeln auf und nieder. Das Karussell nimmt Fahrt auf, immer schneller, rast. Von allen Seiten schallendes Gelächter wie Peitschenhiebe. Ihre Finger, steif und kraftlos, greifen ins Leere. »Haaalt!« Der Fahrtwind zerreißt ihren Schrei. Ein ohrenbetäubender Krach übertönt ihre Stimme, und eine lodernde Flamme rast auf sie zu, greift ihr ins Haar und tanzt dicht vor ihren Augen wie ein Spiegel. Für einen Moment sieht sie sich selbst. Ein flackernder Stern, der sich entfernt und verlischt …

DIENSTAG

ANNIKA

Eine volle Stunde hatte Annika für ihren Bericht gebraucht. Nun war sie fertig und durchgeschwitzt. Die Luft im kleinen Dienstzimmer des Landeskriminalamtes war zum Schneiden. Ausgerechnet bei diesen hochsommerlichen Temperaturen sperrte Maic sein Team in einer Sardinenbüchse ein! Nur langsam fiel die Anspannung von ihr ab. Sie war es nicht gewohnt, vor einer Gruppe zu sprechen.

Maic hatte für alle sichtbar mitgeschrieben. Ganz oben auf der Flipchart stand in fetter Druckschrift »OFA Tag 1« und darunter kleiner und in Rot »Nele Peters« über einer Liste von Schlagworten. Schwarz auf weiß, aus dem Zusammenhang gerissen und ihrer Zwischentöne beraubt, kamen ihr die eigenen Worte banal vor. Annika kniff die Augen zusammen und blinzelte, bis die Buchstaben zu tanzen anfingen. Am Vorabend hatte sie sich mit Leonis getroffen. Sie hatte sich wieder mit ihm vertragen wollen. Seine unverhoffte Entdeckung hatte auch sie aufgewühlt. Nun war es wichtig, vernünftig damit umzugehen. Leonis war sich absolut sicher, das Grab ihres gemeinsamen Vaters gefunden zu haben. Nach drei Jahren und etlichen Reisen in den Kosovo war Leonis endlich fündig geworden. So behauptete er jedenfalls. Annika hatte ihm viele Fragen gestellt. Am Ende waren ihr Zweifel geblieben. Das hatte ihn aufgebracht. Leonis neigte zu überstürzten Aktionen, wenn er wütend war, und Annika hatte ihm zugesagt, sich um die nächsten Schritte zu kümmern. Er musste ihr dafür versprechen, vorerst den Mund zu halten. Seine Familie sollte nichts davon erfahren, nicht bevor sie mit ihrer Mutter gesprochen hatte. Sie war die Ältere und hatte von ihrem Recht Gebrauch gemacht zu bestimmen, was mit dieser Information geschehen sollte. Obwohl sie verschiedene Mütter hatten, respektierte Leonis ihren Rang in der Geschwisterfolge. Nicht auszudenken, wenn Leonis sich irrte! Diese Nachricht würde so oder so die alten Wunden aufreißen.

»Die Kollegin hat nicht viel Zeit.« Maics Stimme holte Annikas Aufmerksamkeit an den Tisch zurück. »Gibt es Fragen, bevor wir sie entlassen und in eine kurze Pause gehen?«

Sie hatte Maic darüber in Kenntnis gesetzt, dass Steffen Hinrichs sie gegen Mittag erwartete. Hoffentlich blieb ihr Zeit, kurz nach Hause zu fahren, um die durchgeschwitzten Klamotten zu wechseln, bevor sie sich auf den Weg nach Bad Segeberg machte.

Bis auf die Kollegin aus Dresden und den Reitstallbesitzer kannte sie alle am Tisch. Roland Macke starrte auf seine Notizen. Seine Hand spielte nervös mit einem Kugelschreiber. Der Kriminaltechniker hatte Annika an einem feucht-fröhlichen Abend im Kollegenkreis nach etlichen Gläsern Bier seine Zuneigung gestanden. Vorhin bei der Begrüßung hatte er sich freundlich distanziert gegeben. Vielleicht erinnerte er sich nicht mehr an sie, was Annika nicht überrascht hätte. Er war bald nach seiner Liebeserklärung zur Toilette getorkelt und an jenem Abend nicht wieder aufgetaucht. Macke war ständiges Mitglied im dreiköpfigen Team der Operativen Fallanalyse, ebenso wie Maic Lutter und Doktor Marlene Hinze. Die Staatsanwältin saß links neben Macke. Ihre Urlaubsbräune war zum Neidischwerden. An einem Handgelenk glänzten zwei goldene Armreifen, und der Ausschnitt des luftigen Sommerkleides ließ tief blicken. Der Staatsanwältin gegenüber saß der Reitstallbesitzer. Annika hatte seinen Namen vergessen. Der Typ sah nicht schlecht aus. Das hautenge T-Shirt wölbte sich über einer gestählten Brust. Er grinste ein wenig zu selbstgefällig, so als würde er gerade ihre Gedanken lesen. Seine rechte Hand war verbunden. Angeblich hatte ihn einer seiner Gäule gebissen. Vielleicht war es auch kein Gaul gewesen, dachte Annika, sondern eine der jungen Reiterinnen, denen er ab und an auf den Hintern klatschte. Jedenfalls traute sie ihm eine solche Unflätigkeit zu. Er hielt die Hände unter dem Tisch, als fühlte er sich in dieser für ihn ungewohnten Umgebung fehl am Platze wie ein Cowboy in einem hochgeistigen Kammerspiel. Zu seiner Linken saß Hauptkommissarin Helga Winkler, die im LKA Sachsen das OFA-Team leitete. Sie meldete sich als Erste zu Wort.

»Vielen Dank für Ihren Bericht«, sagte die Hauptkommissarin. »Gute Arbeit. Genau das, was wir brauchen!«

Annika murmelte ein »Danke« und schielte zu Maic hinüber. In puncto Wertschätzung konnte der OFA-Chef dazulernen.

»Minderjährige werden aufgrund ihrer Naivität und Hilflosigkeit häufig zur Zielgruppe von Tätern«, fuhr Helga Winkler fort. »Sie schilderten uns Neles Familiensituation als gut bürgerlich, wohlhabend und behütet. Sie fanden keine Hinweise auf mögliche Übergriffe oder Misshandlungen innerhalb der Familie, auch nicht in der Schule. Sie beschreiben sie als eine gute und bei den Altersgenossen angesehene Schülerin.« Winkler wies auf die Flipchart, wo Maic »Opferdisposition (Familie, Schule) negativ« notiert hatte. Dann wandte sie sich an die Mitglieder des Teams. »Im Mordfall Julia Hoffmann verhält sich das anders«, warf sie ein. »Aber ich will nicht abschweifen. Bleiben wir bei Nele Peters!«

Annika stellte zufrieden fest, dass die Kollegin nicht anonym von »dem Fall«, »dem Opfer« oder »der Vermissten« sprach. Sie nannte die jungen Frauen bei ihren Namen.

»Ich will auf etwas anderes hinaus«, fuhr Helga Winkler fort. »Sie schien auf der Suche ..., nein, ich spreche ganz provokant in Fakten: Die dunklen Klamotten, die Piercings, das getunte Foto im Internet, der schwelende Konflikt mit der Mutter ... so kompromisslos und selbstbewusst sie ihren Standpunkt zu Hause und im Kreis ihrer Freunde auch immer vertreten haben mochte, war Nele auf der Suche nach sich selbst, was sie experimentierfreudig und damit ansprechbar machte. Man könnte es auch manipulierbar oder unvorsichtig nennen.«

Maic Lutter stand auf, löste seine Mitschrift von der Flipchart und klemmte das Blatt für alle gut sichtbar an die Magnettafel daneben. Er kehrte zur Flipchart zurück, griff zum Stift und zog eine Linie von oben nach unten über das neue Blatt, sodass zwei Spalten entstanden. Über die eine schrieb er »Ausreißerin«, über die andere »Opfer«.

Marlene Hinze beugte sich vor. Winzige Fältchen kräuselten sich in ihrem sonnengebräunten Dekolleté. »Ich habe zwei Einwände«, sagte sie. »Erstens schlage ich vor, dass wir im Präsens über Nele Peters sprechen sollten. Wir wissen nicht, was mit ihr ist. Und zweitens ...« Sie wies zur Flipchart. »Zweitens fehlen uns Fakten, um diese Liste zu füllen. Wir haben weder ein Opfer noch einen Täter.«

»So ist es«, sagte Maic. »Die Sachlage verlangt von uns, anders vorzugehen, als wir es gewohnt sind. Allerdings trifft dein Einwand nicht ganz zu. Wir wissen, dass sich der von uns gesuchte Täter Samstag oder Sonntag im Kalkbergstadion aufhielt. Das Blut dort stammt eindeutig von ihm.«

»Und was ist mit Spuren der Vermissten? Sind sie dort ebenfalls nachzuweisen?« Die Staatsanwältin blickte forschend in die Runde. »Wir spekulieren um einen fiktiven Tatort herum.«

»Allerdings«, seufzte Maic. »Keine Spuren vom Opfer im Stadion.«

Marlene Hinze warf die Arme in die Luft. »So ist es!« Die Armreifen klapperten.

»Vielleicht hätten die Kollegen welche gefunden, wenn die richterliche Verfügung rechtzeitig da gewesen wäre.« Roland Macke war aus seiner Hitzestarre erwacht. »Später war das Gelände durch Tausende von Besuchern kontaminiert.« Der Vorwurf war nicht zu überhören.

»Schlamperei, ich weiß«, lenkte Hinze ein und fächelte sich mit dem Handy Luft zu. »Mir wäre das nicht passiert.«

»Eben«, sagte Maic und schmunzelte. »Wenn man dich braucht, bist du nicht da. Wo warst du überhaupt?« Das klang weniger streitlustig als nach einem Geplänkel unter guten Bekannten.

Marlene Hinze lachte verhalten. »Das hat mich heute früh schon jemand gefragt. Dreimal darfst du raten, wer das war.« Sie hielt ihr Mobiltelefon hoch. »Ich bin auch im Urlaub erreichbar.«

»Gut zu wissen.« Maic grinste. Dann wurde er ernst. »Unser Auftrag lautet, den Verdacht unseres geschätzten Kollegen Steffen Hinrichs auf Validität zu prüfen.«

»Dann sei bitte konsequent und streich' die Spalte ›Ausreißerin‹«, forderte Marlene Hinze ihn auf. »Dieses Hin und Her macht mich konfus. Ich brauche eine handfeste Grundlage, um arbeiten zu können. Dafür müssen wir uns an die Ausgangshypothese halten, dass Nele Peters das Opfer des Festspielmörders ist.« Sie sah erneut in die Runde. »Können wir uns darauf einigen? Irgendwo müssen wir einmal anfangen.« Sie bedachte Maic mit einem grimmigen Blick. »Dafür sitze ich schließlich hier in dieser gottverdammten Schuhschachtel.« Sie lehnte sich zurück. »Fertig«, sagte sie.

»Ich war noch nicht fertig.« Helga Winkler schaute kurz auf ihre Notizen. Dann hob sie den Kopf. »Sprechen wir in der Gegenwart! Betrachten wir Nele Peters als Opfer des Festspielmörders! Schauen wir auf die Umstände, die sie in die Hände dieses Mannes gespielt haben könnten! In ihrem sozialen Umfeld gibt es zwei Bereiche, die wir meines Erachtens genauer betrachten müssen: den Reitstall und die Punkszene.«

»Was ist mit der Nachbarschaft?«, fragte Macke.

»Die Peters haben keinen Kontakt zu ihren Nachbarn«, warf Annika ein.

»Was heißt das schon«, stellte Macke fest. »Menschen haben Kinder, Verwandte, Freunde, die mehr oder weniger regelmäßig zu Besuch kommen. Weshalb sollte Nele genauso zurückhaltend sein wie ihre Eltern? Eine zufällige Begegnung am Gartenzaun wäre doch denkbar. Sie spricht nicht darüber, weil es in der Familie nicht erwünscht ist. Könnte doch sein, dass sie es gegenüber einer Freundin erwähnte.«

»Ein interessanter Gedanke«, murmelte Hinze. Neugierig schob sie das Kinn vor. »Hat Nele ein Geheimnis?«

»Bestimmt«, erwiderte Annika. »Nicht nur eines. Die Punk-Community, in der sie sich im Internet bewegt, ist ein Raum voller Geheimnisse. Ihr Notebook wird gerade von der Spusi durchforstet. Die verdeckten Identitäten ihrer unzähligen Kontakte werfen eine Vielzahl von Fragen auf, die sich nur schwer beantworten lassen. Eines ist sicher: Nele ist sehr nachlässig mit ihren persönlichen Daten umgegangen. Die Schutzprogramme auf ihrem Notebook sind veraltet und nicht mehr aktiv.«

»Ich möchte auf die Nachbarschaft zurückkommen.« Roland Macke räusperte sich. »Die Erfahrung zeigt, dass der Täter meist aus dem sozialen Umfeld des Opfers kommt. Wir dürfen nicht außer Acht lassen, dass er in Bad Segeberg zum zweiten Mal eine Spur hinterlässt. Er ist mit den Verhältnissen vor Ort gut vertraut. Wir müssen uns fragen, wieso das so ist. Wie genau wurde unter den Nachbarn und im Reitstall ermittelt? Ich denke an intensive Befragungen, auch DNA-Proben, um Druck auszuüben. Immerhin ist Gefahr im Verzug. Nele könnte noch leben.«

»Das finde ich auch«, platzte Mister Cowboy heraus. Als er bemerkte, dass alle ihn ansahen, zog er den Kopf ein. Sein Mut, den Mund aufzumachen, überraschte ihn offenbar selbst. »Wo könnte Nele sein?«, fragte er. Dabei sah er nur Annika an.

Sein Blick war elektrisierend. Peinlich berührt, wich sie ihm aus. Auch wenn es ihr Spaß gemacht hätte, das hier war nicht der Ort für einen Flirt. Annika überlegte. Eigentlich gehörte seine Frage nicht hierher. Maic hätte ihn besser in seine Aufgabe einweisen sollen. Das OFA-Team hatte den Auftrag, Empfehlungen zu erarbeiten, die zum Täter führten. Für die Suche nach der Vermissten war die Segeberger Kripo zuständig, zu deren Ermittlerteam sie sich zählte. Das alles hätte sie dem Mann sagen können. Seine offensichtliche Unsicherheit bremste sie aus. »Wir suchen noch«, sagte sie ausweichend.

»Könnte sie sich im Reitstall verstecken?«, ließ er nicht locker. Da fiel ihr wieder ein, wie er hieß. Schneider. Der Name passte nicht zu seiner klobigen linken Hand, die im Pferdestall wohl mehr verrichten konnte als hier.

»Nele fühlt sich den Pferden sehr verbunden«, sagte Annika. »Ihr eilt der Ruf der ›Pferderetterin‹ voraus. Sie scheut keinen Streit mit Besitzern, wenn sie davon überzeugt ist, dass sie ihre Pferde nicht gut behandeln.«

»Das ist sehr interessant«, ereiferte sich Helga Winkler. »Ich frage mich, ob Nele ein Helfertyp ist. Ist Helfen und Beschützen ihre Lieblingsrolle auch in anderen Zusammenhängen?«

Annika schwieg. Sie wusste keine Antwort darauf. Sie klebte noch immer an Schneiders Frage. Der Aspekt, der darin mitschwang, beschäftigte sie. Könnte es ein, dass Nele sich aus Angst bewusst versteckt hielt?

»Die Profile der anderen Opfer weisen darauf hin, dass sich der Täter bevorzugt Helfertypen aussucht«, warf Winkler ein. »Er appelliert an ihre soziale Ader und erschleicht sich ihr Vertrauen, indem er sich als Hilfe suchend, bedürftig oder ungerecht behandelt ausgibt. Eine Zeugin aus Mörschied wusste das zu berichten. Angelina Kolling hatte ihr wenige Stunden vor ihrem Tod von einem Justin erzählt, mit dem sie sich treffen wollte.« Da niemand reagierte, fügte die Hauptkommissarin erklärend hinzu: »Wir suchen schließlich nach vergleichbaren Konstellationen zwischen den Fällen. Stimmt's?«

Es war kurz nach 11 Uhr. Über dem Asphalt zwischen den Häuserblocks des Landeskriminalamtes flirrte die Luft. Annika schaute sich um. Wo hatte sie nur den Wagen abgestellt? Sie fühlte sich benommen. Man hatte sie mit Fragen gelöchert, die immer spezifischer wurden, sodass sie länger geblieben war, als sie vorgehabt hatte. In der Pause hatte sie sich schließlich abgesetzt. Annika beschattete ihre Augen mit der Hand, während sie die Reihen der Autos ablief. In ihrem Kopf herrschte ein heilloses Durcheinander. Die Fragen und Gedanken der anderen vermengten sich mit dem, was sie wusste oder zu wissen glaubte. Weshalb war sie sich so sicher, dass Nele noch lebte?

Ganz hinten, im äußersten Winkel des Parkplatzes, entdeckte sie endlich den Wagen. Sie riss die beiden Türen und die Heckklappe auf. Ein heißer Luftstrom schlug ihr entgegen. Ihre Gedanken kreisten noch immer um die Gespräche während der Sitzung. Die Diskussionen kamen ihr hilflos und wenig zielführend vor. Sie selbst hatte nicht viel zur allgemeinen Erhellung beitragen können. Helga Winklers lobende Worte änderten nichts daran, dass Annika mit sich selbst unzufrieden war. Irgendetwas hatte sie aus dem Konzept gebracht. Die Hitze war schuld. Ihr Hirn kam ihr vor wie eine aufgedunsene Melone kurz vor dem Platzen.

Sie passierte die Schranke und verließ das Gelände. Vielleicht sollte sie noch einmal von vorne anfangen. Einfach zurück auf »Los« gehen. Ihr Handy hupte. Eine SMS von Leonis. *Was hast du erreicht?*, wollte er wissen. Sie steckte das Mobiltelefon weg. Auch darum musste sie sich kümmern.

ASTRID

Der Regionalexpress aus Oldesloe lief verspätet im Hamburger Hauptbahnhof ein. Astrid stand mitten im Pulk schwitzender Fahrgäste nahe dem Ausgang. Sie atmete flach. Sie hasste Menschenansammlungen. Zu viel Lärm. Zu viele aufdringliche Gerüche. Bremsen quietschten. Der Zug stand still. Ein junger Mann riss ungeduldig am Türgriff. Nichts tat sich. Astrid spürte, wie sich ihr Magen verkrampfte. Ihr war übel, und sie suchte nach einem rettenden Gedanken, um sich abzulenken. Ihr fiel einfach nichts ein. Sie drückte sich den kleinen Lederrucksack an die Brust und sehnte sich nach dem erlösenden Seufzer, mit dem die Tür zur Seite glitt und der Waggon sie alle hinaus auf den Bahnsteig spie. Da endlich ertönte das Piepen, das die Tür freigab, und dann platzte der Kokon, der sie alle miteinander gefangen hielt. Astrid glitt mit dem Strom der Fahrgäste ins Freie. Ein Cocktail aus Staub, Schweiß und Maschinenöl hing in der Luft. Astrid schluckte gegen das

Würgen im Hals. Sie trieb sich zur Eile an. »Bitte versuchen Sie, pünktlich zu sein!«, hatte die Frau am Telefon gesagt. Für Astrid eine Selbstverständlichkeit. Sie hielt Unpünktlichkeit für eine Charakterschwäche. Mittags war sie in das schwarze Etuikleid geschlüpft und zum Bahnhof gefahren. Da sie ständig fror, hatte sie nicht mit der Hitze gerechnet. Seit Neles Verschwinden hatte sie außer Wasser kaum etwas zu sich genommen.

Allerdings hatte sie bei der Wahl ihrer Kleidung nicht an die weiten Wege in einem Großstadtbahnhof gedacht. Das dunkle, enganliegende Kleid und die hochhackigen Pumps ließen die Schrittlänge nicht zu, die für ein höheres Tempo unter Einsatz der Ellenbogen und Hacken erforderlich gewesen wäre. Die Ausweichmanöver nicht zu vergessen. Zum Glück erwischte sie gleich eine U-Bahn zum Dammtor. Dort stieg sie aus. Vor dem Bahnhof blieb sie stehen und aktivierte das Navi in ihrem Mobiltelefon. Nur fünf Minuten Fußweg bis zum vereinbarten Ort. Astrid seufzte erleichtert. Sie könnte gerade noch rechtzeitig zum Reading kommen. So hatte die Frau am Telefon ihre Verabredung genannt.

Nach wenigen Metern wurde sie auf einen sandigen Fußweg gelenkt. Wieder bremste ihr Schuhwerk sie aus. Immerhin spendeten hohe Bäume rechts und links des Weges Schatten. Während sie um die ausgetrockneten Schlaglöcher wankte, dachte sie an die vergangene Nacht. Sie war aus dem Schlaf hochgeschreckt. Eine wachsende Unruhe hatte sie aus dem Bett getrieben. Eine Weile war sie durchs Erdgeschoss gewandert, während die Männer tief und fest schliefen. Astrid mochte ihnen keinen Vorwurf daraus machen. Tiefer Schlaf war ein Geschenk des

Unterbewusstseins, eine Verschnaufpause für die Seele, um das Unbegreifliche durchzustehen. Sie war nicht imstande, die Kontrolle abzugeben. Auf ihrer Suche nach Ablenkung hatte sie sich vor den Computer gesetzt. Bald stieß sie auf einen Blog für Angehörige von Gewaltopfern. Der Beitrag eines Bloggers weckte ihr Interesse. Er schrieb, dass er in seiner Verzweiflung ein Medium aufgesucht habe. Mit dessen Hilfe habe er Kontakt zu seiner vermissten Tochter aufgenommen und der Polizei sagen können, wo ihre Leiche lag. Die Obduktion habe all das bestätigt, was er von dem Medium bereits erfahren hatte. Seine Informationen hätten schließlich zum Täter geführt. Astrid fühlte Panik aufsteigen. Die Nüchternheit seiner Ausführungen weckten Bilder in ihrem Kopf, die sie nicht wahrhaben wollte. Sie verbot sich den Gedanken, Nele könnte etwas so Schreckliches zugestoßen sein wie seiner Tochter. Außerdem glaubte sie nicht an diesen Hokuspokus.

Der Sandweg stieß auf eine Fahrstraße. Astrid blieb stehen. Nach einem kurzen Blick aufs Handy betrat sie den Bürgersteig. Dann wandte sie sich entschlossen nach links. Es war nicht mehr weit.

In dem Blog hatte ein Link auf die Internetseite des Mediums verwiesen. Das hatte ihr Misstrauen geweckt. Schon möglich, dass sich dahinter eine verdeckte Anzeige verbarg. Sie war wieder ins Bett gekrochen, aber sie hatte nicht einschlafen können. Ihre Gedanken kreisten um den Blog. Sie war davon überzeugt, dass Nele lebte, und sie war entschlossen, kein Mittel unversucht zu lassen, um ihre Tochter zu finden. Auf der Webseite des Mediums war eine Telefonnummer angegeben. Gleich am Morgen rief sie die Frau an. Ohne Details preiszugeben, machte sie ihr Anliegen dringend, eine Notsituation, und die Frau erklärte sich bereit, sie am frühen Nachmittag zu empfangen.

Das weiß getünchte Patrizierhaus sah genauso aus, wie die Frau es beschrieben hatte. Auch die Hausnummer stimmte. Astrid drückte die Klingel. Ein wenig atemlos sah sie sich um. Auf dem Kopfsteinpflaster hinter ihr dröhnten die Reifen vorbeifahrender Autos. An der Hauswand war kein Schild, das auf eine Praxis hinwies. Sie trat einen Schritt zurück, und auf einmal überkam sie maßlose Wut. Ihre Augen füllten sich mit Tränen. Wer zum Teufel nahm sich das Recht, ihr die einzige Tochter wegzunehmen? Und weshalb ausgerechnet ihr? Sie schloss kurz die Lider. Was um Himmels willen suchte sie hier? Ausgerechnet sie, die sich für vernünftig und bodenständig hielt, ging zu einer Hellseherin. Mit den Handrücken wischte sie sich die Tränen aus dem Gesicht. Sie zog die Sonnenbrille aus dem kleinen Lederrucksack und schob die dunklen Gläser vor den Tränenschleier. Enttäuscht wandte sie sich ab. In dem Moment ertönte der Türsummer.

STEFFEN

Mittagshitze flirrte über dem Dach des heruntergekommenen Anwesens. Steffen fiel auf, dass der Deckel der Mülltonne zugeklappt war. Die Deutschlandfahne war abgehängt. Eine bedrückende Stille lastete auf dem Haus von Kostja Janković. Annika lenkte den Wagen auf den Grünstreifen zwischen Straße und Gartenzaun und stellte den Motor ab. Das Rauschen der Klimaanlage verstummte.

»Dann schau'n wir mal, was wir für die alte Rothaut tun können«, sagte Steffen und löste den Sicherheitsgurt. Er drückte die Wagentür auf. Hitze umfing ihn, legte sich um seinen Brustkorb wie eine Zwangsjacke und trieb ihm den Schweiß aus den Poren.

Das Gartentor war zugezogen. Besorgt sah er sich um. Und wenn der Vogel ausgeflogen war? Steffen seufzte. Wie konnte er nur auf diese Schnapsidee kommen, noch einmal hierher zu fahren? Er hatte ihren Besuch nicht angekündigt. Wie auch? Jankovićs Handy wurde gerade im kriminaltechnischen Labor unter die Lupe genommen. Erleichtert stellte er fest, dass die Haustür nur angelehnt war. Die Plastikverblendung der Klingel lag am Boden. »Herr Janković«, rief er. Steffen ballte die Faust und schlug gegen die Tür. Lacksplitter platzten ab und blieben an den Knöcheln seiner Finger kleben. »Kommissar Hinrichs hier. Ich komme mit einer Kollegin.«

Drinnen blieb es still.

Steffen klopfte noch einmal. »Herr Janković?«

Nichts rührte sich.

Er drückte die Tür einen Spaltbreit auf. »Wir kommen jetzt rein!«, rief er ins Haus hinein.

Der Mief war noch ekelerregender als am Vortag. Steffen ging voraus. Sein Fuß stieß gegen den Keil, und er erinnerte sich an Jankovićs Worte. Er zog die Haustür weit auf und schob das Holzstück unter den Türspalt.

Das kleine Zimmer rechts vom Flur quoll über von Flaschen aus Glas und Plastik. In einer Ecke stapelten sich prall gefüllte Plastiksäcke und Tüten aus Kunststoff, offensichtlich mit Dosen und weiteren Flaschen bestückt. Hier lagerte der Hausherr seine Schätze, die er wohl wie so viele Notdürftige zum Recycling trug, um sich die Stütze aufzubessern. In der Küche sah es genauso aus wie tags zuvor bis auf den Lumpenberg in der Mitte des Raums. Er war auseinandergefallen und gab einen Stuhl frei. Die Szene bot einen traurigen Anblick, eine zerstörte Kulisse ohne Held. Sie kehrten in den Flur zurück. An einer Seite führte eine schmale Holztreppe ins obere Stockwerk hinauf.

Steffen legte den Kopf in den Nacken. Die steile Stiege endete in einer offenen Luke, durch die ein Lichtstreifen fiel. Die Stufen waren in der Mitte zu einer Mulde ausgetreten. Ihm kamen die Worte eines ehemaligen Mathelehrers in den Sinn. Er hatte versucht, ihnen die Gaußsche Normalverteilung anhand einer ausgetretenen Treppe verständlich zu machen. Wenn Steffen sich recht erinnerte, war es die Summe einer großen Zahl von unabhängigen Einflüssen, die sich in einer solchen Trittspur überlagerten und das Bild einer nach unten gewölbten Glockenkurve ergaben. Die meisten Menschen setzten ihre Füße eben in die Mitte der Stufen. Die Gewohnheit war machtvoll, aber trügerisch, dachte er. Ein Ermittler, der immer dieselben Wege benutzte, lief Gefahr, ins Gewöhnliche abzugleiten.

Aber der Gedanke milderte nicht das Dilemma, in dem er steckte, seit sich der Name Janković in diesen Fall gedrängt hatte. Am liebsten hätte er diese Aktion auf der Stelle beendet. Weshalb tat er es nicht? Dieser zweite Besuch wäre aus ermittlungstechnischen Erwägungen heraus nicht nötig gewesen. Nun blickte er die ausgetretenen Stufen dieser nicht gerade vertrauenerweckenden Stiege hinauf und haderte mit sich, sie zu betreten. Ein leichter Schwindel erfasste ihn. Halt suchend ergriff er den Handlauf. Zu seinem Erstaunen war er fest, bot keinen Grund für eine Ausrede. Unschlüssig blickte er hinauf. »Herr Janković?« Die Stille behagte ihm nicht. Er musste eine Entscheidung treffen. »Wir kommen jetzt rauf«, rief er und setzte den Fuß auf die erste Stufe.

Steffen schob den Kopf durch die Luke. Eine Staubwolke kitzelte seine Nase. Sein Niesen ließ die Wollmäuse über den Fußboden rollen. Er zog das Taschentuch aus der Hosentasche und wischte sich die Tränen aus den Augen. Als er den Blick hob, stockte sein Atem. Fasziniert starrte er auf die Wand gegenüber. Er blickte in die Tiefe einer lang gezogenen Schlucht. Zwischen zerklüfteten, steil aufragenden Felswänden schimmerte opalblaues Wasser. Die Sinnestäuschung war perfekt. Die Landschaft, die sich ihm so unverhofft auf einer Fototapete präsentierte, war ihm vertraut wie ein Stück Heimat. Der Anblick weckte Erinnerungen an einen Ort, an dem er nie gewesen war. Er kannte ihn nur aus Filmen.

»Was ist los?«, drängte Annika von hinten. »Weshalb gehst du nicht weiter?«

Steffen lehnte sich zur Seite, damit auch sie sehen konnte. »Traumhaft, nicht wahr?«, murmelte er.

»Ach, so!«, bemerkte sie ungerührt.

»Ach, so!«, äffte Steffen sie nach. »Ist das alles, was dir dazu einfällt?« Er wartete ihre Antwort nicht ab. »Das ist Kult!«

»Für den einen ist es Kult und für den anderen …«

»Du hast ja keine Ahnung«, fiel er ihr ins Wort.

»Wie du meinst«, erwiderte sie gelassen.

Er nahm die letzten Stufen ins Obergeschoss. Der Holzboden knarrte unter seinem Gewicht.

An der Wand gegenüber klebte ein weiteres großformatiges Landschaftsbild. Es zeigte eine mit Gras bedeckte Hochebene, die von schroffen, weißen Felsformationen umgeben war. Einzelne Felsfinger reckten sich mahnend gegen einen dunstverhangenen Himmel. »Die grüne Wiese«, flüsterte Steffen ehrfürchtig. Dort oben zwischen den zerklüfteten Felsen starb der Held seiner Kindertage. Dieses Trauma nagte noch immer in Steffens Brust. Winnetous Tod war unverzeihlich. Wie hatte Karl May seinen Lesern das antun können? Nach Winnetou III hatte Steffen kein weiterer Band mit der Geschichte seines Helden aus Kindertagen jemals wieder so fesseln können. Winnetous allzu früher Tod war ein literarisches Verbrechen, das er dem Autor wohl zeitlebens übelnehmen würde.

Annika stand neben ihm und betrachtete das Foto. »Tulove Grede«, sagte sie. »Heute kommst du nicht mehr so einfach dort hinauf.«

»Wieso?«

»Vermintes Gebiet«, erwiderte Annika. »Ohne einen ortskundigen Führer ist ein Besuch von Winnetous Grabstätte nicht zu empfehlen. Es sei denn, man sehnt sich danach, ihm in die ewigen Jagdgründe zu folgen.«

Steffen runzelte die Stirn. »Das klingt so, als wärst du dort gewesen?«

Annika nickte. »Einige Male. Die Kampflinie des serbisch-kroatischen Bürgerkriegs verlief in dieser Region.« Sie zeigte auf das Bild hinter ihnen. »Im Zrmanja Canyon war ich auch.«

»Und ist es noch so?«, fragte Steffen.

»Wie, so?«

»Na, wie zu Winnetous Zeiten?«

»Wahnsinn!« Fassungslos sah sie ihn an.

Er lächelte. »Nein!« Heftig schüttelte er den Kopf. »Pure Leidenschaft!«

Annika hob die Schultern. »Wie soll ich das wissen? Als die Filme gedreht wurden, ahnte ich noch nichts von dieser Welt voller schöner Helden, hässlicher Bösewichter und hübscher Indianermädchen, die der Autor viel zu früh sterben ließ. Sein Frauenbild war eine Katastrophe. Kaum tauchte eine potenzielle Heldin auf, schon ließ er sie sterben. Die Drehbuchautoren der späteren Filme waren nicht besser.« Sie wies auf ein Plakat, auf dem eine Schönheit im Fransendress und wallendem, im Ansatz zu dicken Zöpfen geflochtenem, schwarzem Haar ein wenig gekünstelt eine ebenmäßige Zahnreihe entblößte. Die Textzeile unter dem Foto war verblichen, aber noch lesbar: *Daliah Lavi als Paloma Nakana in Old Shatterhand*.

»Du kennst sie also«, stellte Steffen fest.

»Wen?«

»Die Bücher.«

Annika nickte. »Bis zur Ermüdung. Die Geschichten um Kara Ben Nemsi gefielen mir besser.«

Steffen grinste. »Und dann bist du ihm nachgereist.«

»Nicht ganz«, sagte sie. »Aber ich war nach Ende des Bürgerkriegs oft auf dem Balkan unterwegs. Ich wollte zu *Eulex.*«

»Du wolltest in den Kosovo?« Als Polizist wusste Steffen, wovon sie sprach. Das Kürzel stand für die Rechtsstaatlichkeitsmission der Europäischen Union im Kosovo.

Annika nickte. »Nach der Polizeiausbildung wollte ich mich dort bewerben. Leider wurde die Mission in diesem Jahr beendet.« Resigniert hob sie die Schultern. »Aus der Traum.«

»Wolltest du deshalb zur Polizei?«

Sie blieb ihm die Antwort schuldig, und er beließ es dabei. Was gingen ihn ihre Beweggründe an? Nachdenklich betrachtete Steffen das Foto von Daliah Lavi. Es trug keine Jahreszahl. Nach seinen Berechnungen müsste es in den 60ern aufgenommen worden sein. Das Foto war in Schwarz-Weiß gehalten und wirkte leicht nachkoloriert, hob sich von den bunten Werbeplakaten ab, mit denen die Wand drumherum zugeklebt war. Alte Filmplakate waren darunter, auf denen die beiden Titelhelden hoch zu Ross saßen oder mit ihren Büchsen posierten. *Im Tal der Toten*, stand auf einem Poster aus dem Jahr 1968 mit Pierre Brice und Lex Barker. Für Steffen waren die beiden *die* Inkarnation der Karl Mayschen Helden schlechthin. Nach ihnen kamen nur noch Schauspieler. Sein Blick wanderte über die Wand, bis er die beiden Plakate der Segeberger Karl-May-Spiele entdeckte. *Im Tal des Todes*, stand jeweils groß darüber. Das eine war aus dem Jahr 2002 mit Gojko Mitić in der Rolle des Winnetou. Das andere zeigte dessen Nachfolger Jan Sosniok in der Hauptrolle. Es stammte aus der Spielsaison 2015, dem Sommer, in dem Vanessa Keyser verschwand und Kostja Janković seine Selbstachtung verlor.

Zwischen den Plakaten links von der Treppe öffnete sich eine Tür in eine niedrige Kammer. Sie war abgedunkelt. Annika ging zum Fenster hinüber und zog am Rollo. Scheppernd schnappte es gegen die Zimmerdecke. Grelles Sonnenlicht flutete den Raum. Janković lag auf dem Bett. Er trug die gleiche Indianermontur wie tags zuvor. Er lag ausgestreckt auf dem Rücken, Augen und Mund leicht geöffnet, als wäre er in Gedanken versunken. Ein rötliches Rinnsal zog sich aus dem inneren Augenwinkel über die Kuppe des Wangenknochens und stockte als blutige Kruste in der Mulde seiner rechten Wange. Jankovićs Kopf ruhte auf einem dunkelroten Kissen. Ein nahezu kreisrunder Fleck zog sich über dessen Stoff und das Laken darunter bis zu der Stelle, an der die rechte Achselhöhle sich öffnete, sodass der Arm freischwebend über der Bettkante hing. Die Innenfläche der Hand zeigte nach oben. Am Boden, in unmittelbarer Verlängerung darunter, lag ein Revolver. Steffen vernahm ein Rascheln, dann das leise Klatschen von Gummi auf Haut. Er sah, wie Annika ans Bett herantrat. Ihre Hände steckten in Latexhandschuhen. Ihre Bewegung scheuchte ein paar Fliegen auf, deren monotones Brummen ihm in den Ohren schmerzte. Diese plötzliche Feinnervigkeit seines Gehörsinnes irritierte ihn, aber noch mehr wunderte er sich darüber, dass er nichts roch.

ASTRID

Die Praxis lag im zweiten Stock. »Mediale Beratung, Coaching, Trauerarbeit«, stand auf dem Schild und darunter »Ingrid Degen«. Die Tür war angelehnt.

Drinnen am Boden, gleich neben dem Eingang, parkte ein Paar Stella McCartney Sneakers auf einem Schuhtablett. Die Dame hatte einen teuren Geschmack. Astrid fiel ein, dass sie vergessen hatte, nach dem Honorar zu fragen. Gehorsam streifte sie die Pumps von den Füßen und stellte sie nach dem Vorbild der Dame des Hauses auf die dafür vorgesehene Parkfläche. Das Parkett war angenehm kühl. Die Luft roch nach Limonen. Aus einem hinteren Zimmer fiel ein Lichtstreifen in den Flur.

»Es ist das letzte Zimmer hinten rechts.« Die Stimme, die aus der genannten Richtung kam, klang jung und eindeutig weiblich. »Und bitte, schließen Sie die Wohnungstür!«

Astrid tappte zur Tür zurück und ließ sie deutlich hörbar ins Schloss fallen.

Die Frau, die ihr entgegentrat, zählte kaum mehr als 30 Lenze. Viel zu jung, dachte Astrid enttäuscht. Sie hatte eine Person in ihrem Alter erwartet. Zumindest jenseits der 50 hätte sie sein und Kinder haben sollen, um sich in ihre Notlage versetzen zu können. Ingrid Degen war selbst noch ein Kind. In ihren großen, unschuldigen Augen und den weichen Gesichtszügen war keine Spur von körperlichem oder seelischem Leid zu entdecken. Sie war hübsch, ohne Zweifel ein Typ, der Männern gefiel.

Das lange, blonde Haar war im Nacken zu einem lockeren Knoten geschlungen. Sie trug ein schlichtes, weinrotes Ibiza-Kleid. Eine beneidenswert ebenmäßige Sonnenbräune verlieh ihrer glatten Haut den seidigen Schimmer der Jugend, was Astrid an Nele erinnerte und ein tiefes Verlustgefühl weckte.

Ingrid Degen wiegte ihre schlanken Hüften auf eine kleine Sitzgruppe mit zwei quietschgelben Ledersesseln zu. Bei jedem ihrer raumgreifenden Schritte wogte der Saum des Kleides um ihre wohlgeformten Waden. Sie zeigte auf einen der Sessel. »Bitte, nehmen Sie Platz!«

Die elegante Unbefangenheit dieser Frau steigerte Astrids Beklemmung, und es kostete sie Überwindung, der freundlichen Einladung nachzukommen. Sie glitt auf den ihr zugewiesenen Sitzplatz, während die junge Frau zum Schreibtisch hinüberging, das einzige wuchtige Möbelstück im Raum. Ingrid Degen tippte auf die Tastatur des Computers, und das Display des Monitors fiel in ein tristes Schiefergrau. Astrid fröstelte.

»Haben Sie Ihr Handy ausgeschaltet?«

Astrid zögerte. »Eigentlich möchte ich erreichbar bleiben.«

Ingrid Degen lächelte. »Es ist nur für eine Stunde.«

Astrid griff in den Lederbeutel. Ohne hinzusehen, drückte sie auf das Mobiltelefon, bis die Abschiedsmelodie erklang. Allmählich ließ ihre Anspannung nach. Sie sah sich um. Der große Raum war angenehm kühl, eine typische Altbauwohnung mit Holzdielen und hohen Zimmerdecken. Die Einrichtung war sparsam. Bis auf den massiven Schreibtisch mit Stuhl, einer Stehlampe und einem Beistelltischchen gleich neben der kleinen Sitzgruppe gab es keine weiteren Möbelstücke. Sie blickte auf zwei fast deckenhohe, mit Holzstreben versehene Fenster. An der Wand rechts von ihr hing ein großformatiges Bild. Die pastelltonfarbigen Schlieren darauf flimmerten ihr vor den Augen und erinnerten sie an den Bildschirmschoner ihres Laptops. Auf dem Beistelltischchen gleich neben ihr standen eine Packung Papiertaschentücher, eine Karaffe mit Wasser und zwei Gläser. Sie waren gefüllt.

Ingrid Degen setzte sich. Die beiden Sessel standen so dicht beieinander, dass sich ihre Knie beinahe berührten. Astrid zog die Beine an und spürte, wie sich das kühle Leder des Sessels in ihre schweißnassen Kniekehlen saugte.

Die junge Frau hatte ihr Abrücken wohl bemerkt. »Beim Reading sollten wir dicht beieinander sitzen«, erklärte sie sanft. »Möchten Sie mir erzählen, was Ihnen gerade durch den Kopf geht?«

»Ich suche mein Kind«, platzte Astrid heraus. »In dem Blog stand, dass Sie so etwas …« Wie sollte sie es nennen? Geheimes Wissen? Mediale Gabe? Hochsensibilität? Sie schluckte gegen den Kloß im Hals. Sie wollte nicht weinen. »Können Sie mir helfen, meine Tochter zu finden?«, flüsterte sie.

Ingrid Degen griff nach der Schachtel Papiertaschentücher und hielt sie ihr hin. »Sie dürfen Ihren Gefühlen freien Lauf lassen, Frau Peters.«

Astrid schnäuzte sich kurz. Dann schüttelte sie energisch den Kopf. »Können Sie mir helfen?«

»Ich will ganz ehrlich sein.« Ingrid Degen griff nach dem Wasserglas. Ohne zu trinken, stellte sie es zurück. »Ich kenne Ihre Geschichte. Als Sie mich heute Morgen anriefen und Ihren Namen nannten, wusste ich sofort, worum es geht. Die Zeitungen berichten von Neles Verschwinden. Auch von den Umständen, den Spekulationen der Polizei. Ich kann mir gut vorstellen, wie Sie sich fühlen.«

Wie ich mich fühle?, fragte sich Astrid. Sie hatte bisher nicht darüber nachgedacht. »Ich fühle mich schuldig«, rutschte es ihr heraus.

Ingrid Degen schwieg.

»Samstagabend ...« Astrid brach ab. Nicht einmal mit Wolfgang hatte sie darüber gesprochen. »Nele kann so ungerecht sein. Haben Sie Kinder?«

Die junge Frau schüttelte den Kopf.

»Ich wollte das nicht«, stammelte Astrid. »Es tut mir unendlich leid.«

»Möchten Sie mir erzählen, was passiert ist?«

Eigentlich nicht, dachte Astrid. Belanglosigkeiten. Der übliche Machtkampf zwischen Mutter und Tochter. »Wir hatten einen Streit«, fuhr sie leise fort. »Ich war so wütend. Ich habe sie rausgeschmissen.«

»Und jetzt denken Sie, Sie seien schuld an Neles Verschwinden.«

»Ich will Nele um Verzeihung bitten. Vielleicht hilft es ...« Unsicher hob Astrid die Schultern. »... irgendwie.«

»Ich verstehe.« Die Frau nickte. »Sie quält der Gedanke, mit ihr im Streit auseinandergegangen zu sein.«

»Können Sie mich zu ihr bringen?«, drängte Astrid.

Ingrid Degen zögerte. »Wir haben alle unsere blinden Flecken«, sagte sie schließlich. »Beim Reading erhalte ich Zugriff auf Informationen, die der Klient nicht sehen kann. Allerdings benötige ich dafür die Zustimmung seiner Seele.« Sie überlegte kurz, dann fuhr sie fort. »Nachdem Sie mich angerufen hatten, habe ich versucht, einen Kontakt zu Ihrer Tochter herzustellen. Ich hatte ja alles, was ich dazu brauchte.«

Astrid war vor Aufregung wie gelähmt. Weshalb spricht sie nicht weiter?

»Haben Sie der Polizei von dem Streit erzählt?«

Astrid rang nach Luft, fühlte sich hingehalten. Weshalb wollte sie das wissen? »Nein, das habe ich nicht«, erwiderte sie bestimmt.

»Sie sollten es tun!«

»Wieso?« Astrid horchte auf. »Was wissen Sie? Ich bin die Mutter. Ich habe ein Recht, alles zu erfahren.«

Ingrid Degen lehnte sich in den Sessel zurück. »Frau Peters, ich bin ein mentales Medium und beziehe mich bei meiner Arbeit ausschließlich auf das Jenseits. Zu Nele habe ich keine Verbindung bekommen.«

Enttäuscht sackte Astrid in sich zusammen. »Sie waren meine letzte Hoffnung«, stammelte sie.

»Sie verstehen mich nicht.« Ingrid Degen nippte an ihrem Wasserglas. Sie stellte es zurück auf den Tisch. »Ich kann Kontakt zu Verstorbenen aufnehmen. Ihre Tochter schickt mir keine Botschaften aus dem Jenseits.« Sie zögerte kurz, als suchte sie nach den richtigen Worten. »Ich kann Ihnen nichts versichern, aber ich halte es für sehr wahrscheinlich, dass Nele am Leben ist.«

NELE

Alles an ihr war taub, wie eingefroren. Sie lag auf dem Bauch. Sie fror. Als läge sie in einem Bad aus Eis, drang die Kälte durch ihre Haut bis tief in die Eingeweide hinein. Bin ich gestürzt?, fragte sie sich. Wo bin ich? Nele erschauerte. Ihr Schädel dröhnte. Hinter den geschlossenen Lidern zuckten Lichtblitze, ein buntes Kaleidoskop, das sich drehte. Und dann wieder Dunkelheit. Nein!, wehrte sie sich. Nicht wieder in diesen Abgrund stürzen! Mit aller Kraft hob sie den Kopf. Sie sperrte die Augen weit auf, bis es weh tat, starrte umher. Es half nichts. Der Bildschirm um sie herum blieb schwarz. Wo zum Teufel bin ich? Das Handy …, schoss es ihr durch den Kopf. Der Gedanke beschleunigte ihren Puls. Sie biss die Zähne zusammen und presste den Kopf auf den rauen, eiskalten Boden. Steinchen bohrten sich schmerzhaft in ihre Stirn. Tränen schossen ihr in die Augen. Sie versuchte, die steif gefrorenen Arme zu bewegen. Sie fluchte, drohte, zählte bis drei, als sie ihr endlich gehorchten. Schwerfällig führte sie die Hände Richtung Gesäß. Mit klammsteifen Fingern griff sie in die flache Tasche. Kein Handy. »Verdammt!«, stieß sie hervor. Die Erkenntnis traf sie wie ein Schock. Hastig zwängte sie die Hände in den hautengen Hosenbund, grub verzweifelt. »Weg!«, stöhnte sie. Erschöpft glitten ihre Arme zum Boden zurück. Ihr schwindelte. Denk' nach!, trieb sie sich an. Wann hatte sie das Handy benutzt?

Ein Luftzug streifte ihren Kopf. Nele zuckte zusammen. Ihr Herz pochte wild gegen den harten Grund. »Hilfe!«, wimmerte sie. Dann lauter: »Hilfe!« Und, als hätte sie diesen Anlauf gebraucht, verschaffte sie sich mit einem gellenden Schrei endlich Luft: »Hiiilfeee!«

Was war das? Sie hielt die Luft an. Der verzerrte Nachklang ihrer Stimme vibrierte ihr in den Ohren. Sie traute sich nicht, noch einmal zu rufen. Von Panik getrieben, stemmte sie sich in die Höhe. Da jagte ihr ein stechender Schmerz durch den Fuß. Sie heulte laut auf. Sie krümmte sich, rollte sich auf die Seite. Ihre Hände glitten das Bein hinab. Das rechte Fußgelenk war ein heiß pochender Klumpen. Der Schuh war weg. Links war er noch dran. Die Bilanz einer kurzen Leibesvisite fiel besser aus, als sie befürchtet hatte. Bis auf die lärmende Baustelle in ihrem Kopf und den geschwollenen Fuß schien alles okay. Über dem linken Oberschenkel klaffte ein Riss in der Hose. Das war egal. Sie kam auf die Knie. Es ging leichter, als sie erwartet hatte. Auf allen vieren kroch sie ein kleines Stück vor und zurück, erkundete ihren engeren Umkreis, immer darauf bedacht, sich nicht zu weit von dem Platz zu entfernen, an dem sie aufgewacht war.

Wie ein blickdichtes, nasskaltes Tuch klebte die Dunkelheit auf ihrem Gesicht. Ihre Finger stießen gegen lose Gesteinsbrocken. Bei jeder Berührung zuckte sie zurück. Bald spürte sie, wie ihr Tastsinn sich schärfte, wie sie mit jedem Zentimeter, den sie erkundete, geschickter wurde. Wenn nur der Kopf nicht so dröhnte! Was war das? Erschrocken wich sie zurück. In ihrer Vorstellung formte sich ein Bild. Vorsichtig spreizte sie die klammsteifen Finger. Ihre Rechte umklammerte den Schaft, während ihre zitternde Linke die scharfe Klinge erforschte. In dem Moment streifte ein Luftzug ihr Haar. Von Panik ergriffen, ließ sie das Messer los. Sie hörte es fallen. Eins, zwei, drei Aufschläge. Ein Klirren, das sich entfernte. Dann wieder Stille. »Ist da wer?«, flüsterte sie. Sie lauschte. Niemand. Nichts. Hektisch tastete sie umher, suchte nach dem Messer, als wäre es der Schlüssel zu all ihren Fragen, des Rätsels Lösung, das Elixier, das ihr Zugang zu ihrer Erinnerung verschaffte, ihr einen Ausweg aufzeigte. Sie fluchte und verfluchte sich selbst für ihr Ungeschick. Sie kroch auf allen vieren voran, tastete weiter umher. Die Strategie des bedächtigen Vor und Zurück hatte sie aufgegeben. Plötzlich griff sie ins Leere. Verzweifelt ruderte sie mit den Armen. Zu spät. Sie kippte. Ein gellender Schrei entfuhr ihrer Kehle wie aus weiter Ferne, körperlos, fremd. Sie fiel. Es ist nur ein Traum, war ihr letzter Gedanke …

MITTWOCH

STEFFEN

Die stickige Luft des Vortages hing noch im Treppenhaus der Polizeidirektion, als Steffen schwer atmend die Stufen hinaufstieg. Besprechungen im kleineren Rahmen fanden im Eckzimmer statt. Es befand sich im zweiten Stock ganz am Ende eines langen, gewundenen Korridors. Wenige Minuten nach 8 Uhr betrat er den Flur. Die Tür zum Sitzungszimmer stand offen. An der Türschwelle blieb er stehen.

»Das ist gottverdammter Bullshit!«, hörte er Merder fluchen. Der Kollege stand mit dem Rücken zur Tür und wies auf das Titelblatt einer gerupften Tageszeitung. Die inneren Blattbögen lagen wahllos über dem Tisch verstreut. »Jetzt sagen uns schon die Journalisten, was wir zu tun haben. Hätten wir gleich ins Stadion gedurft …« Er schob das Kinn vor. »Und?« Sein Blick wanderte durch die Runde der Anwesenden. »Wer hat das zu verantworten?« Als er Steffen erblickte, verstummte er. Das Eintreffen des Chefs war ihm im Eifer seiner Rede offenbar entgangen.

Steffen überraschte es nicht, dass Merder den Boss spielte. Die Beförderung zum Polizeihauptmeister stieg ihm zuweilen zu Kopf. Fehlte nur, dass er knurrte. Aber nichts dergleichen geschah, denn Merder hatte wohl begriffen, dass der Mann, über den er sich gerade aufpudelte, groß und breit im Türrahmen stand, frontal und nicht quergestellt. Merder dimmte seinen zornigen Blick bis auf zwei Schlitze, durch die es verräterisch blitzte. Er schien hin- und hergerissen. In seinen Augen flackerte eine Mischung aus Wut und Scham. Immerhin funktionierte die Beißhemmung, dachte Steffen. Aber wie lange noch? Er wusste, ein geschwächter Leitwolf verstörte das Team. Wäre es nicht besser zu gehen, bevor sie über ihn herfielen? Er bezweifelte, dass sie ihn schonen und päppeln würden, wie es in freilebenden Wolfsrudeln wohl üblich war. Er hatte in einem Buch darüber gelesen. Der Autor war zu dem Schluss gekommen, dass der Mensch das bösere Raubtier sei. Benno Merder hingegen war nur ein schissiger Angstbeißer. Kerzengerade stand er da, die Arme vor der Brust verschränkt. Steffen schaute in die Runde und stellte beruhigt fest, dass der Rest der Anwesenden sich in Übersprunghandlungen verstieg. Dortje Feindlich griff hastig zur Wasserflasche, und Günter Spinner kratzte sich hinterm Ohr. Nur Annika Liebsch sah ihn aufmerksam an. Über ihrer Nasenwurzel kräuselten sich steile Fältchen, als sich ihre Blicke flüchtig kreuzten.

»Gerne beantworte ich deine Frage, Benno«, begann Steffen. Er tippte sich auf die Brust. »Der EKHK hat das zu verantworten.« Der Hinweis auf seinen höheren Dienstgrad tat seine Wirkung. Der Kollege senkte verschämt den Blick. Steffen wies auf die Titelseite der Lokalzeitung, die Merder zu seinem fäkal-oralen Auswurf verleitet hatte. »Winnetod!«, stand dort groß und fett in der Überschrift. Steffen hatte den Bericht beim Frühstück gelesen und sich vor Lachen an einem Krümel seines Rundstücks verschluckt. Offensichtlich war der Autor kein Fan von Indianer-Spielen. Er zitierte Leute, die von Kulturverfälschung sprachen, von Entwürdigung für die indigene Bevölkerung Nordamerikas. Er forderte, Karl-May-Spiele in Deutschland allesamt zu verbieten. Endlich

Schluss mit diesen Lügengeschichten, mit denen der ehemalige Bestsellerautor aus Sachsen sich selbst inszeniert und in eine Fantasiewelt projiziert hatte, um seine Zuchthausjahre durchzustehen und sein verkümmertes Ego zu retten. Winnetod! Jeden Leser, der die Hintergründe nicht kannte, musste dieses, obendrein recht emotional geführte Plädoyer für das Aus der deutschen Indianerkultur überraschen. Denn der wahre Grund für diesen fatalen Gedankenschluss duckte sich feige zwischen den dicht gedruckten Zeilen. Nur wer wusste, was die Tötungsabsichten des Schreibtischtäters beflügelt hatte, verstand sein Motiv. Der Bericht war ein für Unwissende bis zur Unkenntlichkeit verpackter, journalistischer Racheakt, der Steffen jedoch nicht unwillkommen war. Mit seiner Geheimniskrämerei beim Pressegespräch am Vortag hatte er die Medienvertreter gegen sich aufgebracht. Er hatte Fragen, die auf eine Verbindung zum Fall Vanessa Keyser abzielten, kurzerhand abgebügelt. Mehr noch hatte er weitere Spekulationen darüber eine mediale Kompetenzüberschreitung genannt und untersagt. Das war nicht besonders klug gewesen. Er hatte sich schlichtweg Luft machen wollen, und diese reinigende Entgleisung war nötig gewesen, um den Frust nach einem harten Arbeitstag ohne nennenswerten Erfolg abzuladen. Jedoch müsste er lügen, wenn dies ganz ohne provokante Absicht geschehen wäre. Es hatte ihm Genugtuung verschafft, die sonst so verschlurften Presseleute in Wallung zu bringen, ihnen Feuer unterm Hintern zu machen, bis sie es nicht mehr auf den Stühlen gehalten und sie schleunigst ihre Redaktionen aufgesucht hatten, um sich über ihn auszukotzen. Er hatte noch Power! Das sollten sie alle begreifen. Steffen setzte sich an den Tisch. »Einen guten Morgen«, sagte er und wartete, bis alle anderen ebenfalls Platz genommen hatten. Er klopfte auf den Zeitungsbogen. »Die Verantwortung liegt allein bei mir«, sagte er ruhig. »Es war mein Versäumnis, dass die richterliche Verfügung zur Durchsuchung des Stadions Sonntagfrüh nicht vorlag. Aber ich möchte doch einwenden: Schuld daran hat der Klimawandel.« Zufrieden blickte er in schmunzelnde Gesichter. Die Stimmung war gerettet. Die Bombe entschärft. Vorerst. »Wer weiß, was noch auf uns zukommt«, fuhr er fort. »Vielleicht zwingt uns die Sachlage bald selbst dazu, die Karl-May-Spiele vorerst zu untersagen.« Er deutete auf den Bericht. »Das hier ist eine Steilvorlage. Da hängen wir uns dran, wenn es kritisch werden sollte.« Er zog eine Zeitung aus der Westentasche und warf sie auf den Tisch. »Das allerdings macht mir größere Sorgen«, sagte er und deutete auf die Titelseite einer überregionalen Tageszeitung. Ein großformatiges Porträt des Apachenhäuptlings Winnetou war darauf abgebildet. »Vorher – Nachher«, stand fett in der Überschrift und darunter »Das traurige Schicksal eines deutschen Indianers – Die Polizei sucht nach Justin«. »Das Foto wurde im Jahr 2015 gemacht, als Kostja Janković ersatzweise die Titelrolle übernommen hatte«, erklärte Steffen. Die Überregionalen ließen sich eben nicht so leicht einschüchtern wie die Lokalpresse. Sie hatten den Todesfall Janković als Aufmacher benutzt, um entgegen seiner polizeilichen Anweisung über eine Verbindung zwischen dem Fall Vanessa Keyser und der vermissten Nele Peters zu spekulieren. »Und das hier …« Sein Finger tippte auf ein kleineres Foto im Text. »Das Foto muss kurz vor seinem Tod bei ihm zu Hause aufgenommen worden sein.« Er wandte sich an Merder. »Erinnerst du dich an den roten Passat, Benno?«

Benno Merder nickte verhalten.

»Ich nehme an, dass Kostja Janković nach uns Besuch bekam.«

»Aber es deutet alles auf einen Selbstmord.« Günter Spinner rieb sich das Kinn. »Wir haben keinen Hinweis auf Fremdeinwirkung gefunden.«

»Klar«, erwiderte Steffen. »Die Konfrontation mit der Geschichte von damals war für Janković bestimmt alles andere als ein Plauderstündchen unter Freunden. Paparazzi benutzen nur selten ein Schießeisen. Die Printmedien und ihre Hinterleute sind Spezialisten für Rufmord. Das hat schon so manchen in den Suizid getrieben.«

»Unter dem Artikel steht nur ein Kürzel«, sagte Dortje. »Ich kann in der Redaktion anrufen und fragen, wer ihn verfasst hat.«

»Und dann lässt du dich mit der Chefredaktion verbinden und stellst bitte zu mir durch«, sagte Steffen. »Diesen Truthahn werde ich selbst rupfen.«

»Und wenn auch dieser Bericht für uns von Nutzen sein könnte?«, warf Annika ein. »Im Fall Angelina Kolling aus Mörschied ist von einem Justin die Rede. Das steht in diesem Artikel. Damals waren die Zeitungen voll davon. Ich frage mich, was es mit dem Täter macht, wenn er seinen Decknamen erneut in der Presse liest.«

»Er wird gewarnt sein und sich still verhalten«, sagte Merder.

»Es könnte ihn auch provozieren«, sagte Dortje.

»Provozieren?«, hakte Annika nach.

»Na ja, auch wenn die Zeitungen nicht über die Blutspur im Stadion berichten, eben weil wir diese Information zurückhalten, wird er sich denken können, dass wir ihn bald darüber identifiziert haben«, sagte Dortje. »Bei den Anfragen in den Arztpraxen und Krankenhäusern der Umgebung ist übrigens nichts herausgekommen. Da gibt es keinen Mann, der sich in den vergangenen 48 Stunden mit einer stark blutenden Verletzung hat versorgen lassen. Das mit dem Provozieren ist mir so herausgerutscht«, lenkte sie ein. »Ich weiß nicht …, es wird wohl doch so sein, wie Benno sagt, dass er sich jetzt erst recht versteckt.«

Annika kräuselte die Lippen. Dortjes vorschneller Rückzieher schien ihr nicht zu gefallen.

»Na, sag's schon, Annika!«, forderte Steffen sie auf.

Annika strich sich eine Strähne aus dem Gesicht. »Er mordet aus Lust«, begann sie. »Er hinterlässt Spuren. Er will, dass wir wissen, dass er es war, aber er will auf gar keinen Fall, dass wir ihn finden.« Sie überlegte kurz, bevor sie weiterredete. »Sollte Nele ihm entwischt sein, muss er davon ausgehen, dass sie noch lebt. Sie könnte ihn enttarnen. Er muss sie also finden, damit er nicht auffliegt, gerade jetzt, da er weiß, dass wir ihn mit ihrem Verschwinden in Verbindung bringen.«

Steffen wartete. Aber Annika schwieg. »Ja, und weiter?«, fragte er. »Das ist noch nicht zu Ende gedacht.«

»Das ist absurd«, empörte sich Benno Merder. »Inzwischen suchen wir nach einer Leiche.« Zustimmung heischend, schaute er in die Runde.

Niemand sagte etwas.

»Ich habe mich gestern in die Akte Vanessa Keyser eingelesen«, durchbrach Annika das Schweigen. »Darin gibt es ein Phantombild …«

»Das Phantombild ist unbrauchbar«, fiel Merder ihr ins Wort. »Die Zeugin, nach deren Angaben es erstellt wurde, war an jenem Abend im Vollrausch, was andere bestätigten. Das Bild wurde polizeilich nie verwendet. Du könntest dich wirklich sinnvoller einbringen, als Karteileichen auszugraben.«

»Die OFA hatte es abgelehnt, mit dem Phantombild zu arbeiten«, erklärte Steffen. Merders rüden Ton kommentierte er nicht. Er wollte sich den Kollegen später einzeln vorknöpfen.

»Das ist mir schon klar«, sagte Annika ruhig. »Das OFA-Team verwendet nur objektive Daten, also keine Zeugenaussagen und keine mithilfe von Zeugen erstellten Phantombilder. Und trotzdem …« Sie sah Benno Merder offen an. »Sollten wir nicht jedem Hinweis nachgehen, auch wenn er uns noch so unbrauchbar erscheint? Gerade jetzt, wo wir noch hoffen können, Nele lebend zu finden.«

Benno Merder verdrehte die Augen. »Das ist Wasser auf die Mühlen der Presse. Sie werden uns aufschlitzen und zu Hacksteaks verarbeiten, weil wir erst jetzt damit kommen«, hielt er dagegen.

»Ja, und?«, ließ Annika nicht locker. »Was spricht dagegen, die Strategie zu ändern? Wir machen nur unseren Job. Wir waren *Walker* noch nie so nah, und die Indizien sprechen dafür, dass er mit Neles Verschwinden etwas zu tun hat. Wir haben die einmalige Chance, Nele über ihn zu finden. Wenn es uns gelingt, ihn zu beunruhigen, führt er uns zu ihr. Im besten Fall bekommen wir beide und im allerbesten Fall lebend. Dazu müssen wir die Fäden jedoch erst einmal in der Hand nehmen.«

»Marionettentheater!«, frotzelte Merder und grinste in die Runde.

Dortje schob ein Glas Wasser zu ihm hinüber. »Trink mal!«, sagte sie. »Das kühlt runter.«

Steffen musste sich eingestehen, dass er Annika unterschätzt hatte. Ihm gefiel, dass sie ruhig blieb, sich nicht einschüchtern ließ, mehr noch, sie verfolgte einen inneren Plan. Er hatte den Eindruck, dass sie etwas ausbrütete, eine Idee oder eine Strategie, etwas, das sie noch nicht auszusprechen bereit war. Er kannte diese Stimmungen von sich selbst, und er wusste, wie wichtig es war, ihnen Freiraum zu lassen. »Was schlägst du vor, Annika?«, fragte er.

»Das Phantombild sollte spätestens morgen auf allen Medienportalen zu sehen sein. Wir sollten es noch heute den Eltern, den Nachbarn, auch den Schauspielern vorlegen. Es sollte im *Mora Mora* aushängen.«

»Und im *Noctalis*«, ergänzte Dortje.

»*Noctalis*?«, fragte Annika.

»Das Fledermauszentrum«, erwiderte Dortje. »Es betreut die Kalkberghöhlen. Dort ist ein großes europäisches Winterquartier für Fledermäuse. Der Berg ist löchrig wie ein Schweizer Käse. Die Höhlen stehen unter dem Schutz der EU.«

Steffen blickte in die Runde. »Was gibt es noch?«

Annika räusperte sich. »Eine Sache verstehe ich nicht«, sagte sie. »Weshalb wurde das Stadion nicht mit Hunden durchsucht?«

Steffen schaute Benno Merder an. Er war verantwortlich für die Abläufe des Einsatzes.

»Wir durften nicht rein«, knurrte Merder und bedachte Steffen mit einem grimmigen Blick. »Später war das

Gelände durch die vielen Spuren der Besucher kontaminiert. Außerdem ist das Haupttor außerhalb der Spielzeiten verschlossen und viel zu hoch, um hinüberzuspringen.« Er hob die Augenbrauen und bedachte Annika mit einem abschätzigen Blick. »Das Stadion ist wie eine Festung. Das kannst du vergessen!«

ANNIKA

Sie hatten sich auf 10 Uhr verabredet. Vom Parkplatz aus war sie geradewegs zur Uferpromenade gelaufen und dann nach rechts auf den Seerundwanderweg eingebogen. Von dort seien es etwa zehn Minuten zu Fuß bis zu ihrem Treffpunkt am Süd-Ostufer des Großen Segeberger Sees, hatte der Kollege der Diensthundestaffel gesagt. Wenn sie auf dem Uferweg bliebe, könne sie ihn nicht verfehlen. Annika verlangsamte ihre Schritte. Hohe Bäume warfen Schatten auf den Weg. Linkerhand schimmerte das Wasser des Sees hellgrau. Ein Windhauch kräuselte die Oberfläche und ließ sie im Sonnenlicht blinken. Aus dem Schilfgürtel drang das metallische Ping-Ping von Wasservögeln. Kinderstimmen hallten vom See herüber. Ihr blieb noch ein wenig Zeit, sich in Ruhe umzusehen. Auf Höhe des Strandbades verdichtete sich der Baumbestand zu einem Wäldchen. Bald umfing sie wohltuende Kühle. Nicht weit hinter der Anlage des Segelklubs entdeckte sie eine Bank. Annika setzte sich hin und blickte aufs Wasser hinaus.

Die Akte Keyser ging ihr nicht aus dem Kopf. Sie freute sich, dass Steffen ihren Hinweis auf das Phantombild aufgegriffen hatte. Bald würde es überall zu sehen sein. Merders heftige Reaktion hatte sie davon abgehalten, den Bericht eines Diensthundeführers anzusprechen, auf den sie beim Lesen der Akte gestoßen war. Nachdem ein Baggerführer vor drei Jahren die Handtasche der Vermissten unter dem Bergschlösschen gefunden hatte, hatte die Polizei die Umgebung bis hinunter zum See mit einem Leichenspürhund noch einmal abgesucht. Zu dem Zeitpunkt war Vanessa Keyser bereits sechs Wochen vermisst. Laut Bericht hatte der Hund auf Höhe des Seeufers Leichengeruch angezeigt. Daraufhin hatten Taucher den angrenzenden Seegrund durchkämmt. Der Einsatz blieb jedoch ohne Erfolg. Lars Denning, der Hundeführer, hatte seinem Bericht ein paar ergänzende Bemerkungen beigefügt. Die verdächtige Stelle befand sich am Boden genau dort, wo ein stark verkrauteter, wasserführender Graben auf den Seerundweg stieß. Der Graben kam aus der angrenzenden Wiese.

Annika hatte im Internet alle verfügbaren Karten aufgerufen. Sie fand mehrere kleine Rinnsale, die aus der Stadt zum Großen Segeberger See hin abflossen. Aus Dennings Bericht ging nicht hervor, welchen er meinte. Die Gelegenheit war günstig, der Sache auf den Grund zu gehen, denn Denning war bei der Diensthundestaffel, die noch immer die Umgebung nach der vermissten Nele Peters absuchte.

Er war sofort bereit gewesen, ihr die Stelle zu zeigen, an der sein Hund den Leichengeruch angezeigt hatte.

Annika machte sich wieder auf den Weg. Hinter einer Biegung sah sie ihn. Er trug die schwarze Polizeiuniform und Springerstiefel so wie sie. Er stand am Ufer und blickte auf den See hinaus. Ein Hund schoss aus dem Wasser und verharrte klatschnass, mit gespreizten Beinen und gesenktem Kopf mitten auf dem Weg. Annika hatte einen großen Deutschen Schäferhund erwartet. Mit seinem triefenden Fell und den dünnen Beinen sah dieser eher wie ein Kojote aus. Das zierliche Tier schüttelte sich, und ein glitzernder Tropfenregen wirbelte durch die Luft.

»Anka, Fuß!«, sagte der Mann, als er Annika erblickte. Der Hund setzte sich sofort dicht an seine Seite. Unzählige Tröpfchen glitzerten in seinem Fell. Auch Lars Denning war eher klein und von feingliedriger Statur. Die beiden passten gut zueinander.

Annika streckte ihm die Hand entgegen. »Ich hoffe, mein Anliegen macht Ihnen nicht allzu große Umstände.«

»Keineswegs«, sagte Denning. »Wir erfrischen uns gerade. Für Hunde ist die Spurensuche extrem anstrengend. Bei diesen Temperaturen verlangt man ihnen Höchstleistungen ab. Zwischen den Einsätzen brauchen sie Pausen. Anka ist jung. Der Betrieb am Einsatzort dreht sie auf. Da ist es gut, mal dem Trubel zu entkommen und sich abzukühlen.«

Anka, dachte Annika. Leonis nannte sie manchmal so. »Darf ich sie streicheln?«

Lars Denning wiegte verhalten den Kopf. »Halten Sie ihr die Hand hin. Das sollte reichen, um sich miteinander bekannt zu machen.«

Anka schnüffelte kurz. Dann schaute sie hechelnd zu ihrem Boss hinauf. »Gut«, sagte Denning und wandte sich um. »Wir gehen voraus.«

Annika folgte den beiden weiter den Pfad entlang. An einer geköpften Birke blieb Denning stehen.

»Und wo ist der Graben?«, fragte Annika.

Der Kollege zeigte auf eine stark verkrautete Stelle. Dunkles Wasser schimmerte durch das Grünzeug. Es sah eher wie eine tiefe Pfütze aus. »Der Graben mündet hier in dieser Rinne. Sie verläuft den Uferweg entlang«, sagte er. »Weiter unten gibt es einen Abfluss in den See.«

Erst jetzt erkannte Annika das schmale dunkelgrüne Band dichter Vegetation, das sich von der Einmündung aus durch die angrenzende Wiese zog. Es markierte den Grabenverlauf in Richtung Süden und lief auf eine Baumgruppe zu.

Lars Denning machte sich an einem Stacheldrahtzaun zu schaffen, der die Weide vom Wanderweg trennte. »Hast du Angst vor Stieren?« Unvermittelt war er zum Du übergegangen. Er grinste ein wenig gemein.

»Wo?«, fragte Annika und schaute sich um.

»Keine Sorge«, sagte er. »Hier laufen sonst Galloways. Im Moment sind keine da.«

Skeptisch betrachtete sie das hellrote Elektrozaunband, das zwischen den Stacheldraht gespannt war und um die Weide herumführte.

»Da ist kein Strom drauf«, sagte er. »Ich hab's vorhin geprüft.« Er hob den unteren Draht leicht an. Auf sein Zeichen drückte Anka sich platt an den Boden und robbte darunter hindurch. Lars Denning nahm einen kurzen Anlauf, stützte sich auf einem Pfosten ab und schwang sich seitlich über den Zaun hinweg. Er landete sicher auf der anderen Seite.

Annika zögerte.

»Na, was ist?« Lars Denning drückte den Stacheldraht nach unten. »Willst du robben oder springen?«

»Nimmst du den Leuten immer die Entscheidung ab?«, fragte sie und trat ein paar Schritte bis zur Uferkante zurück. Sie nahm Anlauf und setzte zum Sprung an. Sie landete auf einem Maulwurfhügel.

»Du hattest die Wahl«, sagte er und zeigte auf einen eingetrockneten Kuhfladen gleich neben der Stelle, an der sich ihre Sohle fett zwischen die aufgeworfene Erde gedrückt hatte.

Annika lachte erleichtert. »Du hast mich übrigens auf eine Idee gebracht«, sagte sie. Aber der Kollege hatte sich bereits in Bewegung gesetzt und folgte der Linie des Wassergrabens, hielt schnurstracks auf die Baumgruppe zu. Sie musste sich sputen, hinter ihm herzukommen.

Auf Höhe der Bäume wartete er auf sie. »Weshalb interessiert dich der Graben?«, fragte er. Er hockte neben Anka und kraulte ihr die Brust.

Annika sah sich um. Sie wusste es selbst nicht. »Wurde die Wiese abgesucht?«, fragte sie.

»Es gab keine Veranlassung dazu. Das Gelände drumherum war im Sommer, unmittelbar nach dem Verschwinden der jungen Frau, intensiv durchkämmt worden. Nachdem Aramis am See den Geruch einer Leiche angezeigt hatte, konzentrierten wir uns auf die Uferzone.

»Aramis?«, wunderte sich Annika. »Nicht Anka?«

»Aramis ist für die Leichensuche ausgebildet«, erklärte Denning. »Anka war damals noch nicht im Einsatz. Sie ist ein Personenspürhund. Sie wird für die Suche nach noch lebenden Vermissten eingesetzt.«

»Komm, lass uns weitergehen!«, schlug Annika vor. »Ich möchte wissen, woher der Graben kommt.«

Sie folgten dem Rinnsal bis kurz vor ein Gatter. Die Weide endete dort an einer schmalen Asphaltstraße. Ein paar Meter vor dem Gatter blieb Denning stehen und schaute zu Boden. Erst als sie neben ihm stand, erkannte Annika zwischen hohen Büscheln aus Gras einen Ring aus Beton. Darin staute sich Wasser, sodass er wie ein kleiner Brunnenschacht aussah.

Denning tauchte eine Hand in den Betonring und wischte das Grünzeug zur Seite. »Entengrütze«, sagte er. Tiefschwarzes Wasser glänzte darunter. »Hier scheint das Grabenwasser aus dem Erdreich zu treten.«

Annika seufzte. »Vielleicht hat Aramis sich geirrt«, sagte sie. »Er könnte ein totes Tier aufgespürt haben.«

Lars Denning schüttelte den Kopf. »Das keinesfalls«, widersprach er. »Aramis ist auf den Leichengeruch von Menschen konditioniert.«

»Das Verschwinden von Vanessa Keyser lag damals sechs Wochen zurück. Könnte die Zeit eine Rolle spielen?«

»Im Prinzip schon«, erwiderte er. »Der Geruch einer Leiche ändert sich mit der Zeit. Jedes Verwesungsstadium riecht anders. Ich habe Aramis ausgebildet. Er riecht tote menschliche Körper von ganz frisch bis ziemlich alt. Es gibt Hunde, die auf dem Balkan Massengräber aus dem Zweiten Weltkrieg aufspüren. Ich war vor einem Jahr mit Aramis in Kroatien, um solche Gräber aus der Zeit des Bürgerkriegs zu finden. Der liegt immerhin ein Vierteljahrhundert zurück.«

Annika fragte sich, wie Leonis wohl auf das Massengrab gestoßen war, in dem er die Leiche ihres Vaters vermutete. Sie hatte bisher keine Zeit gefunden, ihn nach den näheren Umständen zu fragen. Nein, sie war unaufmerksam gewesen, hatte Leonis aus Ungeduld über seine umständliche Erzählweise oft unterbrochen.

»Aramis ist ein erfahrener Spürhund«, hörte sie Denning sagen. »Ich kenne ihn gut. Ich glaube nicht, dass es eine Fehlanzeige war. Aber erklär' das mal den Kollegen, wenn sie nichts finden.«

Sie traten durch das Gatter auf die Asphaltstraße. Kastanienweg war der Name, den Annika auf der Karte im Internet gelesen hatte. Er zerteilte das Vegetationsband, das den Graben säumte und jenseits der Straße weiter durch den angrenzenden Wiesengrund zog.

Lars Denning blickte in Richtung Stadtgebiet. »Es sieht so aus, als setze sich der Graben dort fort«, sagte er. »Vermutlich wird er aus den stadtnahen Wiesen gespeist und entwässert sie in den See.«

»Wurde das Gelände dort abgesucht?«, fragte Annika.

»Unmittelbar nach dem Verschwinden der Frau schon, danach nicht mehr. Man hielt es nicht für nötig.« Er überlegte kurz. »Du musst wissen, der Hund ist wie ein hochsensibler Detektor, aber der Mensch muss sein Verhalten deuten und kann seine Schlüsse daraus ziehen. Allerdings neigen wir dazu, die Zuverlässigkeit des Instruments in Zweifel zu ziehen, wenn uns die Ideen ausgehen.«

Annika blinzelte gegen die Sonne. Mit einer Hand versuchte sie, die Augen abzuschirmen. Weiter hinten ragte der zerklüftete Felsen des Kalkbergs wie ein maroder Zahn in den Himmel hinauf.

»Was ist das für eine Idee, auf die ich dich gebracht haben soll?«

Die Stimme des Kollegen riss sie aus ihren Betrachtungen. Er hatte ihr also zugehört. »Hast du eine Geruchsprobe der Vermissten dabei?«, fragte sie.

»Ich habe zwei«, sagte er und klopfte auf die Brusttasche seiner Weste. »Eine Socke und ein Top.«

»Das ist gut«, sagte Annika. Sie sah ihn forschend an. »Meinst du, deine Einsatzleitung wird dich und Anka für die nächsten zwei Stunden entbehren können?«

Lars Denning grinste verschmitzt. »Ist das eine Einladung?«

Annika lachte. »Du kannst es nennen, wie du magst. Es ist ein Test. Danach spendiere ich euch ein Eis.«

STEFFEN

Benno Merder bremste scharf und riss den Wagen ruckartig nach rechts an die Bordsteinkante. Der Kollege schäumte vor Wut.

Steffen klemmte auf dem Beifahrersitz und presste die Lippen zusammen. Er hielt lieber den Mund, denn ihm war klar, dass eine kritische Bemerkung von ihm das brodelnde Fass neben ihm überlaufen ließe. Auf der anderen Straßenseite wies ein Pfeil den Fußweg zum *Noctalis* hinauf.

»Die Dame handelt ein wenig zu eigenmächtig«, knurrte Benno. Er rang mit seinem Zorn. »Zieht den besten Diensthundeführer vom Einsatzort ab, ohne mich zu fragen.«

Steffen blickte einer braun gebrannten jungen Frau hinterher, die in kurzen Hosen und Trägertop in Richtung Innenstadt schlenderte. Er hatte kein Verständnis für die Dramatik, die Benno verbreitete. Er hielt nichts von Verschwörungstheorien. »Ich kann das nicht glauben«, sagte er matt.

»Und wenn ich's dir sage!«, ereiferte sich der Kollege. »Sie arbeitet in verdeckter Mission.« Wütend schlug er aufs Lenkrad. »Weshalb wurde das Stadion nicht mit Hunden abgesucht?«, äffte er Annika nach. »Das stinkt doch zum Himmel.«

Wer nicht will, findet Gründe, dachte Steffen. Merders Aversion gegenüber Hunden war im Kollegenkreis ein offenes Geheimnis. Wenn eben möglich, mied er die Diensthundestaffel wie der Teufel das Weihwasser. »Ruhig Blut, Benno!«, sagte Steffen. »Ich kann mir nicht vorstellen, …«

»… dass Kiel uns eine Ratte reinsetzt?«, schnaubte Merder.

»Mensch, Benno! Das ist hanebüchener Quatsch!« Steffen reichte es. Er hatte darauf verzichtet, Merder wegen seines Verhaltens am Morgen zurechtzuweisen. Es war ihm schlichtweg zu anstrengend gewesen. Nun nahm ihm Annika mit ihrem Alleingang die Argumente, seine Rüge Benno gegenüber überzeugend vorzubringen. Aber Annika Liebsch ein Spitzel? Er mochte sich beim besten Willen nicht vorstellen, dass Maic so etwas tat. Wieso sollte er auch? Sie waren doch immer offen zueinander gewesen. »Das wird sich aufklären lassen«, sagte er und spürte, dass es halbherzig klang. Der Kollege an seiner Seite war nicht überzeugt, was ihm sein missbilligendes Schnauben bestätigte. »Hast du sie inzwischen erreicht?«, fragte Steffen.

Benno Merder nickte. »Sie und Lars Denning sind auf dem Weg zum Kalkbergstadion.«

Steffen fasste den Türgriff. »Ich steige hier aus.« Er hatte keine Lust, das Thema zu vertiefen. »Das *Noctalis* schaffe ich allein.« Benno und Annika waren erwachsen. Sollten sie sich doch fetzen! Manchmal war es besser, die Bombe platzen zu lassen. Damit wieder Ruhe einkehrte. Auf keinen Fall wollte er sich schützend zwischen die Fronten werfen. Wenn Annika Benno provozierte, dann musste sie mit den Folgen leben. Dieses Lehrstück konnte er ihr nicht ersparen. Die Merdersche Detonation würde sie schon nicht umbringen. »Du fährst zu ihr und klärst das!«, sagte er. »Dann fahrt ihr zu diesem Andresen nach Wahlstedt. Ich muss wissen, wann genau er mit den Baggerarbeiten im Stadion fertig war.« Er stieg aus und warf die Wagentür zu.

Steffen folgte dem Wegweiser und betrat den ansteigenden Pfad, der zum Fledermauszentrum hinaufführte. Das bucklige Kopfsteinpflaster machte ihm zu schaffen. Das *Noctalis* war direkt an den Kalkberg gebaut. Seine moderne Architektur sagte Steffen nicht besonders zu. Für ihn sah das Gebäude wie ein blauer Kasten aus. Ihm gefielen die kleinen Häuschen aus rotem Klinker, die sich unter dem Eindruck dieses futuristisch anmutenden Bauwerks ehrfürchtig duckten. Er war in keiner der Ausstellungen gewesen. Höhlenführungen waren nichts für ihn. Wenn's eng wurde, blieb ihm die Luft weg. Wie hatte Benno es genannt? Klaustrophobie. Steffen nickte zufrieden. Mit seinen fast 62 Lenzen war er noch lernfähig. Als er nun schwitzend und schwer atmend vor der mit breiten Holzplanken verkleideten Eingangsfront des Fledermauszentrums stand, musste er sich eingestehen, dass die Optik einladend wirkte und neugierig machte.

Eine Besuchergruppe hatte sich neben dem Gebäude vor einem niedrigen Törchen versammelt. Die Leute lauschten den Ausführungen eines kleinen, untersetzten Mannes, der nun einen nach dem anderen hinter die Absperrung ließ. Kinder waren darunter. Wenn die sich trauten … Steffen gab sich einen Ruck. Obwohl er sich nicht danach fühlte, bedachte er den Höhlenführer mit einem gespielt souveränen Lächeln. Er wollte gerade den Dienstausweis zücken, da wurde er durchgelassen.

Sie stiegen eine breite Treppe hinab. Auf halber Höhe blieb der Führer stehen und wartete, bis alle Besucher sich um ihn versammelt hatten. Steffen schätzte ihn auf Ende 50, ein stämmiger Typ, nicht besonders groß, aber seine Körperfülle ließ darauf schließen, dass er kulinarischen Genüssen gegenüber nicht abgeneigt war. Dieser Umstand sowie sein leichter Akzent – Steffen tippte auf Skandinavien – machten ihn für Steffen zu einer Person, der er sich bedenkenlos anvertrauen konnte. Auf der Schautafel hinter dem Höhlenführer erkannte er das schematische Abbild der Kalkberghöhle. Die Ansicht war von

Nord nach Süd ausgerichtet. Ein Junge neben ihm starrte mit offenem Mund auf das halbkreisförmig um das Stadion gespannte Höhlensystem.

»Was meinst du?«, raunte Steffen ihm zu. »Ich sehe einen Lindwurm mit vielen Köpfen. Ich wette, der trieb hier einmal sein Unwesen.« Er wies auf die wurzelartig verzweigten Ausläufer im Osten des Höhlenbereichs. »Wetten, dass das Fraßspuren sind? Bestimmt hat er Steine und Trolle gefressen.« Steffens Hand fuhr durch die Luft, folgte nun dem Verlauf des schmalen Gangs, zu dem sich die Höhle westwärts verjüngte. »Dort lag sein Schwanz«, flüsterte er seinem jungen Zuhörer zu. »Und siehst du den Spalt ganz unten?« Er zeigte auf einen winzigen Zipfel, der wie ein Wurmfortsatz das Ende der Höhle markierte. »Das ist die Stelle, an der sich sein Stachel befand.« Steffen nickte wissend. »Der Beweis, dass es ein Lindwurm war.«

Der Junge grinste ihn schief von unten an. Dann schüttelte er energisch den Kopf. »Das da unten ist der Kontrollschacht«, erklärte er sachlich. »Sie müssen keine Angst haben«, fügte er leise hinzu und sah Steffen mitfühlend an. »Da gibt's keine Drachen, und die Fledermäuse sind ganz klein.« Dann setzte er ein kluges Gesicht auf. »Das mit den Höhlen funktioniert heute anders. Geologisch. Verstehen Sie?«

Steffen kapitulierte. Die Kollegen hatten recht. Er war wirklich von gestern, und die Kinder von heute waren einfach zu gescheit, um an Märchen zu glauben.

Peinlich berührt, blickte Steffen zur Seite. Niemand hatte ihnen zugehört. Auch der Mann neben ihm starrte geradeaus und lauschte gebannt den Worten des Höhlenführers, der eine kurze Einführung gab, bevor es hinabging.

Steffen hatte gelesen, dass die Kalkberghöhle wenige Jahre vor dem Ausbruch des Ersten Weltkriegs entdeckt worden war. Er hob den Blick und sah zum Gipfel hinauf. Über mehrere Jahrhunderte war hier Gips abgebaut worden. Der Berg war ein trauriger Rest seiner einstigen Mächtigkeit, ein kleiner müder Ritter, der dem Zahn der Zeit dickköpfig trotzte.

»Im Mittelalter stand dort oben die Siegesburg.« Der Höhlenführer hatte sich umgedreht und blickte zum Gipfel hinauf. »Die Ansiedlung drumherum übernahm den Namen der Burg. Mit der Zeit wurde der Name zu Segeberg verschliffen.«

Segeberg wäre zu jener Zeit eine blühende Verwaltungsstadt gewesen, in der sich der Adel und die Mitglieder des dänischen Königshauses die Türdrücker in die Hand gegeben hätten. Steffen war das nicht neu. Er interessierte sich für die Geschichte der Stadt. In seiner knappen Freizeit fläzte er sich gerne aufs Sofa und blätterte genüsslich durch Bildbände mit historischen Darstellungen – von der ehemaligen Burganlage gab es etliche –, und er tauchte in eine Zeit ein, in der bereits alles geschehen war und ihn keine Aufgabe, kein Anspruch bedrängte, für Recht und Ordnung zu sorgen. Was er von der Zukunft halten sollte, wusste er nicht. Er fing erst an, sich mit ihr zu befassen. Jedenfalls war die Vergangenheit für ihn leichter zu ertragen als die Gegenwart, auch wenn die Vergangenheit dieser Stadt alles andere als rosig gewesen war. Im Dreißigjährigen Krieg verlor Segeberg alles, seine Burg, seinen Status und seinen wohlhabenden Glanz, und Steffen kam es so vor, als hätte sich der Ort von diesen tragischen Ereignissen nie wieder erholt.

»Der alte Burgbrunnen ist noch erhalten«, hörte er den Führer sagen. »Aus den Aufzeichnungen des Statthalters Heinrich Rantzau wissen wir, dass der Schacht einst rund 84 Meter tief war. Heute ist er nur noch halb so tief.«

Der Brunnenschacht, schoss es Steffen durch den Kopf. Hatte Benno daran gedacht? Steffen hatte keine Ahnung, ob der Schacht gegen Absturz gesichert war. Er griff nach seinem Handy und entfernte sich für einen Moment. Hastig tippte er eine SMS an den Kollegen. Dann kehrte er zur Gruppe zurück.

»… der Gipfel des Kalkbergs bei gut 90 Metern«, vernahm Steffen die Stimme des Führers. »Er muss ursprünglich um mindestens 20 Meter höher gewesen sein. Alles dazwischen fiel dem Gipsabbau zum Opfer.« Er grinste zu Steffen hinüber. »Letzte Gelegenheit, ein Lebenszeichen an Ihre Lieben zu schicken. In der Höhle gibt es keinen Empfang.« Erst jetzt bemerkte Steffen, dass er das Mobiltelefon in der Hand hielt.

»Ich bin übrigens Sven«, sagte der Höhlenführer. »Bitte folgen Sie mir in die Höhle!«

Steffen trat als Letzter durch die Tür, die den Eingang zur Höhle versperrte. Er blickte eine steil nach unten führende Stiege hinab.

»Schließen Sie bitte die Tür!«, rief Sven zu ihm hinauf.

Als die Tür zufiel, wurde es schlagartig dunkel. Weiter unten tauchte eine Reihe von Lampen den Eingangsbereich in ein gelblich trübes Licht. Wohltuende Kühle wehte ihn an. Steffen nahm einen tiefen Atemzug. Die Luft schmeckte nach kaltem, feuchtem Gestein. Alle anderen waren bereits unten, nur der Hüne, der vorhin neben ihm gestanden hatte, war auf der Treppe stehen geblieben. Dem geht es wie mir, ging es Steffen durch den Kopf. Da setzte sich der Mann in Bewegung. Entschlossen fasste Steffen das kalte Geländer und folgte ihm langsam nach unten. Mit jeder Stufe, die er hinabstieg, fühlte er sich leichter. Er war ganz ruhig. Er musste sich nichts mehr beweisen. Auf dem Rücken des Wals war er durch stürmische Zeiten geritten. Und nun bot ihm der graue Riese einen Ausflug in seinen geheimnisvollen, angenehm temperierten Bauch.

Steffen hielt sich am Ende der Gruppe. Der Weg war schwach beleuchtet, und es kam ihm so vor, als hätte er diesen Ort schon einmal besucht. Er glaubte, sich an eine große Halle zu erinnern. Vielleicht täuschte er sich auch. Die Gänge waren eng und bedrängend, und die Wände neigten sich schräg hinein. Sven ließ den Lichtkegel seiner Taschenlampe über die Höhlendecke huschen. Ein Spalt klaffte darin. Das Wellenmuster, das sich senkrecht davon über die Decke zog, weckte in Steffen die Assoziation knochiger Rippenbögen. Eben doch ein Lindwurm, dachte er nicht ohne Genugtuung, und sein Blick suchte den Jungen. Aber es war zu dunkel, ihn unter den Besuchern auszumachen. Er hörte, dass diese Furchen im Fachjargon Treckerspuren genannt wurden, und in seiner Vorstellung verschwanden die sterblichen Überreste des schaurigen Fabelwesens endgültig unter den profilstarken Reifen tonnenschwerer Landmaschinen.

Ursprünglich hätte sich der Spalt in der Treckerspur an der Gangdecke als Kluft am Boden fortgesetzt, erklärte ihr Führer. In früheren Jahren habe man den Boden mit

Kies verfüllt, um die Höhle für Besucher begehbar zu machen. Er leuchtete in einen engen Gang hinein, in dem die mandelähnliche Ausformung mit dem Spalt in Decke und Boden erhalten war. Er schaute in die Runde seiner Zuhörer. »Weiß jemand, wie der Kalkberg entstanden ist?«

Eine Frau hob schüchtern die Hand. »Der Teufel soll ihn abgeworfen haben«, sagte sie und kicherte leise. »Er wollte die Kirche damit zerstören und traf zum Glück daneben.«

»Das musst du genauer erzählen«, ereiferte sich der ältere Herr an ihrer Seite. »Es ging um ein Kloster, das hier gestanden haben soll. Der Teufel hatte den Felsen von Lüneburg geholt und flog damit durch die Luft. Ein altes Weib sah das und kehrte ihm schnell den Hintern zu.« Die Umstehenden lachten. »Das soll man so machen, wenn man dem Teufel begegnet«, verteidigte sich der Redner. »Jedenfalls erschrak der Teufel sehr über diesen unverhofften Anblick«, fuhr er fort. »Er vergaß darüber seine böse Absicht und ließ den Felsen genau an der Stelle fallen, an der heute der Kalkberg steht.«

»Ich kenne die Geschichte anders«, widersprach eine andere Besucherin. »Er soll den Brocken aus dem Kleinen Segeberger See gerissen haben. So sind der Kleine See und der Kalkberg zur selben Zeit entstanden.«

Sven lachte. »Ich habe heute richtig ortskundige Gäste.« Ein zustimmendes Raunen ging durch sein Publikum. »In der Tat würde der Felsen von Lüneburg aus rein geologischen Erwägungen am besten passen, denn auch dort ist es ein Gipsberg wie hier.«

Und es war Kara Ben Nemsi, der den Gipsverband in der Türkei einführte, ging es Steffen durch den Kopf.

Er wusste, was nun kommen würde, denn er hatte sich darüber belesen. Die Entstehungsgeschichte des Kalkbergs reichte über 250 Millionen Jahre zurück und handelte von einem flachen Binnenmeer, das sich einst über weite Bereiche Mitteleuropas erstreckte, austrocknete und große Steinsalzlager hinterließ, die wiederum von Sedimenten bedeckt und durch tektonische Einflüsse in große Tiefen gelangten, unter dem hohen Druck, der auf ihnen lastete, zu fließen begannen, in Richtung Erdoberfläche aufstiegen und dabei Gesteine durch- und zerbrachen und mit emporschleppten. Der Prozess verlief langsam, aber stetig und enorm kraftvoll und wirkte weiterhin fort. Der Kalkberg war ein solcher Gesteinsbrocken, den das aufsteigende Salz bis über die Erdoberfläche hinaus gedrückt hatte. Er kam also von unten und nicht, wie in den Teufelssagen, von oben. Die Anekdoten vom Teufel machten am Ort dennoch weiter die Runde. In Segeberg war eben der Teufel los, und es war einmal wieder sein Job, ihn zu fassen.

ANNIKA

Aufgeregt schnüffelte die Hündin am Boden. Leise fiepend drehte sie sich um die eigene Achse. Dann sprang sie über das niedrige Mäuerchen zurück auf den Pfad.

Annika trat neben den Kollegen. Ihr Herz klopfte vom Spurt. Fasziniert starrte sie auf Ankas lange, rosa Zunge, von deren Spitze ein Speichelregen tropfte. »Was war das?«, fragte sie. Sie war vorausgelaufen, hatte nicht mitbekommen, was hinter ihr passiert war. Sie hatte die beiden zu dem Haus am Kalkberg geführt, wo in der Nacht auf Sonntag die Party stattgefunden hatte. Von dort sollte es losgehen. Nachdem Anka an Neles Socke gerochen hatte, war sie zielstrebig losgelaufen. Lars Denning folgte ihr, die Leine fest in der Hand. Er hatte Annika angewiesen, sich hinter ihm und Anka zu halten. Nach wenigen Metern wurde die Hündin langsamer, hob den Kopf, pendelte mal nach rechts, mal nach links, drehte sich immer wieder im Kreis.

Bald mochte Annika es nicht länger mitansehen, wie Hund und Führer ihre zögerlichen Kurven zogen. Sie musste etwas tun. Kurz entschlossen lief sie an ihnen vorbei und spurtete weiter. Sie wollte nicht wahrhaben, dass nicht irgendwo eine Duftmarke von Nele existierte. Mochte sie noch so winzig sein. Sie hatte kein bestimmtes Ziel, rannte einfach drauflos. Am Abzweig einer Gasse schaute sie kurz zurück. Anka hatte ebenfalls Tempo aufgenommen und folgte ihr mit hängender Zunge, zog ihren Boss hinter sich her. Annika bog in die Gasse ein und trabte weiter. Als sie sich umschaute, sah sie den Kollegen vor einem Mäuerchen stehen.

»Sie hat plötzlich gestoppt und nach rechts geblinkt. Dann ist sie über das Mäuerchen gehopst«, sagte Denning.

»Geblinkt?«, fragte Annika.

Denning nickte. »Eine rasche Bewegung des Kopfes in Richtung der Fährte. Man nennt das Blinken. Ständig sichern sie sich ab, ob sie noch der richtigen Spur folgen. In Bruchteilen von Sekunden schließen sie aus, ob die Spur frisch oder alt ist.«

»Haben wir nun eine Spur von Nele, oder nicht?«, drängte Annika.

Er runzelte die Stirn. »Eigentlich müsste ich dich an die Leine nehmen. Du warst viel zu aufgeregt und bist ohne Sinn und Verstand losgestürmt. Dein Überholmanöver war alles andere als hilfreich. Und jetzt hast du sie bei der Suche unterbrochen.« Er sah Annika streng an. »Anka hatte oben am Haus eine Fährte aufgenommen, die sie bald verlor. Mich wundert das nicht. Innerhalb der ersten 48 Stunden liegt die Erfolgsquote der Suche mit Hunden bei 50 bis 60 Prozent. Nele Peters wird seit Sonntagnacht vermisst. Heute ist Mittwoch. Rechnen kannst du selbst.«

»Und dann noch die vielen anderen Spuren«, murmelte Annika. »Tausende Besucher sind hier durchgelaufen. Das Gelände gilt als kontaminiert.«

»Ein erfahrener Personenspürhund sollte damit umgehen können«, widersprach Denning. »Allerdings innerhalb der ersten 48 Stunden, nachdem die gesuchte Person hier unterwegs war.« Er wies hinter das Mäuerchen. »Kann sein, dass Anka auf einen Pool gestoßen ist.«

»Einen Pool?«

»Ein Geruchspool, also ein Platz, an dem sich die Gesuchte aufgehalten haben könnte.«

Annika zog die Packung Latexhandschuhe aus ihrer Gesäßtasche. Das Gummi klebte an ihren schweißnassen Fingern. Sie brauchte einen Moment, die rechte Hand vollends hineinzuzwängen. Vor der kleinen Mauer aus rotem Klinker kniete sie nieder und beugte sich darüber hinweg. Es roch nach Urin, und sie mochte sich gar nicht vorstellen, was sich unter den niedrigen Sträuchern sonst noch verbarg. Da waren die Abdrücke von Ankas Pfoten, aber auch Abdrücke von Schuhsohlen. Behutsam strich Annika ein paar Erdkrümel beiseite. Ein kleines Stück Metall schimmerte auf. Sie schob den Zeigefinger unter die gelockerte Erde.

»Ein Schlüssel«, murmelte sie. »Könnte von einem Fahrradschloss sein.« Sie machte ein Foto der Fundstelle und schickte es mit einer Nachricht an Dortje.

Lars Denning beugte sich zu ihr herunter. Skeptisch betrachtete er das Fundstück. »Von der Sorte gibt es viele.«

Annika zog den Handschuh über den Schlüssel und verstaute ihn in der Hosentasche. »Aber es gibt nur ein passendes Schloss dazu«, erwiderte sie. »Das lässt sich schnell überprüfen. Neles Fahrrad steht unten beim Café *Coma*.«

Lars Denning schaute auf seine Armbanduhr. »Anka und ich müssen zum See zurück.«

»Aber …«, stammelte Annika, »… wir sind noch nicht fertig. Du sagtest selbst, dass Anka bei der Suche unterbrochen wurde.«

»Anka braucht dringend Wasser …«

»Das sollte kein Problem sein«, fiel Annika ihm ins Wort. »Gleich neben dem Stadion ist ein Restaurant.«

Lars Denning zeigte auf sein Mobiltelefon. »Man erwartet uns.«

Annika seufzte. »Das Wichtigste kommt doch erst. Nur noch das«, bettelte sie. »Ich verspreche, es wird nicht lange dauern.«

Der Kollege schüttelte den Kopf. »Ich muss zurück ...«

»Erinnerst du dich?«, redete sie schnell weiter. »Dein Sprung über den Stacheldraht hatte mich auf eine Idee gebracht.«

»Ja, und?« Ungeduldig runzelte er die Stirn.

»Das Haupttor zum Stadion«, sagte Annika. »Ich möchte, dass du Anka darauf ansetzt.«

»Wie stellst du dir das vor? Anka ist für die Suche nach Fährten ausgebildet.«

»Vielleicht gibt es dort einen Pool, so wie hier«, ereiferte sich Annika. »Bitte, lass sie noch einmal suchen! Ein einziges Mal.«

Erleichtert sah sie, wie er die Plastiktüte mit der Geruchsprobe hervorholte und sie vor die Hündin auf den Boden legte. Anka schnupperte flüchtig daran, als wüsste sie bereits, worum es ging, und lief los. Dieses Mal hatte Annika Mühe, den beiden zu folgen, denn die Hündin wurde stetig schneller. Auf einmal blieb sie stehen und hob den Kopf. Lars Denning wartete einen Moment, dann holte er die Führungsleine ein. Er warf Annika einen mürrischen Blick zu. »So, das war's«, sagte er entschieden. Dann klopfte er sich auf den Schenkel. »Komm, Anka!«, rief er ihr aufmunternd zu. »Wir suchen uns eine Bar.«

Das *Mora Mora* hatte geschlossen, aber vor der Tür stand ein großer mit Wasser gefüllter Napf. Die Hündin stürzte sich darauf und soff ihn bis auf den letzten Tropfen leer. Ein Streifenwagen querte den Vorplatz zum Kalkbergstadion und hielt neben dem Haupttor. Mist, dachte Annika, als sie sah, dass Benno Merder aus dem Wagen stieg. Mit weit ausholenden Schritten steuerte er auf sie zu. Sie drängte das mulmige Gefühl beiseite, das in ihr aufstieg. Sie richtete sich auf und drückte den Rücken durch. »Machen wir das Beste draus«, murmelte sie.

MERDER

Der Hund ließ ihn nicht aus den Augen. Benno Merder zügelte seine Schritte. Bleib locker!, redete er sich gut zu. Es gelang ihm nicht wirklich. Annika stand neben Denning. Nur sein Respekt vor dem Hund hielt Merder davon ab, gleich loszupoltern. Die letzte Bissverletzung war ihm gut im Gedächtnis. Danach war er zum Polizeipsychologen einbestellt worden. Sein Auftreten sei zu aggressiv, hatte es geheißen. Zu viel Adrenalin im Blut. Die Hunde röchen das. Sie hielten ihm den Spiegel vor. In seinem Beruf wäre es ein No-Go, sich darauf zurückziehen, dass Hunde ihn nicht mochten. Er selbst sei verantwortlich für die überschießende Reaktion auf Seiten der vierbeinigen Kollegen. Er müsse etwas an seinem Verhalten ändern. Ob er Angst habe? Klugscheißer!, grummelte Benno in sich hinein. Der Gedanke an dieses unergiebige Gespräch ließ den alten Ärger wieder aufsteigen. Die bissigen Köter waren also okay. Angeblich war *er* das Problem. Er habe es in der Hand, etwas daran zu ändern, hatte der Psychologe ihm mit auf den Weg gegeben … und die Kollegen schätzten ihn selbstverständlich nach wie vor. Bla, bla, bla, dachte Merder. Die schmierige Tour hätte er sich sparen können! Er sah, wie Denning die Leine kurz nahm. Was sollten die Kollegen schon von ihm denken? Er war so, wie er war. Breitbeinig stapfte er auf die beiden Polizisten zu.

Annika sah abgekämpft aus. Ihr Haar hing in Strähnen. Staub klebte an Hosenbeinen und Stiefeln. Beinahe wäre er eingeknickt, hätte sich von ihrer lädierten Erscheinung beeindrucken lassen. Wenn ihre dunklen Augen nur nicht so kampfeslustig gefunkelt hätten. Ein paar Meter vor ihr blieb er stehen. Der Hund fixierte ihn noch immer, und Benno zog es vor, Abstand zu halten. »Komm bitte mal mit!«, forderte er Annika auf. Seine Stimme kiekste. Er räusperte sich, ermahnte sich zur Ruhe. Er sah kurz zu Lars Denning hinüber. »Warte hier!«, sagte er. »Wir reden später.«

Auf der gegenüberliegenden Seite des Platzes warf eine Baumreihe einen schattigen Streifen auf den Asphalt. Darauf hielt er zu. Er wollte nicht, dass Denning sie hörte. Dicht hinter ihm hallte das Stakkato ihrer Stiefel. Abrupt wandte er sich um. Ganz nah stand sie vor ihm. Sie wich nicht zurück, sah nicht zu ihm auf. Sie hielt den Blick stur geradeaus. Ihr Atem drang durch den Stoff seines Hemdes, strömte heiß gegen seine Brust. Aus dem wüsten Durcheinander ihrer dunklen Mähne stieg ein süßlicher Duft. Merder machte einen Schritt nach hinten. Abschätzig taxierte er sie. »Wie du aussiehst!«

»Willst du mich vorführen?« Sie warf den Kopf in den Nacken. »Fast wäre ich in dich hineingelaufen.«

»Denning ist *mein* Mann. Was fällt dir ein, ihn einfach abzuziehen?«

»Hast du ein Problem?«

»Das Problem bekommst du«, erwiderte er. »Du stöberst in fremdem Revier.« Oder tust du's für deinen Boss in der Landesbehörde? Aber das dachte er nur. Misstrauisch kniff er die Augen zusammen. Weshalb blitzt sie mich so streitlustig an? Er grinste wissend. Habe wohl ins Schwarze getroffen. Glaubt wohl, sie hätte mich in der Hand. Hält sich für klüger, die Ratte!

Annika wandte das Gesicht ab und blickte zum Stadion hinüber.

»Der Kollege kann dir jetzt auch nicht helfen«, sagte Merder. Aber was machte Denning am Haupttor? Der Diensthundeführer hatte ihnen den Rücken zugewandt, war mit dem Hund beschäftigt. »Was soll das werden?«, brüllte Merder hinüber. Aber Denning hörte ihn nicht. Oder wollte er nicht hören?

Annika räusperte sich. »Ich würde dir gerne alles erklären«, sagte sie heiser.

Merders Kopfhaut juckte. Was ging hier vor? Das Jucken wurde schlimmer. Ein Bellen ließ ihn herumfahren.

Der Hund stand hoch aufgerichtet und stemmte die Vorderpfoten gegen das Tor. Lars Denning sah sich zu ihnen um. Er hob seinen Daumen. In dem Moment huschte ein triumphierendes Lächeln über Annikas Gesicht.

»Ich will sofort wissen, was hier läuft«, zischte Merder sie an.

Sie machte den Mund auf. Dann klappte sie ihn wieder zu. In ihren Augen glänzte es plötzlich verschlagen, als spukte ihr eine Gemeinheit im Kopf herum. Ihr Blick war kalt. Berechnend. Er kam sich vor wie eine Leiche auf dem Seziertisch. Das Jucken am Kopf wurde unerträglich. In seinem Mund sammelte sich Speichel. Er spuckte aus. »Übermut tut selten gut«, sagte er.

»Wie du willst«, erwiderte Annika. Sie machte einen Satz von ihm weg, lachte ihm höhnisch ins Gesicht. »Krieg mich!«, raunte sie ihm zu.

»Teufel«, entfuhr es ihm. »Du bist verrückt!«

Da war sie schon losgerannt. Im Laufen wandte sie sich um. »Du mieser, misstrauischer Bulle!«, rief sie. »Du elender Schisser!« Ihre Stimme hallte schrill über den Vorplatz.

Benno Merder sah sich um. Der Platz war leer. Auch Lars Denning war verschwunden.

»Looser!«, schrie Annika. Sie hob den Arm und streckte ihren Mittelfinger. »Versuch's doch! Krieg mich!« Sie zog einen weiten Bogen und hielt auf die Buden des Indian Village zu.

Wie versteinert stand Merder da. Das ist krank!, schoss es ihm durch den Kopf. Ihr Gekreische drang herüber, aber sie war zu weit weg, als dass er ihre Worte verstand. War auch nicht nötig. Er hatte genug gehört. Er ließ seinen Blick über den menschenleeren Vorplatz wandern.

Hitze flirrte über dem Asphalt. Wo Denning nur steckte? Ungläubig schüttelte Merder den Kopf. Das ist nicht wahr!, dachte er. Annikas fernes Kreischen holte ihn in die Wirklichkeit zurück. Er musste etwas unternehmen. Er griff nach dem Handy und drückte die Notrufnummer. Er kannte den diensthabenden Kollegen. Das machte es einfacher. »Einen Rettungswagen zum Kalkbergstadion«, sagte Merder. »Aber flott. Hier dreht jemand durch.« Dann rannte er dem Geschrei hinterher.

Sie sprang über den Platz. Das Wort Veitstanz kam ihm in den Sinn. Durchgeknallt. Tollwütig. Ein wildes Tier. So etwas hatte er noch nicht erlebt. Mal bog sie nach rechts, mal nach links, zog Schleifen, als wollte sie ihn locken. Benno Merder blieb stehen. Will sie mich verschaukeln?, fragte er sich. Schweiß rann ihm in die Augen, nahm ihm für einen Moment die Sicht. Er blinzelte. Da stand sie vor ihm, 15, vielleicht auch nur zehn Schritte entfernt.

Ihr Atem ging schnell. Das Haar hatte sich gelöst, hing ihr auf den Schultern. Sie pustete sich die Zotteln aus dem Gesicht. »Jag' mich«, flüsterte sie mit rauer Stimme. »Tu mir den Gefallen!«

Merder stutzte. Er kam sich vor wie in einem schlechten Film. Seine Rolle gefiel ihm nicht. Ungläubig starrte er in ihre verzerrte Grimasse.

»Leck mich doch!«, schrie sie ihn an und stürmte wie eine Furie direkt auf ihn zu.

Er sprang zur Seite, und sie stürzte an ihm vorbei. Er wollte sie packen ... griff ins Leere. »Verdammt!«, fluchte Merder und spurtete hinter ihr her.

Sie war erstaunlich wendig, schlug Haken wie ein Hase. In weiten Sprüngen hielt sie auf das Haupttor des Stadions zu. Dabei blickte sie immer wieder zurück, während sie helle hysterische Laute ausstieß. Er holte auf. Bald war er ihr dicht auf den Fersen. Sie raste auf das Tor zu. Kein Zögern, kein Ausweichen. Kurz davor gab sie noch einmal Gas …

Merder kniff die Augen zusammen. Gleich würde es krachen. Wo zum Teufel ist Denning?, fragte er sich. Sie stieg am Tor hoch wie vorhin der Hund. Ihre Hände fanden Halt an der oberen Kante, und sie klebte am Gatter, strampelte mit den Beinen und zog sich hinauf. Er langte nach ihrem Fuß. Der Stiefelabsatz glitt haarscharf an seiner Schläfe vorbei. Merder wich zurück. In dem Moment schwang sie sich über das Tor und plumpste auf der anderen Seite zu Boden. Durch die Streben des Gatters starrten sie einander an. Sie rieb sich das Fußgelenk, japste. Plötzlich sprang sie auf. Ihre Zähne blitzten schneeweiß. »Du … lahmer … Arsch!«, stieß sie hechelnd zwischen hässlichen Lachsalven hervor. »Du … wirst mich nicht … kriegen!«, feixte sie. »Du nicht!« Dann wandte sie sich ab und rannte davon.

ANNIKA

Nach ihrem Sprung über das Tor war sie geradewegs ins Stadion hineingestürmt. Annika nahm die erste breite Treppe, die die Tribünen hinunterführte. Sie spürte ein Stechen im Fußgelenk. Aber die Euphorie über den Erfolg verlieh ihr Flügel. Sie hatte es geschafft! Sie hatte den Beweis erbracht, dass das Tor zum Stadion überwindbar war. Und wenn sie die Zeichen des Hundeführers richtig verstand, hatte Anka am Haupttor Neles Geruch aufgenommen. Es war nur ein Indiz, aber es untermauerte ihre Vermutung. Sie selbst war fest davon überzeugt, dass Nele das Haupttor überwunden hatte und ins Stadion geflohen war.

Auf Höhe der Bank, an der die Kollegen das Blut entdeckt hatten, blieb sie stehen. Sie schaute nach hinten. Benno war ihr tatsächlich über das Tor gefolgt. Er stand leicht vornübergebeugt und stützte die Arme auf der Rückenlehne der oberen Sitzreihe ab. Annika ließ ihn nicht aus den Augen. Sie drückte sich die Faust in die linke Seite und konzentrierte sich aufs Ausatmen. Das Seitenstechen ließ nach. Auch Benno Merder schien sich allmählich zu erholen. Er hob den Kopf und sah auf sie herab. Sie blies sich eine Strähne aus dem Gesicht. Er hält mich für verrückt, dachte sie. Wie sollte sie ihm klarmachen, dass mit ihr alles in Ordnung war? Dass es nur – wie sollte sie es nennen – Theater war? Sie erinnerte sich nicht, welche Strafe auf Beamtenbeleidigung stand. Entweder wird Benno mir nicht glauben, oder er wird mich verprügeln.

Er wird mir gar nicht zuhören, dachte sie ernüchtert. Und wenn er Verstärkung angefordert hatte? Sie hatte gesehen, dass er telefoniert hatte. Sollte sie sich ergeben? Steffens großes weißes Taschentuch kam ihr in den Sinn. Sie hatte nichts dergleichen dabei, mit dem sie um Gnade hätte wedeln können, und Lars Denning war zu weit weg, um ihr beizustehen. Der Rückweg zum Tor war riskant. Auf halbem Weg wartete Merder auf sie. Unschlüssig ließ sie den Blick über die Tribünen schweifen. Um sie herum nur offenes Terrain. Sie suchte nach Rückendeckung, und sie brauchte noch etwas Zeit. Ihr Blick blieb an einer Brücke hängen. Ein breiter Durchgang führte darunter hindurch hinter die Kulissen. Sie wandte sich zurück und schaute nach oben. Benno Merder war nicht mehr da.

Annika trat aus der Reihe. Da entdeckte sie ihn. Er war bis zur nächsten Treppe gelaufen, betrat gerade die Stufen nach unten. Offenbar wollte er ihr den Weg abschneiden. Sie schaute die Tribünen hinauf. Der Fluchtweg hinauf zum Tor war nun frei. Ihr Fußgelenk pochte. Bergauf wäre er bestimmt schneller als sie. Hinunter hätte sie vielleicht eine Chance. Noch hatte Merder den Mittelgang nicht erreicht. Er bewegte sich vorsichtig, ließ sie nicht aus den Augen. Er traute ihr nicht. Sie musste unbedingt schneller sein als er. Annika biss die Zähne zusammen und rannte los. Aus den Augenwinkeln sah sie, wie ihr Verfolger in den mittleren Gang einbog und von der Seite auf sie zukam. Nur wenige Sekunden vor ihm passierte sie die Stelle, an der sich ihre Wege kreuzten. Annika stürzte durch die Arena auf die Brücke zu. Der Sand bremste sie aus. Jeder Schritt schnitt ihr wie ein Messer ins Fußgelenk. Endlich passierte sie den Brückenbogen.

Schweißüberströmt warf sie sich gegen die Felswand. Sie drehte sich um. Ihr Herz klopfte, ihr Atem ging schnell. Gebannt starrte sie auf den Durchgang. Sie fühlte sich ausgeliefert. Daran konnte auch die Mauer im Rücken nichts ändern. Sie wartete. Aber der Kollege tauchte nicht auf. Annika schmiegte sich fester an den Felsen, schluckte trocken. Ihre Kehle brannte. Sie unterdrückte den Hustenreiz. Sollte sie rufen? Besser nicht!, entschied sie. Ihr Geschrei würde ihn alarmieren. Da stand er schon unter dem Brückenbogen. Breitbeinig, eine Hand überm Holster. Misstrauisch musterte er sie. Die Szene war bühnenreif. Lächerlich. Sie stieß einen Laut aus. Es klang wild und bedrohlich. Er fixierte sie mit eisigem Blick. Annika überlegte fieberhaft, suchte nach einer Strategie, um sich aus dem Schlamassel zu retten. »Du kannst sie stecken lassen«, krächzte sie und warf ihm das Holster vor die Füße. »Das Spiel ist vorbei.«

»Spiel?«, schnaubte er. Speicheltröpfchen sprühten aus seinem Mund. »Das ist nicht dein Ernst.«

Annika zuckte die Achseln. Ja, nein? Was sollte sie darauf erwidern? Weshalb musste sie auch immer das Falsche sagen? Der Kollege schäumte vor Wut. Sie konnte es ihm nicht verdenken. Wenn ihr nicht bald etwas einfiele … Sie legte den Kopf in den Nacken und blickte in den wolkenlosen Himmel hinauf. Als sie den Blick senkte, hielt er ihr Holster in der Hand.

Entgeistert sah er sie an. »Willst du mich verarschen?«

»Ich wollte es dir erklären, aber …«

»Wie, bitte?« Er legte den Kopf schief.

»… du lässt mich schon wieder nicht ausreden«, erwiderte sie matt. Das Sprechen fiel ihr schwer. »Ich brauchte einen Beweis …« Sie holte tief Luft. »… einen Beweis dafür, dass Nele im Stadion war.«

Auf seiner Stirn kräuselten sich Falten. Annika schöpfte Hoffnung. Was braucht ein Ermittlergehirn, um vom Jagdmodus auf Nachdenken umzuschalten?, fragte sie sich. Bei einem Verhör half es manchmal, das Thema zu wechseln. Annika drehte den Kopf leicht zur Felswand. Dabei ließ sie Merder nicht aus den Augen. »Ist das hier der vermauerte Zugang zum Stollen?«, fragte sie und schob schnell hinterher: »Sie war am Tor, Benno. Anka hat es angezeigt.«

Er kniff die Augen zusammen. »Anka?«, fragte er.

»Die Hündin von Denning«, sagte Annika. Als sie das sagte, hatte sie das Bild deutlich vor Augen, wie Anka am Tor hochstieg und Denning den Daumen hob. »Sie hat Neles Geruch am Haupttor des Stadions angezeigt.« Bestimmt hatte Benno es auch gesehen.

»Für wen hältst du dich?«, fuhr Merder sie an. »Was erlaubst du dir, meine Leute abzuziehen?«

Annika seufzte. Sie hätte es wissen können. Das Thema war noch nicht durch. Wenn er nachgedacht hätte, wäre er von allein draufgekommen. Hat er aber nicht. »Tut mir leid«, gab sie sich schuldbewusst. In Wirklichkeit hatte sie sich nichts dabei gedacht, hatte sich darauf verlassen, dass Lars Denning sich mit seinen Leuten abstimmte. Aber alles auf Denning zu schieben, erschien ihr zu billig. »Ich hab's vergessen«, sagte sie. »Ich hatte diese Idee …«

»Idee?« Verständnislos schüttelte er den Kopf. »Du warst wie von Sinnen.« Er hatte sich auf Abstand von ihr gehalten. Nun machte er drei Schritte auf sie zu. Aber er blieb auf der Hut, misstrauisch lauernd, als hätte er Sorge, dass sie gleich wieder ausflippte.

»Als Lars seinen Daumen hob, kam mir plötzlich diese Idee«, fuhr Annika unbeirrt fort. »Ich musste wissen, ob es möglich ist, das Haupttor zu überwinden.« Sie zögerte. »Und dazu brauchte ich dich. Genau genommen, brauchte ich deine Wut. Du warst ziemlich sauer auf mich. Ich musste dich dazu bringen, mich zu verfolgen, nein, mich zu jagen. Es musste echt sein, mir Angst machen. Spaß hat mir das bestimmt nicht gemacht. Das darfst du mir glauben.« Verstohlen senkte sie den Blick, denn in Wirklichkeit hatte sie es genossen. Sie hatte sich lange nicht mehr so lebendig gefühlt. Dann sah sie ihn an. Dankbar, wie sie hoffte. »Ohne dich hätte ich den Sprung über das Tor niemals geschafft.« Das war wenigstens ehrlich, dachte sie.

»Du bist verrückt!«, stieß er hervor.

»Du bist schließlich auch gesprungen, so wie vermutlich Neles Verfolger«, sagte Annika. »Wir haben die Situation nachgestellt. Eine Simulation.«

Er schnaubte verächtlich. »Wer hier wohl simuliert?«

Annika horchte auf. Deutete sich in Merders Tonlage eine Veränderung an? War er nun bereit, ihr zuzuhören?

»Das Tor gilt als unüberwindbar«, begann sie, ohne ihn aus den Augen zu lassen. Er schwieg, und Annika fasste Mut weiterzusprechen. »Eine vermeintliche Tatsache, die niemand hinterfragte, geschweige denn prüfte. Die Nachstellung eines Sprungs, der nicht sein darf, hätte nicht geklappt, wenn wir die Inszenierung miteinander abgesprochen hätten. Gefühle wie Angst, Wut, Panik sind stärker als Überzeugungen. Sie schalten den Verstand aus. Die Situation musste sich echt anfühlen. Deshalb habe ich dich nicht eingeweiht.« Hätte auch nichts genutzt, dachte sie. Außerdem hatte sie es kurz versucht, aber er war zu vernagelt gewesen, um zu begreifen, was in ihr vorging. Sie hatte es schließlich darauf ankommen lassen. Ihre Erklärung war vorgeschoben, aber vernünftig. Die Wirkung ließ nicht lange auf sich warten. Benno Merder lockerte seinen Stand. Er schien nachzudenken. Ein Handy hupte. Der Ton kam aus ihrem Holster, das Merder noch in der Hand hielt. Er trat auf sie zu und streckte den Arm aus, als wollte er es ihr reichen. In dem Moment klingelte sein Mobiltelefon. Er ließ den Arm sinken und nahm das Gespräch an. Es war kurz. »Denning«, erklärte er und gab Annika das Holster zurück. »Er geht zum See zurück.« Merders Aufmerksamkeit galt nun ganz seinem Handy.

Annika nahm ihr Telefon zur Hand. Lars Denning hatte ihren Sprung mit dem Handy gefilmt und ihr das Video geschickt. *Du schuldest uns ein Eis!*, stand darunter. Das zweite Video zeigte Benno Merder beim Sprung über das Tor. Annika prustete. »Du hängst am Tor wie ein nasser Sack.«

Der Kollege hob die Augenbrauen, während er auf das Display seines Handys starrte. »Du hüpfst auch nicht gerade wie eine Gazelle hinüber.«

»Aber es geht«, sagte sie stolz und streckte die Hand aus. »Frieden?«, fragte sie.

In der Ferne ertönte ein Martinshorn.

Merder stöhnte. »Die hab' ich völlig vergessen.«

»Hast du etwa …?«

»Krankenwagen«, erwiderte er. »Das kann teuer werden.«

»Lass uns sagen, dass es eine Übung war«, schlug Annika vor.

Merder grinste verschlagen. »Warum spielen wir nicht weiter Theater?«, fragte er. »Du lässt dich von mir abführen, und sie fahren dich erst einmal in die Klinik.« Er lachte. »Ich lasse dir die Wahl. Psychiatrie oder Chirurgie?«

»Was heißt hier *erst einmal*?«, fauchte ihn Annika an.

»Mit *dem* Fuß musst du sowieso zum Arzt.« Dann wandte er sich ab. »Hoffentlich haben sie eine Leiter dabei«, murmelte er. »Ein zweites Mal springe ich nicht.« Dann trabte er los.

Als Annika humpelnd die ersten Stufen der Tribüne erklomm, war er schon nicht mehr zu sehen.

STEFFEN

Im Foyer des *Noctalis* herrschte rege Betriebsamkeit. Nach der Führung durch die Kalkberghöhle fühlte Steffen sich angenehm erfrischt. Der junge Mann an der Kasse hatte ihn gebeten, sich kurz zu gedulden. Die Wissenschaftlerin, die ihm Auskunft geben könne, sei in einem Gespräch. Während er wartete, betrachtete er eine großformatige Informationstafel. Steffen beugte sich ein wenig vor, um die Schrift unter den Bildern besser lesen zu können. »*Choleva lederiana holsatica*«, murmelte er und dehnte dabei die Silben des fremdklingenden Namens. Der Schriftzug war zigmal so lang wie der Käfer, auf den er sich bezog. Das unscheinbare Tierchen maß gerade einmal einen halben Zentimeter. Dieser erstaunliche Umstand erinnerte Steffen daran, dass auch er einen zweiten Vornamen besaß. Silvio. Steffen Silvio Hinrichs. Das klang schon gefälliger als *Choleva dingsda etcetera*. Jedes Mal, wenn er einen seiner Ausweise aufschlug und seinen vollen Namen erblickte, stolperte er über diesen Unbekannten, der sich mitten zwischen seine Nämlichkeit gemogelt hatte. Er mochte nicht leugnen, dass es seinen Reiz hatte. Ein südländisches Flair erfüllte das Dienstzimmer einer jeden Behörde, wenn eine Beamtin mit vermeintlich wissendem Lächeln seinen vollen Namen aussprach. Er hatte seine Mutter danach gefragt. Sie war damals schon über 80 gewesen und hatte gleichgültig mit den Achseln gezuckt, und doch meinte er, sich an einen geheimnisvollen Glanz in ihren Augen zu erinnern. Vermutlich entsprang dieser Eindruck seiner zuweilen überbordenden Fantasie. Als Kriminalist war er empfänglich für rätselhafte Geschichten. Allein die Vorstellung, sie könnte ihn nach einer Jugendliebe benannt haben, war charmant und machte ihm Lust nachzuforschen. Mutter war tot, und eigentlich gingen ihn ihre Geheimnisse nichts an. Dennoch war sie selbst es gewesen, die diesen Silvio in seine Geburtsurkunde hatte setzen lassen. Sie hatte ihm diesen gestaltlosen Fremden quasi eintätowiert. Sobald er die Zeit dazu fände, wollte er ein wenig in der Vergangenheit seiner Eltern graben. Wieder ein Grund mehr für den vorzeitigen Ruhestand, dachte Steffen und warf einen kurzen Blick über die Schulter zur Kasse hinüber, wo ein paar Leute aufgeregt diskutierten. Dann sah er Sven und eine junge Frau, mit Helmen und Taschenlampen ausgerüstet, davoneilen.

Steffen wandte sich wieder der Schautafel zu. Neben dem Foto des winzigen Krabbeltiers mit dem viel zu langen wissenschaftlichen Namen war eine Grafik abgebildet. Unter der waagerechten Achse waren Jahreszahlen aufgeführt. Die senkrecht dazu stehende Achse war mit vierstelligen Ziffern versehen. Die Kurve dazwischen verlief im Zickzack. Ihre Gipfel und Täler erinnerten ihn an eine alpine Silhouette. In der Legende darunter las er: »Populationsentwicklung des Höhlenkäfers *Choleva lederiana holsatica* von 2010 bis 2015«.

»Bitte entschuldigen Sie, Herr Kommissar, dass ich mich nicht gleich um Ihr Anliegen kümmern konnte.« Die Frau, die nun an seine Seite trat, war klein und drahtig. »Eine unangenehme Sache«, erklärte sie ein wenig peinlich berührt. »Nach jeder Führung zählen wir die Besucher durch. Dieses Mal fehlt eine Person. Wir sind dann verpflichtet zu prüfen, ob jemand in der Höhle geblieben ist. Das passiert selten, aber es gibt Leute, die sich, aus welchen Gründen auch immer, einschließen lassen. Das darf natürlich nicht geschehen.«

»Vielleicht möchte sich jemand ein wenig abkühlen«, sagte Steffen. »Ich fand's sehr angenehm dort unten.«

»Bei der Hitze ist das kein Wunder«, sagte sie. »In der Höhle herrschen konstant etwa zehn Grad Celsius, sommers wie winters, bei nahezu 100 Prozent Luftfeuchtigkeit. Nach wenigen Stunden in der Höhle ohne ausreichend warme Kleidung wären Sie total unterkühlt.«

»Ehrlich gesagt, kann ich mir genau das im Moment überhaupt nicht vorstellen«, erwiderte Steffen. Er zeigte auf die Grafik, die er soeben studiert hatte. »Ich sehe, Sie zählen außer Ihren Besuchern noch anderes Getier.«

»Ah, Sie meinen unser Haustierchen, den Segeberger Höhlenkäfer. Auf den sind wir besonders stolz, und er scheint sich recht wohl bei uns zu fühlen. Jedes Jahr machen wir eine Bestandsaufnahme. Die Auswertung braucht Zeit. Wir sind ein wenig hintendran.« Sie zeigte auf eine Gruppe von Besuchern. »Wissenschaft ist spannend«, fuhr sie fort. »Aber, wie Sie sehen, gibt es hier noch andere Aufgaben.« Sie schmunzelte verstohlen. »Ihnen darf ich das wohl sagen. Im Team pflegen wir so eine flapsige Redensart.« Sie blickte sich kurz um, als wollte sie sicher sein, dass niemand zuhörte. »Dazu sollten Sie wissen, dass sich diese Käferart überwiegend von Fledermauskot und Aas ernährt«, fuhr sie leiser fort. »Sollte also die Population des Käfers in einer Saison sprungartig zunehmen, dann …« Sie schnalzte bedeutungsvoll mit der Zunge. »Na, dann haben wir im Jahr zuvor jemanden in der Höhle vergessen.«

Ein Ötzi in der Kalkberghöhle, dachte Steffen und schmunzelte. Das wäre eine Schlagzeile wert. Jedenfalls besser als Winnetod.

»Was kann ich für Sie tun, Herr Kommissar?« Aufmerksam folgte ihr Blick seiner Hand, die nun in die Hemdtasche griff und eine Kopie des Phantombildes hervorzog.

»Haben Sie diesen Mann schon einmal gesehen?«, fragte Steffen.

»Das Foto kam gerade per E-Mail aus der Polizeizentrale«, erwiderte sie. »Ein Ausdruck liegt bereits an der

Kasse.« Sie betrachtete das Bild in seiner Hand. »Weshalb denken Sie, dass er hierher ...?« Sie brach ab und schaute zum Eingang hinüber.

Steffen folgte ihrem Blick. Benno Merder betrat gerade das Foyer. »Ah, mein Taxi«, rief Steffen. »Weisen Sie bitte Ihre Mitarbeiter an, die Augen offen zu halten. Und vielen Dank für Ihr Vertrauen.« Er zwinkerte ihr zu. »Wir kümmern uns dann um die Leiche.«

Steffen blinzelte gegen die Sonne, während er nach dem Kollegen Ausschau hielt. Die Glut der frühen Nachmittagshitze weitete die Poren seiner Haut und raubte ihm die Frische seiner Expedition in die Unterwelt. Er sollte öfter in den Keller gehen, dachte Steffen. Er entdeckte Benno Merder ein wenig abseits des Eingangs im Schatten eines Baums. Neben ihm stand Annika Liebsch. Beide sahen ziemlich gerupft aus. Steffen wollte sich gerade über ihren desolaten Zustand mokieren, da trat Merder auf ihn zu.

»Tut mir leid, Boss!«, sagte er. »Ich wurde aufgehalten. Der Wagen steht unten in der Lübecker.«

Steffen wandte sich in die angesagte Richtung. »Wart ihr bei Andresen?«, fragte er, während er und Merder die Stufen hinuntereilten.

Merder schaute gequält. »Wie gesagt: Ich wurde aufgehalten.«

»Du siehst zum Fürchten aus«, sagte Steffen. »Hat sie dich zerlegt?« Er sah sich um. Beruhigt stellte er fest, dass Annika außer Hörweite war. Immer wieder blieb sie stehen, blickte nach hinten.

»Was ist?«, rief Steffen ihr zu. »Hast du was vergessen?« Er wartete, bis sie aufgeschlossen hatte. Erst jetzt bemerkte er, dass sie hinkte. »Komm, lass dir helfen!« Er reichte ihr den Arm. »Die jungen Kerls von heute haben einfach kein Benehmen.«

Benno Merder zuckte die Achseln. »Ich hab' ihr 'ne Mitfahrgelegenheit ins Krankenhaus bestellt«, stellte er trocken fest.

Annika bedachte den Kollegen mit einem bitterbösen Blick. »Nachdem du wie ein Irrer davongebraust bist, haben mich die Sanitäter das kurze Stück bis zum *Noctalis* mitgenommen«, erwiderte sie kühl.

»Ausgerechnet du nennst mich einen Irren?«, schnaubte Benno. »Ach, vergiss es«, knurrte er. Er wandte sich ab und eilte den Pfad hinunter.

Annika fasste Steffens Ellenbogen. »Es ist nur …« Unschlüssig sah sie sich um. »Da war ein Typ … Ich dachte, ich würde ihn kennen.« Sie holte tief Luft und schüttelte ihr hastig zusammengestecktes Haar. »Vermutlich habe ich ihn mit jemandem verwechselt.«

Leicht wie eine Feder ruhte ihre Hand auf seinem Unterarm, und Steffen vergaß die Hitze und das holperige Kopfsteinpflaster. Insgeheim bedauerte er, dass der Weg bis zum Auto nur kurz war. Er hätte diesen Moment gerne ausgekostet. Er bedachte die Kollegin mit einem verständnisvollen Blick. »Benno kann ein echter Kotzbrocken sein.«

Sie schenkte ihm ein Augenzwinkern, und ihr schöner Mund hob sich zu einem schelmischen Schmunzeln.

SVEN

Ihre Taschenlampen leuchteten in die Furchen der zerklüfteten Höhlenwände. Das Licht brach sich an den Runzeln, Rissen und Spalten des betagten Gesteins. Mal trieben die Lampenaugen voneinander weg, mal kreuzten sie einander. Im Moment trafen beide Lichtflecken auf dieselbe Stelle, genau dort, wo eine Kette den Abzweig auf den ehemaligen Führungsweg versperrte.

»Ich schlage vor, wir teilen uns auf«, sagte Sven. »Ich gehe hier hinter der Absperrung durch die Barbarossahalle und die Drachenschlucht den früheren Führungsweg entlang. Du gehst den Erna-Mohr-Gang weiter bis zur Zentralhalle. Dort treffe ich dann auf dich.«

»Wie du meinst.« Mareike klang nicht begeistert.

»Ich bin in deiner Nähe«, versuchte Sven, sie zu beruhigen.

Sie nickte verhalten.

»Wenn du in der Zentralhalle bist, geh' doch bitte den alten Weg hinten um den ehemaligen Teich herum«, sagte Sven, während er über die Absperrung hinwegstieg. »Pass' aber auf, dass du dir nirgendwo den Kopf stößt! Also, Glückauf!« Er hob die Hand zum Abschied und machte sich auf den Weg. Dieser Abschnitt der alten Tour war aus Gründen der Sicherheit und des Naturschutzes für Publikum gesperrt. Er kam nicht oft hierher und bedauerte, dass ihm keine Zeit blieb, sich näher umzusehen. Nach etwa zwölf Metern öffnete sich der gedrungene Gang in einen großen Hohlraum. Die Barbarossahalle war eines der Highlights vergangener Tage. Mächtige Steinblöcke versperrten die Abgänge der Halle zu den dahinterliegenden Hohlräumen. Es gab ein paar Kriechgänge, aber nur die Wissenschaftler waren befugt, sie auf ihren Erkundungsrunden zu nutzen. Sven mochte nicht glauben, dass einer, der sich hierher verliefe, sich freiwillig in diese engen Durchschlupfe hineinquetschte. Es sei denn, diese Person wäre leichtsinnig und suchte ein gefährliches Abenteuer. Er selbst hatte großen Respekt vor diesem, auch für ihn verbotenen Bereich der Höhle.

Aufmerksam horchte er in die Dunkelheit hinein. Ein Knacken im Gestein wäre das sichere Zeichen, sich so schnell wie möglich zurückzuziehen. Dabei wusste er, dass er hier unten eigentlich nichts zu befürchten hatte. Die Felsabbrüche in den abgelegenen Höhlenteilen stammten aus vorhistorischen Zeiten. Seine Vorsicht war berufsbedingt und begründete sich auf Ereignisse an anderen, wirklich gefährlichen Orten, an denen er früher gearbeitet hatte. Sobald er unter Tage war, wechselte sein Nervensystem in einen Alarmzustand, der ihn zur Vorsicht ermahnte. Er war sich nie sicher, dass gerade im nächsten Moment eine lange aufgestaute Spannung im Gestein sich plötzlich löste und ein Fels von Wand oder Decke sich in Bewegung setzte. Die Vorstellung, unter einem Haufen Schutt begraben zu werden, passte nicht in seinen Lebensplan. Ein bisschen Spaß wollte er noch haben, und als Höhlenführer zu arbeiten, war für ihn mehr als ein Broterwerb. Er liebte diesen Job, der es ihm erlaubte, der Geologie treu zu bleiben, ohne sich den Gefahren abenteuerlicher Einsätze auszusetzen. Mit dem Studium der Geologie hatte er in jungen Jahren seine Leidenschaft zum

Beruf gemacht. Damals hatte er das Abenteuer gesucht. Inzwischen war er ruhiger geworden. Wann immer es seine dienstplanmäßigen Gänge durch die Höhle zuließen, nutzte er die Gelegenheit, um sich irgendeinen Bereich der Kalkberghöhle genauer anzuschauen. Dann horchte er in die Stille hinein, roch das feuchte Gestein, lauschte dem leisen Keckern der Fledermäuse und erkundete die bizarren Felsformationen. Er las in ihnen wie in einem Buch, als erzählten sie ihm ihre Geschichte. Er empfand Ehrfurcht vor dieser Kulisse, in der er nur ein unbedeutender Statist war, und je länger er hier unten verweilte, desto mehr wuchs sein Verständnis für die Landschaft dieser Region, die sanften Hügel und Mulden, die Seen und Wasserläufe und die Höhlen. Alles war irgendwie miteinander verbunden und befand sich in einem trägen, für den kurzen Augenblick der Menschheitsgeschichte kaum wahrnehmbaren Zustand des Fließens. Die meisten Besucher kamen mit einem statischen Blick. Sie sahen entweder den Kalkberg oder die Höhle und nahmen nur das aktuell Sichtbare davon wahr. Sven wollte ihnen nahebringen, was sich dahinter verbarg, ihnen von den verborgenen Kräften erzählen, die unablässig das Szenenbild umgestalteten und überformten. In alten Zeiten war es Teufelswerk, heute bot die Wissenschaft Erkenntnisse und einleuchtende Erklärungen an. Geologisch betrachtet, befanden sich die abgelegenen Bereiche der Kalkberghöhle in einem Stadium der Rückbildung. Sie zerfielen. Trümmer und Gesteinsbrocken erschwerten oder blockierten die Zugänge zu vielen Abschnitten. Es war zuweilen wirklich schweres Gelände. Früher hatte auch er sich in solche Bereiche vorgewagt. Mittlerweile hatten diese Abenteuer für ihn an Reiz verloren. Er hatte sich den Genüssen eines sesshaften Lebens verschrieben. Sven ließ den Lichtkegel seiner Lampe über die von zahlreichen Kluftspalten durchzogene Höhlendecke kreisen. Zwei Fledermäuse durchkreuzten das diffuse Licht der Halle und tauchten wieder ins Dunkel. Aber für Sven endete kein Raum in der Dunkelheit. Er war davon überzeugt, dass sich die grundlegenden Vorgänge dieser Welt im Schatten unserer bescheidenen Wahrnehmung quasi im Dunkeln ereigneten. Sein Wissen und sein gutes Vorstellungsvermögen ließen ihn erahnen, dass sich unter der massiven, mindestens fünf Meter dicken Gesteinsplatte, auf der er stand, gerade dieselben Prozesse vollzogen, die in den vergangenen rund 10.000 Jahren zur Entstehung der Kalkberghöhle geführt hatten. Er stellte sich vor, wie ein Stockwerk tiefer Sickerwasser in die feinen Ritzen des festen Anhydritgesteins eindrang, ihn zu Gips aufweichte, der sich im Wasser löste. Das Wasser fraß sich tiefer in den Stein hinein, und aus den Ritzen wurden Spalten, aus Spalten Gänge und schließlich Hohlräume. Eine neue Höhle war geboren. Noch war sie klein, eine Babyhöhle, aber sie wuchs langsam, sehr langsam weiter. Für einen Augenblick trieben seine Gedanken mit dem Wasser, das sich tief unten sammelte, durch das Erdreich in die umliegenden Wiesen drang und weiter zum Großen See abfloss. Das war keineswegs Fantasie. Dafür gab es Belege.

Sven horchte in die Stille hinein. Er vernahm weder das Rascheln von Kleidung noch Schritte. Nichts deutete auf die Anwesenheit einer anderen Person hin. Zum Glück kam es selten vor, dass er nach einem abtrünnigen Höhlenbesucher suchen musste. Er hatte sogar Verständnis für jeden, der eine Zeit lang allein in der Höhle sein wollte. Dennoch war es leichtsinnig. Diese Leute unterschätzten die Kälte und die Feuchtigkeit. Außerdem war es verboten. Er lauschte noch einmal. Als er nichts hörte, kehrte er durch die Drachenschlucht zum Führungsweg zurück.

Als er den vereinbarten Treffpunkt erreichte, flatterten ein paar Fledermäuse aufgeschreckt um ihn herum. Sven wunderte sich. Mareike war zwar erst seit Kurzem im Team, aber eigentlich sollte sie wissen, wie sie sich zu verhalten hatte. Oberstes Gebot war, die Tiere nicht zu stören. Er wandte sich zur Zentralhalle. »Mareike, ich bin wieder da«, rief er. Er erhielt keine Antwort. »Mareike?«, rief er noch einmal und ließ das Licht der Taschenlampe durch den Raum wandern. Von Mareike keine Spur. Hatte sie sich verlaufen? Bestimmt war sie den Führungsweg zurückgegangen und wartete vorne am Ausgang der Höhle auf ihn, schob er die aufkeimende Unruhe beiseite. Er eilte den Erna-Mohr-Gang zurück. An der Wendeltreppe unterhalb des Ausgangs blieb er stehen. Mareike war nicht dort. Unschlüssig schaute er sich um. Sollte er zur Zentralhalle zurückkehren? Er ärgerte sich, dass er die Halle nicht abgesucht hatte. Vielleicht hatte sie sich auf dem unwegsamen Pfad, der um den alten Teich herumführte, verletzt. Aber dann hätte sie doch auf sein Rufen geantwortet. Bleib ruhig!, ermahnte er sich. Er hatte bisher noch nie jemanden unter Tage verloren. Er entschied sich, zum Eingang der Höhle zurückzugehen. Vermutlich stand sie bereits dort und drehte Däumchen.

Die Strecke bis zum Empfangsraum war er bei seinen Führungen schon so oft gegangen, dass er sie wie seine Westentasche kannte. Der Weg war ihm stets viel zu kurz vorgekommen für all das, was er zu erzählen hatte. Nun nahm er kein Ende. Als Sven endlich den Empfangsraum betrat, ging plötzlich das Licht aus.

Sven stutzte. »Mareike?«, rief er. »Ich bin noch hier unten.« Nicht im Traum wäre er auf die Idee gekommen, ohne sie die Höhle zu verlassen. Im Licht der Taschenlampe zu seinen Füßen schimmerte feuchtes Gestein. Er brauchte die Höhlenbeleuchtung nicht. Er konnte sich auch blind in der Höhle zurechtfinden. »Mareike?«, rief er erneut. Nichts.

Sven lauschte. An diesem stillen Ort nur wenige Meter unter der Erde hatten ihn stets Ruhe und Frieden umfangen. Zum ersten Mal überkam ihn ein beklemmendes Gefühl. Er machte sich Vorwürfe. Sie hätten sich nicht trennen dürfen. Im Licht seiner Lampe sah er, dass die Kette zum gesperrten Bereich ausgehakt war. Sie sollte neugierige Besucher davon abhalten, den Führungsweg zu verlassen. Ab dort verlief die Höhle in einem Bogen weiter südostwärts. Hatte Mareike etwa …? Eigentlich war es den neuen Mitarbeitern streng verboten, diese Bereiche zu betreten.

Sven hakte die Kette wieder ein. Er zögerte kurz. Dann stieg er über die Absperrung hinweg. Von einer bösen Vorahnung getrieben, eilte er durch den Südostgang bis zu der Stelle, an der der alte Stollen in die Höhle mündete. Die neuen Stützpfeiler aus Stahl glänzten im Lichtschein der Lampe. Sie waren erst kürzlich gegen die rostigen Eisenträger ausgetauscht worden. Es hatte Diskussionen wegen der Zuwegung zur Baustelle gegeben. Zum Glück hatten sich die Geologen eindeutig gegen einen Transport durch die Höhle ausgesprochen, sodass die Arbeiten am alten

Stollen vom Stadion aus durchgeführt werden mussten. Ein Rascheln ließ ihn aufhorchen. Sven leuchtete tiefer in den Gang hinein. Am Boden ganz hinten konnte er ein Bündel ausmachen. Langsam bewegte er sich darauf zu. Bald erkannte er den gelben Helm. Dann traf der Lichtstrahl ihr Gesicht. Mareike kniff die Augen zusammen.

Sven beugte sich zu ihr herunter. »Alles in Ordnung?« Er berührte ihre Schulter.

»Autsch!« Sie stöhnte.

»Hast du dich verletzt?« Der Lichtkegel seiner Lampe hüpfte über die scharfen Kanten eines mächtigen Trümmerhaufens. Der Höhlenabschnitt dahinter war die südöstliche Tabuzone, in der auch sie nichts zu suchen hatten. »Kannst du aufstehen?«, fragte er.

»Ich denke schon.«

Er reichte ihr die Hand und zog sie in die Höhe.

»Puh, ist mir schwindelig«, jammerte sie.

»Was ist passiert? Weshalb bist du über die Absperrung gestiegen?«

»Ich bin nicht darübergestiegen«, erwiderte sie. »Die Kette war ausgehakt. Und …«

»Und, was?«

»Da war ein Geräusch«, stammelte sie. »Ich wollte nachsehen …« Sie riss die Augen weit auf. »Da war jemand.« Entsetzt starrte sie ihn an. »Ich wurde gestoßen.«

»Was?«

Ihre Fingernägel krallten sich in seinen Arm. »Der Stoß kam von hinten. Ich fiel nach vorne und dann …« Verzweifelt schüttelte sie den Kopf. »Ich erinnere mich nicht.«

Ein dumpfer Schlag ließ sie beide aufhorchen.

»Was war das?«, flüsterte sie.

»Ich weiß nicht«, murmelte Sven. »Vielleicht die Tür oben am Eingang.« Er schluckte trocken. »Ich glaube, da hat jemand gerade die Höhle verlassen.«

MAIC

Helga Winkler schob die schlanken Finger zwischen die Seiten der Akte, die noch ungeöffnet vor ihr auf dem Tisch lag. Aufmerksam verfolgte Maic die Bewegungen ihrer Hände. Die Kollegin aus Sachsen ließ sich nicht aus der Ruhe bringen, und sie war hartnäckig. Ihr Gehirn erwies sich als außergewöhnlich hitzefest. Sie überblickte die Ereignisse um die früheren Mordfälle, spulte Aktendetails schnell und sicher aus dem Gedächtnis ab, und sie besaß die Gabe, abschweifende Diskussionen auf das Wesentliche zu fokussieren. Diese Frau machte gerade seinen Job, und Maic ließ es zu, war ihr sogar dankbar dafür, denn er fühlte sich viel zu angespannt, um die Abläufe im Team so zu moderieren, wie es seine Aufgabe gewesen wäre. Die äußerst lückenhafte Beweislage im Fall Nele Peters bereitete ihm Kopfzerbrechen. Dabei gab es Möglichkeiten, die allerdings nicht ganz »stubenrein« waren. Theoretisch könnten sie mehr über den Täter wissen, wenn sie nur dürften. Er dachte schon eine Weile darüber nach, wie er Werner Simund davon überzeugen könnte, die Grauzonen der Legalität auszuloten. Ein Drahtseilakt, denn der Leiter des Analyselabors war ein Beamter, wie er im Buche stand: Er hielt sich an die offiziellen Vorgaben, dass es an Sturheit grenzte.

Maic sah, wie sich der Zeigefinger der Kollegin hinter ein rotes Fähnchen schob, das über den seitlichen Papierrand hinausragte. An dieser Stelle klappte sie das Dokument auf. »Der Name Justin ist ein schwaches Indiz«, sagte sie. »Es muss nicht unbedingt der Täter gewesen sein, der Kostja Janković ins *Mora Mora* lockte, um den Verdacht auf ihn zu lenken. Der Gedanke ist reizvoll und durchaus logisch, aber bisher ließen sich Täuschungen dieser Art bei dem Gesuchten nicht feststellen. Es könnte also ein Stalker gewesen sein, der diesen Namen benutzte, um mit Janković sein perverses Spiel zu treiben.« Sie griff nach der Lesebrille und schob sie sich knapp über die Nasenspitze. »Hier …«, sagte sie, und ihr Finger tippte auf eine Textstelle der Seite, die sie zuvor aufgeschlagen hatte. »Ich zitiere aus einem Bericht der *Rhein-Zeitung* vom 25. Juli 2017: ›Angelina Kolling wurde vermutlich am Sonntagabend, den 16. Juli erdrosselt. Angelina sei verliebt gewesen. Sie habe von einem Justin geschwärmt. Die Freundin, die nicht öffentlich genannt werden möchte, berichtete, dass Angelina sich am Sonntagabend mit ihm treffen wollte.‹« Helga Winkler linste über den zierlichen Brillenrand. »Der Name Justin ist wie Marvin und Mario einer der Decknamen, die der Gesuchte verwendet. Manchmal taucht einer dieser Namen in der Liste der Statisten oder Hilfsarbeiter auf, die kurzzeitig für eine Saison engagiert waren. In Elspe war es ein Stuntman, der sich Marvin nannte, der jedoch nur zu einer Probe erschien und dann nie wieder gesehen wurde. Die Beschreibungen der Person waren allesamt sehr vage und widersprüchlich. Es sah so aus, als hätte der Typ bei niemandem einen bleibenden Eindruck hinterlassen. Was ich eigentlich sagen wollte: Diese Namen, Justin, Marvin und Mario, liefen über alle medialen Kanäle. Wir könnten es daher mit einem Trittbrettfahrer zu tun haben, der sich daran ergötzt, Verwirrung zu stiften.« Sie griff nach einem pinkfarbenen Textmarker und hielt ihn mit beiden Händen fest. »Der einzige handfeste Beweis, den wir haben, ist die Blutspur im Stadion.«

»Nicht ganz«, widersprach Maic. Vor einer Stunde hatte er mit Steffen telefoniert. »Über einen Personenspürhund wurde der Schlüssel zum Fahrrad von Nele Peters gefunden«, sagte er. »Der Hund soll später am Haupttor des Kalkbergstadions einen weiteren Geruchspool der Vermissten angezeigt haben. Sie nehmen an, dass Nele das Tor überwunden hat und ins Stadion geflohen ist.« Annikas fragwürdigen Einsatz am Kalkbergstadion behielt er vorerst für sich.

Marlene Hinze bedachte ihn mit einem skeptischen Blick. Roland Macke seufzte gequält.

»Ich weiß, ich weiß.« Maic hob abwehrend die Hände. »Das ist kein Beweis. Das Tor am Haupteingang galt bisher als nicht überwindbar. Der Kollegin Liebsch ist es jedoch gelungen, über das Tor zu springen. Damit ist zumindest diese Annahme widerlegt. Ich denke, wir sollten diesen Aspekt nicht außer Acht lassen.«

»Sportlich, sportlich!« Marlene Hinze nickte anerkennend. »Und weiter? Was ist mit Spuren im Stadion?«

»Die Segeberger Kollegen haben einen weiteren Spürhund aus Kaltenkirchen angefordert«, sagte Maic. »Das Ergebnis der Suche steht noch aus.«

Roland Macke verschränkte die Arme vor der Brust. »Die Hoffnung stirbt zuletzt«, knurrte er. »Gleich am Sonntag hätten sie Hunde einsetzen müssen. Aber dazu fehlte der Zutritt zum Stadion.« Er bedachte die Staatsanwältin mit einem kritischen Seitenblick. »Eines verstehe ich jedoch nicht.« Der Kriminaltechniker klopfte auf die Akte, die aufgeschlagen vor ihm auf dem Tisch lag. »Weshalb wurde nicht schon Sonntagabend, als die Polizei endlich ins Stadion durfte, oder spätestens am Montagmorgen die Kalkbergarena mit Spürhunden abgesucht? Da hätte man noch eine reelle Chance auf Erfolg gehabt.«

»Es ist nicht unsere Aufgabe, Versäumnisse der Ermittlungen zu bewerten«, konterte Maic. Die Heftigkeit seiner Reaktion überraschte ihn. Nach so vielen Jahren empfand er sich noch immer in der Pflicht, seinem Freund und Ex-Chef die Stange zu halten. Steffen hatte ihm gestanden, dass sie von falschen Annahmen ausgegangen waren. »Nach der Vorstellung am Sonntag hielt man eine Suche mit Hunden für aussichtslos«, fuhr Maic ruhiger fort. »An dem Nachmittag verzeichneten sie einen Rekordbesuch. Über 7.000 Menschen kamen in die Stadt am Kalkberg, um sich die Vorstellung anzusehen. Das Stadion und das Gelände rundherum galten als kontaminiert. Außerdem hielt man das Haupttor für nicht überwindbar.«

Roland Macke füllte sein Glas und stellte die leere Wasserflasche zurück auf den Tisch. »Ich bin der Meinung, dass das Kalkbergstadion geschlossen werden muss.«

»Das war's dann«, seufzte Marlene Hinze.

»Ist doch so«, blaffte Macke. »Mit den Aufführungen muss sofort Schluss sein.« Er fasste den Zeitungsbogen, der auf dem Tisch lag, und wedelte damit durch die Luft. »Aus. Fertig. Winnetod.«

Die Staatsanwältin wies auf ihr leeres Glas. »Ich meinte das Wasser. Du hast die letzte Flasche geleert. Ich bin Fisch. Ohne Wasser bin ich verloren.«

Der Kriminaltechniker beugte sich vor und schob sein frisch gefülltes Glas zu Hinze hinüber. »Ich schlage vor, dass wir den Segeberger Kollegen empfehlen, das Stadion bis auf Weiteres zu sperren«, sagte er.

Maic ärgerte sich, dass er die Zeitung nicht entfernt hatte. Der Artikel mit dem »Plädoyer für das Aus der deutschen Indianerkultur«, wie Steffen es ihm gegenüber am Telefon genannt hatte, war eine Provokation. Sie hatten am Vormittag viel zu viel Zeit damit vergeudet.

»Wie ich schon sagte, stehen einer Sperrung große Hindernisse im Weg«, erwiderte die Staatsanwältin. Sie bedachte Macke mit einem schelmischen Blick. »Aber ich habe den Eindruck, dass Sie gern tanzen, Herr Kollege.«

Der Kriminaltechniker schaute verdattert.

»Auch beim Tanzen dreht man sich im Kreis«, erklärte Hinze. »Hatten wir das Thema ›Sperrung‹ nicht abgehakt?«

»Könnten Sie, Frau Doktor Hinze, nicht ein wenig Vorarbeit in diese Richtung leisten?«, meldete sich Helga Winkler zu Wort. »Wenn nicht Sie, wer dann?« Ihre schmalen Lippen kräuselten sich. »Ich tanze zwar gern, aber für meine Kreise benötige ich mehr Platz«, fügte sie leise hinzu.

Marlene Hinze seufzte. »Sie glauben gar nicht, wie weit die Fäden dieses Mathias Weidlich reichen«, entgegnete die Staatsanwältin finster. »Wer viel Geld erwirtschaftet, hat einflussreiche Beziehungen. Außerdem könnt ihr euch nicht vorstellen, wie viele Indianerverrückte in der Landesregierung herumspringen. Sobald Weidlich seine Netzwerke mobilisiert, bin ich machtlos. Da sollte man sich eine gute Strategie überlegen.« Sie trank einen Schluck aus Mackes Glas. »Deshalb schlage ich vor, in dieser Angelegenheit nichts zu überstürzen«, fuhr sie fort. »Bis zur nächsten Vorstellung bleibt ein wenig Zeit, in denen die Ermittler meinetwegen jedes Staubkorn im Kalkbergstadion umdrehen dürfen.« Sie schob das Glas zu Macke zurück. »Danke!«, sagte sie.

Der Kriminaltechniker blickte auf seine Armbanduhr. »Die nächste Vorstellung beginnt Donnerstag 15 Uhr. Die Polizei hat noch 20 Stunden. Morgen Mittag um 12 Uhr ist dort Schluss.«

Marlene Hinze hob hilflos die Schultern. »Der Täter könnte die Blutspur im Stadion absichtlich gelegt haben, um die Polizei in die Irre zu führen«, warf sie ein. »Solange ich keinen Beweis dafür habe, dass das Mädel auch dort war, sind mir die Hände gebunden.«

»Sonntagvormittag wurde hinter den Bühnen ein ehemaliger Bergwerkstollen geschlossen«, sagte Maic. Steffen hatte ihn am Vorabend angerufen und darüber in Kenntnis gesetzt. »Die Baggerarbeiten könnten wichtige Spuren vernichtet haben.« Er hatte dieser Information bisher keine größere Bedeutung beigemessen, und auch die anderen schienen nichts damit anfangen zu können. Maic blickte in drei müde Gesichter. Luka Schneider hatte sich am Morgen kurzfristig abgemeldet. Ein Noteinsatz im Reitstall. Auch die Pferde litten unter der anhaltenden Hitze. Maic schaute auf die Uhr. Es war kurz vor 16 Uhr. »Ich denke, wir machen Schluss für heute«, schlug er vor. »Wir sitzen eh auf dem Trockenen. Für morgen organisiere ich mehr Wasser.«

»Stopp!«, rief Macke. Er richtete sich auf. »Ich möchte, dass wir abstimmen. Wer ist dafür, dass das Kalkbergstadion einstweilig gesperrt wird?« Sein rechter Arm fuhr steil in die Höhe.

»Ich bin auch der Meinung, dass die Untersuchungen dort mehr Freiraum benötigen«, warf Helga Winkler ein. »Zeitdruck schadet der Gründlichkeit.« Sie hob die Hand, um ihre Zustimmung kundzutun.

»Wer ist gegen eine Sperrung?«, fragte Macke und ließ den Arm sinken.

»Ich weiß nicht.« Maic wand sich. »Das hat doch Zeit bis morgen. Ich würde gerne eine Nacht darüber schlafen.«

Marlene Hinze nickte zustimmend. »Ein solcher Vorstoß sollte gut überlegt sein.«

»Jede Verzögerung nützt dem Täter«, warf Macke ein. »Als Kriminaltechniker bin ich verpflichtet, die Ermittlungen zu unterstützen.« Er sah in die Runde. »Und, wer ist dagegen?«

Die übrigen zwei hoben unwillig die Hände.

»Patt«, sagte Macke.

Maic seufzte. »Dann muss ich wohl von meiner zweiten Stimme Gebrauch machen. Damit wäre dein Antrag auf Sperrung abgelehnt.«

Roland Macke schnaubte verärgert.

»Roland!«, versuchte Maic den Kollegen zu besänftigen. Macke war dafür bekannt, schnell mal das Handtuch zu werfen. Maic konnte auf ihn nicht verzichten. »Dein Antrag ist durchaus berechtigt. Wir nehmen den Punkt für morgen gleich als Erstes auf die Tagesordnung.«

Roland Macke schüttelte den Kopf. Eine ungute Mischung aus Ablehnung und Unverständnis schwang darin mit. Er sprang auf, schnappte seine Unterlagen und verließ grußlos den Raum.

Maic starrte das Telefon auf seinem Schreibtisch an. Er hatte mehrmals vergeblich versucht, Werner Simund zu erreichen. Der Leiter des Analyselabors sollte ihm noch vor Dienstschluss den aktuellen Stand der Laboruntersuchungen durchgeben. Gegen 16 Uhr hatte Maic die Kollegen des OFA-Teams vorzeitig aus dem zweiten Sitzungstag entlassen. Nun war es kurz nach 16.30 Uhr, und Simund hatte sich noch nicht gemeldet. Maics Finger trommelten nervös auf die Schreibtischplatte, während er sich dem Computerbildschirm zuwandte. Er hatte im Internet gestöbert. Im Freistaat Bayern war der Polizei seit Kurzem eine erweiterte Genanalyse gestattet. Diese Methode erlaubte es, ein verfeinertes Täterprofil zu erstellen. Die holländischen Nachbarn waren da fortschrittlicher. Sie wendeten das Verfahren seit Jahren gezielt und erfolgreich an. Phänotypisierung hieß das Zauberwort, das ihnen Aussagen über Alter, Haar-, Haut- und Augenfarbe sowie die Herkunft eines Verdächtigen liefern sollte. Aber hierzulande taten sich die Politiker schwer, die Gesetzeslage entsprechend anzupassen. Dabei war es genau das, was ihnen fehlte. Sie waren dem Festspielmörder noch nie so nahe gewesen. Sie müssten nur wissen, wie er aussah. Wenn sie nur wüssten, ob er aus Europa, Afrika oder Asien stammte. Allein diese Information brächte sie ein gutes Stück weiter. Maics Blick fiel auf das Display der kleinen Wetterstation, die seit ein paar Wochen neben dem Foto seiner Kinder stand. Das Messinstrument zeigte über 30 Grad Celsius und kündigte auch für die nächsten fünf Tage ungetrübten Sonnenschein an. Im Unterschied zu den laufenden Ermittlungen, wo gerade Land unter herrschte. Sie kamen einfach nicht weiter. Hoffentlich hatte Roland Macke sich bis zum nächsten Tag beruhigt. Der dritte und letzte Tag der Fallanalyse war entscheidend für die Empfehlungen, die die Segeberger Ermittler von ihnen erwarteten. Maic wollte in puncto Festspielmörder einen Meilenstein setzen und die Schranken überwinden, in denen die polizeilichen Ermittlungen derzeit gefangen waren. Er wollte an diesem Fall ein Exempel statuieren, denn er bot alle Voraussetzungen für eine erweiterte DNA-Analyse. Steffen wäre bestimmt dafür. Aber dazu musste er vorher mit Simund sprechen. Das Telefon klingelte.

»Werner, endlich«, sagte Maic. Am anderen Ende der Leitung blieb es still. »Werner?«

»Was heißt hier ›endlich‹?«, knurrte Simund. »Mein letzter Arbeitstag hatte 48 Stunden.«

»Ich weiß, wir alle geben unser Bestes«, erwiderte Maic. »Und ohne dein Labor wären wir aufgeschmissen.«

»Ich fürchte, dass ich euch in diesem Fall keine große Hilfe bin«, sagte Simund. »Mit dem Müll aus den Säcken der Reinigungsfirma wäre das Labor für den Rest des

Jahres eingedeckt. Allein 473 Zigarettenkippen. Ich frage mich, was das bringen soll. Wir wissen nichts über den Mann. Vielleicht war er Raucher. Vielleicht auch nicht.«

Diese Steilvorlage wollte Maic nicht ungenutzt verstreichen lassen. »Außer, dass er männlichen Geschlechts ist, wissen wir rein gar nichts über ihn«, pflichtete er Simund bei. »Wir verfügen über ein zweifelhaftes Phantombild, spekulieren über sein Alter, wissen jedoch nichts über sein Aussehen. Er könnte an uns vorbeilaufen, wir würden ihn nicht erkennen. Dabei reichte das Material, das wir von ihm haben, aus, ihn für die Fahndung sichtbarer zu machen.« Er wartete und lauschte. Aber der Kollege schwieg. Die meisten Kollegen hielten Simund für einen Nörgler, der mit sich und anderen stets unzufrieden war. Oft krittelte er an den Proben herum, die sie bei ihm ablieferten, und er traute keinem Befund hundertprozentig, auch dann nicht, wenn er aus dem eigenen Labor kam. An seinen Aussagen klebte der fade Geruch eines Zweifels. Die Fahnder hielten es für lästige Pedanterie, die sie zur Weißglut treiben konnte, während die Richter Simund für seine Gründlichkeit schätzten.

Maic wagte den Vorstoß. »Wir brauchen dringend mehr Informationen aus den Spuren, die wir vom Täter haben«, sagte er. Er vermied den technischen Begriff »erweiterte Genanalyse« ganz bewusst. Das hätte die Ampel im Kopf des Wissenschaftlers sogleich auf Rot springen lassen.

»Das haben wir nicht zu entscheiden«, entgegnete Simund prompt. »Außerdem weißt du ebenso gut wie ich, dass die Befunde einer erweiterten DNA-Analyse mit Vorsicht zu genießen sind.«

Das war typisch Simund. Er brachte die Diskussion gleich auf den Punkt. »Das stelle ich nicht in Frage«, sagte Maic. Er wollte sich nicht so leicht abwimmeln lassen.

»Es handelt sich dabei um Möglichkeiten«, ereiferte sich Simund. »Sozusagen eine Wettervorhersage. Die daraus erhobenen Daten über Körpermerkmale, die biogeografische Herkunft sowie zum Alter der gesuchten Person müssen nicht zutreffen. Es sind Einschätzungen, die nicht zulassen, eine einzelne Person zu identifizieren. Abgesehen davon ist es illegal.«

»Das Genprofil des Gesuchten hat in der DNA-Analysedatei beim BKA keinen Treffer erzielt«, sagte Maic. »Sollen wir denn weiter im Dunkeln stochern und auf das nächste Opfer warten? Soll ich mir wünschen, dass er demnächst in Bayern zuschlägt, wo die Polizeibehörde mehr Befugnisse hat?«

Simund schnaubte leise. »Du weißt, dass ich mich keiner Erkenntnis verweigere, sollte sie dazu beitragen, ein Verbrechen zu verhindern. Aber jedes Instrument, das wir zum Guten verwenden, kann Übles bewirken, wenn wir es nicht umsichtig anfassen.«

Maic war klar, worauf Simund hinauswollte. Generell waren Körpermerkmale am zuverlässigsten zu erheben, wenn sie sich deutlich voneinander unterschieden. Blaue und dunkelbraune Augen ließen sich bis zu 98-prozentiger Wahrscheinlichkeit richtig vorhersagen, während bei hellbraunen, grünen und grauen Mischfarben keine zuverlässige Vorhersage möglich war. Die Haarfarbe war noch schlechter einzuschätzen. Die genetischen Tests beschrieben die Farbe der Haare im Jugendalter. Die Vorhersagen lagen im Mittel nur bei 75 Prozent der Fälle richtig.

Mit der Hautfarbe verhielt es sich ähnlich wie mit der Farbe der Augen. Schwarz und weiß ließen sich mit großer Wahrscheinlichkeit voneinander abgrenzen, während der intermediäre Typ weniger sicher vorhergesagt werden konnte. Hinzu kamen die künstlich oder durch Sonnenlicht hervorgerufenen Tönungen, die die genetisch festgelegte Haut- sowie Haarfarbe überlagerten und diese Merkmale schwer einschätzbar machten. Für Maic waren das statistische Gedankenspiele von Theoretikern. Sie ließen die alltägliche Praxis polizeilicher Ermittlung völlig außer Acht.

»Immerhin hat er keine Glatze, wenn wir dem Phantombild Glauben schenken dürfen«, sagte Maic. Es klang resigniert.

»Sein Haar erscheint sogar ein wenig gelockt«, warf Simund ein. »Ob glatt, gelockt oder gekräuselt, ob ein kantiges, ovales oder rundes Gesicht, das alles sind komplexe Eigenschaften, die durch Hunderte von bisher kaum bekannten Genen beschrieben werden. Außerdem existieren für jedes dieser äußeren Merkmale alle Übergangsformen. Auch die Körpergröße ist eine extrem komplexe Eigenschaft und nur zu etwa 80 Prozent erblich. Das ›genetische Phantombild‹ ist Zukunftsmusik aus ferner Galaxis, viel zu weit weg, als dass wir sie hören könnten.«

Maic ahnte bereits, dass er bei Simund keinen Stich machen würde. Dennoch wollte er noch nicht aufgeben. »Bei einem Mordfall in Holland ließ sich über die Bestimmung der biogeografischen Herkunft immerhin vorhersagen, dass der Täter Mittel- oder Nordeuropäer war«, sagte Maic. »Die Asylbewerber, die zunächst verdächtigt worden waren, waren damit entlastet. Der Täter wurde bald darauf überführt.«

»Das kannst du nicht von mir verlangen«, schnaubte Simund. Er hatte verstanden, worauf Maic anspielte. Die Wissenschaftler aus den Niederlanden hatten auf eigene Faust gehandelt und sich über die damals bestehenden Gesetze hinweggesetzt.

»Sicher, mittlerweile verfügen wir über valide DNA-Tests, mit denen sich aus minimalen DNA-Mengen mit nahezu hundertprozentiger Wahrscheinlichkeit die kontinentale Herkunft einer Person vorhersagen lässt«, räumte Simund ein.

Maic schöpfte Hoffnung. Vielleicht ließ sich doch noch etwas bewegen.

»Die Betonung liegt dabei auf kontinental«, fuhr der Wissenschaftler fort. »Also Europa, Afrika, Ostasien und Ozeanien. Für Amerika betrifft dies ausschließlich die indigene Bevölkerung. Darüber hinaus gibt es keinen ursprünglichen Amerikaner, denn die biogeografische Herkunft eines Menschen beruht nun einmal auf den genetischen Wurzeln seiner Vorfahren, und wie wir alle wissen, kommen die Amis von überallher.«

Werner Simund hatte sich aufs Dozieren verlegt. Maic musste einsehen, dass ihm dieses Gespräch aus dem Ruder lief. Er kannte Simunds Vorträge. Er hatte sie alle gehört. Aber er war nicht in der Stimmung für einen historischen Abriss über 2.000 Jahre Völkerwanderung zwischen Europa und Asien und die infolgedessen verringerten genetischen Unterschiede, je weiter man westwärts in Richtung Europa kam. Er hatte nicht die Ruhe für den großen Flug über die Kontinente. Ihm fehlte schlichtweg der Nerv für akademische Betrachtungen über die Qualität von Referenzen, die man zum Abgleich benötigte, die aus anonymisierten genetischen Datenbanken stammten, die wiederum im Rahmen wissenschaftlicher Studien befüllt wurden. Das alles hatte er x-mal gehört. Maic wollte jetzt über Fakten reden. »Wenn wir sein Alter hätten …«, warf er ein.

»Schon kapiert«, fiel Simund ihm ins Wort. »Ich weiß, worauf du hinauswillst. Die Altersbestimmung ist im Übrigen recht valide. In einem Altersbereich zwischen 20 und 60 Jahren liegt die Abweichung der Vorhersage zwischen vier und fünf Jahren.«

Maic schwieg. Er hatte eine Lösung über das Analyselabor bereits abgeschrieben.

»Bei der Altersbestimmung wird nicht die DNA selbst analysiert, sondern epigenetische Vorgänge«, fuhr der Wissenschaftler fort. »Wir gehen nicht an die Gensequenz, sondern bestimmen nur die Methylgruppen, die sich mit zunehmendem Alter an Abschnitte des Genoms heften und sie chemisch verändern. Damit ist der Test keine molekulargenetische Untersuchung im Sinne der Strafprozessordnung.« Er machte eine kurze Pause. »Gehe ich recht in der Annahme, dass du genau darauf hinauswolltest?«

War das ein Angebot?, fragte sich Maic. »Es wäre uns eine große Hilfe«, erwiderte er vorsichtig. Er vernahm ein Kratzen und stellte sich vor, wie Simund gerade über seinen Dreitagebart strich. Er lauschte gespannt.

Simund räusperte sich. »Ohne einen richterlichen Beschluss fasse ich da nichts an.«

Vielleicht sollte er mit Marlene Hinze sprechen, dachte Maic, nachdem er das Telefon zur Seite gelegt hatte. Vielleicht wusste die Juristin eine Hintertür. Ihre guten Beziehungen ins Justizministerium waren nun gefragt. Dieser Schritt verlangte nach einer politischen Entscheidung.

NELE

Der Sturz in die Tiefe hatte sie nicht das Bewusstsein gekostet. Sie war wach, hellwach. Sie wunderte sich, dass sie kaum Schmerzen empfand. Ist es so, wenn man tot ist?, fragte sie sich. Vorsichtig und mit steifen Fingern erkundete sie ihre Umgebung. Zunächst war es nur eine Ahnung. Nele schwankte zwischen Abwehr und Neugier. Ihre Hände übernahmen die Führung, befühlten das, was unter ihr lag. Sie erkannte Rippenbögen, fühlte Stoff, und ihre Finger verirrten sich in den Höhlen des Schädels, bis sie das Haarbüschel fassten. Sie wusste sofort, dass es blond gewesen war. Ihr Bild hatte überall in der Stadt gehangen. Nele hatte es deutlich vor Augen, und ein heftiges Schluchzen schüttelte sie. Alles geriet aus dem Gleichgewicht, als würde die Erde um sie herum beben. Etwas zerbrach, und der Riss fuhr mitten durch sie hindurch.

DONNERSTAG

NELE

Nele stand ganz still, lauschte auf das Pochen in ihrer Brust. Sie lebte. Sie hatte es geschafft. Sie hatte den Absturz überlebt, war aus dem Loch, oder was immer es auch war, herausgeklettert. Erschöpft lehnte sie sich gegen die Wand. Das Gestein war kalt und rau. Sie stellte sich vor, wie die Oberfläche einen Abdruck auf ihrer Haut hinterließ, wartete auf die vertrauten Empfindungen. Aber sie fühlte weder ein Pieken noch ein Kratzen. Sie fühlte nichts. Nur der Fuß tat ihr weh.

Es passierte beim Aufsetzen nach dem Sprung. Ein höllischer Schmerz jagte ihr durch das Fußgelenk. Unmittelbar gegenüber, auf der anderen Seite des Gatters, stand er. Ihr Verfolger hatte sie in die Enge getrieben. In ihrer Panik war sie hochgestiegen und über das Tor geklettert. Zunächst wirkte er unschlüssig. Er trat ein paar Schritte zurück, schien sich zu entfernen. Gab er auf? Da setzte er sich in Bewegung, lief auf das Tor zu, nahm Anlauf. Sie rappelte sich hoch und rannte los. Schemenhaft sah sie die Umrisse der Sitzreihen. Eine an der anderen, wie mit dem Zirkel gezogen. Die Tribünen, dachte sie panisch. Wie sollte sie hier herauskommen? Da stand er plötzlich neben ihr, packte sie.

Nele drückte sich fester an die Wand. Ihre Knie zitterten. Die Erinnerung an die Ereignisse, die folgten, nahmen ihr für einen Moment die Luft. Sie spürte warmes pulsierendes Fleisch zwischen den Zähnen. Ein süßlicher Geschmack kitzelte ihre Zunge. Sie hatte ihn tatsächlich gebissen. Er jaulte auf, stieß sie von sich. Er brüllte wie ein Stier. Und auf einmal war sie frei. Am Boden vor ihren Füßen das Messer. Er machte einen Schritt auf sie zu. Sie bückte sich schnell, ergriff das Messer, riss es hoch. Er fasste danach und griff in die Klinge. Ein wütender Aufschrei, und sogleich ließ er los. Da war sie wieder, die Stimme in ihr. Hau ab!, raunte sie ihr zu. Sie zögerte keinen Augenblick, wandte sich um und sprang blindlings die Stufen hinunter. »Verdammtes Miststück!« Sein Schrei gellte hinter ihr her.

Nele schloss die Augen. Ihre rechte Hand hatte sich zu einer Faust geschlossen. Langsam löste sie die Finger. Die Hand war leer. Sie hatte das Messer verloren. Ihre Knie begannen wieder zu zittern, aber sie wehrte sich gegen das Verlangen nachzugeben. Bestimmt hatte er sich am Messer verletzt. Hoffentlich schlimm genug, dass er aufgeben musste. Inzwischen ahnte sie, wo sie sich befand. Nur, wie war sie hierhergekommen? Sie musste sich erinnern. Nur so würde sie aus der Höhle herausfinden. Denk nach!, trieb sie sich an. Aber ihr Gedächtnis weigerte sich, ihr eine Spur aufzuzeigen. Und auf einmal packte sie das Grauen. Wieder wurde sie von Bildern bestürmt, Bilder, die sie nicht sehen wollte. Erbarmungslos tanzten sie über die schwarze Leinwand der Dunkelheit, fielen über sie her wie eine Meute bösartiger Trolle. Die Finsternis ist eine Wand, dachte Nele. Sie hat keine Tiefe. Hinter ihr kommt nichts. Nur der Tod. Unsicher berührte sie ihren nackten Bauch. Noch immer spürte sie den Abdruck der Knochen auf ihrer Haut, eine grausige Spur. Dieses Brandmal würde sie für immer zeichnen.

Sie starrte in die tintenschwarze Dunkelheit. Sie besudelte sie wie ein zartes, wehrloses Löschblatt, leckte an ihr mit ihrer dreckigen Zunge. Diese ewige Nacht würde sie verschlingen und sie sich gnadenlos einverleiben. So wie Vanessa. Das Ergebnis war ernüchternd. Plastik verwest nicht. Übrig bliebe eine Hose aus Lederimitat und ein Gerippe in einem sündhaft teuren *Crop Top*. Sie wollte das nicht. Sie musste hier raus! »Hiiilfeee!« Ihre Stimme war nur ein dünnes Rinnsal, das in der Dürre ihrer Kehle versiegte. Weshalb hörte denn niemand? Vielleicht war gerade Nacht. Wie sollte sie das wissen? Nachts gab es keine Führungen.

Nele stieß sich von der Wand ab. Sie tat einen Schritt, torkelte. Sie trieb sich an weiterzugehen. Da war sie wieder, die feste Stimme in ihr. Beweg dich! Nur so kommst du hier raus! Mechanisch streckte sie die Arme aus, folgte gehorsam dem Befehl. Ihre Hände übernahmen das Sehen. Sie dachte an Tito, schmiegte sich in Gedanken an den geschmeidigen Rücken des Wallachs, spürte seine starken Muskeln an ihren Schenkeln. Die Vorstellung trieb sie voran.

Ihr Kopf stieß gegen etwas Hartes. Sie stolperte, ging in die Knie. Ihre Finger berührten Metall. Sie tastete daran entlang. Hinter ihrer Stirn formte sich das Bild eines Pfeilers, schmal und kantig. Eine Tür?, fragte sie sich voller Hoffnung. Aufgeregt untersuchte sie das Hindernis. Es war nur eine Stange. Enttäuscht zog sie sich daran hoch. Quer über sich ertastete sie eine weitere Stange. Vielleicht doch ein Tor? Ihr Herz begann zu pochen. Hatte sie den Ausgang gefunden? Leicht geduckt schob sie sich darunter hindurch. Da kam schon der nächste Pfeiler und noch einer. Ein Labyrinth aus Pfeilern und Toren. Es nahm kein Ende …

ASTRID

Zum ersten Mal seit Neles Verschwinden hatte sie die Nacht durchgeschlafen. Und trotz der Schlaftablette hatte sie geträumt. Nach dem Gespräch mit dem Medium war die Unruhe von ihr abgefallen. Auch wenn die Frau ihr keine Gewissheit geben konnte, war es ihr dennoch gelungen, Astrid die Tür zu einem versperrten Winkel ihres Wesens aufzuzeigen. Astrid hatte sich getraut, sie zu öffnen und in die Kammer dahinter zu blicken. Dort fand sie Nele auf einem Bett liegend. Sie schlief. Ihr Kopf ruhte auf einem Kissen, über das sich die Filzlocken wie ein hell leuchtender Fächer breiteten. Eine der wolligen Strähnen war ihr ins Gesicht gefallen und streifte die leicht abstehende Ohrmuschel. Drei glitzernde Steinchen säumten deren Rand bis hinunter zum Ohrläppchen. Es war wie ihres angewachsen. Astrid verspürte Erleichterung. Ihr gefiel, was sie sah. Sie fokussierte ihre Aufmerksamkeit auf das, was sie schon immer an Nele mochte. Die hohe Stirn und die zierliche, gerade gewachsene Nase. Der kleine Mund mit den schmalen und doch schwungvollen Lippen erinnerte sie an ihr eigenes Spiegelbild, nur, dass ihr Mund inzwischen von winzigen Fältchen umkränzt war. Nele hatte Wolfgangs Blässe geerbt, aber ihre Haut war die einer jungen Frau, samtig und makellos. Ein zartrosa Schimmer lag auf den Wangen der Schlafenden. Sie atmete. Astrid mochte den Blick nicht abwenden. Am liebsten hätte sie ihrer Tochter die Locke aus dem Gesicht gestrichen, aber sie unterdrückte diesen Impuls. Sie hatte Angst, die hoffnungsvolle Vision zu verwischen, wenn nicht sogar aufzulösen. Stattdessen brannte sie sich das Bild in die Netzhaut, um es jederzeit abrufen zu können, auch, um in den Schlaf zu finden, denn es wirkte besser als jede Tablette, aber Wolfgang hatte darauf bestanden, dass sie sich betäubte. Sie hatte sich nicht gewehrt. Ihren Besuch in Hamburg hatte sie verschwiegen. Sie fürchtete die abträgliche Folge unnötiger Worte.

Astrid schlüpfte in den schwarzen Badeanzug. Im Bad schnappte sie sich ein rosa Handtuch vom Stapel und trat hinaus auf die Terrasse. Aus den Gärten drang das frühmorgendliche Lärmen der Vögel, als hätten sie seit Tagen geschwiegen und mussten nun alles Versäumte nachholen. Während sie den gewundenen Pfad entlangschlenderte, versuchte sie sich an den Traum zu erinnern. Sie hoffte auf ein Zeichen. Sie hatte von Wahrträumen gehört. Vielleicht hielt Nele sich irgendwo versteckt, weil sie ihre Mutter für deren ungerechtes Benehmen bestrafen wollte. Nele konnte grausam sein. Außerdem besaß sie die besseren Nerven.

Astrid warf das Handtuch auf die Bank im Pavillon und trat auf den Steg. Unter ihren nackten Sohlen knarrte leise das Holz. Der See lag ruhig und glatt in der Morgensonne. Im Schatten des Waldes am gegenüberliegenden Ufer erschien er nahezu schwarz. Weiter zur Mitte hin hellte sich die Oberfläche auf. Die Farbskala changierte von einem Anthrazit über diverse Abstufungen von Grau bis zu einem dunklen Türkis, dort, wo sich im grünlichen Wasser der Morgenhimmel spiegelte. Babywellen schwappten glucksend gegen die Stützen des Stegs. Weiter draußen zog ein Schwimmer seine frühmorgendliche Bahn. An der pinkfarbenen Badekappe erkannte Astrid ihre Nachbarin. Bettina Flor hob kurz die Hand zum Gruß, und Astrid winkte zurück. Zu mehr kam es in der Regel nicht zwischen ihnen. Astrid war damit zufrieden. Sie hielt Nachbarn lieber auf Abstand. Das schützte vor Enttäuschungen. Nachbarn waren wie Familie. Man konnte sie sich nicht aussuchen.

Sie setzte sich und tauchte die Füße ins Wasser. Hier in der Uferzone war es warm wie in einem Kinderplanschbecken. Kurz entschlossen stieß sie sich ab und glitt in den See. Ein Juchzen entfuhr ihrer Kehle. Die plötzliche Erfrischung beschleunigte ihren Puls und spülte ihr den letzten Rest Schlaf aus den Poren. So nahe am Steg reichte ihr das Wasser bis an die Brust. Sie ekelte sich vor dem schlammigen Grund, in dem ihre Füße zu versinken drohten. Schnell stieß sie sich ab, warf sich bäuchlings in das erfrischende Nass und schraubte sich elegant in die Rückenlage. Einen Augenblick lang ließ sie sich treiben. Hoch über ihr schwebte ein dünner Wolkenschleier. Das Wort »Cirrostratus« fiel ihr wieder ein, denn dieses filigrane Wolkengebilde erinnerte an Haar, das seine langen Strähnen über den Himmel breitete. Der Gedanke, dass es sich dabei um winzige Eiskristalle handelte, die das Sonnenlicht brachen und reflektierten, ließ sie frösteln. Astrid warf die Arme nach hinten und begann, mit den Füßen zu paddeln. Sie überließ sich ganz dem Kreisen ihrer Schultern, mal rechts, mal links, begleitet von den weichen, wellenförmigen Schwüngen der Beine. Sie kam sich vor wie ein Floß, das ziellos dahinglitt. Sie schloss die Augen und dachte an nichts.

Irgendwann – sie hatte das Gefühl für die Zeit verloren – schlug sie die Augen auf. Oben am Himmel hatte sich nichts verändert. Sie hob den Kopf leicht an und schaute sich um. Verblüfft stellte sie fest, dass sie sich nicht weit vom Ufer entfernt etwa auf Höhe des nachbarlichen Anwesens befand. Mit den Zehenspitzen ertastete sie Grund, fand jedoch keinen sicheren Stand. Sie ruderte leicht mit Armen und Händen, um sich aufrecht zu halten wie eine Ballerina, die sich mit stolz erhobenem Kinn trippelnd um Balance bemühte. Eine Welle schwappte ihr übers Gesicht und nahm ihr für einen Moment die Luft. Dann glitt eine pinkfarbene Badekappe in ihr Gesichtsfeld. Bettina Flor hob ihre Schultern aus dem Wasser und richtete sich auf. Sie überragte Astrid um mindestens zwei Kopflängen. Dieser Umstand erlaubte ihr einen festen Bodenkontakt. Außerdem befand sie sich im Heimvorteil.

Was mochte die Frau von ihr denken?, fragte sich Astrid. Sie hatte hier nichts zu suchen. Sie war nicht neugierig. Und doch kam sie sich vor wie ertappt, als hegte sie die Absicht, sich von der Seeseite heranzupirschen, um klammheimlich einen näheren Blick auf das nachbarliche

Anwesen zu erhaschen. »Ich hab' mich verschwommen«, presste sie hervor, während sie sich abmühte, mit kleinen Paddelschlägen den Kopf halbwegs über Wasser zu halten. Es klang wie ein Schuldeingeständnis.

Bettina Flor nickte abwesend. Sie zog die Kappe ab und schüttelte den Kopf. Ein rotblonder Bubikopf fiel um ihr schmales, fein geschnittenes Gesicht. Sie war eine attraktive Frau, ohne Zweifel, und wie Nele war sie kein Kind der Sonne. Auf Wangen, Hals und Dekolleté trieben Sommersprossen zarte Blüten über weiß schimmernder Haut. Wassertropfen glitzerten darauf. Kleine Rinnsale liefen von den Schultern die sehnigen Arme hinab. An den Fältchen in den Augenwinkeln erriet Astrid, dass Bettina Flor das vierte Jahrzehnt bereits überschritten haben musste. Ein begehrenswertes Alter, das Astrid für sich liebend gern zurückgeholt hätte.

»Sie müssen nicht zurückschwimmen«, sagte Bettina Flor. Dabei blinzelte sie zum Bungalow hinüber. »Nehmen Sie einfach den Pfad hier die Hecke entlang. Das Gartentor oben ist nicht abgeschlossen.«

Astrid zögerte. Das Angebot klang freundlich, und doch fühlte sie sich abgewiesen. Bettina Flor sah prüfend zum Haus hinüber. In ihrem Rehblick lag eine unterschwellige Nervosität, die Astrid nicht zu deuten vermochte. »Ich schwimme lieber zurück«, erwiderte sie kurz entschlossen. »Danke für das Angebot.« Sie wandte sich um und nahm mit kräftigen Zügen Kurs auf Seemitte. In dem Moment fiel ihr der Traum wieder ein.

STEFFEN

Der Motor des Baggers verstummte. Hauke Andresen stieg aus der Führerkabine und streifte die Arbeitshandschuhe ab. Er zog sich den Helm vom Kopf, packte die Handschuhe hinein und ließ beides im Fahrzeug zurück. Steffen sah, wie Andresen einen Bretterhaufen umrundete und auf ihn zukam. Mit der Fußspitze kickte er Schottersteine aus dem Weg. Die Lässigkeit, die er dabei an den Tag legte, wirkte vorgetäuscht.

Der Besuch bei Andresen war längst überfällig. Gestern hatte Steffen es nicht mehr geschafft. Die Lagebesprechung hatte sich bis spät in den Abend hineingezogen. Der mysteriöse Anruf bei den Eltern der vermissten Nele Peters hatte die Gemüter erhitzt. Die interne Überprüfung hatte nichts ergeben. Der Anruf musste daher von außen gekommen sein. Womöglich ein Spoofer. Mehr ließ sich nicht in Erfahrung bringen. Der Anrufer hatte sich nicht wieder gemeldet.

Gegen 22 Uhr hatte Steffen sein Büro abgeschlossen, nachdem ihm mit viel Geduld und Spucke das Kunststück gelungen war, Benno und Annika davon zu überzeugen, sich auf eine einheitliche Darstellung ihrer Verfolgungsjagd am Kalkbergstadion zu einigen. Er hatte sich die Mühe gemacht, ihre beiden recht emotionsgeladenen Berichte zu einer recht nüchternen Beschreibung der Ereignisse zusammenzufassen und ein paar Details daraus zu streichen, die im günstigsten Fall Nachfragen von höherer Stelle und im ungünstigsten disziplinarische Folgen provoziert hätten. Insgeheim hatte ihm Annikas

Einsatz imponiert, was er sich den beiden Hitzköpfen gegenüber jedoch nicht anmerken ließ. Er hatte Annika einen Tag Schonung verordnet, damit sie den verstauchten Fuß auskurierte. Das Gespräch mit Hauke Andresen hatte er kurzerhand zur Chefsache erklärt.

»Was verschafft mir die Ehre, Herr Kommissar?« Andresen rieb sich die Handflächen an seinem Hemd. Unter der Staubschicht ließ sich ein Karomuster erahnen.

»Machen Sie auch Gartenarbeiten?«, fragte Steffen. Sein Instinkt riet ihm, nicht gleich mit der Tür ins Haus zu fallen.

»Kommt darauf an«, erwiderte Andresen und streckte Steffen seine Pranke entgegen.

»Bei mir zu Hause ist Land unter«, sagte Steffen.

»Bei der Trockenheit?«, wunderte sich Andresen.

»Brombeeren«, erwiderte Steffen.

»Au, weia!« Andresen kratzte sich hinterm Ohr. »Das muss ich mir erst einmal ansehen.« Er schielte zu Benno Merder hinüber.

Der Kollege war beim Auto geblieben. Er telefonierte.

Andresen taxierte ihn misstrauisch »Und wie läuft's sonst so, Herr Kommissar?«

Steffen zögerte. Früher wollte niemand wissen, wie es ihm ging. Plötzlich interessierten sich alle dafür. »Ihre Frau sagte mir, wo ich Sie finde«, begann er ausweichend. »Ihre Arbeiten in der Kalkbergarena. Wir haben ein paar Fragen dazu.«

»Ach so.« Hauke Andresen ließ den Blick über die Baustelle schweifen, als hätte er das Interesse verloren.

»Wir würden gerne wissen, wann Sie den Stollen im Kalkberg verfüllt haben?«

Andresen blickte stur geradeaus, als müsste er nachdenken. »Letzte Woche, glaube ich.«

Steffen schwieg und wartete. Er sah, dass Andresen sich mit der Antwort schwertat. Der Mann war klug genug zu verstehen, dass Steffen etwas mehr von ihm erwartete.

Andresen hob die Schultern und ließ sie wieder fallen. »Das ist nicht die einzige Baustelle, auf der ich zu tun habe«, sagte er halb klagend, halb entschuldigend.

Steffen lachte. »Da können Sie doch zufrieden sein.« Dann wurde er ernst. »Herr Andresen, Sie könnten der Polizei sehr helfen. Bitte sagen Sie mir, wann genau Sie den Stollen verfüllt haben.«

Andresen ließ einen langen Seufzer vernehmen. »Da müsste ich im Kalender nachsehen. Montag …«

»Letzte Woche Montag fingen Sie dort an«, unterbrach ihn Steffen. »Uns interessiert, wann Sie fertig waren.«

»Fertig?«

»Ja, fertig. Ich brauche den Tag und die Uhrzeit.«

Der Mann sah ihn an wie ein Junge, der eine Tracht Prügel erwartete. »Wir schafften es nicht ganz in der spielfreien Zeit«, stammelte er.

»Ja, und?«

»Sonntagmittag gegen 12 Uhr fuhr ich meinen Bagger aus der Arena.« Er warf Steffen einen verstohlenen Blick zu. »Hat mich jemand angezeigt?«

Steffen blickte sich um. Es war zwar erst kurz nach 7.30 Uhr, aber die Morgensonne blendete ihn. Außerdem fühlte er sich aufgeheizt wie ein Backstein. »Gibt es hier irgendwo ein schattiges Plätzchen?«, fragte er.

Hauke Andresen steuerte auf einen Holzstoß zu. Er lagerte im Schatten einer Wallhecke ein wenig abseits der Baustelle.

Steffen folgte ihm. »Jetzt gucken Sie mal nicht so wie ein Lamm, das zur Schlachtbank geführt wird«, sagte er und setzte sich. »Es geht hier nicht um Sie, und ich bin nicht von der Gewerbeaufsicht.« Ein Rinnsal aus Schweiß kitzelte seine Schläfe. Steffen fasste sich in die Hosentasche. Ausgerechnet heute hatte Linh ihm kein Taschentuch zugesteckt. »Aus ermittlungstechnischen Gründen darf ich Ihnen keine Details nennen«, fuhr er fort. »Aber ich benötige eine genaue Beschreibung dessen, was Sie hinter den Bühnen des Stadions gemacht haben.«

Der Baggerführer beugte sich vor. Er legte die Unterarme auf den Oberschenkeln ab und ließ die Hände baumeln. Sie zitterten leicht. »Die Eisenträger, die im Innern der Höhle den Ausgang zum Stollen abstützten, waren vom Rost zerfressen.« Andresen schnaubte verächtlich. »Kein Wunder! Die stammten aus dem letzten Jahrhundert. Das war damals nicht das schlechteste Material. Aber der Zahn der Zeit kennt kein Erbarmen.« Er blickte wissend zu Steffen herüber. »Auch nicht mit uns«, fügte er bedeutungsschwer hinzu.

Steffen wedelte mit der Hand, als wollte er Fliegen verscheuchen. Für Small Talk fehlte ihm im Moment die Geduld. »Und für diese Arbeiten mussten Sie den Stollen von außen aufbrechen«, stellte er fest.

»Die Geologen hatten aus Gründen der Sicherheit dringend davon abgeraten, das schwere Material durch die Höhle an die Baustelle zu schaffen«, erklärte Andresen. »Mit dem kleinen Bagger wäre ich da sowieso nicht reingekommen. Wir waren gezwungen, von außen ranzugehen und den Stollen zu öffnen, um an die schadhaften Träger heranzukommen und gegen die neuen auszutauschen.«

»Wann waren Sie damit fertig?«

»Das ging recht flott. Mittwochmorgen waren die neuen Stützen eingesetzt. Spätestens Donnerstagmittag wäre alles wieder dicht gewesen, wenn nicht …« Er hielt inne.

»Wenn nicht was?«, drängte Steffen.

»Sie können sich nicht vorstellen, was das für eine Plackerei ist. Und bei dieser Hitze! Früher …« Er richtete sich auf und fasste sich in den Rücken. »Ihnen muss ich nichts erklären. Wir könnten derselbe Jahrgang sein.« Er grinste. »Sputnik, nicht wahr?«

»Nö«, erwiderte Steffen. »Cyanacrylat.«

»Was?«

»Sekundenkleber.«

»Dann lag ich ja gar nicht so falsch«, sagte Andresen.

»Wer war noch dabei?«, fragte Steffen.

»Wie?« Andresen schaute verdutzt.

»Sie hatten vorhin ›wir‹ gesagt.« Steffen schmunzelte. Ein Jahr älter, ein Jahr weiser.

»Ist das wichtig, Herr Kommissar? Ich will keine Schwierigkeiten bekommen, und Sören …«

Steffen hob abwehrend die Hand. »Bitte verschonen Sie mich mit Namen! Wie ich schon sagte, ich bin nicht von der Gewerbeaufsicht. Ich muss nur wissen, wann der Stollen wieder dicht war.«

»Sonntagmittag. Das sagte ich doch schon.«

»Und der Stollen war bis dahin frei zugänglich?«

»Als Sö…, als er am Donnerstag nicht erschien, hab' ich die Baustelle klargemacht, sodass nichts mehr herumlag.

Es durfte nichts die Vorstellungen behindern. Ich spannte noch eine Plane über das Loch in der Höhlenwand. Als Sichtschutz.« Er dachte kurz nach. »Bitte verstehen Sie doch! Ich steckte in einer Zwickmühle. Die nächste Baustelle war längst überfällig, und die Spielzeiten blockierten die Arbeiten im Stadion. Ich habe ein kleines Unternehmen, kann nicht an zwei Orten gleichzeitig sein. Ich hatte keine Wahl. Ich musste die Arbeiten dort irgendwie wuppen. Als mein Helfer mich auch am Samstag draufsetzte, bin ich am Sonntag in aller Herrgottsfrühe allein dorthin. Ich hatte Panik, den Auftrag zu vergeigen.«

»Verstehe ich Sie richtig? Der Stollen führt direkt in die Kalkberghöhle?«

Andresen nickte.

»Und die Plane?«

»Die hing nur lose vor dem Loch in der Felswand.«

»Ich frage noch einmal: Ist es richtig, dass die Höhle in der Nacht von Samstag auf Sonntag durch den Stollen frei zugänglich war?«

»Frei zugänglich?« Andresen blickte befremdet. »Na ja, im Prinzip schon. Hinter der Plane war der Stollen offen. Aber …«

»Sie werden Ihre Aussage zu Protokoll geben müssen«, unterbrach ihn Steffen und erhob sich.

»Warten Sie!« Andresen sprang auf und hastete zum Bagger hinüber.

»Was denn noch?«, rief Steffen und schaute dem Mann hinterher, dessen Oberkörper in der Kabine des Räumfahrzeugs verschwand.

Kurz darauf kehrte der Baggerführer zurück. »Ich glaube, ich habe etwas für Sie«, rief er Steffen entgegen.

»Das lag im Stollen.« Er drückte Steffen ein lila Plastikteil in die Hand. »Vielleicht ist es wichtig.«

Merder hatte bereits den Wagen gewendet.

Steffen warf sich auf den Beifahrersitz. »Zurück zum *Noctalis*«, japste er. Sprinten war einfach nichts mehr für ihn.

»Kannst du hellsehen?«, staunte Merder. »Dortje hat mich gerade erreicht. Einer der Höhlenführer behauptet, dass unter den Besuchern gestern ein Mann gewesen sei, auf den das Phantombild passt. Und halt dich fest! Wir haben seinen Namen.«

ANNIKA

Annika schaute auf die Uhr. Kurz vor 9 Uhr. In wenigen Minuten öffnete das *Noctalis*. Sie betrachtete ihr Gesicht, das sich im Glas der Eingangstür zum Fledermauszentrum spiegelte. Die Schatten unter den Augen waren dunkler geworden. Im Nasenwinkel blühte ein winziger Pickel. Sie stupste einen Finger auf die rosa Zungenspitze und strich sich mit der feuchten Kuppe die dichten Augenbrauen glatt. Nach dem Anruf von Dortje hatte sie auf die Morgentoilette verzichtet, war flugs in ihre Dienstkluft geschlüpft und nach Bad Segeberg gefahren. Nun stand sie herum und wartete auf den Höhlenführer. Dabei hatten sie keine Zeit zu verlieren. Sie schob das Gesicht dichter an das Glas heran, bis ihre Nasenspitze die kühle Scheibe berührte. Mit den Händen schirmte sie die Spiegelungen ab, um ins Innere des Foyers blicken zu können. Drinnen war niemand zu sehen. Sie ballte die Faust und schlug gegen die Tür. Nichts rührte sich.

Es war kaum mehr als eine Stunde her – Annika hatte sich gerade ihren ersten Kaffee aufgebrüht –, als ihr Handy klingelte. Dortje Feindlich gab ihr einen kurzen Lagebericht. In der Nacht war bei der Polizei ein Hinweis auf den Täter eingegangen. Ein Zeuge glaubte, auf dem Phantombild den Besitzer eines Reitstalls in Neumünster zu erkennen. Annika erschrak, als Dortje den Namen des Mannes nannte. Der heiße Kaffee schwappte über den Tassenrand und ergoss sich über ihr nacktes Bein. Fassungslos starrte sie auf die braun besudelte Bandage am Fuß. Vor zwei Tagen, bei der OFA-Sitzung in Kiel, hatte sie dem Mann gegenübergestanden. Auf dem Küchentisch lag eine Kopie des Phantombildes. Sie versuchte, das Gesicht von Luka Schneider darauf wiederzuerkennen. Eigentlich konnte sie sich Gesichter gut merken. Aber die Erinnerung an ihn war unstet wie ein Wackelbild.

Steffen und Benno seien mit ein paar Kollegen von der Schupo unterwegs nach Neumünster, hatte Dortje erklärt. Ein Suchtrupp müsse umgehend in die Kalkberghöhle. Steffen habe angeordnet, dass sie, Annika, die Suche nach der Vermissten übernehmen solle. Sie habe Annika bereits im *Noctalis* angekündigt. Feuerwehr, Höhlenführer und ein Kollege der Diensthundestaffel seien einbestellt. Sie müsse nur noch hinfahren.

Hastig hatte Annika die besudelte Bandage von dem lädierten Fuß gelöst und schnell eine neue darum gewickelt. Die Nachricht hatte sie aufgewühlt. Es passte alles zusammen. Die jüngsten Hinweise stützten ihre Vermutung, dass Nele ins Stadion geflohen war. Die Höhle war in der besagten Nacht vom Stadion aus über den ehemaligen Stollen zugänglich gewesen. Die Eltern hatten den Deckel des Handy-Gehäuses wiedererkannt, den ein Baggerführer im Stollen gefunden hatte. Fehlte nur der Nachweis aus dem Labor, dass er tatsächlich zu Neles Handy gehörte. Der Rest des Mobiltelefons war vermutlich unter Schutt und Geröll im Stollen begraben. Wenn sich Nele auf ihrer Flucht durch den geöffneten Stollen in die Höhle verirrt hatte, dann war sie vielleicht noch am Leben.

Im Foyer des *Noctalis* tat sich noch immer nichts. Annika löste den Blick von der Tür und drehte sich um. Ein stechender Schmerz fuhr ihr in den Knöchel. Die Bandage hatte sich gelockert. »So ein Mist!«, murmelte sie. Sie nahm das lästige Stoffband vom Fußgelenk und warf das Knäuel in den Abfallbehälter neben der Tür. Ihre Eskapade gestern im Kalkbergstadion hatte ihren Preis. Dennoch, der Einsatz hatte sich gelohnt. Bisher hatte niemand an die Kalkberghöhle gedacht. Und wenn es tatsächlich *Walker* war, der gestern im *Noctalis* gesehen wurde, dann hatte sie sich nicht getäuscht. Dieser hochgewachsene, breitschultrige Kerl hatte ihr schnell den Rücken zugewandt. Der Eindruck war flüchtig gewesen. Sie hatte ihrer Wahrnehmung nicht getraut. Sie war zu sehr abgelenkt, mit sich selbst beschäftigt gewesen. Nele war in der Höhle. Da war sie sich sicher. Und sie könnte noch leben. Aber sie war in großer Gefahr. Denn auch *Walker* war hinter ihr her.

Annika humpelte auf die Gabionen zu, die in langer Reihe den großzügig gestalteten Vorplatz des Fledermauszentrums säumten. Die mit Steinen gefüllten Drahtkörbe gehörten zu einem geologischen Lehrpfad. Sie blieb vor einer Schautafel stehen, auf der das Schema der Kalkberghöhle abgebildet war. Wie ein verzweigtes Wurzelgeflecht fraß sich das Höhlenlabyrinth durch den Fels des Kalkbergs. Annika erschauderte. Wie lange war es möglich, dort unten zu überleben?, fragte sie sich besorgt. Sie horchte auf. Aus der Ferne ertönte ein Martinshorn. Das Sirenengeheul wurde lauter.

Die Schäferhündin fiepte leise und drückte ihre Zähne in die Hundeschuhe, die Lars Denning ihr zum Schutz der Pfoten angezogen hatte. Offensichtlich mochte sie die Überzieher nicht. Nach diesen ersten Vorbereitungen waren sie zu viert in die Höhle hinabgestiegen. Annika, der Höhlenführer – er hatte sich mit Sven vorgestellt – und Lars Denning mit Anka. Das sollte reichen, hatte Denning entschieden. Zu viele Leute störten den Hund bei der Arbeit.

Annika fröstelte und zog den Reißverschluss ihrer Jacke zu. Allmählich gewöhnten sich ihre Augen an die Dunkelheit.

»Wir stehen im Empfangsraum«, sagte Sven. »Hier beginnt der offizielle Führungsweg.«

»Zeigen Sie uns die Stelle, an der der Stollen in die Höhle mündet?«, drängte Annika. Sie hatte keine Führung gebucht. Sie wollte endlich mit der Suche beginnen. Jede Minute zählte.

»Bitte folgen Sie mir!«, sagte Sven. Er ging voran. Annika bildete das Schlusslicht. Nach wenigen Metern standen sie vor einer Kette.

»Wir verlassen nun den Führungsweg und bewegen uns in östliche Richtung«, erläuterte Sven. Er stieg über die Absperrung. Annika, Lars und Anka folgten ihm. Kurz darauf durchquerten sie einen hohen, hallenähnlichen Raum. Sven blieb stehen und wies auf einen Lichtfleck am Boden. Dann zeigte er nach oben zur Decke hinauf. »Das ist das sogenannte Entdeckerloch. Über diese Öffnung im Felsen sollen Kinder vor gut 100 Jahren beim Spielen auf die Höhle gestoßen sein.«

Annika verrenkte den Hals. Durch eine Spalte in der Höhlendecke fiel Tageslicht. »Könnte Nele über dieses Loch in die Höhle gelangt sein?«, fragte sie.

»Das halte ich für ausgeschlossen«, erwiderte Sven. »Die Stelle ist von außen schwer zugänglich. Sie ist mit einem kleinen Holzschuppen zum Schutz der Fledermäuse überbaut. Trotzdem kann bei diesen Witterungsbedingungen ein wenig Sonnenlicht einfallen. Ein Sprung aus zehn Metern Höhe ...« Er schüttelte den Kopf. »Ich sollte wohl eher von einem Sturz sprechen. Jedenfalls ist es ziemlich riskant, von dort oben in die Tiefe zu fallen. Außerdem müsste es Spuren geben.« Er schickte Lichtkreise über den Boden. »Hier gibt es nichts, das darauf hinweist.«

Annika blickte noch einmal hinauf, und es kam ihr so vor, als ob die Welt oben ihr ein letztes Mal zuwinkte. Und tschüss, dachte sie. Die anderen waren bereits weitergegangen, und ihre Gestalten verloren sich im Dunkel. Hinter ihr raschelte es leise. Annika fuhr herum. Der Kegel ihrer Lampe flog über die kantigen Wände. »Hallo?« Sie wunderte sich, dass sie flüsterte. Die düstere Umgebung schüchterte sie ein. Sie musste unbedingt Sven fragen, ob er den Höhleneingang von innen verriegelt hatte. Als sie sich umwandte, um den anderen zu folgen, stolperte sie über einen Stein. Sie knickte um, und ein brennender Schmerz durchfuhr ihr Fußgelenk. Sie biss die Zähne zusammen. Auf keinen Fall wollte sie schreien. Nicht vor den beiden Männern. Sie rappelte sich auf und ging ihnen nach. Bald sah sie das Aufblitzen der Taschenlampen.

»Geben Sie acht«, rief Sven ihr zu. »Hier gibt es jede Menge Stolperfallen.« Er wartete, bis sie aufgeschlossen hatte. »Wir sind da«, sagte er. »Hier mündet der ehemalige Bergwerksstollen in die Höhle. Im Zweiten Weltkrieg sollte hier eine Produktionsstätte für Sauerstoff für den Betrieb der V2-Rakete entstehen. Der Stollen sollte als Zugang genutzt werden. Zum Glück wurde dieser Plan durch ein geologisches Gutachten vereitelt.« Der Lichtkegel seiner Lampe glitt über ein Gitter aus wuchtigen Metallträgern, die ein Mauerwerk dahinter versperrten. »Die Stützen sichern die Wand«, sagte er. »Sie wurden vor Kurzem erneuert.«

Annika betrachtete das im Lichtschein blinkende Metall. Wie eine Prothese war es in die Felswand getrieben. Vor wenigen Stunden hatte sie am anderen Ende des Stollens gestanden. Sie befanden sich demnach auf Höhe des Stadions. »Wir vermuten, dass Nele ins Stadion geflohen und durch den Stollen in die Höhle gelangt ist«, sagte sie.

»Wie soll das gehen?«, wunderte sich Sven. »Sie sehen doch! Der Schacht ist zugeschüttet, vermauert und mit Metallträgern verriegelt.«

»Wir wissen inzwischen, dass die Höhle in der Nacht von Samstag auf Sonntag durch den Stollen zugänglich war«, erklärte Annika und wandte sich an Denning. »Hier sollte Anka mit der Suche beginnen.«

»Wir müssen über die Reihenfolge sprechen«, meldete sich Sven zu Wort. »In der Regel gehe ich voran.«

»Bei uns geht in der Regel der Hund voran«, erwiderte Denning. Er zog die Plastiktüte mit der Geruchsprobe aus der Jackentasche. »Anka, sitz!«, sagte er, und die Hündin drückte artig ihr Hinterteil zu Boden.

»Das ist gegen die Vorschrift«, sagte Sven.

»Was für eine Vorschrift?« Denning lachte. Er legte Anka das Geschirr an. Die Verschlüsse klackten. »Aber bitte, versuchen Sie's selbst!«, sagte er, streckte den Arm aus und hielt die Tüte in Svens Richtung. »Such!«, befahl er.

»Das hier ist kein U-Bahntunnel.« Der Höhlenführer rang um Fassung. »Dieser Abschnitt der Höhle ist aus Sicherheitsgründen gesperrt. Ich …«

»Keine Sorge«, unterbrach ihn Denning. »Wir sind unwegsames Gelände gewohnt.« Er hakte den Karabiner einer langen Führungsleine an das Hundegeschirr. »Wir sind startklar.«

»Nein, so geht das nicht!« Sven tat einen Schritt auf ihn zu. »Ich trage die Verantwortung für Ihre Sicherheit. In den gesperrten Bereichen gibt es üble Stolperfallen. Schutt, Geröll, hervorspringende Felsen, scharfe Kanten. Der Boden ist uneben. Felsvorsprünge senken sich von der Decke in die Gänge herab. Das Verletzungsrisiko ...«

Denning richtete sich auf. »Wie ich schon sagte: Ich bin kein Anfänger, und ich bin der Letzte, der seinen Hund in Gefahr bringen würde. Eher ...« Er besann sich und schwieg.

Sven richtete den Lichtstrahl seiner Taschenlampe auf Dennings Gesicht. »Ich denke, wir haben uns verstanden«, sagte er mit bebender Stimme. »In der Höhle mache ich die Ansagen.«

»Bitte«, schnaubte Denning mehr belustigt als wütend, während er die Führungsleine einholte und sie sich in großen Schlaufen über den Unterarm legte. »Was schlagen Sie vor?«

Sven zog eine Schnute. Verdrossen stemmte er die Hände in seine wulstige Taille, brachte jedoch kein Wort heraus. Er wirkte ratlos.

Annika fiel ein, dass sie neulich bei Google auf das Wort »Dominanzgehabe« gestoßen war. Zuvor hatte sie nach »Zickengehabe« gesucht, nachdem Leonis in seiner Wut »blöde Zicke« zu ihr gesagt hatte. Die Hinweise, die das Internetportal dazu ausspuckte, führten ausnahmslos zu Personen weiblichen Geschlechts. Dagegen holte die Suche nach »Dominanzgehabe« ausschließlich Ratgeber für Hundeerziehung auf den Monitor, und die Liste war lang. Es hieß, man solle die Maßnahmen schrittweise steigern bis hin zur bedingungslosen Unterwerfung, falls erforderlich. Annika fand zwar, dass Google das Thema nicht zu Ende gedacht hatte. Dennoch kam es ihr so vor, als hätte dieser launige Exkurs ins Internet sie auf das vorbereitet, was just in diesem Moment von ihr erwartet wurde. »*Ich* leite diesen Einsatz«, hörte sie sich sagen, und es fühlte sich gar nicht schlecht an. »Sven, Sie halten sich dicht hinter dem Hundeführer!« Nach Klärung der Rangfolge sollte gleich ein Kommando erfolgen, hatte es im Ratgeber geheißen. »Und leuchten Sie den Weg vor ihm so gut es geht mit Ihrer Lampe aus!«, setzte sie eins drauf. »An kritischen Stellen warnen Sie ihn leise vor! Ich bilde das Schlusslicht.« Sie schob Sven in die angesagte Richtung. Folgsam stellte er sich hinter Lars Denning. Geht doch!, dachte sie.

»Gut«, sagte Denning. »Was die Suche mit dem Hund betrifft, so übernehme ich das Kommando.«

Annika ließ Nachsicht walten. Über die Folgen einer offenen Konfrontation mit einem professionellen Hundeführer hatte im Ratgeber nichts gestanden, aber es erschien ihr nicht gerade zielführend, sich mit Lars anzulegen. Letztendlich war es Anka, die die Richtung vorgab, und Lars derjenige, der hinter ihr herlief.

»Ich werde Anka ziemlich kurzhalten müssen, um Tempo rauszunehmen«, fuhr Denning fort. »Ich erwarte von euch absolute Ruhe. Bewegt euch, so leise ihr könnt. Niemand überholt uns. Niemand quatscht. Ende der Diskussion.« Er öffnete die Plastiktüte, in der sich Neles Socke befand, und legte die Geruchsprobe gut einen Meter vor Anka auf den Boden. Dann sagte er: »Go!«

Anka senkte kurz den Kopf zur Tüte hinab. Die Bewegung war so beiläufig, als wollte sie sagen – ach, die schon wieder –, dann lief sie los.

Die Nase am Boden drängte die Hündin voran. Der Pfad wurde zunehmend unwegsam. Immer mehr Steine lagen herum. Anka wurde schneller. Auf einmal stolperte Denning. Er strauchelte. Sven packte ihn von hinten und hielt ihn fest, während die Hündin unbeirrt weiterlief. Nach wenigen Metern blieb Sven plötzlich stehen. Es hätte nicht viel gefehlt, und Annika wäre in ihn hineingerannt. Sie hörte ihn atmen, so dicht stand sie hinter ihm. Das Licht seiner Lampe fiel über Dennings Schulter hinweg auf Anka.

»Haben Sie die Eingangstür verriegelt?«, flüsterte Annika.

»Nein«, erwiderte er leise. »Der Fluchtweg muss offenbleiben.«

»Pssst!«, zischte Denning.

Erst jetzt bemerkte Annika, dass die Hündin an einem Gegenstand schnüffelte, der vor ihr am Boden lag.

»Ein Schuh«, flüsterte Denning.

Da hob Anka den Kopf und starrte ins Licht. Wie zwei weiß leuchtende Punkte schwebten ihre Augen im Raum.

»Lampe runter!«, raunte Denning nach hinten. Der Lichtkegel glitt zu Boden und landete auf einem weißen Damensportschuh. Just in dem Moment wandte die Hündin sich ab und trottete zielstrebig weiter in die Finsternis hinein. Sven schickte den Lichtkegel hinter ihr her, während Denning die Führungsleine sachte einholte, bis sie gespannt war. Seine Bewegungen waren ruhig und konzentriert. Langsam folgte er der Hündin. Sven klebte wie ein Schatten an ihm. Als Annika sich bückte, um den Schuh aufzuheben, zerteilte ein kurzes Bellen die Luft. Gleich darauf ertönte Svens Stimme.

»Halten Sie den Hund zurück!«, brüllte er.

»Was ist passiert?«, rief sie in die Dunkelheit und tat einen unbedachten Schritt. Der gestauchte Knöchel stieß gegen einen Stein. »Verdammt!«, fluchte sie leise. Der Schmerz trieb ihr Tränen in die Augen. Sie riss sich zusammen und humpelte weiter. Das Licht der Lampe torkelte vor ihr her, während sie steifbeinig über locker verkantetes Geröll balancierte. Endlich sah sie Sven. Lars Denning neben ihm hielt Anka fest am Geschirr. Alle drei starrten gebannt nach unten. Sie standen am Rand einer tiefen Spalte im Boden, die breit genug war, um hineinzurutschen.

Sven beugte sich weiter vor über die Steilkante hinweg und leuchtete in den Spalt hinein. Annika stellte sich neben ihn. »Die Luft ist so feucht«, sagte sie. »Aber ich sehe nirgendwo Wasser.«

»Wir erleben gerade einen sehr trockenen Sommer«, erwiderte Sven. »Da ist das Wasserreservoir in den Klüften des Gesteines weitestgehend in den Boden abgetropft und im Untergrund versickert. Nach einem starken Regen jedoch beginnt es in einigen Abschnitten der Höhle von der Decke zu tropfen, und wenn es lange genug regnet, dann rinnt Wasser über die Klüfte im Boden und über Schlucklöcher wie dieses hier ins Grundwasser.« Er zeigte auf die Kluft. »Die Schmerz-lass-nach-Spalte«, sagte er. »Wer da hineinfällt …«

Annika dachte an ihren Ausflug zum Großen Segeberger See, hatte die Wiese mit dem Graben vor Augen. Das Bild war unvollständig, und sie hielt an dieser Erinnerung fest, um die Lücke zu füllen, da jaulte die Hündin laut auf und riss sie aus ihren Gedanken. Anka wandte sich abrupt ab und drängte weiter. Die Nase am Boden eilte sie tiefer in die Höhle hinein, und Lars Denning folgte ihr.

Sven starrte ihnen nach. »Ich muss sie aufhalten«, murmelte er. Er drückte Annikas Arm. »Sie bleiben hier!«, befahl er. Dann eilte er den beiden hinterher.

Auf einmal war sie allein. Sie knipste die Lampe aus. Zunächst war es nur ein äußerer Zustand. Fremd und geheimnisvoll lag die Dunkelheit vor ihr. Sie konnte sie betrachten. Aber bald kam sie näher, durchdrang ihre Kleidung und streifte mit kühlen Pechfingern ihre warme, pulsierende Haut, bis sie ihren Körper vollständig umfloss. Und dann drang sie ein, füllte ihre Sinne mit ihrer bleiernen Tinte. Annika fröstelte. Sie knipste das Licht wieder an und folgte den Männern.

Bald verengte sich der Gang zu einem niedrigen Schlauch, aber nach wenigen Schritten weitete er sich nach allen Seiten. Sie betrat eine Halle. Vor ihr erhob sich ein Wald aus Stahlträgern. Die beiden Männer standen davor. Denning hielt Anka fest an der Leine. Die Hündin jaulte und drängte weiter.

»Für uns ist hier Schluss.« Das war Sven. »Nur die Wissenschaftler dürfen auf ihren Kontrollgängen diesen Teil der Höhle betreten.«

Annika betrachtete die Stahlträger. »Und wo sind wir hier?«, fragte sie.

»Habe ich mich nicht klar genug ausgedrückt?« Sven funkelte sie wütend an. »Sie sollten bleiben, wo Sie waren!«

»Bleiben Sie cool, Mann!«, erwiderte Annika.

Missbilligend schüttelte Sven den Kopf. »Wir müssen hier abbrechen.«

»Weshalb?«

»Ab hier verläuft die Höhle in einem Bogen nach

Süden«, fuhr Sven fort. »Wir befinden uns kurz vor der Wurzelhalle. Die Stahlträger stützen die Decke. Wir …«

»Danke, das reicht«, sagte Annika und wandte sich an Denning. »Lars, was ist mit Anka? Weshalb ist sie so aufgeregt?«

»Sie will weiter. Sie hat eine Fährte.«

»Dann mach sie los!«

Lars Denning zögerte. »Sven, beschreiben Sie mir, was uns weiter hinten erwartet!«

»Es gibt einen schwer passierbaren Engpass, die sogenannte Mausefalle. Sie hat zwei Ebenen, die durch Abriss einer Deckenplatte entstanden sind. Der obere Hohlraum ist an manchen Stellen nur 30 Zentimeter hoch. Hier müsste auch ein Hund wie Anka kriechen. Der untere ist etwas geräumiger, endet jedoch blind.«

»Folglich könnte Nele sich in diesen blind endenden Kriechgang verirrt haben«, warf Annika ein.

»Wie geht es hinter der Mausefalle weiter?«, drängte Denning.

»Über das obere Stockwerk gelangt man in den Blockschluf. Wie der Name schon sagt, ist es ein Kriechgang, durch den man *schlufen* muss, also nur auf dem Bauch kriechend hindurchkommt. Nach etwa zehn Metern mündet er in die Sandhalle. Danach kommt eine weitere Engstelle, der Südgang. Er führt in die Südhalle. Dort endet die Höhle.«

»Sollte Nele in der Mausefalle feststecken, wird Anka sie finden«, ließ Annika nicht locker. »Lars, schick sie voraus!«

Denning rieb sich das Kinn. »Ist in der Mausefalle genügend Platz für einen Hund, sich umzudrehen? Ich meine, könnte Anka problemlos umkehren, wenn ich sie abrufe?«

»Nach meinem letzten Wissensstand sollte das möglich sein«, erwiderte Sven. »Ich kann natürlich nicht sagen, wie es zurzeit dort aussieht. Es ist ein bröseliges Trümmerfeld. Abgebrochene Felsblöcke mit scharfen Kanten, grobes Lockergestein. Der Untergrund ist feucht und schmierig.« Er zögerte kurz. »Es gibt noch ein ganz anderes Problem. Die Konzentration an Kohlendioxid steigt nach Süden hin sprunghaft an.«

Denning runzelte die Stirn. »Kritisch?«, hakte er nach.

»Manchmal schon«, erwiderte Sven.

»Was könnte passieren?«, wollte Annika wissen.

Sven hob die Schultern. »Die Atemluft wird knapp. Der Puls beginnt zu rasen. Vielleicht wird einem schwindelig oder übel, oder beides. Man muss sich übergeben. Im schlimmsten Fall kommt es zu Krämpfen. Man verliert das Bewusstsein ...«

»Übertreiben Sie nicht ein wenig?«, warf Annika ein.

Lars Denning seufzte. »Unter diesen Umständen kann ich es nicht verantworten, den Hund zu gefährden.«

»Lars«, ließ sie nicht locker. »Wir sind so nah dran.«

»Ich werde Anka nicht von der Leine lassen«, erwiderte Denning ruhig. »Es ergibt keinen Sinn. Anka würde Nele aus der Mausefalle nicht herausziehen können, und wir sind außerstande, ihr zu folgen, um sie zu unterstützen. Bei der schlechten Luft könnte sie die Orientierung verlieren.« Energisch schüttelte er den Kopf. »No!«

Annika ärgerte sich. Weshalb hatte sie sich bloß auf diesen Machtkampf mit Denning eingelassen? Nun sah sie sich gezwungen, ihren Standpunkt durchzuziehen. »Ich ordne hiermit an, …«

Sven hob die Hand. »Darf ich etwas sagen?«

»Unterbrechen Sie mich nicht!«, fuhr Annika ihn an. Dann wandte sie sich wieder an Denning. »Ich ordne hiermit an, dass du die Hündin vorausschickst.«

»Das werde ich nicht tun!«

»Das ist ein Befehl«, sagte Annika. Ihre Stimme bebte.

Lars Denning richtete sich auf. »Unter den gegebenen Umständen sehe ich mich gezwungen, den Befehl zu verw…«

»Es gibt einen alternativen Weg«, fiel Sven ihm ins Wort. »Am südlichen Ende der Höhle befindet sich ein künstlich angelegter Kontrollschacht«, fuhr er hastig fort. »Von dort ist dieser Abschnitt der Höhle leichter zu erreichen.«

Annika starrte ihn entgeistert an. »Und weshalb erfahre ich das erst jetzt?«

»Sie wollten die Suche am ehemaligen Stollen beginnen«, erwiderte Sven. »Außerdem müssen Kontrollschacht und die dahinterliegenden Höhlenabschnitte belüftet werden, damit man unbeschadet hinabsteigen kann. Ich sagte doch schon, dass die Luftverhältnisse im südlichen Bereich der Höhle problematisch sind.« Er klang verärgert, fing sich jedoch schnell wieder. »Kurz bevor wir in die Höhle gingen, traf die Feuerwehr ein«, fuhr er ruhiger fort. »Ich nehme an, dass sie gerade dabei sind, den hinteren Abschnitt der Höhle zu belüften.«

Annika verdrehte die Augen. »Sie nehmen das an?«, fauchte sie. »Wie wäre es zur Abwechslung mal mit Fakten?«

»Wenn Sie mir zuhören würden«, erwiderte Sven. Seine Stimme zitterte leicht. »Bei dieser sogenannten Bewetterung wird die schädliche Luft gegen Frischluft ausgetauscht. Das Hochdruckgebläse, das die Feuerwehr einsetzt, bringt die Luft in Bewegung. Normalerweise steht hier unten die Luft.«

Annika verstand immer noch nicht, worauf der Höhlenführer hinauswollte. Sie wollte etwas erwidern, da kam Sven ihr zuvor.

»Sie belüften gerade den Schacht«, sagte er. »Nur so kann ich mir den Luftzug erklären, den ich seit einer Weile verspüre.« Er sah sie eindringlich an. »Hier weiterzugehen, macht keinen Sinn und ist zu gefährlich. Bitte vertrauen Sie mir! Lassen Sie uns umkehren!«

STEFFEN

»Ist Ihnen nicht gut?« Der diensthabende Kollege im Wachraum warf Steffen einen besorgten Blick zu, während er mit dem Schraubverschluss einer Mineralwasserflasche rang.

Steffen starrte auf einen der Monitore. Die Videoüberwachung bot einen Blick in die Gewahrsamszelle gleich nebenan. Dort wartete Luka Schneider auf seine Anwältin.

»Trinken Sie mal!«, sagte der Kollege und reichte Steffen ein randvolles Glas. Unzählige Gasbläschen stiegen darin auf und zerplatzten leise zischend an der Oberfläche.

Steffen leerte es mit gierigen Schlucken, als könnte er damit die Übelkeit wegspülen, die ihn plagte, seitdem sie aus Neumünster zurückgekehrt waren. Sofort begann sein Bauch zu rumoren. Er stieß einen Rülpser aus. »Sorry«, sagte er. Für einen Moment empfand er Erleichterung. Steffen hatte mit Fluchtversuch, auf jeden Fall mit Widerstand gerechnet und Verstärkung von der Schupo mitgenommen. Zu seiner Verwunderung hatte sich der Mann nicht widersetzt. Die Festnahme stünde in Verbindung mit dem aktuellen Vermisstenfall, hatte Steffen Schneider erklärt. Nachdem dieser seine Anwältin angerufen und die Bürokraft gebeten hatte, seine Ehefrau zu benachrichtigen, war er vertrauensvoll zu den drei Schutzpolizisten in den Wagen gestiegen, als wäre alles nur ein Missverständnis, das sich umgehend aufklären ließe. Er hatte ein paar Fragen zum Ablauf gestellt und dann geschwiegen. Vermutlich hatte seine Anwältin ihm dazu geraten. Die Festnahme war so zwanglos und gesittet vonstattengegangen, dass Steffen schon zweifelte, dass es tatsächlich Luka Schneider war, den sie verhaftet hatten, und nicht irgendein Double, das für ihn eingesprungen war. Konnte doch sein, dass jemand ihn gewarnt hatte. Jedenfalls bestätigte sein Personalausweis, dass er der Mann war, den sie suchten.

Steffen hielt noch immer den Blick fest auf den Monitor gerichtet. Er hatte sich *Walker* – auch wenn er den polizeiinternen Decknamen nicht aussprach, so gestattete er sich doch, ihn zu denken –, er hatte sich den Festspielmörder anders vorgestellt. Massig, abstoßend, monströs. Hingegen übermittelte das Auge der Videokamera ein nahezu friedfertiges Bild des Mannes, den die Polizei seit Jahren fieberhaft suchte. Luka Schneider hatte auf der Zellenbank unterhalb des Fensters Platz genommen. Er hatte ein Bein über das andere geschlagen und wippte leicht mit dem Fuß. Sein Blick war schräg nach unten gerichtet. Es sah so aus, als schaute er auf seine Hände, die er um das übergeschlagene Bein unterhalb des Knies geschlungen hatte. Die Finger griffen ineinander wie bei einem Gebet. Der Mann war nervös, aber er beherrschte seine Unruhe. Die Form des Kopfes sowie das Gesicht zeigten Ähnlichkeit mit dem Phantombild, wenn auch nicht in allen Details. Das Kopfhaar war voller, aber das musste nichts heißen. Frisuren änderten sich. Auch die Augen hatten nicht diesen stieren Blick, aber auch das musste nichts heißen, denn auch Blicke änderten sich mit den Stimmungslagen eines Menschen. Wenn Steffen die Vorbehalte, die gegen den Mann im Raum standen, ausklammerte, dann fand er nichts Absonderliches oder gar Abstoßendes an ihm. Ganz im Gegenteil kam er ihm wie ein junger, mit einer gesunden Portion Contenance und Empathie ausgestatteter Unternehmer vor, der sein Gewerbe verantwortungsvoll führte und seine Steuern zahlte. Hätte Steffen ein Pferd, würde er es bei ihm einstellen. Aber er ließ sich nicht dazu hinreißen, ihn harmlos zu nennen. Kein Mensch war harmlos, eine Erkenntnis, die er nach einigen Jahrzehnten bei der Polizei verinnerlicht hatte. Immerhin traf die Beschreibung zu, welche die Zeugin im Fall Keyser von der Statur des vermeintlichen Täters gegeben hatte. Luka Schneider war groß, schlank und breitschultrig.

»Noch eins?«, fragte der Wachmann und zeigte auf die Mineralwasserflasche.

Steffen schüttelte den Kopf. »Nein, danke.« Er unterdrückte ein Rülpsen. Ihm war immer noch übel. Er musste an diesen Sputnik von Hauke Andresen denken. Dieses Gejammer über die Zipperlein des Alters war ihm zuwider! Soweit wollte er es gar nicht kommen lassen. Nein, die Hitze war schuld, und der Gedanke daran, die Vernehmung in seinem aufgeheizten Büro durchzuführen, machte es nicht leichter. Dieser schweißtreibende Umstand, seine schlechte Befindlichkeit sowie seine Skepsis, mit Luka Schneider den Richtigen gefasst zu haben, dämpften das Triumphgefühl über den ersten greifbaren Erfolg der Ermittlungen. Wenigstens hatten sie etwas, mit dem sich die Journalisten erst einmal beschäftigen ließen.

»Lassen Sie ihn in mein Büro bringen!«, sagte Steffen. »Wir warten nicht länger.« Er trat aus dem Wachraum auf den Flur hinaus. Er fühlte sich verschwitzt und schmutzig. Das Hemd klebte ihm am Rücken. In seinem Büro lag ein frisches, das Linh ihm am Morgen mitgegeben hatte. Er beschloss, sich zur Vernehmung kurz umzuziehen, und eilte zur Treppe. Am ersten Treppenabsatz blieb er stehen. Sein Kopf glühte, und sein Puls schlug heftig. Er rang nach Luft.

»Weshalb nimmst du nicht den Fahrstuhl?«

Steffen drehte sich um. Hinter ihm stand Benno Merder und grinste. »Außer Betrieb«, erwiderte Steffen mechanisch. Dieser Schlagabtausch etablierte sich in der Mitarbeiterschaft, nachdem die Planer vergessen hatten, das mehrstöckige Polizeigebäude mit einem Lift auszustatten. Am Anfang hatte es Beschwerden gehagelt. Mittlerweile machte man sich nur noch lustig darüber. »Hast du Annika erreicht?«, schob Steffen eilig hinterher. Der besorgte Zug um den Mund des Kollegen war ihm nicht entgangen. Er wollte Benno Merder keine Gelegenheit lassen, einen Spruch über seinen misslichen Zustand abzulassen.

»Sie geht nicht ans Handy«, erwiderte Merder.

»In der Höhle gibt es keinen Empfang«, sagte Steffen. Er fasste den Handlauf und holte tief Luft. »Fahr zum *Noctalis* und lös' sie ab! Die Vernehmung von Schneider mache ich mit Dortje.« Ende der Durchsage. Er wandte sich zum Gehen. Er wollte nicht gefragt werden, wie es ihm ginge, ob alles in Ordnung sei. Eine vorübergehende Unpässlichkeit musste man nicht weiter erörtern. Er wollte nach vorne schauen. Als Erstes wollte er den Ventilator einschalten. Schon sah er sich in seiner Deutschen Bucht vor Helgoland dümpeln und spürte frischen Wind im Gesicht. Die Vision spornte ihn an, und er schaffte die restlichen Stufen, ohne ein weiteres Mal zu verschnaufen.

Luka Schneider schaute ihn offen, aber wachsam an. Er saß Steffen gegenüber auf der anderen Seite des Schreibtischs, was aus Steffens Sicht weiter landeinwärts hieß. Ob bei Delmenhorst oder Cloppenburg war schwer zu sagen. Die Landkarte der Schreibtischunterlage endete etwa auf der Höhe von Bremen. Schneider wollte auf seine Anwältin warten, und Steffen hatte verständnisvoll genickt.

Eine Weile schwiegen sie sich an. Dortje saß mit dem Rücken zur Tür, vor der zwei Wachleute postiert waren.

Sie ließ Luka Schneider nicht aus den Augen. Das Gebläse des Ventilators surrte.

Steffens Hand fuhr die geschwungene Tischkante entlang. Die Berührung beruhigte seinen Puls. »Erzählen Sie mir von Ihrer Arbeit«, sagte er.

Luka Schneider schaute verdutzt.

»Spricht etwas dagegen, dass wir ein wenig plaudern, solange Ihre Anwältin uns warten lässt?«, fragte Steffen. Sein Zeigefinger tippte einmal kurz auf die Akte, die geschlossen vor ihm auf dem Schreibtisch lag.

Schneider runzelte die Stirn. »Ich verstehe nicht ganz«, sagte er.

Offensichtlich wollte er nicht unhöflich sein. Oder mimte er nur den anständigen Kerl? »Wie viele Pferde haben Sie?«, fragte Steffen.

Der Mann blinzelte nervös. »Fragen Sie nach den Pferden, die mir gehören, oder möchten Sie wissen, wie viele es insgesamt sind?«

»Mich interessiert beides«, erwiderte Steffen.

Ungläubig schüttelte Schneider den Kopf. Dann begann er zu sprechen. Steffen hörte nicht zu. Er musste daran denken, dass er gleich nach der Festnahme die Überstellung Schneiders nach Kiel hätte anordnen müssen. Immerhin ging es um ein Kapitalverbrechen. Aber so schnell wollte er den Fall nicht aus der Hand geben. Schneider sollte ihm helfen, Nele Peters zu finden. Mit gemischten Gefühlen vernahm er die sanften Modulationen seiner Stimme. Seine Gesten waren stimmig. Der Mann wirkte authentisch. Ohne Zweifel besaß er ein suggestives Potenzial. Lauerte irgendwo hinter dieser netten Fassade ein Monster? Ein Pferdeflüsterer, der junge Mädchen manipulierte, um sie zu töten? Steffen hatte die grausamen Bilder vor Augen. Gnadenlos flimmerten sie über diese inwendige Leinwand, die sich irgendwo in der Tiefe seiner Augenhöhlen aufspannte, ploppten im Sekundentakt auf und verloschen. Horkaer Teich von Bischofswerda. Eine Landschaft mit Himmel. Eine rechteckige Grube. Daneben Planken aus Holz. Ein schwarzer Müllsack. Braunes, langes Haar und der Hals von Julia Hofmann in Großaufnahme weiß und glatt. Jungmädchenhaut. Würgemale darauf. Fett, blaurot. Mindestens zehn Aufnahmen aus allen Blickrichtungen. Ohne Himmel. Er hatte sich die Bilder dutzendmale angesehen, kannte sie alle auswendig. Hohlberghütte bei Elspe. Ein Nadelwald. Ein Wanderweg. Eine Winterstreukiste. Ein Hinterkopf. Schwarzes Blut auf hellblondem Haar. Das Gesicht von Lina Strake mit Knebel. Fleckig. Blaue Augen im Großformat weit aufgerissen. Blutunterlaufen. Das Gesicht ohne Knebel. Kindermund. Würgemale am Hals. Hände mit Fesseln. Hände ohne Fesseln mit dunklen Striemen. Füße mit und ohne Fesseln. Tannennadeln am Boden der Kiste verklebt mit Kot und Urin. Freilichtbühne in Mörschied. Hügellandschaft mit Häusern, Feldern, Wald und Wolken. Eine leere Tribüne. Ein Reitstall. Eine Futterkiste. Angelina Kolling gefesselt und geknebelt. Würgemale. Blutergüsse. Striemen …

Stopp, dachte Steffen, und die Bilder fielen zurück in die unförmig dicke Akte, die noch immer geschlossen vor ihm auf dem Schreibtisch lag. Wie ein havarierter Tanker trieb sie mitten in der Deutschen Bucht, kurz vor dem Auseinanderbrechen. Luka Schneider hatte zu reden aufgehört und schaute ihn erwartungsvoll an. Der Ventilatorwind spielte mit seinem Haar. Steffen musste sich eingestehen, dass ihm dieser Typ auf der anderen Seite des Schreibtisches nicht unsympathisch war. Er rang mit sich selbst. Er hatte sich niemals gescheut, in die menschlichen Abgründe zu schauen. Er konfrontierte, beobachtete, fühlte und analysierte, aber er verurteilte nicht. Dafür waren andere zuständig. Im Grunde seines Herzens war er ein Menschenfreund, auch wenn nicht alle so über ihn dachten. Schwierige Verhöre pumpten ihn aus. Danach war er leer, ein schlaffer Sack, so wie jetzt, obwohl sie noch nicht einmal angefangen hatten. Eine Woge von Übelkeit erfasste ihn. Während er tief ein- und ausatmete, betrachtete er Schneiders Gesicht. Der Mann ahnte nicht im Geringsten, worum es ging. Wenn doch, dann war er ein guter Schauspieler. Sein Blick folgte Steffens Hand, die Kreise über den Aktendeckel zog.

Steffen hätte zu gerne gewusst, was sich hinter Schneiders hoher Stirn regte. Aber er fand keinen Zugang. Früher war ihm immer etwas eingefallen. Jetzt fühlte er sich hilflos wie ein Chirurg, dem das Skalpell aus den Händen geglitten war. Aber so leicht wollte er nicht aufgeben. Er sah kurz zu Dortje hinüber. Als sie seinen Blick erwiderte, schlug er den Aktendeckel auf. Ganz oben lag ein Foto von Nele Peters. Es war nicht das Fahndungsfoto, das auch Schneider kennen sollte. Steffen nahm es in die Hand, betrachtete es. Dann legte er es vor Schneider auf den Tisch. »Kennen Sie diese junge Frau?«

Luka Scheider beugte sich vor und schaute das Bild an. Dann hob er den Blick. »Ist das die Vermisste?«

»Kennen Sie sie?« Steffen ließ Schneider nicht aus den Augen.

Der Mann runzelte die Stirn. »Ihr Bild geht durch alle Medien«, erwiderte er. »Ich kann mich nicht erinnern, sie jemals auf meinem Hof gesehen zu haben.«

»Sie erinnern sich nicht?«, hakte Steffen nach.

»Wie ich Ihnen schon sagte, stehen auf meinem Hof mehr als 70 Pferde. Auf ein Pferd kommen ein bis fünf Personen, angefangen beim Besitzer über die Reitbeteiligung bis hin zu den Reitschülerinnen und Reitschülern, die täglich zum Unterricht kommen. Die Leute kommen und gehen. Die meisten sehe ich nicht.«

»Aber Sie wissen, dass Nele Peters Reiterin ist.«

»Auch das können Sie in jeder Zeitung lesen.« Er legte den Kopf schief. »Was genau legen Sie mir zur Last, Herr Kommissar?«

Noch wählte er seine Worte, dachte Steffen. War Schneider arrogant oder war er naiv?

Schneider schaute auf seine Armbanduhr. Gleich würde er wieder auf seine Anwältin verweisen. Schnell zog Steffen das nächste Bild aus der Akte und platzierte es vor den Verdächtigen. Ein Profi-Foto, auf dem eine bildhübsche junge Blondine selbstbewusst in die Kamera lächelte.

Dieses Mal nahm Luka Schneider das Bild in die Hand. In seinen Augen glänzte Gefallen, wenn nicht sogar eine Spur Faszination. Er legte das Bild zurück. »Wer ist das?«, fragte er.

»Gehen Sie nie ins Kalkbergstadion?«, entgegnete Steffen.

Schneider schüttelte den Kopf. »Aus dem Alter bin ich raus.«

»Vanessa Keyser«, sagte Steffen und suchte nach einer Regung in Schneiders Gesicht. »Sie war Komparsin bei den Karl-May-Spielen«, fuhr er fort. »Sie spielte die Paloma Nakana, die Taube des Urwalds.« Er fragte sich, wie das Stück hieß, während er ein weiteres Foto neben das Porträt legte. »Das ist ihre Handtasche.«

Luka Schneider starrte auf das Abbild des Lederbeutels. Dann sah er auf. »Ich verstehe nicht.«

Wenn er tatsächlich *Walker* war, dann spielte er seine Rolle perfekt, dachte Steffen. »Vanessa Keyser ist seit drei Jahren verschwunden. Wir nehmen an, dass sie ermordet wurde.«

Ein Ruck ging durch Schneiders Körper. Argwöhnisch kniff er die Augen zusammen. »Ich …«

Steffen hob die Hand und brachte ihn zum Schweigen. Dann zog er ein Bild nach dem anderen aus der Akte hervor. Er reihte die schockierenden Aufnahmen nebeneinander auf, breitete sie vor Luka Schneider aus, achtete nicht auf die richtige Zuordnung, griff blindlings zu, nahm sie so, wie sie ihm entgegenkamen, und verteilte sie wahllos über der Deutschen Bucht. Jedes Mal, wenn der Ventilatorwind über sie hinwegblies, schaukelten sie wie verlorene Schiffchen auf bewegter See. »Schauen Sie genau hin!«, sagte er und tippte auf ein Foto. »Das ist Lina.« Er tippte auf ein anderes. »Angelina.« Er ließ den Zeigefinger über den Aufnahmen schweben, suchte nach einem Foto von Julia Hofmann.

»Hören Sie auf!«, flüsterte Schneider. Er sah Steffen aus rot geäderten Augen an. Sein Gesicht war eine von Ekel verzerrte Fratze. Er würgte und drückte sich ein Taschentuch auf den Mund. Dann sprang er auf und wandte sich zur Fensterbank ab. Vor ihm surrte der Ventilator in die angespannte Stille hinein. Schneider stöhnte. Von Würgereizen geschüttelt, beugte er sich vor. In der Deutschen Bucht schaukelten die Papier-Schiffchen im künstlichen Luftstrom, während Luka Schneider seinen Mageninhalt in den Windkanal spie.

Steffen rutschte von seinem Stuhl und ging gerade noch rechtzeitig auf Tauchstation unter den Schreibtisch. Er hörte, wie ein Partikelregen auf der Tischplatte niederprasselte. Ein säuerlicher Geruch strömte ihn an. »Mist, die Akte!«, fluchte er. Ihr Inhalt lag offen und völlig ungeschützt gegenüber dem unverhofften Fallout, der sich gerade über dem Tisch verteilte und auf der Akte niederging. Steffen schwindelte bei der Vorstellung, da fuhr ihm ein stechender Schmerz in die Leiste. Er stöhnte und krümmte sich, ließ sich auf eine Seite gleiten. Staunend sah er sich um. Aus dieser Warte kannte er sein Büro noch nicht. Aber der nächste Krampf stach ihm tief ins Gedärm und gönnte ihm keine Zeit für neue Perspektiven. Da sah er, wie Dortje über den Boden robbte. Er streckte den Arm nach ihr aus, wollte rufen. Der Krampf nahm ihm die Luft. Dortje kroch an ihm vorbei zum Fenster hinüber. Er schloss kurz die Augen. Dann hörte er, wie der Ventilator verstummte. Der Regen über ihm erstarb. Auch seine Eingeweide entspannten sich. Als er die Augen öffnete, saß Dortje unter dem Fenster am Boden. Fassungslos starrte sie auf das lose Kabel in ihrer Hand. Gott sei Dank!, dachte Steffen. Sie hat den Stecker gezogen. Da riss ihm der Schmerz ein Loch in den Bauch. Das Zimmer begann sich zu drehen. Die Bilder verschwammen. Ihm blieb die Luft weg. Wenn Sterben so schlecht wäre, hatte seine Mutter immer gesagt, dann hätten die Menschen es längst abgeschafft. Das war sein letzter Gedanke.

MERDER

Eine Gruppe Schaulustiger hatte sich vor dem Indian Village versammelt. Feuerwehrleute waren damit beschäftigt, sie von der Einsatzstelle fernzuhalten. Notarzt- und Rettungswagen parkten hinter dem Löschzug. Merder beschleunigte seine Schritte. Hatten sie Nele gefunden?

Annika stand ein wenig abseits des Trubels am Rand einer kleinen Rasenfläche, auf der ein Hochdruckgebläse brummte. Benno Merder tippte der Kollegin auf die Schulter. »Moin«, sagte er und streckte ihr die Hand entgegen. Sie sollte wissen, dass er nicht nachtragend war. »Ich soll dich ablösen. Anordnung vom Boss. Du kannst ihn anrufen, aber ich kann dir nicht versprechen, dass er ans Telefon geht. Er vernimmt gerade Schneider.«

»Aha«, sagte Annika.

Merder hatte erwartet, dass sie herumzickte. Zu seiner Verwunderung nahm sie seine Nachricht gelassen auf. Ein wenig zu gelassen, wie ihm schien. »Was passiert hier?«, fragte er.

»Das siehst du doch«, erwiderte sie.

Merder dachte kurz nach. Mittlerweile kannte er Annika ein wenig besser. Er glaubte sogar, sie zu verstehen, denn sie war mindestens so impulsiv wie er selbst. Sie sah müde aus. Ihm fiel auf, dass sie ein Bein entlastete. Er zeigte auf ihren Fuß. »Tut's noch sehr weh?«

Sie verzog das Gesicht zu einem schiefen Lächeln, das alles bedeuten konnte.

»Wie weit seid ihr hier?«, fragte er.

»Nicht weit genug«, knurrte Annika. Sie zog die Mundwinkel nach unten. »Angeblich gibt es zu viele Engstellen.«

»Also«, sagte er und schaute sich um. »Ich übernehme den Einsatz. Eine Übergabe wäre hilfreich.«

Annika seufzte. »Über den offiziellen Höhleneingang kommen wir nicht weiter«, begann sie. »Die Feuerwehr versucht nun, von Süden her in die schwer zugänglichen Höhlenabschnitte vorzudringen. Dazu müssen sie erst für frische Luft sorgen.«

»Und das da?« Er wies auf das surrende Gebläse. »Was hat das zu bedeuten?«

»Sagte ich doch«, erwiderte sie. »Dort ist der Einstieg zum Kontrollschacht. Sie belüften ihn gerade.«

Erst jetzt erkannte Merder den nach oben geklappten Deckel aus Edelstahl und das kreisrunde Loch davor, über dem das Gebläse rotierte.

Annika machte ein bedrücktes Gesicht. »Ich fürchte, das kostet alles viel zu viel Zeit.« Sie sah ihn eindringlich an. »Nele ist da unten, Benno! Vermutlich steckt sie in einer der Engstellen fest. Anka hat ihre Spur aufgenommen. Aber Lars hat sich geweigert, die Hündin allein loszuschicken.«

Merder nickte. Er kannte Lars Denning. Seine Hunde waren ihm heilig. Er selbst hatte auch noch ein Hühnchen mit ihm zu rupfen. »Wir erledigen das gemeinsam, so wie gestern«, sagte er. »Nur dieses Mal hörst du auf mich. Okay?«

Er war nicht sicher, ob sie seine Botschaft verstanden hatte.

Mit weit aufgerissenen Augen starrte sie auf die Gruppe der Schaulustigen, die sich hinter der Absperrung drängten. Dann schüttelte sie den Kopf und schloss für einen Moment die Augen. »Ich habe schon Halluzinationen«, sagte sie. »Es ist gut, dass du übernimmst. Ich glaube, ich brauche eine Pause.«

Ein Feuerwehrmann rollte das Gebläse beiseite. Benno Merder drückte Annika die Schulter und ließ sie stehen. Er folgte dem Mann zu den anderen Feuerwehrleuten. Die meisten unter ihnen kannte er vom Einsatz am See. Er stellte sich beim Truppführer vor und wählte die Leute aus, die er mit in die Höhle nehmen wollte. Dann schaute er sich nach Lars Denning um. Der Diensthundeführer stand am Einsatzwagen. Er hatte die Schäferhündin aus dem Auto gelassen.

»Du nimmst sie mit runter?«, staunte Merder. Er hielt sich auf sicherem Abstand.

»Ich habe mich erkundigt«, erwiderte Denning. »Der Einstieg ist eng. Im Schacht ist etwas mehr Platz, wenn auch nicht viel. Der Abstieg zur Höhlensohle geht über steile Leitern, die in der Wand des Schachtes verankert sind. Alle fünf Meter ist eine Bühne aus Gitterrosten angebracht, eine Art Plattform, von der aus auf die nächste Leiter umgestiegen wird. Sollte jemand beim Abstieg abstürzen, landet er auf einer dieser Zwischenebenen und fällt nicht gleich in die Tiefe. Einen Hund nach unten abzuseilen, wäre unter den gegebenen Umständen nicht möglich.«

»Dann brauche ich euch hier nicht mehr«, sagte Merder. »Ich übernehme den Einsatz.« Damit war alles gesagt. Er wandte sich ab.

»Ich könnte Anka hinuntertragen.«

Benno Merder drehte sich um. »Wie willst du das anstellen? Der Schacht ist rund 25 Meter tief. Du wirst deine Hände brauchen, um dich festzuhalten.«

»Ich lege sie mir über die Schultern«, erwiderte Denning. »Wie eine Stola.« Er grinste. »Eine unserer leichtesten Übungen.«

Misstrauisch beäugte Merder die Hündin. Aufgeregt wuselte sie um ihren Boss herum. Er mochte sich nicht vorstellen, so ein Hundegebiss dicht im Nacken zu haben. »Wie du meinst«, lenkte er ein. »Da ihr nun schon einmal hier seid. Aber haltet euch im Hintergrund, nur für den Fall, dass ich euch brauche.«

Merder stieg als Erster durch die Öffnung in den Schacht hinein. Sogleich umfing ihn kühle Luft. Leichtfüßig wechselte er zwischen Leitern und Gitterrosten. Nach der dritten Leiter hielt er inne. Das Licht der Stirnlampe fiel durch das Gitter der Bühne in die Tiefe. Nur noch zwei Leitern bis zur Höhlensohle. Merder hielt die Nase in die frische Luft und schnupperte. Der Geruch nach modriger Erde und feuchtem Gestein weckte Kindheitserinnerungen in ihm. Immerhin roch es nicht nach Verwesung. Über ihm klackten Stiefeltritte auf Metall. Er hatte vier Personen für den Einsatz ausgewählt. Drei Feuerwehrleute, darunter eine zierliche Frau. Für die Engpässe, von denen Annika gesprochen hatte. Der vierte Mann war ein Höhlenführer namens Sven. Er sollte ihnen den Weg weisen. Ein weiteres Rettungsteam war unterwegs, um ihnen über den Eingang zur Schauhöhle von der anderen Seite entgegenzukommen. Mit flinken Tritten nahm Merder die letzten beiden Leitern. Die Metalltür, die den

Schacht von der Höhle trennte, stand offen. Merder ließ den Lichtkegel seiner Lampe kreisen. Die Südhalle, wie Sven sie bezeichnet hatte, kam ihm eher wie ein großes Zimmer vor. Sie war nahezu rechteckig und die Decke kaum höher als die eines gewöhnlichen Wohnraums. Die Nachhut hatte inzwischen aufgeschlossen, und Merder tat ein paar Schritte zur Seite, damit auch die anderen die Höhle betreten konnten. Im Licht ihrer Lampen offenbarten sich weitere Einzelheiten. Zahlreiche Klüfte durchzogen die Decke. Rechts von ihm erhob sich eine schwarze Felswand. Linkerhand reflektierte eine Pfütze den Schein einer Taschenlampe. Merder hatte keine Ahnung, wohin er sich wenden sollte.

»Einfach geradeaus weitergehen!« Der Höhlenführer schob sich von hinten an ihm vorbei.

Eine mit Sand verfüllte Rinne zog sich wie ein Wegweiser deutlich sichtbar durch die Mitte der Halle. Sie folgten dem Höhlenführer auf dieser Spur. Vor ihnen erhob sich ein Schutthaufen aus in sich verkeilten Felsblöcken. Kurz dahinter blieb Sven abrupt stehen. Er leuchtete in eine Öffnung hinein. »Hier beginnt der Südgang«, sagte er. »Es ist ein Kriechgang. Sollte aber für alle gut machbar sein.«

»Wohin führt er?«, wollte Merder wissen.

»Nach etwa zehn Metern mündet er in die Sandhalle«, erwiderte Sven. Dann duckte er sich und tauchte in den Gang hinein.

Merder zog den Kopf ein und folgte ihm. Die Luft war deutlich feuchter. Tief geduckt stapfte er über schmierigen Grund. Der Tunnel wurde zusehends enger. Bald ging er hinunter auf die Knie. Auf allen vieren schob er sich langsam voran. Hinter sich vernahm er das leise Keuchen der anderen. Als Junge hatte er Abenteuer dieser Art gesucht. Die Begeisterung dafür war ihm inzwischen abhandengekommen. Spitze Gesteinsbröckchen bohrten sich durch den Stoff seiner Hose in die Haut. Er war froh über die Handschuhe, die die Feuerwehrleute ihnen angeboten hatten. Er war auch froh darüber, dass er den größten und kräftigsten Mann in der Südhalle zurückgelassen hatte. Er wäre ohnehin stecken geblieben und hätte umkehren müssen. Außerdem brauchten sie einen Verbindungsmann, der sich über den Schacht mit den Rettungskräften im Indian Village verständigte. Der Felsen schluckte alle Funksignale und kappte jegliche Verbindung zur Außenwelt. Merder rechnete damit, dass auch zwischen ihnen der Funkkontakt mit jedem Meter, den sie weiter in die Höhle vordrangen, schwächer würde und schließlich ganz abbräche.

Benno Merder leuchtete auf das Zifferblatt seiner Uhr. Vor zehn Minuten waren Sven und die Feuerwehrfrau in den Blockschluf hineingekrochen. Die Passage sei extrem eng, hatte Sven erklärt und vorgeschlagen, zu zweit hineinzugehen, um die Lage vorab zu sondieren. Er hatte Merders skeptischen Blick verstanden und mit einem Schmunzeln erklärt, dass seine Körpermaße für dieses Höhlensystem ideal seien. »Manchmal ist ein gutes Polster ganz hilfreich«, hatte er gesagt und gelacht. Merder war mit einem Feuerwehrmann am Ende der Sandhalle zurückgeblieben. Mit wachsender Unruhe wartete er auf das Aufblitzen eines Lichtscheins in dem finsteren Loch, das die beiden geschluckt hatte. Nichts geschah. Der Funkkontakt war, wie erwartet, abgebrochen.

Von der Einmündung des Südgangs aus hatten sie die gesamte Sandhalle durchquert. Eine riesige Halde aus Sand und Schutt erhob sich wie ein Berg aus der Mitte der Halle und bedeckte nahezu die gesamte Grundfläche. Über schrundigen Felswänden dehnte sich ein zerklüftetes Deckengewölbe.

»Fantastisch«, murmelte der Feuerwehrmann und zog mit seiner Lampe Lichtkreise über Wände und Decke.

Im Dämmerlicht sah er recht jung aus. Merder schätzte ihn kaum älter als 20.

»Wie heißt du?«, fragte Merder.

»Tom«, erwiderte der andere. Er richtete den Lichtkegel der Lampe auf eine Stelle der Höhlenwand. »Sehen Sie die weißen Ablagerungen?«, fragte Tom. »Das ist Gips. Das Anhydridgestein verwandelt sich in Gips, sobald Wasser in die Felsritzen eindringt.«

Merder blickte kurz hoch. Er leuchtete auf die Schutt- und Trümmerhaufen aus ineinander verkanteten Gesteinsbrocken. »Das Ganze erinnert mich eher an eine Baustelle unter Tage«, sagte er.

Tom lachte. »Ich will Geologie studieren«, sagte er. »Im Oktober geht's endlich los. Höhlen haben mich schon immer fasziniert. Man kann so vieles entdecken. Da, schauen Sie!« Er leuchtete auf einen weit überhängenden Felsvorsprung. »Unverkennbar! Die Nase von Sam Hawkens. Ein ›Schattenwerfer‹ von einem Riechorgan.«

»Pssst!« Benno Merder hob den Finger an die Lippen und lauschte. Da war es wieder. Es hörte sich an wie ein fernes, gedämpftes Rufen. Er vermochte nicht zu deuten, aus welcher Richtung es kam.

Sein Begleiter war ein paar Schritte zurückgelaufen. Er schwenkte seine Taschenlampe. »Es kommt aus dem Südgang«, rief er. »Ich kann nicht genau verstehen, was er sagt. Ich gehe näher ran.«

Merder folgte ihm bis zur Einmündung des Südgangs. Dort war die Stimme ihres zurückgelassenen Postens besser zu verstehen. Die Botschaft war eindeutig. Sie sollten umkehren.

Merder staunte nicht schlecht, als er Sven in der Südhalle erblickte. Die Klamotten des Höhlenführers waren an Brust, Bauch, Armen und Beinen mit gräulichen Lehmkrusten bedeckt. Vor etwa einer halben Stunde war er vor seinen Augen in den Blockschluf gekrochen. Nun stand er völlig verdreckt und schwitzend vor ihm.

»In der Mausefalle ist sie nicht«, sagte der Höhlenführer. Er rang nach Luft und strich sich mit der Hand über seinen spärlich behaarten Schädel. »Wir haben alles abgesucht. Wir sind dann auf den Suchtrupp auf der anderen Seite gestoßen. Er ist über den Höhleneingang auf dem Weg zurück hierher. Ich bin vorausgelaufen. Hätte nicht gedacht, dass es mich so schafft.« Er klopfte sich auf den runden Bauch und verzog das Gesicht. »Gute Trainingsstrecke. Sollte ich öfter laufen.«

»Und ihr habt wirklich alles abgesucht?«, fragte Merder.

»Absolut«, erwiderte Sven.

Merder überlegte. Annika hatte erwähnt, dass Dennings Hündin eine Fährte aufgenommen hatte. Es kostete ihn eine gute Portion Überwindung, aber ihm blieb keine andere Wahl. »Wir brauchen den Hund!«, rief er den Leuten zu, die vorne am Eingang auf Anweisung warteten. »Gebt das nach oben durch!« Er hätte nicht gedacht, dass er einmal diesen Joker ziehen würde. Lars Denning war seine letzte Hoffnung.

Merder steckte den Kopf in die Öffnung hinein, die sich als niedriger Tunnel in den Fels hinein fortsetzte. Ehe er einen klaren Gedanken fassen konnte, waren Hund und Hundeführer darin verschwunden. Alles war so schnell gegangen. Denning hatte darum gebeten, dass alle Anwesenden bis auf Merder, den Höhlenführer und zwei Rettungsleute die Höhle verlassen sollten. Nachdem die Hündin an der Probe gerochen hatte, hatte sie sich für einen Moment nicht von der Stelle bewegt. Wie eingefroren hatte sie dagestanden, und Merder hatte schon seine letzte Hoffnung begraben wollen, da war sie plötzlich losgespurtet. Zielstrebig steuerte sie auf ein Loch zu, das sich links vom Eingang zur Südhalle in der Felswand befand.

»Der Lauggang«, murmelte Sven hinter ihm. »Darauf wäre ich nie gekommen.«

»Wohin führt er?«, fragte Merder.

»Der Gang endet blind«, sagte Sven. »Das grenzt an ein Wunder, wenn sie es bis hierher geschafft hat.«

»Wie lang?«, fragte Merder.

»Etwa zwölf Meter.«

Merder leuchtete in den Gang hinein. Er hatte ein dreieckiges Profil, mit der Spitze nach unten. Er bückte sich leicht und tat einen Schritt hinein. Er hob die Nase und schnupperte. Keine Faulgase, dachte Merder erleichtert. Am Boden zog sich eine feuchte Kluft wie eine schmale Furth. Sie zwang ihn, einen Fuß vor den anderen zu setzen. Die Strecke verlief weitestgehend geradlinig. Da er nur langsam vorankam, erschien sie ihm unendlich lang. Sven folgte dicht hinter ihm. Die Lichtkegel ihrer Lampen huschten über die ausgewaschenen Seitenwände. Vom Ende her drang ein hohes, hysterisches Bellen zu ihnen durch. Dann sah Merder das Licht. Denning kniete am Boden und beugte sich vor. Die Hündin saß an seiner Seite und hechelte. Merder sah nur einen Fuß in einem Damensportschuh. Ein Felsbrocken verstellte ihm die Sicht auf den Rest des Körpers.

»Und?«, fragte Merder.

Lars Denning richtete sich auf. »Sie atmet.«

Sven stieß einen Seufzer aus. »Oh Gott«, stöhnte er. »Mir wird schlecht.« Er hatte sich an Merder vorbei neben Denning geschoben und einen Blick auf die Bewusstlose geworfen. »Ich gebe vorne Bescheid«, sagte er schnell und stolperte davon.

Benno Merder wandte sich an den Hundeführer. »Geh ihm nach!«, sagte er. »Der Gang ist zu eng für so viele Leute. Ich warte hier bei ihr auf die Sanitäter.« Er sah, wie Denning die Leine einholte und seinem Hund über den Kopf strich. »Gute Arbeit, Lars!«, sagte er. »Danke!«

Benno Merder hockte sich neben den reglosen Körper. Nele lag auf dem Bauch. Das wenige, was sie am Leibe trug, war zerrissen. Ein bläulicher Schimmer überzog ihre Haut, dort, wo sie nicht mit Krusten von Dreck und Blut und mit offenen Wunden bedeckt war. Ihr Brustkorb hob und senkte sich in einer zarten, unermüdlichen Welle. Er konzentrierte sich auf diese sanfte, gleichförmige Bewegung, bis seine Atmung in denselben feinnervigen Rhythmus fiel. »Wir schaffen das«, flüsterte er.

MAIC

Maic Lutter warf das Aktenbündel auf den Beifahrersitz und rutschte hinter das Steuer. Missmutig drehte er den Zündschlüssel herum. Er stieß einen Seufzer aus und stellte den Motor wieder ab. Er war viel zu aufgebracht, um loszufahren. Er war sauer auf Steffen und auf Annika. Weshalb hatten sie ihn nicht rechtzeitig informiert? Vor allem war er sauer auf sich selbst. Marlene Hinze hatte ihn am Morgen angerufen, um ihm die katastrophale Nachricht zu überbringen. Die Staatsanwältin war die Erste und Einzige gewesen, die es für nötig gehalten hatte, ihn zu informieren. Er hatte noch ihre Worte im Ohr. »Du hast uns eine Laus in den Pelz gesetzt.« Sie übermittelte ihm diese Botschaft mit der ihr eigenen Nonchalance, die alles bedeuten konnte. Der Vorwurf, der darin mitschwang, war unmissverständlich. Wie konnte das nur passieren? Ausgerechnet ihm? Den Vergleich von Luka Schneider mit einer Laus traf die Situation ganz und gar nicht. Für Maic war es eine Katastrophe, und er war dafür verantwortlich. Dann kam der Anruf aus Bad Segeberg. Steffen sei im Krankenhaus. Ein Notfall. Er habe darum gebeten, dass er, Maic, die Vernehmung des Verdächtigen übernehmen solle. Er solle auch seine Akte mitbringen. Die Unterlagen am Ort seien unbrauchbar. Unbrauchbar? Maic verstand überhaupt nichts mehr. Kurz darauf rief Annika Liebsch an. Nele Peters sei gefunden und am Leben. Mehr wüsste sie im Moment nicht. Die Erleichterung darüber ließ ihn für einen Augenblick seinen Ärger vergessen. Sofort sagte er die OFA-Sitzung ab. Helga Winkler bot ihm an, ihn nach Bad Segeberg zu begleiten, um die Vernehmung von Luka Schneider gemeinsam durchzuführen. Inzwischen war die Kollegin auf dem Heimweg nach Dresden. Weshalb hatte er ihren Vorschlag ausgeschlagen? Und weshalb hatte er Schneider nicht nach Kiel überstellen lassen? Was war bloß los mit ihm? Maic fuhr sich mit der Hand durchs Gesicht. Die ganze Sache wird sowieso ein Nachspiel haben, dachte er. Nun galt es, keine Zeit zu verplempern und nach vorne zu schauen. Maic startete den Motor, passierte die Schranke zum Gelände des Landeskriminalamtes und bog auf die Fahrstraße ein.

»Dortje Feindlich.« Die junge Kollegin reichte ihm die Hand. »Wir hatten telefoniert.« Ihr Blick fiel auf das Aktenbündel unter Maics Arm. »Gut, dass Sie daran gedacht haben!« Sie lächelte ihm aufmunternd zu. »Einen Augenblick dauert es noch. Die Anwältin ist gerade bei ihm.«

»Wie geht es Steffen?«, wollte Maic wissen.

»Er ist während der Vernehmung kollabiert.« Sie verzog das Gesicht. »Es gab einen recht unappetitlichen Zwischenfall. Jedenfalls ist Steffen im Krankenhaus. Er war wach, als sie ihn abholten. Er bat mich, Sie umgehend zu benachrichtigen. Mehr weiß ich im Moment leider auch nicht.« Sie gab dem Polizisten hinter der Panzerglasscheibe ein Zeichen. Ein Türsummer ertönte. »Kommen Sie bitte mit!«, sagte sie. »Hier vorne im Wachraum können Sie auf dem Monitor die Gewahrsamszelle einsehen.«

Auf der Mattscheibe tat sich nicht viel. Luka Schneider stand mit dem Rücken zur Kamera und blickte stur geradeaus zum Fenster hinüber. Seine Anwältin zeigte sich nur im Profil. Wenn überhaupt. Meistens schaute sie zu Boden oder weg von der Videokamera. Für Maic sah es wie abgesprochen aus. Er hätte allzu gern gewusst, was die beiden miteinander ausheckten. Aber die Übertragung war ohne Ton. Dankbar nahm er das Glas Wasser entgegen, das ihm der Kollege vom Wachdienst anbot. Maic blickte durch die gepanzerte Scheibe in den Eingangsbereich. Er diente zugleich als Warteraum. Ein Mann und eine Frau saßen dort und unterhielten sich. Zwei Polizisten gingen hinaus. Kurz darauf öffnete sich die Tür, und zwei Männer in roten Overalls betraten das Gebäude. Sie schoben eine Karre mit Eimern und Putzutensilien vor sich her. Der Kollege von der Wache ließ sie ohne weitere Fragen herein. Auf ihren Rücken prangte in großen Buchstaben *Clean & Cosy*.

Auf einmal stand sie vor ihm. »Zu deinen Diensten, mein lieber Hauptkommissar.« Über Annikas Gesicht huschte ein müdes Lächeln.

»Als ich dich abgab, hast du besser ausgesehen«, sagte er.

Ihr Lächeln erstarb. Eine dunkle Augenbraue wölbte sich missbilligend nach oben. »Und morgen geht die Sonne im Westen unter«, knurrte sie und wandte sich ab.

Er sah, dass sie hinkte.

»Es war Steffens Idee«, sagte sie, während sie die Treppe hinaufstiegen. »Ich bin nicht scharf darauf, bei der Vernehmung dabei zu sein. Sag' mir einfach, wenn ich wieder gehen soll.«

»Weshalb rufst du mich nicht an?«, platzte Maic heraus.

»Das habe ich doch!«

»Ich meine, gleich heute früh.« Es fiel ihm schwer, seine Enttäuschung zu verbergen. »Stattdessen erfahre ich aus dem Justizministerium von Schneiders Verhaftung.«

»Ich ging davon aus, dass Steffen …« Sie brach ab. »Es tut mir leid. Ich war selbst ziemlich perplex, und hier ging wohl alles drunter und drüber.«

Sein Blick glitt über Annikas zerknitterte Uniform. Staub klebte an ihren Stiefeln. Statt des sonst so markanten Make-ups lagen dunkle Schatten um ihre Augen, als wäre sie nächtelang nicht zur Ruhe gekommen. Sie hatte sich nicht einmal die Mühe gemacht, ihr Haar zu bändigen.

Zwei Polizisten kamen die Treppe hinauf.

Annika grüßte und wartete, bis sie an ihnen vorbei waren. »Komm mit!«, sagte sie. »Lass uns in Steffens Büro weiterreden.«

»Annika, warte!« Dortje Feindlich stand am unteren Treppenabsatz. »Der Glaskasten gleich gegenüber der Treppe ist für euch reserviert.« Sie machte ein vielsagendes Gesicht. »Steffens Büro geht gerade nicht.«

»Ach, ja«, erwiderte Annika. »Hatte ich völlig vergessen.«

Als sie den Raum betraten, schlug ihnen stickige Luft entgegen. »Das ist ja der reinste Brutkasten«, stöhnte Maic und ließ die Akte auf den Tisch fallen. Das Zimmer war nicht besonders groß, aber es war hell, obwohl die blauen Lamellenvorhänge keinen Sonnenstrahl durch die breite Fensterfront ließen. In der Mitte stand ein ovaler Tisch mit Gläsern und Getränken, ein ideales Arrangement für Besprechungen. Das Mobiliar, sogar das Geschirr war in Blautönen gehalten. Maic seufzte. Wie sollte er hier eine Vernehmung durchführen? Er schaute sich suchend um. »Gibt es irgendwo einen Ventilator?«

»Das halte ich für keine gute Idee.« Angewidert verzog Annika das Gesicht. »Luka Schneider hat heute früh bei der Vernehmung Steffen auf den Schreibtisch gekotzt.«

»Wie bitte?«

»Er hat sich in den laufenden Ventilator übergeben. Du kannst dir vorstellen, wie es da drinnen aussieht. Dortje war dabei gewesen. Ich hab's mir nicht im Detail von ihr beschreiben lassen. Jedenfalls hat sich die Putzfrau geweigert sauberzumachen. Sie mussten eine Reinigungsfirma bestellen.«

»Ist Luka Schneider krank?«, fragte Maic. »Oder ist er betrunken?«

Annika schüttelte den Kopf. »Nichts von beidem. Dortje meinte, dass Steffen ihm wohl zu viel zugemutet habe. Er hat Schneider die Fotos der Opfer aus der Akte vorgehalten. Daraufhin sei es passiert.«

»Lass mich raten!« Maic fuhr sich mit der Hand übers Gesicht. »Die Anwältin war noch nicht da.«

»Volltreffer«, Annika grinste. »Du kennst ihn doch.«

»Steffen hätte Schneider sofort zu uns nach Kiel überstellen müssen.«

»Ich weiß.« Annika seufzte. »Leider habe ich nicht mehr mit ihm sprechen können. Dortje hat mir vor einer Viertelstunde seine Anweisung übermittelt, ich solle dich bei der Vernehmung von Schneider unterstützen.«

»Bevor wir anfangen, solltest du einiges wissen«, begann Maic. Er war jetzt ruhiger. »Uns liegt die Auswertung von Neles Laptop vor. Sie wurde gestalked. Der Typ nennt sich *Boddah*. Ich will Schneider damit konfrontieren.«

Annika horchte auf. »Kurt Cobain, wenn ich mich nicht irre.«

Maic nickte anerkennend. »Ich hätte nicht gedacht, dass du auf *Grunge* stehst.«

»Ich interessiere mich mehr für den Menschen«, erwiderte sie. »Als Kind soll er sich einen Freund erschaffen haben. Er nannte ihn *Boddah*. Er schrieb ihm einen Abschiedsbrief, bevor er Selbstmord beging.«

»Der Punk-Rocker soll den Namen *Boddah* benutzt haben, wenn er auf seine dunkle Seite angesprochen wurde«, ergänzte Maic. »*Boddah* verkörperte wohl sein böses Alter Ego, dem er die eigenen sadistischen Handlungen zuschrieb und sie damit von sich abspaltete.«

»Der Teufel in mir«, sinnierte Annika.

Maic nickte. »Da ist noch etwas«, fuhr er fort. »Die Kunstfaser, die du vom Gartenzaun der Familie Peters gepflückt hast, wird unter anderem für die Herstellung von Oberhemden und Blusen verwendet. Ich habe nach Rücksprache mit Marlene Hinze eine Durchsuchung von Schneiders Reitstall und seinen Privaträumen angeordnet.«

Es klopfte. Dortje Feindlich steckte den Kopf zur Tür herein. »Wir wären dann so weit.«

Als Luka Schneider den Raum betrat, traute Maic seinen Augen nicht. Er warf Annika einen flüchtigen Blick zu, um sich zu vergewissern, dass sie das Gleiche dachte wie er. Ihr verhaltenes Kopfschütteln bestätigte ihm, dass er sich nicht täuschte. Dies war nicht der Mann, den Maic ins OFA-Team berufen hatte. Jedoch sah ihm der Mann, der nun an dem ovalen Tisch Platz nahm, erstaunlich ähnlich.

»Sie verdächtigen meinen Mandanten, für das Verschwinden von Nele Peters verantwortlich zu sein«, ergriff die Anwältin sogleich das Wort. »Herr Schneider hat ein Alibi für die Nacht von Samstag auf Sonntag. Ich fordere Sie daher auf, ihn unverzüglich freizulassen. Der Antrag liegt bereits bei der Staatsanwaltschaft.«

Maic kannte die Frau nicht. Sie hatte sich ihm vorgestellt, aber er hatte ihren Namen gleich wieder vergessen. Für ihn war sie eine von diesen unterkühlten Mittvierzigerinnen, die sich keiner Illusion mehr hingaben und ihre Ziele kompromisslos verfolgten. Im Unterschied zu Schneider war sie entspannt. Maic war sprachlos. Die neue Konstellation hatte ihn aus dem Konzept gebracht. Wenn das Luka Schneider war, wer war dann der Mann, mit dem er noch vor zwei Tagen an einem Tisch gesessen hatte?

»Neben seiner Ehefrau gibt es weitere Personen, die bezeugen, dass Herr Schneider in der besagten Nacht auf einer Feier in Neumünster war«, fuhr die Anwältin fort. »Im Übrigen wird das, was Ihr Kollege mit meinem Mandanten veranstaltet hat, Konsequenzen haben.«

»Sie sprechen vom Ersten Kriminalhauptkommissar Steffen Hinrichs«, warf Annika ein. »Er liegt im Krankenhaus und kann im Moment nicht Stellung dazu beziehen.«

Die Anwältin zeigte sich unbeeindruckt. »Hinzu kommt, dass dieser Hinweis aus der Bevölkerung sich auf ein Phantombild bezieht, das mit einem ganz anderen Fall in Verbindung steht.« Sie richtete ihr spitzes Kinn auf Maic. »Schlampig kann jeder!«, sagte sie.

Maic stützte die Ellenbogen auf den Tisch und legte die Handflächen zusammen. Anwälte machten auch nur ihren Job, versuchte er den aufkeimenden Unmut zu besänftigen. »Das LKA, das ich vertrete, ermittelt in einer Mordserie«, erklärte er sachlich. »Der Fall, bei dem das Phantombild erstellt wurde, steht in Verbindung mit dem aktuellen Vermisstenfall.« Er wandte sich an Luka Schneider. »Herr Schneider, ich befürchte, Sie haben einen Doppelgänger.«

Luka Schneider seufzte erleichtert. Er war noch immer etwas grau im Gesicht.

»Das ging ausnahmsweise einmal flott«, bemerkte die Anwältin. Sie griff nach der Aktentasche. »Herr Schneider, wir können gehen.«

Maic hob die Hand. »Geben Sie mir noch ein paar Minuten!«, sagte er. »Bitte!«

Luka Schneider schaute seine Anwältin an. Als diese ihre Aktentasche wieder auf den Boden stellte, fuhr Maic fort. »Die Kollegin Liebsch und ich haben neulich einem Mann gegenübergesessen, der sich Luka Schneider nannte und Ihnen sehr ähnlich sieht.« Die näheren Umstände dieser Begegnung verschwieg er. »Haben Sie einen Bruder, Herr Schneider?«

Luka Schneider schüttelte den Kopf. »Nein«, erwiderte er.

»Der Mann, der sich uns als Luka Schneider vorstellte, ist etwas größer als Sie«, begann Annika. »Ansonsten hat er Ihre Statur. Sein Haar war deutlich kürzer und dunkler als Ihres. Er gab sich als Reitstallbesitzer in Neumünster aus und nannte Ihre Adresse.«

Schneider blickte verunsichert. Flüchtig sah er zu seiner Anwältin hinüber. Maics Handy klingelte.

»Einen Moment, bitte!« Maic nahm das Gespräch an.

»Die Spurensicherung hat sich gemeldet.« Dortje Feindlich klang aufgeregt. »*Boddah* verschickte seine Botschaften von Schneiders Geschäftscomputer. Die letzte wurde Montagnacht, also nach Neles Verschwinden versendet.«

»Danke«, sagte Maic. Er drückte das Gespräch weg. Nachdenklich betrachtete er Luka Schneider. Er hatte das Gefühl, dem Täter noch nie so nah gewesen zu sein wie in diesem Augenblick. Hatten sie wirklich den Falschen verhaftet? Maic schob die Akte beiseite und sah Schneider aufmerksam an. »Wer ist *Boddah*?«, fragte er.

Der Mann blickte verständnislos.

»Herr Schneider, wer außer Ihnen hat Zugang zu dem Computer in Ihrem Büro?«

»Meine Sekretärin«, begann Schneider zögerlich. Er machte eine Pause, als müsse er nachdenken. »Und mein Buchhalter.«

Maic wartete. Als Schneider beharrlich schwieg, fuhr er fort. »Ich brauche Namen und Adresse Ihres Buchhalters.«

»Er heißt Daniel Flor. Seine Adresse habe ich nicht.«

»Er arbeitet für Sie, und Sie wissen nicht einmal, wo er wohnt?«, wunderte sich Maic.

»Daniel ist mein Cousin«, erklärte Schneider. »Er ist ein Vagabund. Er ist mal hier, mal dort, lebt von Gelegenheitsjobs. Solche Typen brauchen ihre Freiheit. Ich lasse sie ihm. Ich vertraue ihm. Schließlich zählt das Ergebnis.«

Maic konnte es noch immer nicht fassen. »Keine Telefonnummer? Was ist mit WhatsApp? Was machen Sie, wenn Sie eine Frage haben?«

Schneiders Miene versteinerte sich. »Er erledigt seine Arbeit meist nachts. Es kommt vor, dass wir uns wochenlang nicht sehen. Ab und an kommt er zum Reiten. Für Mitglieder der Familie ist das gratis.«

Maic war kurz davor aufzuspringen und den Mann am Kragen zu packen. Wie bekloppt muss man sein …? Ein

Gedanke bremste ihn aus. Genauso bekloppt wie einer, der sich eine Laus in den Pelz setzt. Die Bewerber fürs OFA-Team mussten sich ausweisen. Ihre Vita wurde überprüft. Da kam ihm eine Idee. »Er ist Ihr Cousin, sagten Sie. Wie alt ist er? Wie sieht er aus? Beschreiben Sie ihn bitte!«

»Groß, schlank, sportlich.« Schneider überlegte. »Er ist drei Jahre jünger als ich. Müsste dieses Jahr 30 werden.« Er zögerte. »Ich weiß nicht, was Sie hören wollen?«

Maic zog das Phantombild aus der Akte und platzierte es vor Schneider. »Könnte er das sein?«

Schneider verzog das Gesicht. »Das könnten viele sein«, wehrte er ab. »Ich erkenne mich selbst nicht darauf. Ich verstehe überhaupt nicht ...«

»Hat Ihr Cousin Zugang zu persönlichen Dokumenten von Ihnen?«, unterbrach ihn Maic. »Ich denke an Reisepass, Personalausweis.«

»Er ist mein Buchhalter. Selbstverständlich kann er an den Tresor.«

»Das heißt, er kommt auch an Ihre Ausweise?«

»Ich schließe sie dort ein. Bei uns stehen alle Türen offen. In einem Reitstall laufen viele Leute herum. Da sollte man vorsichtig sein.«

»Würden Sie behaupten, dass Daniel Flor Ihnen ähnlich sieht?«

Schneider schüttelte den Kopf. »Ich finde nicht«, sagte er. Nach kurzem Zögern räumte er ein: »Ein bisschen vielleicht. Unsere Väter sind Zwillingsbrüder. Manchmal werden wir miteinander verwechselt. Aber das kommt selten vor.«

»Kein Wunder!«, murmelte Maic. Nachts sind alle Katzen grau. Aber das dachte er nur. So jedenfalls kamen sie nicht weiter. Weshalb ließ sich Schneider alles aus der Nase ziehen? Er unternahm einen letzten Versuch. »Wann haben Sie Ihren Cousin das letzte Mal gesehen?«

Luka Schneider hob die Schultern. »Ich sagte doch schon …«

»Sie sprachen von Ihren Vätern«, warf Annika ein. »Wir bräuchten die Adresse seiner Eltern.«

»Bitte helfen Sie mir zu verstehen!« Die Augen der Anwältin ruhten auf Maic. »Sie hatten Kontakt zu einem Mann, der sich als Luka Schneider ausgab und meinem Mandanten ähnlich sah. Zumindest in Ihrer persönlichen Wahrnehmung war das so.« Sie sah ihn prüfend an. Ihre Mundwinkel zuckten gemein. »Gehe ich recht in der Annahme, dass die näheren Umstände dieses Kontaktes unter die polizeiliche Geheimhaltung fallen?«

Maic schwieg. Die Verleumdung ist ein Lüftchen, dachte er. Schon möglich, dass die Dame im Bilde war.

»Wir haben Ihnen einen Namen geliefert«, sagte sie schließlich. »Machen Sie Ihre Arbeit!«

»Mir ist noch etwas eingefallen.« Luka Schneider schaute Annika an. »Daniel hat im Reitstall einen Spind. Er bewahrt seine persönlichen Sachen darin auf.«

»Gut«, ergriff die Anwältin das Wort. »Zur Entlastung meines Mandanten und in Anbetracht der Tatsache, dass Daniel Flor schwer auffindbar ist, schlage ich vor, die Reitkappe seines Cousins für eine Genanalyse ins Labor nach Kiel zu überstellen.«

»Puh!«, stöhnte Maic, nachdem die beiden den Raum verlassen hatten.

»Wenn du mich fragst …« Annika nahm einen Schluck

aus der Wasserflasche. »Das war gut inszeniert.« Sie wischte sich mit der Hand über den Mund.

Maic betrachtete ihre feucht glänzenden Lippen. »Wie meinst du das?«

»Überleg' doch einmal!« Annika tippte mit dem Kugelschreiber auf ihre Notizen »Wir haben von Daniel Flor weder eine Adresse noch eine Telefonnummer. Die Anwältin hat meine Frage nach den Eltern einfach abgebügelt.«

»Wir haben einen Namen«, erwiderte Maic. »Und wir bekommen die Reitkappe fürs Labor.« Er beobachtete Annika, die einen weiteren Schluck aus der Flasche nahm.

»Ich hätte gern verstanden, weshalb Schneider sich so bedeckt hält«, sagte sie. »Er brauchte ganz schön lange, bis er uns seinen Cousin auftischte.«

»Familie«, sagte Maic. »Eine Krähe hackt der anderen kein Auge aus.«

Annika verschränkte die Arme vor der Brust. »Es war ein abgekartetes Spiel, den Verdacht auf den Cousin zu lenken. Sie wollten uns damit ködern. Und wir haben angebissen.«

»Ich musste ihn laufen lassen.«

»Klar, musstest du das. Allerdings hast du dich von den vagen Andeutungen der Anwältin – ich zitiere: ›die näheren Umstände des Kontaktes‹ – einschüchtern lassen. Glaub mir, sie hat nur geblufft.«

»Ich lasse mich nicht einschüchtern«, erwiderte Maic verärgert. »Du hörst mal wieder die Flöhe husten.«

»Kann schon sein!« Ihr Mund verzog sich zu einem spöttischen Grinsen. »Ich höre die Flöhe husten, und du setzt dir eine Laus in den Pelz.«

ANNIKA

Eine gefühlte Ewigkeit hing sie hinter dem Müllwagen. Annika rümpfte die Nase. Die Luft stank nach den schweren Ausdünstungen der durch die Sonne aufgeheizten Abfälle. Die Überholversuche hatte sie aufgegeben. An vielen Stellen verlief die Straße einspurig. Ständig kam ihr jemand entgegen, sodass sie in Haltebuchten ausweichen musste. Außerdem hatte sie keine Eile. Im Fußraum der Beifahrerseite standen ihre Sportschuhe. Auf dem Sitz neben ihr lag die Verbandstasche. Sie hatte beides vorsorglich aus dem Kofferraum geholt, um gleich nach ihrer Ankunft am Ihlsee den verknacksten Fuß zu versorgen.

Schwerfällig rollte der Müllwagen wieder an, um nach wenigen Metern bei der nächsten Tonne abrupt abzustoppen. Annikas Gedanken kehrten zu Luka Schneider zurück. Maic hatte ihn unter dem Vorbehalt, erreichbar zu sein, in die Freiheit entlassen. Die Reitkappe von Daniel Flor war auf dem Weg ins LKA. In wenigen Stunden sollte das Ergebnis der DNA-Analyse vorliegen. Auch wenn es im ersten Moment nicht danach ausgesehen hatte, waren sie vielleicht doch einen Schritt weitergekommen. Maic stand unter massivem Druck, und sie hatte mit ihrer Bemerkung wieder einmal den Bogen überspannt. Die Laus im Pelz hatte bei ihm das Fass zum Überlaufen gebracht. Jedes Mal, wenn dieser sonst so beherrschte Mann plötzlich in Wallung geriet, beschleunigte sich ihr Puls. Sie mochte ihn, auch wenn er ziemlich arrogant sein konnte, und sie spürte, dass auch er eine Schwäche für sie hatte. Als er sich seine Akte schnappte und die Tür hinter sich zuknallte, hatte auch sie das Bedürfnis verspürt abzuhauen. Sie brauchte frische Luft. Kurz entschlossen war sie in ihr Auto gestiegen und hatte sich auf den Weg zum Ihlsee gemacht.

Annika schlug mit der flachen Hand auf das Lenkrad. »Mist«, entfuhr es ihr. Hatte Maic daran gedacht, die Kollegen damit zu beauftragen, im Melderegister nach der Adresse von Daniel Flor zu suchen? Sie zog das Handy aus dem Halfter und tippte eine SMS an Dortje. Doppelt kann nicht schaden, dachte sie und warf das Mobiltelefon auf den Beifahrersitz.

Der Müllwagen bog ab, und Annika beschleunigte den Wagen. Das Haus der Familie Peters lag in einer idyllischen Gegend. Eine Seite des Anwesens grenzte an den See. Auf der anderen Seite erhob sich ein weitläufiger Mischwald. Dort zog es sie hin.

Das schwere Tor zum Grundstück der Peters war geschlossen. Eine Mülltonne stand an der Straße. Annika lenkte den Wagen in eine schattige Parkbucht am Waldrand gleich gegenüber. Von dort führte ein Pfad direkt in den Ihlwald hinein. Sie stellte den Motor ab und öffnete die Tür. Mittagshitze umfing sie. Sonnenstrahlen blitzten durch die Blätter der Bäume. Es roch nach Harz und warmer Erde. Sie beugte sich vor und streifte die Stiefel von den Füßen. Noch vor wenigen Stunden war sie durch diese kalte und finstere Höhle gehumpelt. Es kam ihr beinahe unwirklich vor. Aus der Verbandstasche fischte sie eine elastische Binde und wickelte sie um das geschwollene Fußgelenk. Annika nahm das Handy vom Beifahrersitz und steckte es zurück in den Halfter. Dann schlüpfte sie in ihre Sportschuhe und stieg aus dem Wagen. Der Fußweg verlief in gerader Linie parallel zur Fahrstraße. Durch den lichten Waldrand erkannte sie die Stelle, hinter der sich der schadhafte Zaun verbarg. Dort hatte sie die Faser entdeckt. Ein paar anerkennende Worte hätte Maic sich schon abringen können. Jetzt suchten sie das passende Kleidungsstück dazu. Sie erinnerte sich an den Moment, als sie auf dem Steg gestanden und das Rascheln vernommen hatte, das sie schließlich zu dieser Fundstelle geführt hatte. Luka Schneider, Daniel Flor wie immer er auch hieß … Hatte er sie heimlich beobachtet? Trotz der Wärme fröstelte ihr.

Ihr Fuß schmerzte und zwang sie, langsamer zu gehen. Auf der gegenüberliegenden Seite der Straße zog sich eine lange Reihe Gabionen. Sie befand sich auf Höhe des Nachbargrundstücks. Ein Mann trat aus der Zufahrt. Er ging zur Mülltonne hinüber und warf etwas hinein. Plötzlich strauchelte sie. Annika stieß einen Schrei aus und fing sich gerade noch rechtzeitig auf. Sie ärgerte sich über sich selbst, hatte einfach nicht aufgepasst. Ihr Fuß hatte sich in einem Bündel aus Zweigen verfangen. Als sie aufschaute, stand der Mann noch da. Nur ein paar Bäume und die Straße trennten sie voneinander. Er sah zu ihr herüber. Das ist unmöglich!, schoss es ihr durch den Kopf. Vor weniger als einer Stunde hatte sie ihm gegenübergesessen. Ihre Gedanken überschlugen sich. War das wirklich Luka Schneider? Stirn und Augen waren vom Schirm einer Baseballkappe verdeckt. Erst jetzt fiel ihr auf, dass er anders gekleidet war. Sie erinnerte sich. Indian Village. Die Baseballkappe. Das weiße Hemd. Er hatte unter den Zuschauern gestanden. Luka Schneider, Daniel Flor, wie immer er auch hieß, er war dort gewesen. Und jetzt war er hier. Höchstens 100 Schritte von ihr entfernt. Der Mann wandte sich ab und verschwand.

Unter ihren Schuhen knackte das Unterholz, während

sie mit weit ausholenden Schritten über Baumschösslinge und Äste hinwegstieg. Sie spürte keinen Schmerz. Im Nu war sie auf der anderen Straßenseite. Sie duckte sich hinter die Gabionenreihe und löste die Waffe aus dem Halfter. Drinnen im Hof sprang ein Automotor an. Annika entsicherte die Pistole. Vorsichtig linste sie um den Pfosten der Zufahrt herum. Sie blickte auf das leuchtend blaue Heck eines Sportwagens. Annika sprang vor. Beide Hände an der Waffe riss sie die Arme nach vorne. Der Motor heulte kurz auf. Dann schoss der Wagen auf sie zu. Annika wirbelte herum, stieß gegen den Torpfosten. Ihr wurde schwarz vor Augen.

Als sie zu sich kam, hockte sie am Boden, den Rücken an den Torpfosten gelehnt. Ihre Schulter schmerzte. Ihre Dienstwaffe lag neben ihr. Schnell sicherte sie die Pistole und steckte sie ins Holster zurück. Sie rappelte sich hoch und blickte die Straße hinunter. Der blaue Porsche war weg, als hätte es ihn nie gegeben. Aber sie hatte nicht geträumt. Ihr Handy klingelte. Dortje stand auf dem Display. Mit zitternden Händen nahm sie das Gespräch an.

»Wir haben seine Adresse.« Die Stimme der Kollegin drang dumpf wie durch Watte zu ihr durch.

»Annika, bist du noch dran?«

Annika schluckte. »*Walker* ist mir gerade durch die Lappen gegangen.«

Schweigen am anderen Ende der Leitung.

»Bist du okay?«, fragte Dortje besorgt.

Annika rieb sich die Schulter. »Er fährt einen blauen Porsche Typ 911«, erwiderte sie. »Vermutlich ein Cabriolet. Das Verdeck war geschlossen.«

»Kennzeichen?«

Sie blickte zum Haus hinüber. »Das kriege ich noch raus.«

»Wo bist du jetzt?«

Auf den Pfosten am Tor hing ein Messingschild. *Bettina & Olaf Flor*, stand in geschwungenen Lettern darauf. »Ich glaube, ich habe seine Eltern gefunden«, sagte Annika.

Ein Müllwagen fuhr laut rumpelnd vorbei und der Lärm übertönte Dortjes Worte. Auf Höhe der Mülltonne, nur wenige Meter vor ihr, kam er zum Stehen. Ein Greifarm fuhr aus. »Haaalt«, schrie sie und stürzte zur Mülltonne.

Ein rot glühender Kopf reckte sich aus dem Fenster der Führerkabine. Der Mann schüttelte den Kopf. »Geht's noch?«, brüllte er.

Annika zog die Tonne beiseite. Mit der anderen Hand hielt sie ihren Dienstausweis hoch. »Die ist beschlagnahmt!«

Der Fahrer winkte ab. »Viel Spaß!«, rief er. Er zog seinen Kopf zurück. Kurz darauf rumpelte der Laster davon.

Annika klappte den Deckel hoch. Eine Plastiktüte lag obenauf. Hastig schlüpfte sie in die Einmalhandschuhe. Auf einmal drehte sich alles. Sie klammerte sich an die Tonne, nahm ein paar tiefe Atemzüge. Ein gammeliger Mief stieg ihr in die Nase. Als der Schwindel nachließ, schnappte sie sich die Tüte und ging zur Haustür hinüber. Sie klingelte. Während sie wartete, warf sie einen Blick in die Tüte. Der Stoff darin weckte ihre Neugier. Sie zog ihn heraus. Sie erkannte ein Herrenoberhemd. Grün. Im linken Ärmel klaffte ein Riss. Fassungslos starrte sie auf das schlaffe Kleidungsstück in ihrer Hand. Statt des Triumphs empfand sie nur Leere. War *Boddah* ein Phantom?, fragte sie sich. Ein Hirngespinst? Sie schnupperte an seinem Hemd. Kein Geruch. Nichts.

*

Auszug aus der Befragung von Bettina und Olaf Flor durch die Polizei vom Freitag, den 27. Juli

Wir haben immer gewusst, dass es uns irgendwann einholen wird.

Pause.

Mit 16 Mutter zu werden, ist eine Herausforderung. Das können Sie mir glauben. Ich ging damals zur Schule. Mein Mann war noch in der Ausbildung. In den ersten Jahren unterstützten uns meine Eltern. Daniel war ein gesundes Baby. Er war ein wenig grob, packte gerne etwas fester zu und freute sich, wenn wir quietschten. Die Ärzte beruhigten uns. Wir hätten ein kerngesundes, psychisch stabiles Kind. Seine Sozialisation verliefe völlig normal. Klare Grenzen könnten ihm nicht schaden.

Pause.

Wir gaben uns Mühe. Er wuchs zu einem kräftigen Kleinkind heran. Als er drei wurde, war mein Körper übersät von blau-rotvioletten Flecken. Ich ertrug die sorgenvollen Blicke meiner Eltern nicht mehr. Wir fanden eine Wohnung in einer ländlichen Gegend. Wir waren davon überzeugt, dass körperliche Auslastung die Entwicklung unseres Sohnes in die richtigen Bahnen lenkte. Er war eben ein richtiger Junge, der sich austoben musste. Es war damals schon abzusehen, dass er über die Statur seines Vaters hinauswachsen würde. Mein Mann war sehr stolz auf ihn.

Pause.

Dann geschah das mit dem Welpen …

FREITAG

STEFFEN

Er war müde. Todmüde. Aber er wollte nicht mehr träumen. Mit aller Kraft versuchte er, die Augen zu öffnen. Seine Lider gehorchten ihm nicht. Er stürzte zurück in den Traum.

Er kann sich nicht bewegen. Ein Strick ist fest um seinen Körper gezurrt. Es ist Nacht. Vor seinen Augen knistert ein Feuer. Funken sprühen. Er spürt die Hitze auf seiner Haut. Er spannt die Muskeln an, stemmt sich gegen die Fesseln. Auf einmal sieht er alles von oben. Sieht sich an einen Marterpfahl gebunden. Sein Kopf hängt herunter. Bin ich tot?, fragt er sich. Er fühlt weder Angst noch Trauer. Rund um die Feuerstelle springen Männer in Indianerkostümen. Ein Tänzer tritt aus der Reihe. Er trägt den üppigen Federschmuck des Häuptlings. Stolz wirft er sich in die Brust. Eine Fackel lodert in seiner Hand. Plötzlich rennt er auf den Marterpfahl zu. Sein Kopfschmuck wippt mit jedem seiner weiten Sprünge.

Er spürt wieder die Fesseln, fühlt sich verschnürt und gefangen wie in einem Spinnenkokon. Er hebt den Kopf und blickt in die Fratze des Häuptlings. Kein Zweifel. Es ist Rotfuchs. Er kann sein Aftershave riechen. Zwischen Gaumen und Zunge schwebt eine Frage. »Walter, was soll die Maskerade?« Doch der Knebel im Mund erstickt ihm die Stimme.

»Du hast es vergeigt«, zischt Walter Rotfuchs. Seine Augen funkeln gemein. »Das Ministerium verlangt ein Opfer!«

Das Feuer der Fackel erfasst seine Kleider. Er windet sich. Die Schnüre schneiden ihm ins Fleisch. In seiner Kehle formt sich ein Schrei, bleibt darin stecken. Der Ton bläht sich auf, versperrt seinen Rachen, will ihn ersticken. Jemand fasst seinen Arm. Da holt er aus …

»Man sollte dich anbinden.«

Steffen öffnete die Augen. Im ersten Moment wusste er nicht, wo er war. Er drehte den Kopf in die Richtung der Stimme. »Annika«, murmelte er erleichtert. Er kniff die Augen zusammen und blinzelte. Etwas Buntes steckte in ihrem Haar. Er wies auf ihren Kopf. An seinem Gaumen klebte noch die Frage. »Was soll die Maskerade?«, stieß er hervor.

Sie griff sich ins Haar, zupfte es ab. »Unten im Park blühen die Rosen«, sagte sie lächelnd und hielt ihm ein rosa Blütenblatt hin.

Steffen schaute sich um. Neben dem Bett stand ein Gestell. Der Infusionsbeutel daran baumelte leicht. Er beobachtete die Tropfen, sah zu, wie sie sich langsam streckten, lösten und fielen. Der Vorgang zog sich hin. Eine Ewigkeit. Im Infusionsschlauch darunter bewegte sich nichts. Der Anblick machte ihn nervös. Dabei hatte er sich so oft nach Stillstand gesehnt. Der Schlauch mündete in seine linke Hand. Ein Streifen Klebeband hielt ihn dort fest. Für den Bruchteil einer Sekunde spürte er Panik aufkommen. Er fühlte sich verletzt. Ausgeliefert. Er drehte den Kopf zur anderen Seite, verrenkte den Hals, um nach hinten zu schauen. Keine Schläuche, keine Kabel. Nichts pumpte, nichts piepste. Keine Technik, die ihn am Leben hielt. Er seufzte erleichtert. Er war noch Herr seiner selbst.

»Wie fühlst du dich?«, fragte Annika.

Ihm fiel nichts dazu ein. Er wollte später darüber nachdenken. In seiner Nase hing noch das Aftershave. »War er hier?«

»Wer?«

»Rotfuchs.«

Versonnen strich sie über das zarte Blatt in der Hand. »Er kam mir unten am Ausgang entgegen.«

Steffen stöhnte. »Er wird mich lynchen.«

»Dich lynchen?« Sie lachte hell auf. »Dazu gibt es nun wirklich keinen Grund. Er sagte, er müsse mit mir reden. Es klang ein wenig bedrohlich.« Sie lächelte. »Aber mach dir keine Sorgen! Wir wissen jetzt, wer *Walker* ist.«

»Also nichts Neues«, krächzte er matt, leckte sich über die spröden Lippen.

»Die DNA-Analyse ist eindeutig«, sagte sie. »Daniel Flor. 30 Jahre alt. Offiziell gemeldet bei seinen Eltern. Sie wohnen direkt neben den Peters.«

Er hielt kurz die Luft an. Was redete sie da?

»Er ist der Cousin von Luka Schneider«, hörte er sie sagen. Da fuhr er hoch. »Waaas?« Seine Stimme brach. Er hustete. Ihre Hand drückte sanft seine Schulter.

»Nur, wenn du ruhig bleibst, erzähle ich dir mehr.«

Er sank ins Kissen zurück.

»Ihre Väter sind eineiige Zwillinge«, begann sie. »Daher die Verwechslung mit Luka Schneider. Die beiden Cousins ähneln einander wie Brüder. Auch genetisch. Aber nicht ganz, eben nur wie Brüder.«

Steffen schloss die Augen.

»Ist alles okay?«, fragte sie.

Ihn störte der Anflug von Besorgnis darin. »Weiter!«, befahl er. Argwöhnisch lauschte er ihrem Bericht. Sie redete schnell. Viel zu schnell. Nimm dir ein Beispiel am Infusionsbeutel!, hätte er ihr gerne gesagt. Aber seine Aufmerksamkeit trieb im schäumenden Strom ihrer Worte. Er hatte Mühe, nicht darin unterzugehen.

»Der falsche Luka Schneider, ich meine der Cousin, saß im OFA-Team«, beendete sie ihre Ausführungen.

Steffen seufzte. »Wie geht Maic damit um?«

Annikas Miene verfinsterte sich. »Du kannst ihn selbst fragen. Er ist auf dem Weg hierher.« Sie sah zum Fenster hinüber. »Die kleine Peters liegt übrigens eine Etage tiefer auf Intensiv.«

Steffen packte ihren Arm. »Ihr habt sie gefunden?«

»Aber ich habe dich doch …«, verwundert sah sie ihn an. »Es hieß, du seist in einer Vernehmung. Der Kollege wollte es weiterleiten.« Steffen stöhnte. Er ließ ihren Arm los. Er spürte einen Stich in der Leiste … Bloß jetzt nicht an die Vernehmung denken! Sein Blick verschleierte sich. »Das Mädel lebt also«, flüsterte er. Eine Träne kitzelte seine Schläfe. Hastig wischte er sie weg. »Was sagen die Ärzte?«

»Dass es nicht lebensbedrohlich sei. Sie bekommt starke Beruhigungsmittel. Sie steht unter Schock. Außer den Eltern darf im Moment niemand zu ihr.«

Steffen starrte den Beutel mit der Infusionslösung an. Dieser war faltig und ausgelutscht. Jetzt wusste er, wie er sich fühlte. Er sah den Tropfen, der sich langsam formte, sich unter der Schwerkraft dehnte und hängen blieb. Vermutlich war es der Letzte, der aufgab, bevor er seine Aufgabe erfüllt hatte. Jede Quelle versiegt früher oder später, sagte er sich. Er schaute Annika an. »Sag schon, was habe ich noch verpasst.«

Maic war am Fußende des Bettes stehen geblieben. Er wirkte ein wenig hilflos. »Alles im Lot?«, fragte er.

»Bitte, setz dich!«, sagte Steffen. »Dort steht immer der Chefarzt. Ich kann es nicht leiden, wenn man auf mich herabsieht.«

Maic zog einen Stuhl an die freie Seite des Bettes.

»Wie ist die Lage?«, fragte Steffen.

»Die Kollegen in Niedersachsen hatten ihn kurz auf dem Radar«, sagte Maic. »Bei Hannover verließ er die A7. Die *KESY*-Stationen der Autobahnüberwachung weiter südlich verzeichnen bisher keine Erkennung des Nummernschildes. In Sachsen-Anhalt, Thüringen und Hessen sind die Kollegen alarmiert. Zusätzliche Streifenwagen sind auf der A14 und der A39 unterwegs.«

»Was ist mit den Landstraßen?«, wollte Annika wissen. »*KESY* ist kein Geheimnis. Er könnte die Autobahnen absichtlich meiden.«

»Die bundesweite Fahndung läuft«, erwiderte Maic. »Mehr können wir im Moment nicht tun. Solange wir sein Ziel nicht kennen …«

»Wenn er überhaupt eines hat«, warf Annika ein. »Er ist auf der Flucht.«

Steffen blickte von Annika zu Maic und wieder zu Annika zurück. Sie saßen rechts und links von seinem Bett und würdigten sich keines Blickes. Beide sahen erschöpft aus. Die Luft zwischen ihnen vibrierte. Es bedurfte nur eines Funkens, um die Explosion auszulösen, und er läge mittendrin. »Wie hieß noch das Stück, in dem Vanessa Keyser mitspielte?«, fragte er unvermittelt. Er rieb sich die Stirn. »Ich komm nicht mehr drauf. Das muss an der Narkose liegen.«

Beide schauten verblüfft. Die Feindseligkeit zwischen ihnen schien für einen Augenblick vergessen.

»Ich hatte heute Morgen viel Zeit zum Nachdenken«, fuhr Steffen fort. »Ich glaube, ich bin auf ein Muster gestoßen.« Er sah Maic aufmunternd an. »Lass mal sehen, ob du ein gutes Gedächtnis hast! Was fällt dir zu Paloma Nakana ein?«

Maic lachte unsicher. »Wenn ich mich nicht irre, bedeutet Paloma Nakana Taube des Urwaldes. Es ist der indianische Name von Amy Wilkins.«

»Gut!« Steffen nickte anerkennend. »Weiter! Ich höre.«

»Karl May beschreibt sie als eine außergewöhnliche Schönheit, zart und verletzlich«, fuhr Maic fort. »Ich erinnere mich an ein Stück, das wir vor etlichen Jahren gemeinsam am Kalkberg besucht hatten. Die Schauspielerin hieß Vanida Karun.«

»Was für ein Gedächtnis!«, staunte Steffen. »Sogar den Namen hast du dir gemerkt.«

Maic schmunzelte. »Sie entsprach überhaupt nicht der Karl Mayschen Vorlage. Sie war eine energische und wehrhafte Person. Mir gefiel sie in der Rolle der Paloma.« Er schielte kurz zu Annika hinüber. Dann senkte er den Blick und schwieg.

»Und weiter?«, drängte Steffen. »Erinnerst du dich auch an das Stück?«

Maic hob die Schultern. »Das ist verdammt lange her.« Er kratzte sich am Kopf. »Sie war auf der Flucht, glaube ich. Heutzutage würde man sagen, sie wurde gestalked.«

»Gar nicht so schlecht.« Steffen schnalzte anerkennend. »Ihr Nachbar, ein gewisser Leflor, hatte es auf sie abgesehen. Mit seiner Hilfe fiel sie in die Hände von Walker. Es ist eine Entführungsgeschichte mit Happy End.«

»So steht es im Buch«, sagte Maic. »Daniel Flor hat sich selbst nie *Walker* genannt. Den Namen haben *wir* ihm gegeben. Ich sehe da keine Verbindung. Mit Ausnahme von Vanessa Keyser spielte keines der Opfer die Rolle der Paloma. Worauf willst du hinaus?«

Steffen dachte kurz nach. Dann schaute er Annika an. »Erinnerst du dich an die Plakate, die im Haus von Kostja Janković hingen?«

Annika nickte. »Die Landschaftstapeten.«

»Nein, ich meine die Plakate«, beharrte Steffen. »Eines war aus dem Jahr, in dem Vanessa Keyser verschwand. Das Stück hieß *Im Tal des Todes.*« Er sah, wie die Kollegin ihr Handy zückte. Ihr Zeigefinger wischte über das Display.

»Paloma Nakana ist eine Figur aus dem Buch *Im Tal des Todes*«, sagte sie.

»Sehr gut!«, sagte Steffen. »Jetzt gib Karl-May-Spiele Bischofswerda und das Jahr ein, in dem Julia Hofmann ermordet wurde.«

Annika runzelte die Stirn. »Welches Jahr genau?«

Hilflos sah Steffen zu Maic hinüber.

»Das war 2008«, sprang der Kollege schnell bei.

Annikas Finger tanzten über das Display des Mobiltelefons. Ein flinker Wechsel aus Wischen und winzigen Sprüngen. Eine ihrer geschwungenen Augenbrauen schnellte nach oben. »Aufgeführt wurde damals *Im Tal des Todes*«, sagte sie.

»Lina Strake starb eingesperrt in einer Winterstreukiste nahe der Waldbühne von Elspe«, sagte Steffen.

»Das war 2016«, ergänzte Maic.

Annikas Finger huschte über das Display. »Auf dem Programm stand *Im Tal des Todes*«, sagte sie.

»Die Freilichtbühne Mörschied führte das Stück ein Jahr später auf«, sagte Steffen. »Am 16. Juli 2017 wurde dort Angelina Kolling erdrosselt.« Er schaute Annika an. »Du kannst das überprüfen.«

Annika starrte auf das Handy. »Du meinst, das Stück ist die Verbindung zwischen den Morden?«

Steffen angelte nach der Fernbedienung fürs Bett. Leise surrend hob sich das Kopfteil. »Die Morde geschahen an den Orten, an denen *Im Tal des Todes* gespielt wurde. Das meine ich mit Muster.«

»Was ist mit Pluwig?«, fragte Maic. Er hatte ebenfalls zum Handy gegriffen.

»Pluwig?« Annikas Augenbrauen zogen sich zusammen.

Maic hielt das Handy hoch. »Hier steht ›2013 Pluwig *Im Tal des Todes*‹.«

»Wo ist das?«

»In der Nähe von Trier«, erwiderte Maic. »Was Pluwig betrifft, so hat das Muster eine Lücke. Dort gab es 2013 keinen Mord.«

»Wer weiß das schon«, warf Steffen ein. »Wir sollten abklären, ob seit dem Sommer 2013 dort eine junge Frau vermisst wird.«

»Das sollten wir tun«, erwiderte Maic. »Dennoch kann ich euch noch immer nicht folgen. Erklärt es mir, bitte!«

»Der Täter inszeniert mit seinen Opfern die Entführung der Paloma Nakana«, begann Steffen. »Anders als bei Karl May gibt es für sie jedoch keine Rettung. Flor schreibt die Geschichte in seinem Sinne um, indem er das perfide Spiel zu Ende führt und sein Opfer tötet. Das Stück *Im*

Tal des Todes ist für ihn die Kulisse, die seinen perversen Geist inspiriert. Dort findet er die Opfer für seine grausame Inszenierung.«

»Schon möglich«, erwiderte Maic. »Die These hat jedoch einen Haken. Der Überfall auf Nele Peters passt nicht in dein Muster. Am Kalkberg spielen sie in diesem Jahr ein anderes Stück. Nele ist weder Komparsin noch sonst wie dort eingebunden.«

Annika steckte das Mobiltelefon weg. »Sie lebt in der Nachbarschaft seiner Eltern«, sagte sie. »Er sieht sie zufällig beim Baden im See. Er kennt ihren Namen. Bei Facebook und Twitter studiert er ihre Interessen, findet Zugang zu den Blogs, die sie besucht. Irgendwann pirscht er sich über den Tunnel im Garten an sie heran. Vielleicht sprechen sie auch kurz miteinander, so von Nachbar zu Nachbar, und er erfährt über sie von diesem heimlichen Zugang. Vielleicht entdeckt er den Zugang auch selbst. Jedenfalls steigert sich seine Lust, ihr näherzukommen. Und dann lauert er ihr auf. Es ist nicht ungewöhnlich, dass ein Täter sein Muster durchbricht.«

»Ich möchte behaupten, dass er es gar nicht durchbricht«, warf Steffen ein. »Er hat nur die Rolle gewechselt. Er spielt Leflor, den Nachbarn, der die schöne Paloma in eine Falle lockt und entführt.«

Annika sah ihn ungläubig an. »Flor. Leflor. Übertreibst du nicht ein wenig?«

»Vielleicht«, erwiderte Steffen. »Hast du eine bessere Idee?«

Annika zog eine Schnute und blickte hilfesuchend zu Maic hinüber. Der daddelte auf seinem Handy herum, als suchte er nach etwas.

Steffen blickte zur Zimmerdecke hinauf. Er war nicht gut darin, sich in die Gedanken eines Psychopathen zu versetzen. Tief in ihm gab es eine Instanz, die sich weigerte, das Motiv dieser Menschen zu ergründen. Er empfand nur Abscheu und eine aufkeimende Unruhe. Er fühlte mit den Opfern. Aber diese Unruhe hatte auch etwas Positives. Sie trieb ihn an, die Logik zu entschlüsseln, die diesen Verbrechen zugrunde lag. Wenn auch kalt und ohne Empathie, so war der Täter zweifelsfrei intelligent. Sein Verstand folgte einer präzisen Berechnung. »Flor mordet nicht im Affekt«, sagte Steffen. »Er plant seine Taten. Er bereitet sich vor. Ich bin mir sicher, dass er sein nächstes Opfer bereits ausgewählt hat. Wir müssen wissen, was er vorhat.«

Maic löste den Blick vom Display seines Mobiltelefons. »Wo genau liegt Dasing?«

Annika zog die Schultern hoch. »Klingt bayerisch.«

»In der Nähe von Augsburg gibt es eine Western-City«, sagte Steffen. »Ich war noch nie dort. Aber ich glaube, der Ort heißt Dasing. Jedes Jahr finden dort Karl-May-Spiele statt.«

Maic schaute auf die Uhr. »Heute Abend feiern sie Premiere. Das Festival beginnt in wenigen Stunden. Wir sollten die Kollegen in Augsburg umgehend informieren.« Er stand auf. »Steffen, du hast recht. Wir müssen wissen, was er vorhat.« Er drückte Steffen das Mobiltelefon in die Hand. »Hier! Überzeuge dich selbst!«

Steffen las die aktuelle Ankündigung der Deutschen Karl-May-Festspiele Dasing. Das Plakat zeigte die beiden Helden in typischer Pose mit Silberbüchse und Bärentöter im Anschlag. Darunter stand in fetten, roten Lettern *Im Tal des Todes*.

»Am liebsten wäre ich dabei«, sagte Maic. »Aber das schaffen wir nicht mehr. Die Vorstellung beginnt um 20 Uhr.«

Steffen dachte kurz nach. »Ich glaube, ich kriege das hin«, sagte er. »Gebt mir etwas Zeit!« Matt ließ er sich ins Kissen zurücksinken. Er brauchte dringend eine Pause.

ANNIKA

Polizeioberrat Rotfuchs rührte in seinem Tee. Er hob die Tasse an den Mund und schlürfte. Sein Gesicht verzerrte sich zu einem Lächeln.

Annika starrte auf den Pott Kaffee, der unberührt vor ihr auf dem Tisch stand. Das alles passte so gar nicht in ihren Plan. Sie linste auf die Uhr. Es war kurz vor 19 Uhr. In einer halben Stunde sollte sie bei Steffen im Krankenhaus sein. Sie hatte nur kurz bei Dortje auf der Wache vorbeischauen wollen, da hatte Rotfuchs sie abgefangen.

»Zucker?«, fragte Rotfuchs und wies auf eine Blechdose. Ein zierlicher Löffel steckte darin.

»Nein, danke«, erwiderte Annika. Forschend sah sie ihn an.

Rotfuchs schaute versonnen in seinen Tee, als suchte er nach einem Anfang.

Ihr Handy hupte. »Entschuldigung«, murmelte sie und warf einen Blick auf das Display. Eine SMS von Merder. ›Von mir weiß er nichts! B.‹ Sie löschte die Nachricht und steckte das Mobiltelefon weg.

»Und?«, fragte Rotfuchs.

Sie schüttelte den Kopf. »Nur privat.«

»Das sollten Sie abstellen.«

»Das Handy?« Annika sah ihn erstaunt an. »Ich bin im Dienst.«

»Private Nachrichten auf dem Diensthandy sind während der Dienstzeit nicht zulässig.«

Annika nickte und steckte das Handy weg. Sie gab sich einsichtig, wollte ihn nicht reizen. Fieberhaft suchte sie nach einer Ausrede, um schnellstmöglich wegzukommen. Von ihrer Verabredung mit Steffen und Maic musste Rotfuchs nichts wissen.

Er klopfte mit dem Kugelschreiber auf die Schreibtischunterlage. »Frau Peters hat sich bei mir über Sie beschwert.«

»Ach, ja!« Sie merkte, dass es ein wenig patzig klang.

»Was denken Sie sich eigentlich, wer Sie sind?«, fuhr er sie an. »Sie beschimpfen eine verzweifelte Mutter, die alle Hebel in Bewegung setzt, um ihre Tochter zu finden. Sie wollten Sie davon abbringen, die Belohnung auszuschreiben. Hat Hinrichs Sie dazu angestiftet?«

»Ich weiß nicht, wovon Sie reden«, erwiderte Annika, obwohl sie sich an den Zwischenfall gut erinnerte. Er lag nur ein paar Tage zurück. Annika kam es wie eine Ewigkeit vor. Schnee von gestern.

Walter Rotfuchs ließ den Kugelschreiber fallen. Er grinste selbstgefällig. »Es geht eben nichts über ein weitläufiges Netzwerk, Frau Liebsch. Über Ihre eigenmächtige Aktion in der Kalkbergarena bin ich ebenfalls bestens im Bilde.« Seine Unterlippe wölbte sich vor. »Sie glauben doch nicht, dass ich ein solches Verhalten billige. Die Kosten für den Rettungswagen übernehmen selbstverständlich Sie.«

»Wie kommen Sie darauf …?«

Rotfuchs hob die Hand. »Ich bin noch nicht fertig. Aller guten Dinge …« Er lachte kurz auf. »In diesem Fall muss es wohl heißen, aller schlechten Dinge sind drei.« Er blätterte in einer Akte. »Sie hatten eine Einsatzleitung in der Kalkberghöhle?«

»Ja«, sagte sie. »Wir …«

»Schon gut!«, fiel er ihr ins Wort. »Dabei kam es zu einer Auseinandersetzung mit dem Diensthundeführer.« Er zog ein Blatt aus der Akte. »Wie heißt er noch?«

»Denning«, erwiderte sie. »Lars Denning.«

Rotfuchs nickte wissend. »Auch das wird ein Nachspiel haben.«

Annika kniff die Augen zusammen. Was ging hier vor? Hatte Benno doch geplaudert? Sie schaute auf die Uhr. Sie gab Rotfuchs noch eine Viertelstunde. Spätestens dann musste sie los. Sie nahm wahr, dass er schwitzte, obwohl das Zimmer angenehm kühl war. Sie versuchte, einen Blick auf die Akte zu werfen. Hatte er tatsächlich Vermerke über sie angelegt? Sie hatte den Eindruck, im falschen Film zu sitzen. Sie mochte das alles nicht glauben. »Herr Rotfuchs, wir haben Nele Peters gefunden«, sagte sie. »Wir wissen, wer der Täter ist. Steffen Hinrichs hatte den richtigen Riecher.«

»Schweigen Sie still!«, brüllte Rotfuchs. Sein Kopf glühte. »Wir werden sehen, wer hier den richtigen Riecher hat. Die Justizbehörde hat mich angerufen. Schneiders Anwältin habe eine Beschwerde über Hinrichs eingereicht. Außerdem hätte er den Verdächtigen sofort nach Kiel überstellen müssen. Er allein wird sich dafür zu verantworten haben. Und was Maic Lutter betrifft …« Rotfuchs schnappte nach Luft. »Die Sache wird ihn den Kopf kosten, und Sie …« Sein Finger stieß in ihre Richtung. »Sie spielen im falschen Team. Man wird Sie kurzerhand von der Platte pusten.« Sein Atem traf ihr Gesicht. »Gehen Sie zurück auf die Straße! Ihre Laufbahn bei der Polizei können Sie knicken.«

Annika rutschte auf ihrem Stuhl herum. Daher wehte also der Wind. Das Justizministerium machte ihm Druck, und er suchte nach einem Schuldigen. Jetzt verstand sie, was Steffen meinte. Rotfuchs hatte kein Rückgrat. Er stellte sich nicht vor seine Leute. Er schützte nur sich selbst. Sie wusste eine Reihe von Führungsleuten aufzuzählen, die ähnlich tickten wie er. Sie schafften es, ein Betriebsklima mit ihrer machtgeilen Egomanie zu verpesten. Dagegen war meist kein Kraut gewachsen. Diese Schleimfiguren klebten dort oben bombenfest und wurden obendrein von der Politik mit reichlich Klebstoff versorgt. Walter Rotfuchs war ein Feigling. Er hatte ihr überhaupt nichts zu sagen. Sie schaute auf die Uhr. Nur noch zehn Minuten.

»Ich verstehe Ihre Unruhe«, sagte Rotfuchs milde. »Ich kann dafür sorgen, dass man Sie raushält.«

»Mich raushalten?« Sie sah ihn verdattert an.

Er rieb sich das Kinn und griff nach dem Kugelschreiber. Er machte sich eine Notiz.

Ihr schwoll der Kamm. Das war der Gipfel! Er suchte doch nur ein Bauernopfer, um sich selbst zu entlasten. Alles heiße Luft, und sie war so blöd, ihm Rede und Antwort zu stehen. Sie sah die Schweißflecken unter seinen Achseln. Er besaß kein Vertrauen, weder in seine Leute noch in sich selbst. Er hatte Angst. »Ich habe einen Einsatz, Herr Rotfuchs.« Sie bemühte sich, ruhig zu bleiben. »Ich muss gleich los. Wir können das Gespräch gerne in Kürze fortsetzen.«

»Was wollten Sie heute Morgen bei Steffen Hinrichs im Krankenhaus?«

Annika seufzte. »Ihn besuchen.«

Rotfuchs stieß ein gequältes Lachen aus. »Und Lutter? Er kam kurz nach Ihnen. Ihm geht der Arsch auf Grundeis, nicht wahr? Aber Steffen wird es nicht schaffen, ihm den Kopf aus der Schlinge zu ziehen. Dieses Mal bin ich schneller. Ich lasse mich nicht schlachten für die Dienstvergehen anderer.«

Annika schielte auf ihre Armbanduhr. »Niemand will Sie schlachten.«

»Sind Sie so naiv oder tun Sie nur so?« Abschätzig musterte er sie. »Ich habe die Alleingänge von Steffen Hinrichs satt.« Mit zittrigen Händen griff er nach seinem Tee. Er nahm einen Schluck und stellte die Tasse zurück. »Sie könnten mir helfen«, sagte er leise.

Annika traute ihren Ohren nicht. »Ich?«, fragte sie erstaunt. »Wie sollte *ich* Ihnen helfen?«

»Ich muss wissen, was er vorhat. Ich kann Sie nur schützen, wenn Sie mich informieren.«

Fassungslos sah sie ihn an. Dann stand sie auf.

»Setzen Sie sich!«, befahl er. »Sie denken doch nicht, dass Sie mir so davonkommen? Ich habe eine Akte über

Sie angelegt. Darin befinden sich die Beweise dafür, dass Sie von Anfang an versucht haben, die Ermittlungen im Fall Nele Peters zu behindern.«

Annika rührte sich nicht. Sie fragte sich, was ihr jetzt wichtiger war. Dieses Problem aus der Welt zu schaffen oder zu Steffen ins Krankenhaus zu fahren und einfach ihren Job zu machen. Sie schaute auf Rotfuchs herab. »Was mich betrifft, so unterstehe ich dem Kommando von Kriminalhauptkommissar Maic Lutter in Kiel«, sagte sie kühl. »Wenden Sie sich an ihn, wenn Sie ein Problem mit mir haben!« Sie ging zur Tür. Ihre Hand lag bereits auf der Klinke, da wandte sie sich noch einmal um. »*Sie* sind hier der Boss«, sagte sie. »*Sie* tragen die Verantwortung. Ich kann Sie Ihnen nicht abnehmen.« Hinter ihr fiel die Tür leise klackend ins Schloss.

STEFFEN

Sie saßen an seinem Bett. Annika, rechts von ihm, stützte die Ellenbogen auf der Matratze ab. Ihre Finger spielten nervös mit ein paar Strähnchen, die sich aus ihrem Haarband gelöst hatten. Die Ereignisse der vergangenen Tage waren nicht spurlos an ihr vorbeigegangen. Die Lockerheit, die er bei ihrer ersten Begegnung an ihr wahrgenommen hatte, war verflogen. Ihr gegenüber, auf der anderen Seite des Bettes, hockte Maic. Er saß leicht vornübergebeugt. Seine Rechte war zu einer Faust geschlossen, die er mit der linken Hand so fest umklammerte, dass die Knöchel sich weiß unter der Haut abzeichneten. Beide starrten auf das Mobiltelefon. Es lag in Steffens Schoß, genau in der Mitte zwischen ihnen. Er hatte es auf Lauthören gestellt. Im Moment geschah nichts. Nicht einmal das Fauchen war zu hören, wenn der Augsburger Kollege seinen Atem in das Mikrofon blies. Auch nicht das Rascheln von Kleidung oder das Knirschen der Steinchen unter den Stiefeln, wenn er umherlief. Steffen mochte diese Stille nicht. Sie befeuerte das Chaos in seinem Kopf. Was wäre, wenn die Festnahme von Daniel Flor schiefginge? Er mochte sich ein solches Szenario gar nicht vorstellen. Es musste klappen. Wieder einmal wünschte er sich an jenen fernen Ort, von dem aus er zurückblickte. Andere mochten diesen Wunschort »Zukunft« nennen. Er selbst tat sich zunehmend schwer, von der Zukunft zu sprechen. Er versetzte sich lieber gleich in die Perspektive, die es ihm erlaubte, aus einer komfortableren Position heraus auf die derzeit anstehenden Ereignisse zurückzuschauen. Es war eine Zukunft jenseits der Zukunft, in der das, was anstünde, geschehen sein würde. Noch war dieser Zustand reine Fiktion. Immerhin blieben ihm ein paar wenige Jährchen bis zur offiziellen Berentung.

Aus dem Handy drang ein Knistern, dann ein Räuspern. Armin Seiler meldete sich. »Sorry, ich musste euch mal kurz zur Seite legen«, sagte der Kollege aus Augsburg.

»Die Einsatzleitung hat umdisponiert.« Seine Stimme brach ab. Er hustete. »Frosch im Hals«, kiekste er.

»Wie ist der neue Plan?«, fragte Steffen.

»Wir greifen nach dem Stunt zu«, röchelte Seiler ins Telefon.

»Wie bitte?« Maic richtete sich auf.

»Der Zugriff erfolgt nach dem Stunt«, wiederholte Seiler mit festerer Stimme.

Fassungslos stierte Maic das Handy an. »Ihr wollt ihn aufs Pferd lassen?«

»Sobald er hinter der Bühne ist, greifen wir zu.«

Maic schüttelte den Kopf. »Das ist zu spät!«

»Nicht meine Entscheidung«, brummte Seiler. »Das LKA München leitet den Einsatz. Man will die Zuschauer nicht beunruhigen. Ein Zugeständnis an die Veranstalter der Show. Der Zugriff soll ganz unspektakulär ablaufen.«

»Wann wird das ein?«, schaltete Steffen sich ein. Er musste verhindern, dass Maic sich mit Seiler anlegte.

»Gegen 21 Uhr hat er seinen Auftritt«, erwiderte Seiler. »Ein kurzer akrobatischer Ritt durch die Arena. In etwa eineinhalb Stunden haben wir ihn.«

Maic stöhnte. »Weshalb schnappt ihr ihn euch nicht gleich?«

Seiler antwortete nicht.

Maic beugte sich über das Handy. »Herr Seiler, hören Sie mich?«

»Das wäre eine Option, wenn …« Armin Seiler zögerte.

»Wo ist er jetzt?«, schaltete Annika sich ein. Sie betonte jedes einzelne Wort, als ahnte sie bereits die Antwort.

Seiler stieß einen Seufzer ins Mikro.

Maic griff zum Telefon. »Sag' nicht, dass ihr es nicht wisst!«

Betretenes Schweigen am anderen Ende der Leitung.

»Scheiße!« Maic schleuderte das Handy aufs Bett zurück.

Steffen zuckte zusammen. Schützend warf er die Hände vor seinen Unterleib. Das Telefon landete zwischen seinen Knien.

»Der Zugriff wird stattfinden, sobald er auftaucht«, sagte Seiler. »Wir müssen warten.«

Maic hielt die Arme vor der Brust verschränkt. Seine Kiefermuskeln arbeiteten. »Unspektakulär!«, zischte er.

»Habt euch mal nicht so!«, maulte Seiler. »Wir sind mit 50 Leuten im Einsatz. Die Hälfte davon bewaffnete Zivilstreifen, die sich als Besucher getarnt unters Publikum mischen. Das Unterstützungskommando Bayern stellt die andere Hälfte. Die Kollegen des USK sind in verborgenen Stellungen über das gesamte Gelände verteilt. An denen kommt niemand ungesehen vorbei. Außerdem werden alle Zufahrtswege blockiert, sobald die Vorstellung beginnt.«

Im Hintergrund ertönte Musik. Ein zögerlicher Applaus setzte ein.

»Wurden die Schauspieler gewarnt?«, fragte Annika. »Ich denke auch an die Akteure, die hinter der Bühne stehen. Haben Sie überprüft, ob jemand fehlt oder kurzfristig ausgefallen ist?«

»Ich versichere Ihnen, dass wir alles tun, was in unserer Macht steht.«

»Herr Seiler, bitte!«, beharrte Annika. »Wenn Sie nicht wissen, wo sich Daniel Flor gerade aufhält …«

»Passen Sie mal auf!«, würgte Seiler sie ab. »Ich mache diesen Livestream nur, weil mich mein geschätzter Kollege Steffen Hinrichs darum gebeten hat. Wenn Sie meinen, Sie können mich …«

»Das mit dem Livestream rechne ich dir hoch an, Armin!« Steffen hatte sich das Handy geschnappt. Er hielt sich das Mikro vor den Mund. »Die jungen Leute sind etwas aufgeregt. Ich hoffe, du verstehst das.«

Seilers Grunzen konnte alles bedeuten.

»Armin, wie lange kennen wir uns schon?« Steffen lauschte. Er hörte Stimmen im Hintergrund. Offenbar hatte die Vorstellung begonnen. Als Seiler nichts sagte, fuhr Steffen fort. »Erinnerst du dich an die Fußball-Europameisterschaft?« Er überlegte kurz. »Wann war das noch?«

»Das war 2008 während der Fortbildung bei uns in Augsburg«, erwiderte Seiler.

»Wie die Zeit vergeht!« Steffen seufzte. »An die Fortbildung kann ich mich nicht mehr erinnern.«

»Strategie und Taktik bei Einsatzlagen.«

»Wie?«

»So hieß das Seminar.«

»Du hast ein gutes Gedächtnis, mein Freund«, staunte Steffen. »Ich weiß nur, dass Sommer war und wir gemeinsam mit ein paar Kollegen in einem von euren herrlichen Biergärten beim Public Viewing hockten. Deutschland gegen …« Steffen kratzte sich am Kopf. »Ich glaube, ich werde alt.«

»Deutschland gegen Türkei«, sagte Seiler.

»Das weißt du noch!« Steffen lachte. »Ich weiß nur, dass plötzlich das Bild weg war.«

»Zweite Halbzeit«, warf Seiler ein. »Erst das Bild und dann der Ton.«

»Wir standen vor der riesigen Leinwand und konnten es nicht fassen«, fuhr Steffen fort. »Irgendwann hatten sie eine Telefonleitung eingerichtet, und der Fernsehreporter, sein Name war Béla Réthy, daran erinnere ich mich sogar. Er kommentierte das Spiel. Erinnerst du dich, wie nervös wir wurden, wenn Réthy schwieg? Die Pausen zwischen seinen Kommentaren zogen sich wie Kaugummi. Du warst kurz davor, dein Weißbierglas gegen die Leinwand zu schleudern.«

Aus dem Telefon drang leises Knirschen. Der Kollege schien umherzugehen.

»Armin, bist du noch da?«

»Wir konnten nix sehen, aber das Spiel ging weiter und der Réthy kriegte sein Maul nicht auf.«

Steffen grinste zufrieden. »Und genauso geht es mir und meinen Kollegen jetzt. Wir hocken vor dem Handy und sehen nix.«

»Ich weiß noch, wie der Réthy unser zweites Tor bejubelte, das von dem Miroslav, dabei war der Ball noch gar nicht drinnen.« Er lachte. »A weng spukig woar das scho.«

»Die Synchronisation von Bild und Ton klappte damals nicht«, sagte Steffen. Ob Seiler verstanden hatte, was er ihm sagen wollte? Das Handy piepte. Der Akku war kurz davor, in die Knie zu gehen. Steffen fuchtelte mit den Armen, bis Annika endlich verstand, dass sie die Schublade der Konsole neben seinem Bett aufziehen sollte. Sie holte das Ladegerät heraus und verstöpselte es mit dem Mobiltelefon. Zum Glück war die Verbindung nicht abgebrochen. Steffen war sich nicht sicher, ob der Augsburger Kollege den unverhofften Abbruch der Standleitung nicht dazu genutzt hätte, sich aus der Konferenz zu verabschieden. Er musste Seiler bei Laune halten.

Die Shatterhand-Melodie ertönte. Steffen verspürte das altbekannte Prickeln, das ihn bei diesen Klängen jedes Mal erfasste. »Er reitet ein, nicht wahr?«, fragte er.

»Der Shatterhand«, sagte Seiler.

»Auf dem schwarzen Hatatila«, sagte Steffen.

»Bei uns ist er braun …«, erwiderte Seiler, »… und ich glaube, es ist eine Stute.«

»Quotenregelung?«, fragte Steffen und sah zu Annika hinüber. Ihre Lippen kräuselten sich mürrisch. Armin Seiler lachte kurz auf. »Das Problem kenne ich.«

Die Mundharmonika setzte ein. Zu Steffens Erleichterung verschwamm sein Blick nicht hinter einem Tränenschleier. Er schämte sich immer ein wenig für diese Rührseligkeit. Verstohlen schaute er zu Maic hinüber. Er hatte sich beruhigt. Seine Augen glänzten verräterisch. Kurz darauf ertönte die Winnetou-Melodie. Steffen langte vorsorglich nach dem Rotzlappen, den Linh ihm unters Kopfkissen gestopft hatte. Wider Erwarten blieben seine Augen trocken. »Hast du neue Nachrichten, Armin?«, rief er ins Handy.

Es dauerte eine Weile, bis Seiler sich meldete. »Sorry, ich war gerade auf der anderen Leitung. Sie sagen, er ist jetzt in der Maske.«

Maic schaute Steffen an, und seine Lippen formten die Worte, die er nur flüsterte: »Worauf warten sie noch?«

»Es gibt da noch etwas.« Seiler klang besorgt. »Eines der Stallmädchen ist nicht erschienen.«

»Hatte sie sich abgemeldet?«, fragte Annika.

»Keine Ahnung«, erwiderte Seiler. »Die erzählen mir nix. Ich hab' das aus den Funksprüchen aufgeschnappt. Sie heißt Jenny Braitenbacher. Sie wollen die Eltern kontaktieren.«

»Ihr dürft nicht länger warten«, drängte Annika. »Ihr müsst zugreifen!«

»Ich kann's nicht ändern, auch wenn ich's wollte«, stöhnte Seiler. »Die Vorstellung ist ausverkauft. Über 500 Besucher. Sie wollen keine Panik auslösen. Ich kann's verstehen.«

Steffen schloss kurz die Augen.

»Brauchst du eine Pause?«, fragte Annika.

Er schüttelte den Kopf. »Nur einen Schluck Wasser.«

Sie reichte ihm das Glas.

Maic spielte mit einer Münze. Er warf sie hoch, fing sie auf und legte sie sich auf den Handrücken.

»Kopf oder Zahl?«, fragte Steffen.

Maic verzog den Mund. »Ich tippe lieber nicht«, erwiderte er kühl.

Der plötzliche Stimmungsumschwung behagte Steffen nicht. »So hat jeder seine eigene Vorstellung von dem, was richtig ist«, sagte er. »Uns bleibt nichts anderes übrig, als zu vertrauen.« Er wusste, dass es halbherzig klang.

Maic steckte die Münze weg. »Wo kommen wir hin, wenn jeder sein eignes Ding durchzieht?«, sagte er scharf.

»Was ist los mit dir?« Steffen bemühte sich, ruhig zu bleiben. »Du weißt, dass ich immer für ein offenes Wort bin.«

»Du redest von Vertrauen«, sagte Maic. »Weshalb hast du mir nicht vertraut?«

»Dir nicht vertraut?« Steffen verstand kein Wort.

»Wenn du Luka Schneider gleich zu uns nach Kiel überstellt hättest, …«

»Halt mal!« Steffen hob die Hand. Er brauchte einen Moment zum Nachdenken. Weshalb hatte er so gehandelt? Jedenfalls nicht, weil er Maic nicht vertraute. Es war ihm gar nicht in den Sinn gekommen, dass Maic es so verstehen könnte. Er hatte gehofft, Nele Peters über Schneider zu finden. Vielleicht hatte er sich auch Informationen zum Fall Vanessa Keyser versprochen. Er wusste es nicht mehr. »Ich hab's so für richtig gehalten«, sagte er schließlich.

»Eben«, sagte Maic. »Du hast einfach dein Ding gemacht.«

»Was wäre anders gelaufen, wenn ich ihn euch überstellt hätte?«

»Der Schwindel von Daniel Flor wäre früher aufgeflogen. Wir hätten ihn womöglich erwischt, bevor er türmte.« Maic wies mit dem Kinn auf das Handy. »Und müssten das Finale nicht diesen Stümpern überlassen«, knurrte er leise.

»Hätte, hätte …«, sagte Steffen. »Hast du vergessen, dass Daniel Flor in deinem OFA-Team saß?«

Maic sprang in die Höhe. Er lief zum Fenster und riss es sperrangelweit auf.

Steffen war noch nicht fertig. »Siehst du dir die neuen Leute vorher nicht an?«, fragte er. »Führst du kein Gespräch mit ihnen, um dir ein Bild zu machen?«

Maic drehte sich um. Sein Kopf glühte. »Das ist nicht fair!«, stieß er hervor.

»Du wirfst mir Eigenmächtigkeit vor und redest von Fairness?«, schnaubte Steffen.

»Steffen, ich muss dich wohl nicht daran erinnern, dass es deine Idee war. Nele Peters war verschwunden. Es hieß

Gefahr im Verzug. Du wolltest, dass wir den Fall in die Cold Case-Analyse zum Festspielmörder miteinbeziehen. Ich bestellte das OFA-Team umgehend ein. Mir blieb nicht viel Zeit für Gespräche vorab.«

»Das ist nicht dein Ernst!« Steffen schnappte sich die Fernbedienung fürs Bett und ließ das Kopfteil hochfahren. »Ich soll dafür verantwortlich sein, dass du dir diese Laus in den Pelz gesetzt hast?«

Maic schüttelte den Kopf. »Nein«, sagte er. »Dafür trage allein ich die Verantwortung.« Er kehrte zum Bett zurück und setzte sich. »Es wird eine Untersuchung geben, und ich werde mich ihr stellen.«

Steffen lehnte sich ins Kissen zurück. »Scheiße«, sagte er. Er hätte Maic gerne Mut gemacht. Aber die Karre steckte im Dreck. Er verstand, worauf Maic hinauswollte. Eine Erfolgsstory hätte vielleicht mildernde Umstände bewirkt. Dafür hätten sie Daniel Flor in Schleswig-Holstein fassen müssen. Eine Frage beschäftigte ihn noch. »Du hast mit ihm mehrere Stunden in einem Raum verbracht. Ist weder dir noch den anderen etwas Ungewöhnliches an ihm aufgefallen?«

»Er erschien nur zum ersten Sitzungstag«, erwiderte Maic. »Eine Hand war verbunden.«

»Das Blut im Stadion«, sagte Steffen. »Es ist seins.«

»Yep«, sagte Maic. »Im Nachhinein ist man schlauer.«

»Mensch, Maic!« Steffen schlug auf die Bettdecke. »Ist es denn so, dass wir nach etlichen Jahren Berufserfahrung nicht einmal einen Psychopathen erkennen?«

»Sind sie nicht überall unter uns?« Maic zuckte mit den Schultern. »Zum Glück werden die wenigsten von ihnen kriminell. Meister im Täuschen sind sie alle. Sie sind auch sehr gut darin, unsere Bedürfnisse zu erkennen und sie ad hoc zu bedienen. Ich stand unter Zeitdruck und war erleichtert, dass Flor alias Schneider gleich bereit war, zur Teamsitzung zu kommen. Die Auswahl für das OFA-Team hatte ja bereits vor Wochen stattgefunden. Er hielt sich auf Abruf bereit. Wie gesagt, ich stand unter Druck und war nicht in der Stimmung, ihn mit kritischen Augen zu sehen. Ich war ihm dankbar für seine spontane Zusage.«

»Mir kam er schon etwas merkwürdig vor«, warf Annika ein. »Sein braves Getue habe ich ihm nicht abgenommen. Er hatte etwas Zügelloses.«

»Klar!«, höhnte Maic. »Wo wären wir nur ohne euch Frauen?«

Steffen schmunzelte. Etwas Lästerliches lag ihm auf der Zunge, aber er schluckte es herunter.

»In jeder Frau steckt manchmal etwas Gutes«, tönte es aus dem Handy. »Sorry«, sagte Seiler. »Ihr wart nicht zu überhören. Habt ihr eigentlich gewusst, dass Indianer und Polen die besten Liebhaber sind? Darf ich mich vorstellen – ich heiße Winnetou Kowalski.« Er kicherte.

Maic schaute auf seine Hände und schwieg. Annika drehte eine Locke mit ihren Fingern. Sie wölbte die Lippen. Steffen wartete auf ihren Gegenschlag. Da fiel ein Schuss.

»Armin, was ist los?«, rief Steffen.

»Nur Theater«, brummte Seiler. »In fünf Minuten reitet er durch.«

»Wäre nett, wenn du dann ein paar mehr Worte fändest als Béla Réthy vor über zehn Jahren bei der Fußball-EM«, warf Steffen ein.

»Oh! Da kommt er schon!«, rief Seiler.

Wildes Geballere drang durchs Mikro.

Steffen griff nach der Handschlaufe über dem Bett. Er zog sich hoch. »Armin, was ist?«

»Er ist unter Beschuss.«

»Wer schießt?«

»Indianer.«

Steffen verdrehte die Augen. »Sprich mit uns, Armin!«

»Das Pony jagt über den Platz. Er hängt seitlich im Steigbügel, um dem Beschuss zu entgehen.«

»Weiter! Was passiert?«

»Jetzt schwingt er sich aufs Pferd … und galoppiert hinaus.«

Applaus setzte ein.

Annika schüttelte ihre Zottelmähne. Steile Fältchen standen ihr zwischen den Augenbrauen. Sie sah Maic an. Ihre Lippen öffneten sich, als wollte sie etwas sagen, da wurde es unruhig am anderen Ende der Leitung. In das Knistern und Knirschen mischte sich Seilers Stimme. »Sie haben ihn!«, hechelte er. Er rannte. »Ich muss euch jetzt abhängen.«

»Ich will ihn sehen«, flüsterte Annika.

»Armin, warte!«, rief Steffen. Er nahm das Mobiltelefon in die Hand. »Wir brauchen ein Foto von Flor.« Er starrte aufs Display. »Weg!«, sagte er und schleuderte das Handy aufs Bett.

»Das passt alles nicht«, murmelte Annika.

»Was?«, fragte Maic.

»Mensch, Maic, denk einmal nach! Daniel Flor ist ein Hüne. Der wiegt bestimmt 100 Kilo. Kannst du dir vorstellen, wie er auf einem Pony herumturnt?«

Sie schwiegen einen Moment lang. Steffen dachte an das arme Tier. Ein leises Hupen riss ihn aus seinen Gedanken. Er nahm das Telefon auf. »Eine Nachricht von Seiler«, sagte er.

»Zeig mal her!« Hastig strich Annika über das Display, drehte es mehrmals herum. Sie kniff die Augen zusammen, als müsste sie Kleingedrucktes entziffern. Schließlich hob sie den Blick. Sie gab Steffen das Handy zurück. »Ich hab's geahnt«, sagte sie. Sie war kreidebleich. »Das ist nicht Flor.«

*

Auszug aus der Befragung von Bettina und Olaf Flor durch die Polizei vom Freitag, den 27. Juli

... Daniel war damals fünf. Der Junge, dem der Hund gehörte, hatte ihn gebeten, kurz auf das Tier aufzupassen. Als er zurückkam, war es tot. Unser Sohn behauptete, dass der Hund einfach umgefallen sei. Er war ganz ruhig. Wir glaubten ihm. Die Eltern des anderen Jungen beließen es nicht dabei. Die Obduktion beim Tierarzt ergab, dass der Welpe erdrosselt wurde. Wir stellten unseren Sohn zur Rede. Er blieb bei seiner Version. Eine Woche lang sprach er nicht mehr mit mir, weil ich ihm misstraute. Wir zahlten den Leuten eine Entschädigung für den Verlust und fanden für uns die Erklärung, dass es im Spiel geschehen sein musste.

Pause.

Die Sache mit dem Welpen war nur der Anfang. Immer wieder beschwerten sich Eltern, Erzieher, später auch Lehrer über sein rüpelhaftes Benehmen. Er schlug schnell zu, wenn er sich provoziert fühlte. Da er stärker und größer war als die meisten seiner Altersgenossen, hatten die anderen oft das Nachsehen. Der Hausarzt empfahl uns eine psychologische Beratungsstelle. Nach ein paar Sitzungen wurde Daniel mit der Beurteilung entlassen, er sei ein intelligentes, charmantes und zugewandtes Kind. Was ihm fehle, sei die Anerkennung seines Vaters und das Vertrauen seiner Mutter. Der Ball war wieder bei uns …

MERDER

»Bettina und Olaf Flor«, stand auf dem Schild an der Haustür. Annika drückte die Klingel. »Ich rede mit seinen Eltern«, sagte sie. »Du hältst die Augen offen!«

Merder grinste. »Kommt mir bekannt vor.«

»Was?«

»Egal«, wehrte er ab. Annika wirkte angespannt. Auf der kurzen Fahrt von der Wache zum Ihlsee war sie recht einsilbig gewesen. Welche Laus mochte ihr über die Leber gelaufen sein? Er war sich keiner Schuld bewusst. Die Episode im Kalkbergstadion war für ihn abgehakt. Er hatte sich an die Abmachung gehalten, die Steffen mit ihnen ausgehandelt hatte.

Ein hochgewachsener Mann öffnete die Tür. Das hellblaue Hemd hing ihm lose über den Shorts. Er war schlank, ein sehniger Typ. Merder schätzte ihn auf Ende 40. Seine Bräune hatte einen schwärzlichen Schimmer, als hätte er zu lange auf dem Grillrost gedöst. Er fragte sich, wie ein erwachsener Mann hellblau tragen konnte. Er selbst hatte diese Marotte im zarten Alter von fünf endgültig abgelegt.

Missmutig musterte der Mann die Polizisten. »Was wünschen Sie?«

Hinter ihm erschien eine große Rothaarige.

»Wir haben ein paar Fragen an Sie«, sagte Annika. Es folgte die gewohnte Litanei aus Begrüßung und Vorstellung, die üblichen Floskeln, und sie vergaß nicht, sich für die späte Störung am Abend zu entschuldigen. Ihre Einsilbigkeit war verflogen. Sie flötete wie eine Singdrossel, was wohl der Tatsache geschuldet war, dass sie nichts in der Hand hatten. Der Durchsuchungsbefehl klemmte mal wieder irgendwo zwischen den Stockwerken der oberen Verwaltungsetagen.

»Wir haben Sie erwartet«, sagte die Frau. »Ich bin die Mutter.«

Das Leder der Sitzgarnitur war angenehm kühl. Merder blickte durch eine wandfüllende Fensterfront auf eine weitläufige, sattgrüne Rasenfläche. Dahinter erstreckte sich der See, ein in der Abenddämmerung silbrig glitzerndes Band. Die Tür zur Veranda stand offen. Eine Sprinkleranlage surrte.

Bettina Flor verteilte Gläser. Ihre Hände zitterten leicht, während sie Wasser einschenkte. Dann setzte sie sich neben ihren Ehemann auf das Sofa gegenüber.

Annika trank einen Schluck und stellte das Glas zurück auf den Tisch. Sie wandte sich an die Hausherrin. »Sie sagten, Sie hätten uns erwartet?«

Bettina Flor warf einen Blick auf die Hände ihres Mannes. Sie ruhten auf seinen bloßen Knien. Starr wie eine Statue saß er da. Sein Gesicht zeigte keine Regung. Ihre Augen wanderten über den Couchtisch zu Benno Merder hinüber. »Sie möchten bestimmt wissen, wo Daniel sich aufhält«, sagte sie. »Unser Sohn …« Sie zögerte. Offenbar fiel es ihr nicht leicht, über ihn zu sprechen. »Daniel wohnt seit geraumer Zeit nicht mehr hier.«

»Er hat noch nie hier gewohnt«, protestierte der Mann.

»Gestern Mittag war er hier«, sagte Annika.

Bettina Flor legte eine Hand auf den Arm ihres Mannes. »Manchmal holt er sich aus dem Schrank seines Vaters etwas zum Anziehen und verschwindet wieder«, sagte sie.

»Nachdem Ihr Sohn mich beinahe überfahren hätte, habe ich bei Ihnen geklingelt«, sagte Annika.

Bettina Flor schaute Merder an. »Wir sind nicht immer zu Hause, wenn er vorbeikommt.«

»Machen wir uns nichts vor!«, warf Annika ein. »Gestern waren Sie zu Hause. Weshalb haben Sie nicht gleich auf mein Klingeln reagiert?«

»Was wollen Sie von uns?« Olaf Flor streifte die Hand seiner Frau ab und erhob sich. »Daniel ist erwachsen. Er sagt uns schon lange nicht mehr, wo er sich herumtreibt.« Er ging zur Verandatür hinüber. Er zog sie zu und kehrte zurück. Er blieb neben dem Sofa stehen. »Wir können Ihnen nicht helfen.«

»Wir bräuchten nur seine Adresse«, sagte Merder ruhig. Die Rolle des Good Guy fing an, ihm Spaß zu machen.

Olaf Flor stieß einen langen Seufzer aus und setzte sich wieder. »Sie wollen mich wohl nicht verstehen.« Er lehnte sich zurück und schlug die Beine übereinander. »Daniel hat hier Hausverbot. Wir gehen getrennte Wege. Wenn er eine Adresse hat, dann kennen wir sie nicht.«

»Er ist hier gemeldet«, erwiderte Annika. Sie wartete. Als niemand etwas sagte, fuhr sie fort: »Ich fasse zusammen: Ihr Sohn hat Hausverbot und spaziert mal eben vorbei, um Papas Kleiderschrank zu plündern. Das ist nicht zu verstehen, auch wenn ich es wollte.«

»Er kommt vorbei, wenn sein Vater nicht da ist.« Bettina Flor richtete ihren Blick erneut auf Merder. »Ich lasse ihn ins Haus. So haben mein Mann und ich uns geeinigt. Er ist unser einziges Kind.«

»Es war ein Fehler«, murmelte Flor.

»Was?« Seine Frau sah ihn erschrocken an.

»Der Kompromiss war ein Fehler«, erwiderte er. »Daniel hätte niemals hierherkommen dürfen.«

Bettina Flor entspannte sich. Wieder schaute sie Merder an. »Ich bin froh, dass Sie Nele gefunden haben. Wir haben uns große Sorgen gemacht.«

»Hatten Daniel und Nele Peters Kontakt?«, fragte Annika.

»Das fragen Sie uns?«, empörte sich Flor.

»Ich frage Ihre Frau«, entgegnete Annika. »Sie hat uns soeben erklärt, dass Ihr Sohn nur vorbeikommt, wenn Sie, Herr Flor, außer Haus sind.«

Dieses Mal hielt Merder sich entspannt zurück. Er hatte schon immer gewusst, dass Annika ein böses Mädchen war. Bettina Flor schien in die Betrachtung ihrer Hände versunken. Plötzlich hob sie den Blick und schaute ihn an. Sein erster Impuls war, etwas zu sagen. Aber ihm fiel nichts Passendes ein. Da fing sie zu sprechen an.

»Daniel war kein einfaches Kind«, begann sie zögerlich. Sie räusperte sich und fuhr fort. »In der Hoffnung, Daniels Sozialisation zum Gutmenschen voranzutreiben, führte mein Mann ihn in die Lektüre von Karl May ein. Daniel war gut im Lesen, und er war sogleich Feuer und Flamme. Er verschlang die Bücher und spielte die Geschichten mit den Kindern aus der Nachbarschaft nach. Ganze Textpassagen rezitierte er aus dem Gedächtnis. Sein gediegener Wortschatz beeindruckte insbesondere die Erwachsenen. Überhaupt kam er bei den Älteren besser an als bei seinen Altersgenossen.« Sie hob die Augenbrauen. »Immerhin verschaffte es uns eine Zeit lang Ruhe.«

Fasziniert schaute Merder auf ihren Mund. Einen Moment lang hörte er nicht zu, sah, wie sich ihre schönen Lippen spöttisch kräuselten.

»Daniel beschloss, Schauspieler zu werden. Bald fiel uns auf, dass er die miesen Charaktere bevorzugte«, drangen ihre Worte zu ihm durch. »In ihren Rollen war er so überzeugend, dass es schon unheimlich war. Wir trösteten uns damit, dass er über das Spiel eine Seite seiner Natur auslebte und sich auf diese Weise davon befreite.« Sie tätschelte den Arm ihres Mannes. »Tja, schöner Plan«, sagte sie. »Leider ging er nicht auf.«

Olaf Flor sprang hoch. »Es reicht!«, sagte er. Er wandte sich an die Polizisten. »Wir wissen nicht, wo Daniel ist. Besser, Sie gehen jetzt.«

Annika schenkte der Aufforderung keine Beachtung. Sie wandte sich an die Mutter. »Sagt Ihnen der Name Kostja Janković etwas?«

Bettina Flor schüttelte den Kopf. »Nein.«

»Am Freitag vergangener Woche ging ein Anruf von Ihrem Handy bei ihm ein«, sagte Annika. »War Daniel an jenem Tag zu Hause? Hatte er Zugriff auf Ihr Mobiltelefon?«

Bettina Flor blickte zu ihrem Mann hoch. »Ich will nicht mehr weglaufen müssen«, sagte sie. »Wir haben immer nur mit Ärzten und Therapeuten über Daniel gesprochen. Und? Hat es geholfen?«

Olaf Flor sank aufs Sofa zurück.

Sie schaute Benno Merder an. »Zum ersten Mal rede ich mit der Polizei über ihn. Sie werden mir doch zuhören?«

Merder nickte.

»Er war gerade acht geworden.« Ihr Blick wurde glanzlos, entfernte sich in eine andere Zeit. »An einem Spätnachmittag im Hochsommer kam Daniel vom Spielen nach Hause. Aufgeregt erzählte er mir, dass die kleine Rita aus der Nachbarschaft in eine Baugrube gefallen sei. Ich wollte gleich losrennen, da hielt er mich zurück. Er sei sofort zu ihren Eltern gelaufen und habe es ihnen gesagt. Inzwischen sei Rita gerettet. Wir lobten ihn für seine Umsicht. Wir hielten ihn für einen Spätentwickler und dachten erleichtert, dass er endlich den Anschluss geschafft hatte. Am nächsten Tag kamen sie zu uns, Rita und ihre Eltern. Wir waren auf eine Danksagung eingestellt. Stattdessen beschuldigte Rita unseren Sohn, sie in die Grube gestoßen zu haben. Sie war etwas jünger als Daniel. Ein zartes, eher schüchternes Kind. Sie hatten ›Entführung‹ gespielt. Sie behauptete, Daniel habe sie gefesselt und ihr ein Tuch vor die Augen gebunden. Er habe sie geschubst und vor sich hergetrieben, und plötzlich sei sie in die Tiefe gestürzt. Daniel erklärte ruhig, dass er das nicht gewollt habe und dass es ihm leidtäte. Er führte zu seiner Verteidigung an, doch sofort zu den Eltern gelaufen zu sein, um Hilfe zu holen. Für einen Moment waren wir erleichtert. Zum Glück hatte sie sich beim Sturz nicht verletzt.«

Sie machte eine Pause.

»Aber dann mussten wir erfahren, dass er log. Es war ein Freitag, an dem die Arbeiter mittags Schicht machten. Ritas Glück war, dass einer der Bauarbeiter seine Tasche vergessen hatte und später noch einmal zur Baustelle zurückkehrte. Er entdeckte das wimmernde Kind. Rita hatte über drei Stunden in der Grube gehockt. Als Daniel sah, wie sie befreit wurde, war er schnell zu Ritas Eltern gelaufen, um ihnen seine Version der Geschichte aufzutischen.« Sie seufzte. »Und das Lügen ging weiter. Egal, was wir unternahmen, ob wir mit ihm redeten, ihn zurechtwiesen oder bestraften, wir hatten immer das Gefühl, ihn nicht wirklich zu erreichen. Bei Therapeuten und Ärzten gab er sich charmant und gefügig. Sie hielten uns für hysterisch, unfähig, dieses Kind anzunehmen als das, was es in ihren Augen war, nämlich hochintelligent. Irgendwann gaben wir auf und wählten den Weg des geringsten Widerstandes. Daniel flog von mehreren Schulen. Wir zogen mehrmals mit ihm um, ermöglichten ihm immer wieder einen Neustart an einer anderen Schule. Mit Ach und Krach schaffte er seine Mittlere Reife. Seine Lehre zum Steuerfachgehilfen brach er nach wenigen Monaten ab. Er hatte sich davon versprochen, leicht an Geld zu kommen.« Verständnislos schüttelte sie den Kopf. »Er ist genauso gerissen wie naiv. Mit seinem

18. Lebensjahr zog er bei uns aus. Um ehrlich zu sein: Mein Mann schmiss ihn raus. Unsere Ehe war kurz davor zu zerbrechen. Wir hatten Daniel lange genug geschützt, mussten wieder zueinander finden. Hier in Bad Segeberg kannte uns niemand. Wir kauften den Bungalow. Daniel mieteten wir eine Wohnung in Neumünster, wo sein Cousin, Luka Schneider, einen Reitstall betreibt. Er stellte ihn als Buchhalter ein. Seitdem hören wir kaum noch etwas von ihm. Die Wohnung hat er längst aufgegeben. Von Zeit zu Zeit kommt er vorbei, wie ich schon sagte …« Sie stellte das Glas zurück auf den Tisch. »Ja, er war am Freitag hier. Ich verstecke mein Telefon nicht. Nicht auszuschließen, dass er es benutzt hat.« Sie seufzte. »Ich hätte auf meinen Mann hören sollen. Es tut mir wirklich leid.« Sie schaute Merder an. »Ich danke Ihnen, dass Sie Nele gerettet haben.«

Merder schwieg. Er fühlte sich beklommen. Konnte es sein, dass sie überhaupt keine Ahnung hatten?

»Frau Flor«, begann Annika.

»Haben Sie Kinder?«, fiel Bettina Flor ihr ins Wort. Zum ersten Mal sah sie Annika offen an. Ihre Augen funkelten angriffslustig. »Daniel ist mein Sohn«, fuhr sie fort. »Ich habe ihn in diese Welt gesetzt und großgezogen. Ich kann ihn nicht einfach seinem Schicksal überlassen.«

Benno Merder beugte sich vor. Er suchte nach den richtigen Worten. Er betrachtete die beiden hilflosen Menschen auf dem Sofa gegenüber. Er würde es auch nicht wahrhaben wollen, dachte er bestürzt. »Es geht nicht nur um Nele Peters«, sagte er schließlich.

NELE

Er war gekommen, um sie zu töten.

Er stand an ihrem Bett. Weißer Arztkittel. Eine Spritze in der Hand. »Ich sehe, du hast mich erwartet«, sagte er. Er grinste siegesbewusst. Kalt. Als er die Kanüle in den Infusionsbeutel stach, stockte ihr Atem.

Nele blinzelte. »Mama, du?«, wunderte sie sich.

»Pssscht!« Astrid berührte sanft ihren Arm. Sie lächelte.

Nele versuchte, den Kopf zu drehen. Ihr Nacken war steif, als hätte sie einen Stab verschluckt. »Wo ist er?«, fragte sie.

»Dein Vater ist nach Hause gefahren, um ein wenig zu ruhen.«

Nele schluckte. Aus dem Infusionsbeutel über ihr lösten sich Tropfen. »Klemm' ihn ab!«, befahl sie. Ihre Stimme zitterte.

»Beruhige dich, Nele!«

»Er will mich vergiften«, flüsterte sie.

»Von wem sprichst du?«

»Ja, verstehst du denn nicht?« Nele schrie. »*Boddah* war hier. Er hat etwas in den Beutel gespritzt.« Mit der freien Hand langte sie nach dem Infusionsschlauch.

Astrid sprang auf. »Nele, bitte!« Sie packte Neles Hand.

Nele stöhnte. Ihr fehlte die Kraft, sich zu wehren. Astrid war schon immer gut im Festhalten gewesen.

»Dein Vater und ich, wir wechseln uns ab«, hörte sie ihre Mutter sagen. »Die ganze Zeit saßen wir an deinem Bett. Wir lassen dich keinen Moment aus den Augen. Du bist hier sicher.« Behutsam drückte Astrid Neles Arm zurück aufs Laken. »Du hast geträumt.«

»Du glaubst mir nicht!« Nele schluchzte. Sie fühlte sich wehrlos. Das Korsett aus Bandagen hielt sie gefangen. »Ich habe ihn gesehen«, stammelte sie.

Astrid tätschelte ihren Arm. »Sie haben ihn gefasst.«

Gefasst! Das Wort hatte ein scharfes Echo. Nele horchte ihm nach, bis es verklang. »Wann?«, fragte sie.

»Vor ein paar Stunden wurde er aufgegriffen.«

Aufgegriffen, dachte Nele. Das klang wie *gefunden und ins Tierheim gebracht. Gefasst* hingegen hatte etwas Endgültiges. War ihre Mutter selbst nicht davon überzeugt, dass sie das *Gefasst* gegen ein *Aufgegriffen* tauschte? Nele spürte, wie die Angst wieder wuchs. Sie traute ihm zu, an zwei Orten gleichzeitig zu sein. »Was geschieht jetzt?«, fragte sie heiser.

»Er kommt vor Gericht und dann ins Gefängnis.«

»Versprich mir, Mama, dass er nie wieder freikommt!« Sie begann zu zittern. »Versprich es mir!«

Auf einmal schwebte Astrids Gesicht dicht über ihrem wie ein Mond, der mit seiner gelben Nase zart gegen ihre Nasenspitze stupste, wohl die einzige Stelle an ihrem Körper, die nicht eingepackt war.

»Dein Vater und ich, wir werden alles dafür tun, dass er für immer hinter Schloss und Riegel bleibt. Das verspreche ich dir.«

»Schloss und Riegel« war ein gutes Bild. Die Vorstellung beruhigte Nele. Ihr Körper entspannte sich. Dann hatte sie wohl doch geträumt. Sie hätte schwören können, so real war es gewesen. Sie hatte seine Gegenwart geradezu gerochen. Sie schnupperte. Ein Hauch von Nikotin hing noch in der Luft. Ob Astrid wieder rauchte? Das Gesicht ihrer Mutter verschwand und gab den Blick nach oben frei. Für einen Augenblick glaubte sie, zu schweben. »Was ist mit mir?«, fragte sie. »Weshalb tut mir nichts weh?«

»Das kommt vom Schmerzmittel.«

Das Schaben der Stuhlbeine am Boden sagte ihr, dass Astrid sich wieder gesetzt hatte.

»Du hast Schürfwunden«, sagte sie. »Ein Fuß ist verstaucht. Du warst unterkühlt. Du hast großes Glück gehabt. Alles wird gut. Du wirst sehen.«

Nele schluckte. Astrid war eine gute Lügnerin. Sie hätte es Diplomatie genannt. Aber Nele ließ sich von ihr nicht täuschen. Nichts wird wieder so sein wie früher. Sie sprach es nicht aus, behielt den Gedanken lieber für sich. Sie war zu schwach, um mit ihrer Mutter zu streiten. Hatte sie wirklich Glück gehabt? Weshalb fiel es ihr dann so schwer, sich über ihre Rettung zu freuen? Sie kam sich vor wie ein Schräubchen, das aus einem Getriebe gefallen war. Sie lag am Boden und wusste nicht mehr, wohin sie gehörte. Sie war ein Haufen durcheinandergewürfelter Knochen … Der Gedanke verstörte sie. »Diese Frau, die damals verschwunden ist …« Nele zögerte. »Sie hieß Vanessa, nicht wahr?«

»Quäl' dich nicht mit dieser Geschichte!«, sagte Astrid. »Ruh' dich aus!«

»Sie hatte kein Glück«, sagte Nele. Ein eiskalter Schauer lief ihr über den Rücken. »Wir sind uns begegnet.«

»Ach, ja?«

Nele hasste dieses »Ach, ja?«, das ihre Mutter so beiläufig dahersagte, als wäre sie ein kleines Kind, dessen belangloses Geplapper keiner Beachtung wert war.

»Wir sind uns in der Höhle begegnet«, beharrte sie.

»Wo?«

»Hallo?«, rief Nele zur Zimmerdecke hinauf. »Erde an Mama!« Sie verdrehte die Augen. Wenigstens das funktionierte. »Willst du etwa behaupten, dass ich auch *das* nur geträumt habe?«

Astrid seufzte. »Okay«, murmelte sie.

Gute Lügnerinnen sind meist schlechte Zuhörerinnen, dachte Nele. Astrid war eine schlechte Zuhörerin. Aber wenn sie »Okay« sagte, gab sie sich geschlagen. Ihre Mutter würde ihr nun zuhören, war bereit, sich der Wirklichkeit zu stellen. Neles Wirklichkeit. »Sie lag unter mir«, begann Nele. Sie brauchte einen Moment, um sich dieser Empfindung zu nähern. Sie ließ es zu, kehrte in die Höhle zurück. »Ihre Rippen drückten gegen meinen Bauch«, fuhr sie fort. Obwohl es dunkel gewesen war, hatte sie alles deutlich vor Augen. Die Bilder bedrängten sie nicht, ließen sich verschieben wie auf einem Monitor. Je länger sie hinschaute, desto mehr zog sich das Grauen zurück, verkroch sich in einem Winkel ihres Bewusstseins. Ein Nagetier, das sich zum Winterschlaf zurückzog. Am Ende ihrer Schilderung war sie ganz ruhig. »Das meinte ich mit ›sie hatte kein Glück‹«, sagte Nele, als sie fertig war. Sie hatte die ganze Zeit über zur Zimmerdecke gesprochen. Nun drehte sie vorsichtig den Kopf zu der Seite, an der ihre Mutter saß. Astrid weinte.

EPILOG

»Ihre Frage neulich hat mich noch eine Weile beschäftigt«, sagte Sven und blieb stehen. Er richtete den Lichtkegel seiner Taschenlampe auf den schmalen Pfad. Steffen setzte seine Füße in das spärliche Licht. Er hatte den Höhlenführer gebeten, ihm die Stelle zu zeigen, an der er die Leiche von Vanessa Keyser gefunden hatte. Drei Jahre waren seit ihrem Verschwinden vergangen. Der Prozess der Verwesung hatte nur noch das Skelett der jungen Frau übriggelassen. Immerhin wurde es nahezu vollständig geborgen. Die Eltern erkannten die noch vorhandenen Kleidungsstücke. Die Obduktion erbrachte die eindeutige Identifizierung der Leiche.

»Woher sind Sie eigentlich?«, fragte Steffen, den der Akzent des Mannes beschäftigte.

»Dänemark«, erwidert Sven. »Aber ich lebe schon seit vielen Jahren in Bad Segeberg.«

»Ah, ein Abgesandter der Krone.« Steffen grinste. »Dann schießen Sie mal los!« Ein wenig atemlos stand er neben Sven und schaute dem Lichtfleck hinterher, der vom Weg zur Wand hinüberwanderte und in einer Kluft verschwand.

»Das ist die Schmerz-lass-nach-Spalte«, sagte Sven. »Die Aussage von Nele Peters hat mich darauf gebracht. Sie erinnern sich an das Messer?«

»An dem das Blut des Täters klebte«, sagte Steffen.

»Es lag im zerdrückten Brustkorb des Skeletts, als ich es in der Spalte entdeckte. Nele hatte das Glück, sich nicht daran zu verletzen. Außerdem hatte sie Glück, aus der engen Kluft hinauszufinden. Vanessa leider nicht.«

Steffen überlegte. »Aber das Messer gehörte nicht zu dem Leichnam, wie wir zunächst glaubten. Es war Nele quasi aus den Händen geglitten und in die Spalte gerutscht. Laut Obduktionsbericht hatte Vanessa Keyser einen Schädelbasisbruch und eine schwere Verletzung der Halswirbelsäule. Sollte sie nach dem Sturz zu Bewusstsein gekommen sein, hätte sie sich sehr wahrscheinlich nicht bewegen können.«

»Ihre Hilferufe wären ungehört geblieben«, sagte Sven. »Die Höhlensaison war zu Ende. Die Geologen hatten den letzten Kontrollgang hinter sich gebracht. Die Winterruhe hatte begonnen.«

Steffen seufzte. Er mochte diesen Gedanken nicht weiterdenken. »Sie sprachen von einer Frage, die Sie beschäftigt hat.«

»Diese Fährte am See«, begann Sven. »Sie erzählten mir, dass ein Leichenspürhund sechs Wochen nach Vanessas Verschwinden am Großen Segeberger See eine Spur angezeigt habe. Erinnern Sie sich?«

Steffen kannte die Akte Keyser so gut wie auswendig. Allerdings hatte er diesem Bericht eines Diensthundeführers keine große Bedeutung beigemessen. Annika Liebsch war ihm noch einmal nachgegangen. An seine Frage diesbezüglich erinnerte er sich vage. »Was genau wollte ich wissen?«, fragte er.

»Sie fragten mich, ob es zwischen Höhle und See eine Verbindung gibt«, half Sven ihm auf die Sprünge.

»Und? Gibt es eine?«

»Aus der Zeit, als hier ein Bergwerk betrieben wurde, existiert ein alter Stollen. Er entwässert die Grundwasseretage der Höhle. Sein unterirdischer Verlauf bis zum Kastanienweg ist aus ehemaligen Plänen bekannt. Er endet auf einer Kuhweide südlich des Sees. Der Sickerquellbereich ist durch einen Betonring eingefasst. Von dieser Quelle fließt das Wasser durch einen schmalen Graben zum Großen Segeberger See.« Nach einer kurzen Pause fügte er hinzu: »Wenn ich mich richtig erinnere, hatte der Hund dort unten Leichengeruch angezeigt.«

»Wollen Sie mir sagen, dass wir damals schon …?«

»Einen Augenblick, bitte!« Sven bückte sich und hob etwas auf. »Der kommt gerade richtig«, sagte er und zeigte Steffen seine Entdeckung. »Unser Haustierchen, der Höhlenkäfer. Darauf komme ich gleich zurück.« Er wandte sich wieder der Kluft zu. »Was die Fährte am See betrifft, so war ich zunächst skeptisch. Der künstliche, mit Backsteinen ausgemauerte Kanal ist zum Teil eingestürzt. Die tägliche Schüttung beträgt etwa 50 Kubikmeter. Unter diesen Bedingungen erschien es mir undenkbar, dass Flüssigkeiten, die aus einer verwesenden Leiche ins Höhlengrundwasser gelangten, überhaupt so weit transportiert würden, dass ein auf Leichengeruch konditionierter Hund sie wahrnehmen könnte. Die Verdünnung im Wasserkörper, die Filtration durch Sand und Sedimente und der Abbau durch Mikroben sind maßgebliche Faktoren, die sich in diesem Fall schwer einschätzen lassen.« Er öffnete seine Hand und leuchtete auf das winzige Krabbeltier darin. »Nun kommt er ins Spiel«, sagte er. »In den Jahren 2016 und 2017 verzeichneten wir einen deutlichen Zuwachs der Population an Höhlenkäfern. Sie müssen wissen, dass er sich von Fledermauskot und Aas ernährt. Bei uns kursiert daher der Witz …«

»Der Ötzi in der Kalkberghöhle«, unterbrach ihn Steffen. Er erinnerte sich an die alpine Silhouette der Grafik auf der Schautafel im Foyer des *Noctalis*. Die letzten zwei Jahre fehlten.

»Ich sehe, Sie sind gut informiert.« Sven lachte. Dann wurde er ernst. »Vanessa Keyser verschwand im September 2015. Wir müssen davon ausgehen, dass sie sich noch in der Nacht ihres Verschwindens in die Höhle verirrte, in die Spalte stürzte und verstarb. Die Verwesung setzte unmittelbar ein. Es muss schlimm gestunken haben. Aber niemand außer den Fliegen, Pilzen und Höhlenkäfern entdeckte sie. Die Höhlensaison war gerade zu Ende.«

»Das erklärt die vielen Käfer in den darauffolgenden Jahren«, warf Steffen ein. »Aber nicht die Fährte am See.«

»Warten Sie! Ich bin noch nicht fertig.« Sven setzte das Insekt an die Stelle zurück, von der er es aufgenommen hatte. »Der meteorologische Kalender verzeichnet für den September 2015 starke Regengüsse an mehreren aufeinanderfolgenden Tagen«, wandte er sich an Steffen. »Ich habe daraufhin ein wenig gerechnet und bin zu einem Ergebnis gekommen.« Er machte eine Pause.

Steffen lauschte in die Stille hinein. Das leise Pitsch-Patsch fallender Tropfen drang an sein Ohr. Es war Herbst geworden. Draußen jagte eine Böe die nächste. Der kalte Wind trieb das Laub vor sich her und stieß es in Ecken und Winkel. Aber die Welt der Höhle blieb davon unberührt. Er glaubte, einen sanften Luftzug zu spüren, gleichförmig und ruhig, der gemächliche Atem eines ewigen Winterschläfers.

»Die Schmerz-lass-nach-Spalte öffnet sich nach unten zum Grundwasserkörper der Höhle.« Svens Stimme holte ihn wieder zurück. »Bei der genannten Förderrate und den entsprechenden Regenfällen bräuchten nach meinen Berechnungen Absonderungen aus der Leiche mindestens vier Wochen, bis sie über den Speisewasserstollen das Seeufer erreichen. Vorausgesetzt, die Filtration und die Zersetzung durch Mikroben ist nicht allzu hoch. Wie ich erfahren habe, erschnüffelt die empfindsame Hundenase bereits wenige Moleküle. Die Suche mit dem Spürhund fand in der zweiten Oktoberhälfte statt, sechs Wochen, nachdem Vanessa verschwunden war.«

Steffen nickte. Sie hatten sich damals im wahrsten Sinne des Wortes an der Oberfläche bewegt. An die Kalkberghöhle hatte niemand gedacht.

»Fragt sich nur, wie sich Vanessa in die Höhle verirrte«, sagte Steffen. »Der Bergwerksstollen jedenfalls war verschlossen.«

»Gute Frage, Herr Kommissar«, sagte Sven. »Ich habe eine Hypothese, aber dazu muss ich noch ein wenig recherchieren. Ich halte Sie auf dem Laufenden.«

Steffen trat aus dem Foyer des Fledermauszentrums. Eine Windböe ließ seine Mantelschöße flattern. Eigentlich hatte er sich mit Sven auf ein Bier verabreden wollen. Er mochte Menschen, die über ihren Tellerrand blickten. Sven machte den Eindruck, dass er in der Welt herumgekommen war. Steffen erhoffte sich, von ihm ein paar Tipps zu bekommen. Außerdem hätte er gern etwas mehr über seine Hypothese erfahren, mit der er so geheimnisvoll tat. Svens Ausführungen waren reine Theorie. Dennoch hielt Steffen sie für möglich. Sie waren logisch. Er selbst hätte darauf kommen können, wenn er dieses Detail der Ermittlungen nicht ausgeblendet hätte. Nur, was hätte das geändert? Sicher, die Eltern von Vanessa Keyser hätten früher Gewissheit über das traurige Schicksal ihrer Tochter gehabt. Nachdem die Spuren auf ihrer Handtasche zum Festspielmörder geführt hatten, war alles andere zweitrangig geworden. Inzwischen saß Daniel Flor hinter Gittern. Er wurde gleich nach der Schweizer Grenze bei Basel verhaftet, während er, Steffen, mit Annika und Maic in Erwartung des Zugriffs durch die bayerischen Kollegen der Vorstellung in Dasing lauschten. Flor war in der Schweiz mit 160 Kilometern pro Stunde über die Autobahn gebrettert. Wer die Schweiz kennt, weiß, dass das nicht lange gut geht. Bei der Überprüfung der Personalien bemerkten die Schweizer Kollegen, welch dicken Fisch sie am Haken hatten. In Dasing war Flor nicht zur Premiere erschienen. Erst nach dem Stunt erfuhr die Polizei, dass sie den Ersatzmann verhaftet hatten. Das Stallmädchen, diese Jenny Braitenbacher, hatte mit einer Sommergrippe zu Hause im Bett gelegen. Dabei war Steffen dieses Mal überzeugt gewesen, dass er absolut richtig lag. Die nächsten Schritte des Täters vorauszuahnen und Gegenstrategien zu entwickeln, das war sein Inbegriff von guter Polizeiarbeit. Meist klappte es nicht so ehrenvoll wie bei Winnetou und Old Shatterhand, die dem Gegner oft einen Schritt voraus waren und wenn nicht, am Ende eine Trumpfkarte aus dem Ärmel zückten. Ein verlockender Trick. Das Leben spielte meist anders. Orientierte er sich an den falschen Vorbildern? Mag sein, dass er ein Kindskopf war, wie seine Tochter ihm zuweilen vorhielt. Vielleicht sollte er nicht mehr lange warten, seine Sachen packen und losziehen. Linh hatte ihm versichert, ihn zu begleiten.

Er blickte in den wolkenschweren Himmel hinauf. Er dachte an Annika. Sie hatte ihm von dem Gespräch mit Walter Rotfuchs berichtet. Alles leere Drohungen, wie sich herausstellte. Steffen hatte nichts anderes erwartet. Maic hatte es auch nicht so schlimm erwischt wie befürchtet. Er musste sich rechtfertigen, aber am Ende gab der Erfolg den Ausschlag. Sie hatten Nele Peters gerettet. *Walker* war kein Phantom mehr. Sie hatten ihn ans Licht gezerrt. Er hatte jetzt einen bürgerlichen Namen.

Die Fototapeten aus dem Haus von Kostja Janković kamen ihm in den Sinn. Diese karge, zerklüftete Landschaft inspirierte ihn. Er sollte wirklich bald packen und auf Reisen gehen. Weshalb nicht auf den Spuren von Kara Ben Nemsi?, fragte er sich. Annika hatte ihm von ihrer Suche erzählt. Er könnte sich ein wenig nützlich machen und ihr dabei helfen. Bald, sagte sich Steffen. Nicht mehr lange, dann bin ich bereit. Er schlug den Kragen seines Mantels hoch und eilte die schmale Gasse zur Straße hinunter.

DANK

Katrin Ahnemann, Heinz Fehrenbach, Nils Hinrichsen und Gisela Wielert danke ich für ihre hilfreichen Kommentare zum Manuskript sowie Dirk Meynecke für die ersten Impulse, diese Geschichte anzugehen.

Carola Jeschke von der Pressestelle des Landeskriminalamtes Kiel danke ich für ihr stets offenes Ohr für meine Fragen und die Vermittlung zu sachverständigen Kolleginnen und Kollegen im LKA wie Sabine Jestel-Kretschmer, Leiterin der Operativen Fallanalyse (OFA) und Doktor Andreas Fesefeldt vom Dezernat 45 (DNA/Biologie). Beiden gilt mein besonderer Dank dafür, dass sie sich die Zeit genommen haben, mir Einblicke in die Hintergründe ihrer Arbeit zu geben.

Des Weiteren danke ich Silke Westphal und Michael Franke von der Pressestelle der Polizeidirektion Bad Segeberg für die sehr eindrückliche Hausführung. Mitarbeiterinnen und Mitarbeitern der Diensthundestaffel der Hamburger Polizei, Altengamme danke ich für den interessanten Informationsabend über die Arbeit mit ihren »vierbeinigen Kollegen« sowie der in Bad Segeberg ansässigen Landesstelle Fledermausschutz und Fledermausforschung des NABU Schleswig-Holstein für den Zugang zu ihrem Archiv.

Last but not least gilt mein herzlicher Dank meiner Lektorin Claudia Senghaas und dem Gmeiner-Team für die stets freundliche, engagierte und hilfreiche Unterstützung.

Alle Bücher von Antonia Fehrenbach:

Polizeimeisterin Franziska Wilde ermittelt:

1. Fall: Klärschlamm

ISBN 978-3-8392-1520-3

2. Fall: Windige Hunde

ISBN 978-3-8392-2112-9

Kriminalhauptkommissar Steffen Hinrichs ermittelt:

1. Fall: Winnetod

ISBN 978-3-8392-0212-8

DIE NEUEN Lieblings-plätze

ISBN 978-3-8392-0154-1

ISBN 978-3-8392-2730-5

ISBN 978-3-8392-0155-8

ISBN 978-3-8392-0158-9

ISBN 978-3-8392-0160-2

ISBN 978-3-8392-0159-6

ISBN 978-3-8392-0161-9

ISBN 978-3-8392-0163-3

ISBN 978-3-8392-0164-0

ISBN 978-3-8392-2626-1

ISBN 978-3-8392-0156-5

ISBN 978-3-8392-0157-2

ISBN 978-3-8392-0166-4

ISBN 978-3-8392-0166-4

ISBN 978-3-8392-2838-8

ISBN 978-3-8392-0168-8

GMEINER KULTUR

WWW.GMEINER-VERLAG.DE
Mensch, Kultur, Region

Détester Adam Connor

Ella Maise

Traduit de l'anglais
par Audray Sorio

City
Poche

Retrouvez tous les titres City Editions :

www.city-editions.com

Publié pour la première fois en anglais
sous le titre *To Hate Adam Connor*.
Visuel de couverture : © Sarah Horgan
ISBN : 978-2-8246-2768-7
Code Hachette : 30 6476 1

Collection dirigée par Christian English & Frédéric Thibaud.
Catalogue et manuscrits : city-editions.com

Dépôt légal : Octobre 2024